ROSALIE JOHN

Lilien SCHERBEN

SPLITTER AUS
SCHATTEN

Dunkelstern Verlag

DunKel Stern Verlag

Dunkelstern Verlag GbR
Lindenhof 1
76698 Ubstadt-Weiher
http://www.dunkelstern-verlag.de
E-Mail: info@dunkelstern-verlag.de

Lektorat: Lisa Faller
Korrektorat: Janina Wolf
Satz und Layout: Ryvie Fux (www.ryviefux.com)
Illustrationen: Dunkelstern Verlag unter Verwendung von Grafiken von www.unsplash.com und www.pixabay.com
Umschlagdesign: Juliana Fabula

Druck: CPI buchbücher.de GmbH
Zum Alten Berg 24
96158 Birkach
Vertrieb: Nova MD GmbH, Raiffeisenstr. 4, 83377 Vachendorf/Germany

ISBN: 978-3-98595-393-6

Ungekürzte Taschenbuchausgabe.

Für die Träumer in den Buchwelten … Angelehnt an ein berühmtes Zitat, es ist wahr!
Nur wir, die die Wörter LIEBEN, leben wirklich alle Möglichkeiten des fantastischen Lebens in einem Irdischen! Das ist ein Geschenk!
Träumt und lebt es, mit jedem Atemzug!

Liebe Leseherzen!

Meine Schreibseele freut sich irrsinnig, dass ihr den Weg zu diesem Roman gefunden habt. Meinem ersten Verlagsbaby. WILLKOMMEN in der knisternden Intense-Romance-Welt.

Wie bei all meinen Büchern erwartet euch hier keine seichte, schüchterne Lovestory. Es geht tiefer. Wir begeben uns erneut auf die Suche nach der wahren Liebe, beziehungsweise nehmen diese Gefühle an, egal, ob wir sie suchen oder nicht. Wir fühlen die krassen Emotionen zwischen den Protagonisten, das Karussell an Begierde und Hingabe. An manchen Stellen musste ich sogar weinen. Lasst mich gerne wissen, ob – und wenn ja, in welchen Szenen – die Taschentücher bei euch griffbereit liegen mussten. Weiters solltet ihr für diesen Roman achtzehn Jahre alt sein.

Wir begleiten Coralie und Damian, zwei so unterschiedliche Charaktere wie Tag und Nacht. Doch können sich Licht und Schatten durch Liebe verbinden und miteinander die Fundamente einer Beziehung legen? Oder werden sie scheitern?

Denn es wird beiden keineswegs leicht gemacht. Euch begegnen in diesem Roman dunkle, alte Geheimnisse, am Rande auch Kampfszenen, Blut lassen wir keines fließen, oder doch? Der Weg zum Happy-End liegt in den Scherben der Lilien, den Splittern der Schatten. All diese Schichten werden wir kennenlernen. Explizite heiße Details, Schmerz, Dramatik und Herzklopfen inklusive.

Wenn für euch ausgeschriebene, einvernehmliche Bettszenen voller Leidenschaft zu viel sind, wagt euch lieber vorsichtig in meine Splitter. Rantasten wird empfohlen. Doch seid ihr mutig genug, erwartet euch ein intensives, pulserhöhendes Leseerlebnis, das manchem bestimmt das Blut erhitzt. Wo ich zum Schluss vielleicht, aber nur vielleicht die Scherben wieder zusammensetze.

Folgt mir nach Frankreich, mein absolutes Lieblingsland habe ich als Setting für dieses Abenteuer gewählt. Eure Rosalie!

Musik, die mich beim Schreiben begleitete:

Greta Svabo Bech – Circles
MIIA – Dynasty
Ruelle – War Of Hearts
Sia – Unstoppable
ILLENIUM and Dabin Feat. Lights – Hearts on Fire
Skylar Grey – Coming Home
One Direction – Perfect
Christina Perri – A Thousand Years
DUOMO – Wildest Dreams – Instrumental
Imagine Dragons – Whatever It Takes
Tommee Profitt feat. Anna Graceman – Reign
Ruelle – The Other Side
Alberto Rosende – Fragile World
Fleurie – Soldier
Bishop Briggs – River
Katherine McNamara – Ember
Ruelle – Storm
Sam Tinnesz X UNSECRET X Greylee – I'm Coming For It
Off Bloom – Love To Hate It
Ruelle – Fire Meets Fate
Morgan Saint – Glass House
Claire Wyndham – Kingdom Fall

Gedicht

Eine unsichtbare Krone zu tragen ist ein einsames Unterfangen,
jeden Atemzug muss man um das Leben seiner Liebsten bangen.
Darum sperr ein deine Gefühle, dein Herz,
all diese Tribute tragen dich durch den Schmerz.
Du darfst nicht wagen zu empfinden, zu fühlen,
das schützt deine Seele, ohne deinen Verstand zu zerwühlen.
Schutzmauern errichten um alles Funkeln,
das gewährleistet, dass du stets bleibst einsam im Dunkeln.
Gib dich der Finsternis hin, lass dir die Flügel stutzen,
nur so bist du dem hohen Rat von Nutzen.
(Étienne de Sauvigny)

PROLOG

Damian

(Atlantikküste, in der Nähe von
Nantes, Westfrankreich)
… vor mehr als 14 Jahren …

Wie lange sie wohl diesmal ihre Zeit im Casino verschwenden würden? Seufzend und mit ausreichend schlechter Laune verließ ich den großzügig angelegten, üppig blühenden Garten, den dekadenten Park der beinahe ganz Miravallet umgab.

Ich war nicht zum ersten Mal hier auf diesem Schloss und dem dazugehörigen, riesigen Areal, aber es war neu für mich, dass sich außer mir jemand am angrenzenden, breiten Strand aufhielt. Normalerweise gehörte dieser oft windgepeitschte Abschnitt nur mir und meinen Gedanken.

Heute war mein sechzehnter Geburtstag und niemanden interessierte es. Keiner nahm Notiz davon. Typisch für uns Harcourts. Jeder dieser Familie war immer nur auf sich selbst bedacht, auf seine Vorteile und auf seine Mission.

Dem Spielen hatte ich bisher nie etwas abgewinnen können. Es war so durchschaubar, bot mir keinen Reiz.

Da Sommerferien waren, und ich mich geweigert hatte, in irgendwelchen sinnbefreiten Camps meine Zeit totzuschlagen, hatten sie mich an diesen Ort im äußersten Westen Frankreichs an die Atlantikküste mitgeschleppt. Mir keine Alternative gelassen.

Jedes Jahr im August veranstalteten die *de Sauvignys* diese Sommerspiele. Rotteten dafür all ihre Freunde aus der elitären, vergnügungssüchtigen Upper-Class zusammen. Als hätte diese Scharade in Miravallet auch nur im Geringsten etwas mit olympischer Disziplin zu tun.

Ich lenkte meine Aufmerksamkeit wieder auf das Mädchen am Strand. Etwas entfernt von ihr auf einer buntgemusterten Picknickdecke saß eine ältere Frau im Sand, vielleicht ihre Großmutter oder eine

Nanny. Der Wind zog gewohnt heftig an der Kapuze meines schwarzen Hoodies, aber ich lief unbeirrt weiter über den flachen, breiten Felsenweg Richtung Ozean.

Meine Bewegungen machten das Mädchen wohl neugierig.

Sie rief der Frau auf der Picknickdecke etwas zu, ich konnte nicht verstehen was, aber danach kam sie direkt zu mir, als wäre ich ihr vertraut.

Ein paar funkelnde, grüne Augen musterten mich neugierig unter einem dunkelbraunen Pony, der dringend nach einem Friseur rief. Ihre Haare waren so lang wie bei Rapunzel aus dem Märchen und sie trug sie zu einem dicken Zopf geflochten. Sie erinnerte mich an eine Fee aus der Artussage, irgendwo besaß ich ein altes Buch, in dem es eine Skizze zu der kleinen Schwester von Artus gab … die verwunschenen Wälder von Brocéliande stahlen sich kurz in meine Gedanken. Normalerweise war ich konzentrierter.

»Guten Tag, mein Name ist Coralie de Sauvigny, wer bist du?« Ihre Offenheit traf mich völlig unvorbereitet, sie kannte weder Scheu noch Distanz.

Damit hatte ich nicht gerechnet. Ihr Name verriet mir, dass sie die Tochter der Hausherrn sein musste. Dieser Aasgeier. Ich wusste, dass sie Nachwuchs hatten, aber wie konnten solche Menschen so ein zauberhaftes Kind haben? Angst vor mir war ihr anscheinend unbekannt, dabei war ich ihr doch fremd.

»Ein Besucher. Beachte mich gar nicht.« Meine Stimme klang beruhigend, freundlich. Ihre frische, fröhliche Art entlockte mir ein seltenes Schmunzeln.

»Wir haben hier oft Gäste, aber nie am Strand. Der gehört mir allein.« Coralie verzog abwägend ihren Mund zu einer kleinen Schnute. Wahrlich eine Prinzessin wie aus dem Bilderbuch.

Noch mal hoben sich meine Mundwinkel. »Ich wollte mir etwas die Beine vertreten. Ich bin davon überzeugt, der Strand ist breit genug für uns beide.« Warum ich mir die Mühe machte, ihr die Situation zu erklären, verstand ich in dem Augenblick nicht, normalerweise war es mir egal, was Menschen von mir hielten oder dachten. Ihre Meinung scherte mich nicht.

»Na gut. Komm doch zu uns. Marie freut sich bestimmt über dich.«

Dieses Kind, die Kleine berührte mit ihrer erfrischenden Art unerwartet mein Herz.

»Wie alt bist du, Coralie?«

»Ich werde sieben.« Fast wuchs sie körperlich, als sie sich mir offenbarte. Tippte dabei mit einem ihrer weißen Ballerina gegen den anderen. Sie trug ein beinahe bodenlanges silberfarbenes Tüllkleid mit ganz vielen Schichten. Noch mehr Prinzessin. Natürlich zierte auch ein paillettenbesetzter, farblich aufs Kleid abgestimmter Haarreif – oder ein Diadem? – ihren kleinen Kopf.

»Es freut mich, dich kennenzulernen, Coralie«, sagte ich und vergrub dabei die Hände in den Taschen meines Hoodies, spürte die Packung Zigaretten und mein Handy. Wichtige Elemente, um den Tag zu überstehen.

Doch sie hörte mir schon nicht mehr zu, ließ sich von etwas ablenken. Dem Näherkommen ihrer Gouvernante.

»Oh, wie wunderbar. Sieh dir das an, mein Kind. Die Wolken, das wird ein Spektakel. Da kommt gleich ein Regenbogen.« Die ältere Frau sprach zu ihr, als wäre sie ihre Mutter, sicher eine Nanny.

Lächelnd beobachtete ich den kleinen lebendigen Flummi, der in kurzer Entfernung vor mir auf und ab hüpfte. Sich sofort von der Stimmung einnehmen ließ.

Normalerweise waren mir Kinder zu viel. Quälgeister. Aber ihre Begeisterung für so etwas Simples wie einen Regenbogen war ansteckend. Wie ein inneres Licht, das die dunklen Schatten meiner Gedanken aufhellte zu verwaschenem Grau.

Blinzelnd richtete ich meinen Blick Richtung Horizont, es war wirklich ein intensives Farbspiel aus Sonne, hellen Wolken und einem aufziehenden Sommergewitter.

»Da, du hast Recht, Marie. Es glitzert, guck dir das an.« Die ältere Dame ließ Coralie für ein paar Sekunden aus den Augen, begrüßte mich höflich. Wusste irritierenderweise sogar, wer ich war, zu wem ich gehörte.

»Monsieur Harcourt, Willkommen auf Miravallet.«

Ich nickte nur, legte meinen Fokus wieder auf das Mädchen. Marie ging sofort, nachdem sie mich angesprochen hatte, zu ihrem Schützling. Coralies Freude an diesem Wetterphänomen ließ mich für den

Moment meine Trübsal, meine schlechte Laune vergessen.

Minuten später wurden wir für das Trotzen des Windes mit dem wahrhaftig schönsten Regenbogen belohnt, den ich je zu Gesicht bekommen hatte. Exakt dort, wo die weißen Wolken auf die schwarze Wetterfront trafen, brach sich das Licht und ein kitschig perfekter Regenbogen spannte sich über den Horizont.

Coralie plapperte mit der Frau, die auf sie aufpasste, und würdigte mich keines Blickes mehr.

Als der Sturm näherkam, packte Marie die Picknicksachen zusammen und entschwand mit dem Mädchen rasch aus meiner Nähe.

Kurz bevor sie aus meinem Blickfeld wichen, drehte sich Coralie noch einmal um und winkte mir zu.

Was für eine kleine, besondere Erscheinung. Sie hatte es wirklich geschafft, mir für eine Zeit lang meine Dunkelheit zu nehmen.

Lächelnd betrachtete ich die Stelle am Horizont, an der bis vor ein paar Minuten noch Reste des Regenbogens geleuchtet hatten.

Jetzt war dort nur mehr Grau in Grau, solche Farben passten eher zu mir, stetige Finsternis mein Begleiter, die Materie, in der ich mich wohlfühlte. Die Schlieren dieses Sturmgraus holten mich ein, wurden schwarz, ich war wieder in meiner Welt.

1

Coralie

(Schloss Miravallet, Westfrankreich)
… Gegenwart …

Guten Morgen, Mademoiselle.« Gustave, der langjährige Portier, der heute Morgen am Gartentor Dienst hatte, begrüßte mich in seiner mir so vertrauten Höflichkeit. Er war wie der Lauf der Sonne ein fixer Bestandteil meines Lebens, eine verlässliche Konstante.

Lächelnd, aber etwas außer Atem erwiderte ich den Gruß und ging direkt auf das Hauptgebäude, unser Schloss, zu.

Meine bunten Sportklamotten klebten an mir, ich war am Strand laufen gewesen. Zwar war es noch kühl hier am Morgen, aber ich hatte mich nicht geschont, sondern mich einem intensiven Workout hingegeben. Sport war mein Element.

Ich brauchte dringend eine erfrischende Dusche. Danach standen die ersten Abstimmungsgespräche mit meinen Eltern für den Ablauf der kommenden Tage auf Miravallet an.

Wir führten in vierter Generation ein berühmtes Casino. Ein lukratives, wenn auch aufwendiges Geschäft. Es füllte die Kassen, leerte aber gleichzeitig die Seelen.

Ein bisschen Unsicherheit begleitete mich, wenn ich über meine Zukunft nachdachte. Ob ich wirklich für dieses Business geschaffen war? Aber welche anderen Optionen hätte ich? Als Einzelkind aufgewachsen konnte ich diese Aufgaben keinen Geschwistern aufbürden. Zwar war ich erst einundzwanzig Jahre alt, aber die in mich eingedrillte Disziplin forderte schon immer sehr rationales, logisches Denken von mir. Stets um Lösungen für alle bemüht, das war mein Leitsatz.

Seufzend betrat ich meinen eigenen kleinen Rückzugsort im Schloss. Ich bewohnte ein Turmloft in einem der vier Haupttürme von Miravallet. Dieses Schloss war einmal wirklich eines gewesen. Manchmal musste ich schmunzeln darüber, aber in einem ehemaligen aristokratischen Gebäude zu leben war hier gar nicht so besonders. Das berühmte Loiretal gehörte auch zu unserer Region. Wie bereits erwähnt, nichts Spektakuläres.

Und da Miravallet wahrhaft ein riesiger Kasten war, hatten meine Urgroßeltern zur Jahrhundertwende als blutjunge Erben beschlossen, ein Casino zu gründen. So entstand *La Tentation brilliante de Sauvignys* … unser Familienunternehmen. Heutzutage sagten alle nur: Ach, fahren wir ins *Tentation*. Mehr brauchte es nicht und die spielfreudigen Augen leuchteten.

Gedankenverloren zog ich meine Kleidung aus, gab alles in den dafür vorgesehenen Schacht, der verdeckt nur darauf wartete, zum Einsatz zu kommen, und schlug die Klappe etwas lauter zu als notwendig.

Ich stellte mich in die neue Dusche, überall Glas und die Fliesen in warmen, edlen Erdfarben gehalten. Sensoren reagierten und perfekt auf mich abgestimmt, auf meine Wünsche, rieselte Wasser aus dem Regenbrausekopf. Diese Momente des Morgens gehörten nur mir und ich liebte es, mich von Kopf bis Fuß mit duftenden Duschölen zu verwöhnen. Es entschleunigte mich, erdete meine Synapsen für die Entscheidungen des Tages.

»Coralie, bist du da?«

Diese Stimme. Ich runzelte die Stirn, das Duschen war ein heiliger Akt für mich, es störte mich sehr, dass meine Mutter gerade jetzt zu mir kam.

Trotzig erwiderte ich nichts, sie würde doch hören, dass ich im Bad war. Stattdessen ließ ich mir Zeit, wusch mein Haar extra sorgfältig. Zum Entsetzen meiner Mutter hatte ich es nach meinem mit Bestnoten bestandenen baccaularéat von hüftlang auf knapp schulterlang abschneiden lassen und diesen Schnitt auch auf der Universität beibehalten.

Ihr Glück, dass ich meinen dunkelbraunen Naturhaarton liebgewonnen hatte. So mutig war ich dann doch nicht gewesen. Aber es war wie ein Befreiungsakt von den manchmal zu engen Strukturen, in die mich Mama presste.

Keine Frage, ich liebte meine Familie. Loyalität war ein Grundpfeiler bei uns. Aber manchmal war es schon sehr steif und anstrengend, ein Teil, ein Bindeglied dieser Kette zu sein.

Als ich aus der Dusche stieg, musste ich gleich meine Augen verdrehen.

Meine Mutter stand mit einem überdimensionalen, flauschigen, weißen Badetuch vor mir, drehte anstandshalber ihren Kopf zur Seite. Wie lange sie wohl schon so wartete?

»Danke, Mama. Wie wäre es, wenn du das nächste Mal einfach draußen auf der Couch Platz nimmst?«

»Liebes, wir brauchen dich.« Sorge lag in ihren grünen Augen, die ich von ihr geerbt hatte. Selbst trug sie raspelkurzes, graues Haar. Aber mich versuchte sie nonstop in andere Kategorien zu drücken. Sie war noch dünner als ich und meine Figur galt schon als superschlank.

»Warum? Was ist so dringend, dass ich nicht mal in Ruhe duschen kann?« Missgelaunt holte ich mir ein zweites, kleineres Badetuch für meine Haare, frottierte sie und wandte mich von ihr ab. Keine Antwort war wohl auch eine Antwort. Ich hatte noch nicht mal gefrühstückt. Seufzend drehte ich mich doch wieder zu ihr.

»Also gut, Mama. Wo drückt der Schuh?«

»Wir erwarten morgen nicht einfach nur Gäste, mein Schatz. Wir erwarten spontan … die Harcourts.«

Ich zuckte mit den Schultern, verstand nicht, was an diesem Namen so besonders sein sollte, warum ihn Mama so ehrfürchtig aussprach.

Langsam, als hätte ich alle Zeit der Welt, ging ich in mein Ankleidezimmer und wählte schlichte Garderobe für den bevorstehenden Tag. Zuerst schwarze, einfache Unterwäsche und ein schwarzes Etuikleid mit kurzen Flügelärmelchen, es war immerhin Juli, ein heißer Tag würde auf mich warten.

Dann kehrte ich gemächlich ins Bad zurück, wo Mama immer noch wartete, und föhnte meine Haare, obwohl ich wusste, es würde Mama reizen. Seit sie diese angenehme Länge hatten, ging das viel schneller. Zum Schluss glättete ich sie noch.

Zufrieden betrachtete ich mich im Spiegel.

Mir blickte mein Gesicht entgegen, das in den paar Wochen hier am Atlantik endlich etwas mehr Farbe abbekommen hatte.

Meine fast makellose Haut brauchte kaum Pflege, ein leichtes Serum, fertig. Diese Problemlosigkeit hatte mich schon damals im Internat oft zum Gesprächsthema gemacht. Meine vollen Lippen, über die meine Schulfreundinnen immer neidvoll Vergleiche zu Angelina Jolie gezogen hatten, gefielen mir am besten. Ich legte dezent Gloss auf. Aber am meisten hatten die Giftspritzen unter ihnen immer unter meiner Augenfarbe gelitten. Unter wirklich vielen, dichten, dunklen Wimpern wirkten sie als Kontrast wie ein grünes Leuchtfeuer. Ich umrandete sie mit etwas schwarzem Kajal. Ein bisschen Drama, warum nicht.

In den drei Jahren auf der Universität in Paris hatte ich mir mit einer entfernten Cousine aus Mamas Familie eine Wohnung geteilt, jede hatte ihr Zimmer gehabt, jede war für sich geblieben. Exzellente Noten kamen nicht vom Feiern, sondern vom Büffeln.

Träge blinzelte ich die Erinnerungen fort. Sah durch den Spiegel zu Mama, lächelte sie an und steckte mir zeitgleich noch kleine Diamantohrstecker in die Ohrläppchen.

»Also Mama. Jetzt bin ich bereit. Sag mir, was macht dir Sorgen an den … wie hießen sie? Harcourts?«

Sie rang mit ihren perfekt manikürten Händen theatralisch in der Luft.

»Wenn es nur die Harcourts selbst wären. Aber auch ihr … Sohn kommt mit und ein paar ihrer engen Freunde.«

»Ihr Sohn? Was muss ich jetzt besorgen, Mama, einen Babysitter?« Ich zog eine Augenbraue fragend in die Höhe.

Sie lachte auf, wirkte aber gestresst. »Nein, mein Schatz. Ach, wenn du wüsstest. Damian Harcourt kommt mit, weil sein Vater eine Party zu seinem sechzigsten Geburtstag mehr als spontan in unserem Hause feiert. Und das bereitet mir einfach Sorgen.«

»Inwiefern macht dir das Kummer, Mama? Wenn du es mir nicht erklärst, dann werde ich es nicht verstehen können. Wie alt ist er?«

»Ach, Coralie. Er ist schon lange ein erwachsener Mann, aber ich weiß nicht. Es beunruhigt mich. Ich habe so viele Befürchtungen, mein Kind.« Ihre Stimme flatterte regelrecht beim Reden. Sie verheimlichte mir etwas. Wieder mal. Furchtbar. Aber auf Geheimnisse erhielt ich nie Antworten, also hatte ich mir angewöhnt, Mamas Stimmungsschwankungen zu ignorieren.

»Mama, komm wieder runter. Wir haben auf der Universität auch gelernt, mit schwierigen Gästen gut auszukommen. Stressmanagment nennt sich das.« Ich gab mein Bestes, ihre Sorgen wegzulächeln, es gelang mir nur halb.

Vor dem Verlassen meines Zimmers schnappte ich mir noch meine neuen schwarzen Pumps, ich liebte hohe Schuhe, hakte mich bei meiner Mama unter und gemeinsam stiegen wir aus meinem Turm hinab in den Casinobereich von Miravallet. Ein neuer Arbeitstag wartete auf uns, besonders auf mich, gefüllt mit verschiedensten Aufgaben. Über den Sommer wollte ich jetzt fest am Schloss bleiben. Den Alltag besser kennenlernen. Danach wartete ein weiteres Studium auf mich. Bisher hatte ich erst den Bachelor in Betriebswirtschaft und Casino-Management, dies würde noch um ein Masterstudium im Tourismusbereich ergänzt werden. Diese letzten Sommerferien hatten gerade erst begonnen. Fast drei Monate ohne Studieren, dafür hoffentlich voller neuer Erfahrungswerte lagen vor mir.

Noch waren nur die Reinigungskräfte und das Personal vom Restaurant im Schloss. Der Betrieb würde erst gegen Mittag starten.

Im angrenzenden, lichtdurchfluteten Restaurant an einem üppig gedeckten Tisch saß bereits Papa, wartete mit dem Frühstück und seiner klassischen, heiß geliebten Zeitung auf uns. Jedes Mal erinnerte mich dieses Restaurant wieder an eine Miniaturform des Spiegelsaals von Schloss Versailles, überall funkelte es und die Lichter brachen sich in Spiegeln und Kristallelementen an der Decke.

»Guten Morgen, lieber Papa.« Ich beugte mich im Vorbeigehen zu ihm, drückte einen sanften Kuss auf seine Schläfe. Bewunderte sein volles, graues Haar. Er war nach wie vor ein gutaussehender, mitten im Leben stehender Geschäftsmann, auch wenn er selbst in ein paar Jahren seinen sechzigsten Geburtstag feiern würde.

Wir nahmen ihm gegenüber Platz. Während ein Restaurantmitarbeiter uns frischen Kaffee einschenkte, gönnte ich mir kurz einen Blick durch die breiten, bodentiefen Fenster auf den intensivblauen Atlantik. Das Wasser war heute ruhiger als sonst. Als schöner Kontrast blühten die farbenfroh angelegten Sommerbeete im Park zwischen Schloss und Ozean. Es sah idyllisch aus.

»Schatz, ich habe dich etwas gefragt.« Mamas Stimme riss mich aus meinen Träumereien.

»Verzeih, Mama. Ich … war …«

»In Gedanken, ich weiß, Coralie. Aber wir müssen uns über ein paar Punkte unterhalten. Schon morgen …«

Irgendwie hörte ich kaum noch zu, es fiel mir schwer, mich zu konzentrieren. Nickte nur und rührte in meiner Kaffeetasse. Dabei brauchte ich gar keinen Löffel, ich trank meinen Kaffee schwarz. Immer. Aber kurz hatte ich mir eingebildet, aus der Ferne, im Hotelbereich, eine vertraute Stimme gehört zu haben. Wen sollte ich hier kennen? Der Moment verstrich, es wurde wieder ruhig um uns. Ich konnte Mama besser folgen.

Gerade was Social Media und die mediale Präsenz anbelangte, vertraute sie auf mein Wissen, meine Meinung über diese Angelegenheiten. Marketing, auch mein Bereich. Spezielle Events, mein Steckenpferd.

Am Ende des Frühstücks waren meine Eltern zufrieden.

Schon morgen würden die Harcourts in Miravallet eintreffen und mit ihnen die illustre Partygesellschaft. Sprunghafte Ideen unserer Gäste waren kein Problem für mich. Flexibilität und eine hohe Stressresistenz zeichneten mich aus.

Bei uns gab es auch ein kleines Boutique-Hotel für die Gäste, die länger bleiben wollten oder an der Bar zu viel … nennen wir es, konsumierten.

Wir waren stets darum bemüht, mit Perfektion auf alles vorbereitet zu sein. Papa führte sein Lebenswerk mit eiserner Hand, Mama stand ihm bedingungslos zur Seite.

Der Betriebsleiter, Sébastien, fügte sich ebenfalls wie ein perfektes Zahnrädchen in das kleine, familiäre Team ein. Unterstützte uns alle. Sechs Tage die Woche, oft sieben. Er war die Seele des Casinos. Gerade als ich an ihn dachte, tauchte er auf. Er war ungefähr in Papas Alter und stets gutgelaunt.

Nach etwas Small Talk verabschiedete ich mich von den dreien, ich wollte rüber in ein Nebengebäude, nach den Floristen sehen, die jeden Tag die reizvollsten Arrangements für Miravallet vorbereiteten.

Leider war der Weg dorthin mit fiesen Steinen gepflastert, die sich überhaupt nicht mit meinen neuen, klassisch schwarzen Louboutins vertrugen. Schon nach wenigen Metern verfing sich ein Absatz in einem Spalt, ich verlor das Gleichgewicht, strauchelte, blieb hängen und knacks …

»Fuck.«

Ich konnte zwar das Gleichgewicht halten, aber das Geräusch war zu laut gewesen, Adieu Louboutins. Innerlich verabschiedete ich mich von meinen neuen Heels. Knirschte mit den Zähnen.

»Fuck. Fuck. Fuck. So ein Mist.«

Ungläubig stieg ich aus einem Schuh. Betrachtete desillusioniert die rote Sohle plus den abgebrochenen Absatz. Klar, es war nur ein Luxusproblem, aber ich hatte diese verdammt teuren Schuhe zum ersten Mal getragen. Hatte sie mir in Paris gegönnt, nach meinem Abschluss.

»Was für eine Scheiße.«

Da spürte ich, dass mich jemand beobachtete. Die feinen Härchen in meinem Nacken stellten sich auf. Zuerst dachte ich, ich bildete es mir nur ein, aber dann bemerkte ich, dass über den sattgrünen Rasen, zwischen Hotelbereich und Parkplatz der Angestellten, den sonst nie jemand betrat, ein Mann direkt auf mich zukam.

Am Rande formierte sich das »Betreten Verboten«-Schild in meinem Kopf, das garantiert dort aufgestellt war. Der Rasen war nur zum Ansehen da. Ich verdrehte innerlich die Augen über den Regelbruch. Dann veränderte sich meine Wahrnehmung, denn dieser mir Unbekannte war … heiß.

Er sah verdammt gut aus. Groß, breit gebaut. Wie ein Model aus einer der teuren Werbekampagnen für Parfums der verschiedensten Designer Frankreichs, die immer auf Bildschirmen gegenüber meiner kleinen Wohnung abgespielt worden waren. Eine düstere, aber anziehende Aura umgab ihn. Warum kam dieser Mann auf mich zu? Mein Gehirn hörte auf, rational zu denken, während er direkt vor mir stehen blieb.

»Alles gut, Mademoiselle? Sie haben so …« Seine Stimme. Ich hatte noch nie so eine Tonlage gehört. So voll, einnehmend, rau und gleichzeitig sanft.

»Geflucht? Ja, danke. Also. Äh.« Ich räusperte mich. Mein Gott, hatte ich jetzt meine Sprache verloren? Für ein paar Wimpernschläge versank ich in diesen grauen Augen.

Es fühlte sich an, als würde mich ein Sturm fortreißen, all meine

Seelenanteile durch ein magisches Portal in ein Wunderland entführen. Mein Blut erhitzte sich.

Diese Empfindung wurde allerdings sofort durch eine elektrisierende, knisternde Atmosphäre ersetzt, als er flüchtig, kaum wahrnehmbar mit seinen Fingerspitzen im Vorbeigreifen meinen linken Unterarm berührte und mir dann beinahe fürsorglich den kaputten Schuh aus den regungslosen Händen nahm. Mein Gehirn schaltete ab. Ich konnte ihn nur ansehen. Mein Puls erhöhte sich nicht nur, er raste. Noch nie hatte ich so auf mein Gegenüber reagiert.

»Sollten teure Designerschuhe nicht normalerweise alles aushalten?«

Jedes Wort. Das Timbre darin. Es war, als würde man Zucker beinahe verbrennen, karamellisieren. Ein Lächeln zupfte an seinem Mundwinkel. Dunkler Drei-Tage-Bart. Sexy.

Dieser Fremde roch so gut. Mein Verstand verabschiedete sich komplett. Mir wurde heiß und kalt im selben Atemzug. Sein Duft erinnerte mich an einen Tag am Ozean. Frisch, maskulin, stark wie Wellen, dabei so wohltuend wie die Sonnenstrahlen, die auf der Haut kitzelten, während man nach dem Schwimmen am Strand trocknete.

»Mademoiselle? Geht es Ihnen gut?«

Ich blinzelte ein paarmal. Räusperte mich erneut. Großer Gott. Er musste mich für dämlich halten.

»Oh, ja. Also. Keine Ahnung. Schon okay. Danke.« Nebenbei stieg ich aus dem heilen Schuh, hob ihn hoch, an meine Brust und betrachtete den Mann mit meinem kaputten Pump in den Händen.

»Ich brauche keine Hilfe. Alles gut. Wirklich. Danke, Monsieur.«

Ich entriss ihm gehetzt den Schuh, drehte mich barfuß um und atmete durch, aber es war furchtbar schwer, richtig Sauerstoff in meine Lunge zu bekommen. Mein Verhalten ärgerte mich. Ich setzte alles daran, Abstand zwischen uns zu bringen und letzte Reste von Souveränität in die Szenerie zu flechten.

Mein Herz klopfte so stark, unglaublich. Meine Beine zitterten bei jedem Schritt, die Pflastersteinchen pikten meine nackten Sohlen. Danke für nichts, du verdammter Weg.

Noch nie hatte mich ein Gast so aus der Fassung gebracht.

Bestimmt glühte mein Gesicht. Zumindest war mir heiß. Was war nur los mit mir? Wo blieb meine Professionalität?

Ich musste dringend in Erfahrung bringen, wer das war.

Auf der Terrasse begegnete mir meine Mutter. »Schatz, wie war es …« Ich schüttelte nur den Kopf, zeigte ihr kurz entschuldigend meine Schuhe, die ich in den Händen hielt, so fest, dass meine Fingerknöchel weiß hervortraten. Lief an ihr vorbei, hörte ihren Worten an mich nicht zu. Rauf in meine Räume, in den sicheren Turm. Knallte meine Tür etwas fester als notwendig zu. Türenknallen gehörte definitiv nicht zu meiner gelebten Etikette. Aber alles in mir stand in Flammen.

Pures Kopfkino, Fragmente eines Gedankenkarussells. Atmen. Atmen. Atmen. Erstens bräuchte ich dringend neue Schuhe und zweitens musste ich mir verflixt noch mal darüber klar werden, was zur Hölle da soeben passiert war.

2

Damian

(Schloss Miravallet, Westfrankreich)
… Gegenwart …

Belustigt blickte ich der kleinen, dunkelhaarigen Verführung hinterher. Es war definitiv neu, dass eine Frau vor mir davonlief. Normalerweise suchten sie mich wie Motten das vermaledeite Licht. Dabei war es nur eine mitfühlende Geste gewesen. Das hatte man heutzutage von Hilfsbereitschaft. Ich wollte mir lediglich nach der langen Autofahrt die Beine am Strand vertreten. Und nebenbei überprüfen, ob der Parkjunge meinen neuen Jaguar auch wirklich eingeparkt hatte. Er hatte sich so über diesen Wagen gefreut, dass ich ihm eine unerlaubte Spritztour zutraute. Hätte ich zumindest in seinem Alter gemacht. Aber, es war anders gekommen. Mir war ein zauberhaftes Wesen begegnet. Beziehungsweise hatte es mich gereizt, zu sehen, zu wem diese fluchende Stimme am späten Morgen gehörte. Etikette-Brüche reizten mich, schon immer.

Umso überraschender war es, zu erkennen, dass das Mädchen einfach nur ihre Schuhe zerstört hatte. Die Flüche waren wohl daher gekommen, dass es sich um Designerschuhe handelte. Frauen konnten da empfindlich reagieren. Diese Pumps kosteten wahrscheinlich ihr halbes Monatsgehalt, das sie hier verdiente. Über die Jahre hatte ich mir alles eingeprägt, welche Gebäude zu Miravallet gehörten, und sie war auf dem Weg zu den Bereichen der Floristen umgeknickt.

Ich würde der kleinen Versuchung neue Schuhe kaufen. Ihre ganze Art, ihr Auftreten war so erfrischend gewesen. Es passte überhaupt nicht zu dem steifen Rahmen, den Miravallet präsentierte.

Sogar die Schuhgröße hatte ich mir gemerkt, Neununddreißig. Kurzerhand holte ich mein Smartphone aus der Gesäßtasche meiner blauen Destroyed-Jeans und rief meinen Assistenten an. Charles würde das umgehend erledigen, tat er immer. Seit Jahren. Ein Schmunzeln stahl sich nach dem Gespräch mit Charles auf meine Lippen. Ich ließ den Moment, diese flüchtige und doch so einnehmende Begegnung mit diesem schimpfenden Wirbelwind noch mal Revue passieren.

Meine Tage in diesem Schloss würden wohl doch spannender werden, als ich vermutet hatte.

Sie war außergewöhnlich schön. Schlank, sportlich, aber mit genau den richtigen Kurven. Dazu dieses Gesicht. Wie eine Prinzessin aus einem Märchen. Als Kontrast ihr vorlautes Mundwerk. Herrliche Kombination.

In meiner Fantasie sah ich sie bereits in meinen Laken liegen, eine Eroberung, die sich endlich einmal lohnen würde.

Nichts langweilte mich mehr als jasagende Püppchen. Sie waren so farblos und austauschbar. Stets nur auf der Jagd nach etwas von mir, wegen meines Namens, meiner Familie. Ich interessierte sie als Person eher nebensächlich oder gar nicht. Diese Oberflächlichkeit war ich leid. Mehr als das. Ich ertrug sie nicht mehr. Wobei ich kein Typ für Bindungen war, aber das Sabbern dieser Frauen war trotzdem unerträglich berechenbar.

Ursprünglich wollte ich Miravallet so schnell wie möglich wieder verlassen, auf mich warteten in Paris wichtige Vertragsabschlüsse. Aber gerade hatte sich meine Meinung durch die Erscheinung ein Paar grüner Augen geändert.

Ungewöhnlich gut gelaunt wandte ich mich nach rechts, Richtung Haupteingang. Kehrte zu Plan B zurück, erst mal doch in meine Suite. Danach würde ich mich auf die Suche nach diesem kleinen Rohdiamanten machen. Ablenkung schadete nie. Machte meinen Kopf frei.

Im Innenbereich von Miravallet umfing mich gleich die dekadente, angenehm kühle Einrichtung, die vielen französischen Schlössern zu Eigen war. Schmiedeeiserne Geländer führten in obere Stockwerke. Rot-weißer Marmor überall im Eingangsbereich des Hotels. Dunkles Holz, die Rezeption war so weitläufig wie manch ganzes Einfamilienhaus. Klotzen, nicht kleckern. Die Familie de Sauvigny lebte dieses Credo nicht nur, sie atmete es.

»Monsieur Harcourt, wir haben Sie bereits erwartet. Willkommen auf Miravallet. Fühlen Sie sich wie zu Hause.« Die zwitschernde Stimme von Alice de Sauvigny ließ mich kurz, wirklich nur kurz innerlich die Augen verdrehen. Sie war die Herrin dieses Sündenpols. Und hatte seit meinem letzten Besuch mindestens viermal den Schönheitsdoc ihres Vertrauens besucht. Was fanden die Frauen nur an solch plastischer Chirurgie? Es war mir unverständlich.

»Hallo, Alice.«

Sie begrüßte mich ungefragt mit Küsschen auf die Wangen. Unmerklich versteifte ich mich. Sie war mir immer zu aufgedreht, zu künstlich, zu freundlich. Zu sehr behängt mit Gold und Glitzer. Dazu roch sie zu süß, es stach in der Nase.

»Danke, dass ich schon früher anreisen konnte. Ich bin ziemlich erledigt von der Fahrt.« Mit höflichen Floskeln hoffte ich, sie schnell von mir schieben zu können.

»Oh ja, das verstehe ich, wir haben Sie zwar erst morgen erwartet, aber es ist selbstverständlich eine Suite für Sie vorbereitet. Wann kommt Ihr Vater?«

»Morgen. Aber mir passte es heute besser.«

»Ich verstehe. Alexandre zeigt Ihnen Ihre Suite. Ich wünsche Ihnen einen wunderbaren Aufenthalt. Wenn Sie etwas brauchen, zögern Sie bitte nicht und rufen Sie direkt die Rezeption an oder mich.«

»Danke, Alice.«

Fast zu offensichtlich ausatmend folgte ich dem blutjungen Pagen über die breite, leicht gewundene Steintreppe nach oben.

Abstand in diesen Moment bringen.

Zwei Stockwerke später präsentierte sich mir eine ruhige, moderne Oase innerhalb dieser palastartigen Mauern.

Alexandre öffnete mit der Chipkarte eine dunkle, elegante Holztür zu meiner Linken.

Ich gab ihm ein großzügiges Trinkgeld, daraufhin zog er sich diskret zurück.

Die schwere, hölzerne Tür fiel ins Schloss. Und ich war endlich angekommen.

Die komplette Suite strahlte eine urbane Dekadenz aus. Passte eigentlich nicht ins Schloss und war doch irgendwie perfekt dafür. Zwei große Flügeltüren führten auf einen ausladenden Balkon. Der sonnige Tag erledigte sein Übriges, um alles in ein sanftes Licht zu tauchen.

Meerblick. Perfekt. Der Atlantik lag mir zu Füßen. Gefiel mir.

Wie unter Zwang öffnete ich die breiten Türen. Als würde mich das Wasser rufen. Genoss den salzigen Duft des Meeres.

Dann inspizierte ich kurz den Wohnbereich, alles in dunklem Leder, als Kontrast mit viel Glas konzipiert. Teure, helle Holzböden. Im angrenzenden Schlafzimmer ebenfalls dunkles Interieur, viel Holz und noch mehr Glas. Ich ließ mich für ein paar Augenblicke auf das weiche Bett fallen, gönnte mir den Luxus, durchzuatmen. Da läutete mein Smartphone.

Es war Charles. Die bestellten Schuhe würden in zwei Stunden in Miravallet per Eilkurier angeliefert werden. So mochte ich das, reibungslos. Auf Charles war Verlass, in allen Belangen.

Nach dem Gespräch stellte ich mir das verblüffte Gesicht der kleinen Verführung vor. Und wieder stahlen sich Bilder von ihr in meinem Bett in meinen Kopf.

Selten, dass mich eine junge Frau so berührte, ohne mich zu berühren.

Nach Ablenkung suchend nahm ich mein Smartphone, ging wieder auf den Balkon, fläzte mich auf ein Daybed aus Rattan mit einer dicken, anthrazitfarbenen Stoffauflage und genoss es, mal faul zu sein. Das gab es selten in meiner Welt. Unabsichtlich fegte ich einen kleinen Stapel Flyer und Broschüren zur Seite. Da mich nichts mehr nervte als Unordnung, hob ich die Papiere seufzend vom Steinboden auf und blickte geradewegs in die Augen meiner kleinen Versuchung.

Das konnte doch nicht …

Aber da stand es, schwarz auf weiß, begleitet von einem wundervollen professionellen Bild meiner Verführung.

Coralie de Sauvigny begleitet diesen August die Sommerspiele als Ihre Glücksfee auf Miravallet. Seien Sie ihr Gast und setzen Sie auf die richtigen Zahlen.

Das war überhaupt nicht komisch. Ganz und gar nicht. Und doch konnte ich nicht anders und musste schmunzeln. Spiel, Satz und Sieg gegen die Familie der Spiele.

Ich konnte mich einfach nicht an diesem Bild sattsehen, das jeden verdammten Flyer zierte.

Coralies grüne Augen leuchteten mir entgegen. Sie trug einen anthrazitfarbenen, sexy Jumpsuit mit Spitzenelementen, dazu filigranen, aber wunderschönen Goldschmuck. Ihre dunkelbraunen Haare fielen ihr weich über das engelsgleiche Gesicht. Ich war verloren. Blieb an ihren Lippen hängen. Leicht geöffnet, und ihr Blick, so intensiv mit einem Hauch lasziver Sinnlichkeit.

Diese überraschende Wendung der Ausgangssituation fing an, mir zu gefallen.

Mir war keine Angestellte begegnet, sondern die Tochter der de Sauvignys, die einzige Erbin. Mein Juwel, im wahrsten Sinne des Wortes. Es war an der Zeit, der Familie hier etwas klarzumachen.

Aber erst später, zuerst würde ich beginnen, mein eigenes Spiel zu spielen. Innerhalb von Sekunden formte sich in meinem Geist ein ganz eigener Plan.

Zwar verabscheute ich Pokerspiele und jegliche Art von Glücksspiel, aber hier hatten sich soeben die Weichen für eine komplett andere Art der Schuld gestellt.

Die nächsten Tage würden verlockend interessant werden und ich war sehr gespannt auf meine nächste Begegnung mit Coralie de Sauvigny.

Wollte mehr über sie erfahren. Sofort. Ich entsperrte mein Smartphone und gab ihren Namen ein.

Nach einigen Minuten musste ich enttäuscht feststellen, dass sie kein Freund sozialer Medien war. Darin hatten wir schon eine Gemeinsamkeit. Aber ich hätte wahnsinnig gern mehr Bilder von ihr gesehen. Etwas fesselte mich an ihr. Es war mehr als der Reiz der Eroberung, sie war wie ein ungeschliffener Diamant für mich, ein roher Stein. Meine dunkle Seele verzehrte sich instinktiv aber unaufhaltsam nach ihrem Licht.

Interessant war auch, dass sie mich nicht wiedererkannt hatte. Jetzt, da ich sie in Ruhe betrachten konnte und ihren Namen wusste, erinnerte ich mich an unsere flüchtige Begegnung am Strand vor vielen Jahren.

Ich hatte genug vom Recherchieren. Legte mein Smartphone auf einen kleinen Tisch neben dem Daybed und streckte mich aus.

Ob Coralie wohl wusste, welche Geheimnisse ihre Eltern vor ihr verbargen? War sie eingeweiht? Eher unwahrscheinlich. Ihre Familie hatte sich unter dem Deckmantel der weitreichenden Geschäfte mit dem Casino seit Coralies Geburt sehr von allem, was mit dem Rat zusammenhing, zurückgezogen.

Es würde mich amüsieren, herauszufinden, wie viel de Sauvigny und wie viel königliches Blut in ihr schlummerte.

Alte Verträge, verstaubte Forderungen. Aber wir hielten uns daran. Auf Wunsch des alten Sonnenkönigs Ludwig passiv und genauer gesagt seit den Gräueltaten der französischen Revolution generationenweise aktiv, beschützten wir verschiedene aristokratische Familien, die Nachkommen aus einer besonderen, inoffiziellen Linie der Bourbonen waren. Im Schatten, abseits des Rampenlichts. In dieser Zeit hatte schon mein Vater über Armand de Sauvigny gewacht, obwohl sie nur wenige Jahre trennten. Genau genommen hatte ich Coralie bereits als Baby kennengelernt, bei ihrer Taufe. Damals war ich zehn gewesen und mein Vater hatte noch gesagt: »Dein Schützling, Damian.« Ich hatte ihn nicht ernst genommen. Was juckten einen Zehnjährigen verrückte Abmachungen?

Doch, und ich biss mir in Gedanken vertieft auf meinen Zeigefingerknöchel, sinnierte weiter über die möglichen Zukunftsszenarien. Ich würde sie einfordern, Coralie mit zu mir nehmen. Als *protector* durfte ich das. Wenn es notwendig war.

Mein Entschluss stand fest. Manchmal konnten einem sogar alte, verstaubte Eide einen Vorteil in der modernen Zeit verschaffen. Dazu würde ich meinen Vater anrufen. In letzter Zeit hatte es gegen Armand de Sauvigny vereinzelt Drohungen gegeben, das würde ich verwenden können.

Wenig später läutete das Telefon in der Suite. Mein Paket für Coralie war eingetroffen. Ich bat darum, es mit einer persönlichen Botschaft von mir bei Coralie de Sauvigny abzugeben. Schade, dass ich ihr Gesicht dabei nicht sehen konnte, wenn sie es auspackte. Aber sie würde mit mir Kontakt aufnehmen. Früher oder später.

Zeit war Geld und jetzt war es an der Zeit, mich um mein Business zu kümmern.

Voller Vorfreude auf Coralies Reaktion baute ich mein mobiles Office auf. Ein paar Stunden, um abends den Kopf für wichtigere Dinge frei zu halten. Ich war gespannt, wie sie darauf reagieren würde.

Ich hatte eine kleine, neutrale Botschaft schreiben lassen: *Für Coralie, von D. H.*

Unverfänglich, aber dennoch sicher aussagekräftig.

Genau in dem Augenblick, als ich meine ersten zehn Mails gecheckt hatte, mir zufrieden eine Tasse Kaffee aus der Bar in der Suite genehmigen wollte, klopfte es an meiner Tür.

Bingo.

Charmant lächelnd öffnete ich und davor stand wirklich die kleine Versuchung.

Sie hielt einen großen, edlen, schwarzen Karton in den Händen. Sah mich aber nicht verführerisch, sondern eher angriffslustig an.

»Das kann ich nicht annehmen. Aber danke.« Sie überreichte ihn mir, reserviert, professionell. Ganz die Tochter eines Unternehmers.

»Verzeihung, das ist nicht meine Größe.« Ich hatte einen Witz machen wollen, aber sie sah mich an, als wäre ich der Teufel persönlich.

»Darum geht es nicht, Monsieur Harcourt. Sie sind Gast unseres Hauses und brauchen mir keine neuen Schuhe schenken.« Höflich, distanziert, das hatte sie definitiv gelernt. In Vollendung perfektioniert.

»Dann arbeite sie ab.« Es war mir rausgerutscht, war als Scherz gedacht gewesen, aber schon nachdem ich die Worte ausgesprochen hatte, hätte ich mir am liebsten auf die Zunge gebissen.

Coralie lief rot an, tiefrot, ein wütendes Rot. Sie stand im Türrahmen, drückte mir den Karton vehement entgegen, doch ich machte keine Anstalten, ihn zu nehmen.

Er fiel auf den Boden, sie machte auf dem Absatz kehrt und ließ mich einfach stehen. Wortlos.

Verdammt, das tat sie zum zweiten Mal an einem Tag und es war noch nicht mal Mittag.

Sie entfernte sich einige Schritte, wartete auf den Lift und ignorierte mich völlig.

Drückte mehrmals brutal den Knopf, der dem Aufzug den Befehl zum Runterfahren geben sollte. Aber der Lift machte keine Anstalten, auf ihr Herumgedrücke zu folgen.

»Warte, Coralie.«

»Was?« Oh ja, das gefiel mir. Das Timbre in ihrer Stimme. Sie konnte kratzbürstig sein.

Aus einem Impuls heraus ging ich ihr nach, nahm sie an der Hand. Wieder erhielt ich als Antwort meiner Hände auf die Berührung mit ihrer Haut ein kleines Funkeninferno. Wie zuvor im Garten. Allein diese minimale Verbundenheit löste Endorphine in mir aus. Ihrem entsetzten Blick nach zu urteilen, spürte sie es auch.

»Bitte, bleib. Nimm die Schuhe an und ich hätte nur ein bisschen von deinem Know-How gebraucht. Nicht das, was du denkst. Es war als Scherz gemeint, dass du die Schuhe abarbeiten sollst, beziehungsweise, ach, jetzt rede ich mich um Kopf und Kragen.« Irgendwie nervös, eine Eigenschaft die ich an mir so gar nicht kannte, griff ich mir mit der freien Hand an den Nacken, die andere wollte Coralie physisch davon abhalten, zu verschwinden. »Nun ja, da ich weiß, wer du bist, wollte ich dir ein Projekt zeigen. Du hast doch Tourismus studiert?« Ihr Blick beruhigte sich, das grüne Feuer verbrannte mich nicht mehr länger, aber es glühte. Bereit, jederzeit wieder aufzuflammen.

»Okay, lassen Sie für den Anfang meine Hand los, dann sehen wir weiter.«

Perplex blinzelte ich, ich hatte wirklich immer noch ihr Handgelenk sanft umfasst.

»Natürlich, entschuldige.«

Minimal widerstrebend ließ ich sie los und sofort fühlte sich wieder alles falsch zwischen uns an, als würde etwas fehlen, als wäre mir durch den Verlust ihrer Wärme etwas genommen worden, das ich nicht wirklich in Worte fassen konnte. Solche Emotionen waren mir fremd und Coralie schürte sie in mir.

Trotzig verschränkte sie die wohldefinierten, schlanken Arme vor der Brust, sie trug noch das kleine schwarze, figurbetonte Kleid, in dem sie mir schon am Morgen begegnet war.

»Nein, ich gehe nicht mit Ihnen mit. Als Harcourt haben Sie genug Assistenten, die Sie für Ratschläge bezahlen können.« In dem Augenblick piepte der Lift.

Sie sprang beinahe in den verspiegelten Aufzug, drehte sich aber kokett, selbstbewusst zu mir. Ganz die Gastgeberin. »Auf Wiedersehen, Monsieur Harcourt. Ich wünsche Ihnen einen schönen Aufenthalt.« Weitere Floskeln, bäh.

Die Türen schlossen sich, sie entschwand nicht nur aus meinem

Blickfeld, sondern hinterließ eine Kälte um mich, es war irritierend.

Sie hatte mir wirklich einen Korb gegeben.

Hm, dieses Spiel schürte meinen Jagdtrieb.

Als ich den Lift wieder nach oben kommen hörte, er meine Etage passierte und weiterfuhr, wusste ich, dass sie wirklich weg war.

Mit gemischten Gefühlen kehrte ich in meine Suite zurück, hob den Karton vom Boden auf, stellte die Schachtel mit den Schuhen achtlos auf eine Kommode in den Eingangsbereich.

Alice würde es nicht wagen, mir einen Wunsch abzuschlagen. Ich rief sie über den Room-Service der Suite an und bat darum, in die Vorbereitungen der Party für meinen Vater miteinbezogen zu werden. Ein frommer Gedanke, aber ich wusste, wer diese Feier plante. Coralies Weg würde ganz bald wieder meinen kreuzen.

Es fühlte sich ein wenig nach Bestimmung an, wenn es so etwas wie Vorhersehung und Schicksal in meinem Leben gab. Die Flut an Gefühlen, die meine kleine Verführung in mir auslöste, kam dem, was ich darunter verstand, schon ziemlich nahe.

Aber all die Begriffe, die für sie durch meinen Kopf spukten, wurden ihrer Erscheinung nicht gerecht. Endlich fand ich den richtigen Namen für sie, Coralie war meine kleine Eislilie. Perfekt.

Mit dem neuen Spitznamen, den ich ihr verpasst hatte, im Gehirn, blickte ich in den großen Spiegel, der pompös beinahe eine ganze Wand des Flurs einnahm. Betrachtete mein Ebenbild. Angst konnte sie nicht gehabt haben. Ich wusste, dass ich mich nicht verstecken musste, da mich verschiedene Designer schon für Kampagnen gebucht hatten. Mein Gesicht war ein Dauerbrenner für Werbeanzeigen in der Hauptstadt.

Es würde mir ein Fest sein, sie in meinen Armen zu halten. Noch keine Frau hatte mir bisher widerstehen können.

Auch wenn sie sich jetzt noch zierte, sie konnte nicht abstreiten, dass sie es gefühlt hatte. Diese Anziehungskraft. So heftig hatte ich bisher nie auf Frauen reagiert, aber Coralie war etwas Besonderes. Nicht nur ein Rohdiamant, sie war meine kleine Eislilie. Kühl und mit verdünnten Anteilen von Bourbonen-Blut. Allein diese Tatsache und dass ich die de Sauvignys damit über ein wahres Schlachtfeld der Spiele ziehen würde, reizte meine stets hungrige Dunkelheit.

3

Coralie

(Schloss Miravallet, Westfrankreich)
… Gegenwart …

Das konnte mir doch nicht wirklich passieren? Mit solchen Situationen musste ich anders umzugehen wissen. Sicherer? Stilvoller? Mein Puls wummerte an meinen Schläfen. Der Aufzug hielt im Erdgeschoss.

Ich stieg aus. Aber irgendwie fühlte sich alles ohne ihn verkehrt an. Dabei kannte ich Damian nicht. Kein bisschen. Dieses seltsame Verlustgefühl konnte ich schlecht beschreiben.

Fast wäre ich wirklich zu ihm in die Suite gegangen. Hätte freudig seine Einladung angenommen, meiner Neugierde nachgegeben. Himmel, er war doch ein Gast.

»Was ist dir denn über die Leber gelaufen, mein Kind?« Mama. Sie trat auf mich zu. Hatte wohl schon Sorgen, seit ich ihr mit meinen kaputten Schuhen begegnet war. Atmen. Ich musste meinen inneren Schutzschild aktivieren. Es war mir aus einem Impuls heraus ein Bedürfnis, mich zu schützen, dabei zeitgleich unerklärlich, warum ich mich ihr nicht anvertrauen konnte. Wir hatten keine Geheimnisse voreinander.

Sie nahm mein Gesicht in ihre Hände. »Du bist ganz kühl. Chérie, Schatz, so geht das nicht. Wie sollen wir den Tag bewältigen? Komm, setzen wir uns auf die Terrasse, dort erwärmt die Sonne alles.«

Leicht widerwillig gab ich nach, folgte ihr durch unser Restaurant auf die Terrasse.

Dann war ich doch dankbar für ihre Idee. Die Sonne wärmte meine ungewöhnlich kalte Haut, dabei war Sommer, aber ich war einfach gefangen in mir selbst, in dem Erlebten. Die frische Brise vom Meer leerte meinen Kopf. Ich nahm Platz und ein Kellner brachte uns Tee.

»Es ist Damian, oder?«

Sie erwischte mich damit eiskalt. Ich konnte nicht anders, als sie verdutzt anzusehen.

»Halte dich nach Möglichkeit von ihm fern, Chérie. Ich übernehme seine Betreuung während des Aufenthalts der Familie.« Mama rührte seelenruhig in ihrem Tee, aber sie tat nur so abgebrüht.

Ich biss mir auf meine Unterlippe. Was verdammt noch mal hatten diese Gäste an sich, dass sie alle so aus dem Konzept brachten?

»Mama, wer ist er?« Ich sprach sehr nachdrücklich, wollte Antworten.

Sie seufzte, legte den Teelöffel beiseite. »Der Erbe einer der reichsten Familien Frankreichs.«

»Das hab ich nicht gemeint, du weichst mir aus.« Ich funkelte sie an. Aber sie tat immer noch, als könnte sie kein Wässerchen trüben. Mein Spiegel. Ihre Augen. Es nervte in diesem Moment furchtbar.

»Wenn du mir nicht sagst, wer er ist oder warum du ihn von mir fernhalten willst, dann werde ich es selbst herausfinden.« Huch. So selbstbestimmt war ich bisher nie in ihrer Gegenwart gewesen. Dieser Damian weckte unbekannte Seiten in mir.

»Schatz, bitte.« Sie versuchte es mit elterlicher Politik, beinahe flehend.

»Nein, kein *Schatz, bitte*, Mama. Wir hatten nie Geheimnisse …« Irritierenderweise senkte sie ihren Blick für einen Wimpernschlag zu Boden. Aber noch bevor ich mir lange darüber den Kopf zerbrechen konnte, sah sie mich wieder an. Ganz meine Mama, meine Beschützerin.

»Er hat ein wildes Leben, so ein Mann wie der junge Harcourt … halte dich an meinen Rat, meide ihn … So, ich muss los. Wenn ich den Großteil der Planung übernehme, dann muss ich jetzt anfangen. Du hast frei, Coralie.«

»Wie, frei?« Ich sah sie an, als wäre ich ein junger Vogel, zu früh aus dem Nest gefallen. Mit dem Wort *frei* konnte ich nicht viel anfangen. Ich lebte durchgeplant, jede Stunde war getaktet wie in einem Uhrwerk. Ich kannte es nicht anders.

»Ich erledige das alles. Was wäre, wenn du noch auf der Universität wärst? Auch dann würde unser Casino laufen. Mach dir keine Gedanken, Schatz. Wenn sie wieder abgereist sind, dann kannst du dich um die Sommerspiele kümmern. Hach, was für eine Aufregung.« Sie leerte den Inhalt ihrer Teetasse mit einem Schluck, beugte sich über den Tisch, gab mir einen kurzen Kuss auf die Stirn und verließ die Terrasse.

Was sollte das? Meine werte Mama konnte mich nicht wirklich kennen, sonst würde sie wissen, dass sie mit solchen Aussagen erst recht meine Neugierde entfachte.

Gut, sie zog mich aus dem aktiven Geschehen der nächsten Tage. Warum auch immer. Aber ich kannte Miravallet von klein auf. Ich würde mir auch aus dem Verborgenen einen Überblick verschaffen können. Vor allem mehr über Damian Harcourt erfahren. Ohne Grund würde meine Mama nicht so voller Geheimniskrämerei sein, mir nicht Sachen verbieten, als wäre ich zwölf anstatt einundzwanzig.

Allein wollte ich auch nicht auf der Terrasse sitzen bleiben. Mein Tee blieb unberührt stehen.

Ich kehrte in meinen Turm zurück. Strich beim Raufgehen der Wendeltreppe unartig die weißen Wände mit der Handinnenfläche entlang. Das fühlte sich nach wahrer Kindheit an. Dieser Frevel, dieses Fehlverhalten. Mama hasste es, wenn ich mich mit einer Hand am Geländer hielt und mit der anderen so weit griff, dass ich die Wände berührte. Früher mit den Fingerspitzen, heute, als Erwachsene, mit der ganzen Hand. Als Kind hatte ich manchmal davon geträumt, das zu schaffen.

Jetzt war ich groß genug und nicht nur dafür. Mama würde sich noch wundern. Ich war nicht ihr Spielzeug, dass sie an- und abstellen konnte wie es ihr in den Kram passte. Mittlerweile war ich erwachsen, das musste sie früher oder später lernen zu verstehen. Sie wollten über meine ganze Ausbildung bestimmen, also mussten sie mir zumindest kleine Zugeständnisse an mein eigenes Ich gewähren.

Vor der Tür zu meinem Loft blieb ich stehen. Mein kleiner Rückzugsort. Zumindest war es das immer gewesen, aber aus irgendeinem Grund fühlte es sich erdrückend an, als ich diesmal die Tür öffnete.

Erinnerte mich an Rapunzel aus dem Märchen. Viele Sequenzen meiner Kindheit berührten mich. Es war eine einsame, verwöhnte, aber glückliche Kindheit gewesen. Meine Fantasie hatte in vielen Stunden des Alleinseins grenzenlos wachsen, sich entfalten können. Meine

Hauptansprechperson hieß bis vor wenigen Jahren Marie. Mittlerweile arbeitete Marie in der Hausverwaltung des Schlosses. Aber sie hatte immer noch ein offenes Ohr für mich. Sie war mehr als mein Kindermädchen, sie war meine Vertraute.

Müde schloss ich die Tür. Lehnte mich dagegen.

Zuerst musste ich auf jeden Fall dieses Kleid loswerden, auch die hohen Schuhe.

Ich könnte nach Sport aussehen, auch wenn ich heute schon laufen war. Das würde niemand schockieren. Ich musste unsichtbar sein. So erfuhr ich bestimmt das Meiste.

Hastig wechselte ich meine Kleidung. Stieg in enge Lauftights, dazu ein schwarzes Crop Top. Da es mittlerweile heiß war, verzichtete ich auf eine Weste. Nahm noch passende Laufsocken und Schuhe. Band meine Haare zu einem einfachen Pferdeschwanz zusammen. Fertig.

Unsichtbar sein war etwas, das ich, wenn ich es wollte, exzellent beherrschte.

Bevor ich mein Loft wieder verließ, checkte ich mein Smartphone, gab im Internet den Namen des Mannes ein, der heute so ziemlich alles durcheinander gebracht hatte. Fand jedoch zu meiner Enttäuschung nichts in den sozialen Medien über einen Damian Harcourt. Lediglich ein paar Einträge in Wissenschafts-Fachzeitschriften. Gebildet war er. Ich nannte ihn Giftmischer in Gedanken. So hätte man zumindest im Mittelalter zu ihm gesagt. Er engagierte sich intensiv für die Forschungsarbeiten der Pharmakonzerne. Dazu, was wirklich interessant war, arbeitete er vor einigen Jahren mit namhaften Designern zusammen. Werbekampagnen. Darum. Sein Gesicht. Er war mir so vertraut gewesen, als wäre ich ihm bereits früher begegnet. Ich hatte es gewusst. Immerhin. Jetzt war ich schlauer.

Seufzend legte ich das Smartphone beiseite, beobachtete, wie der Bildschirm erlosch. Atmete durch und entschloss mich spontan, wieder nach unten zu gehen, nahm beschwingt meine Treppe, immer zwei Stufen auf einmal … Wählte aber nicht den Hauptgang ins Casino, sondern öffnete neben einem alten Schrank eine mehr oder weniger geheime Verbindungstür, die in die Gärten hinaus führte. Zuerst mal durchatmen, im Freien. Dann würde ich mir das Puzzle von Damian selbst zusammensetzen.

Es war weniger er als Person, das reizte mich nicht so, oder belog ich mich damit selbst?

Ich wollte mehr Informationen, redete sich der rationale Teil meines Gehirns ein, und wissen, warum meine Mutter so ein extremes Problem mit diesem Mann hatte. Ihre Abneigung grenzte an Wahn.

4

Damian

(Schloss Miravallet, Westfrankreich)
… Gegenwart …

Wo ist deine Tochter?« Alice zuckte bei meiner Frage kaum merklich zusammen, klimperte mit ihren unnatürlich langen Wimpern, sie wollte das Gespräch definitiv nicht darauf bringen. Wir saßen an einem der zahlreichen, protzigen Roulette-Tische von Miravallet. Ein träger früher Abend vor Einbruch der Nacht im Casino. Noch herrschte wenig Betrieb. Sie hatte mich mit ihrem Flitter, ihrem überzuckerten Auftreten für sich einnehmen und von allem rundum ablenken wollen. Schrecklich.

»Oh, Coralie hat öfter Kopfschmerzen. Gerade wenn der Atlantik Wetterumschwünge bringt. Sie ruht sich aus. Migräne kann bei jungen Mädchen furchtbar sein. Morgen geht es ihr bestimmt wieder besser.«

Lüge. Sie war schlecht darin, hätte ich von der Besitzerin eines Casinos besser erwartet. Außerdem war es verdreht, dass sie immer mit mir sprach, als wäre ich uralt, ein verstaubtes Relikt. Ich hatte sie immer schon geduzt, aber das kam bei Alice gegengleich niemals an.

»Bitte keine Einsätze mehr.« Beiläufig schloss der junge Croupier die Runde. Drehte das vermaledeite Rad. Ich wusste nicht mal, worauf ich gesetzt hatte. War mir entfallen.

Jeden meiner Gedanken beherrschte seit dem späten Vormittag die kleine Eislilie. Dabei hatte es Alice erfolgreich geschafft, sie aus meinem Blickfeld verschwinden zu lassen. Wäre nur interessant, auf wessen Wunsch, wer dafür verantwortlich war. Sie oder Coralie.

»Siebzehn, Schwarz. Monsieur Harcourt. Ich beglückwünsche Sie.« Die doppelte Anzahl an Jetons zu meinem Einsatz wurden feierlich und unter Beifall von Alice in meine Richtung geschoben. Coralies Mutter reagierte auf die Aussage des Croupiers mit Verzückung.

»Möchten Sie das feiern, Monsieur Harcourt? Das ist eine Doublette gewesen. Zweimal hintereinander dieselbe Zahl, dieselbe Farbe. Ungeheuerlich. Das Glück ist Ihnen gewogen. So eine Strähne dürfen Sie keineswegs verpuffen lassen.«

Keine weiteren fünf Minuten würde ich es bei ihr aushalten.

»Nein, danke. Ich weiß deinen Ratschlag zu schätzen, aber ich gehe an die frische Luft. Du hast sicher auch noch viel zu tun, wenn mein Vater morgen eintrifft.« Kurz entglitten ihre Gesichtszüge, war das bei dem Ausmaß an Botox und Fillern überhaupt möglich? »Ich danke dir, Alice. Bis morgen.« Damit erhob ich mich, hatte genug von dieser Farce. Ich brauchte meine Ruhe. Casinos, die ganze Atmosphäre darin, machten mich nervös, lösten unlenkbaren inneren Stress in mir aus.

Draußen beruhigten sich meine Gedanken sofort. Ich atmete die reine, klare Seeluft ein. Viel besser. Ging ein paar Schritte in den Park hinein, drehte mich um und betrachtete die hohe Fassade des Schlosses.

Fast alle Fenster waren erhellt. In jedem Stockwerk. Erleuchteten dadurch auch weite Teile der Gärten. Wo sollte ich hier eine stille Ecke zum Nachdenken finden? Wenn Alice mir Coralie vorenthielt, musste ich vielleicht wirklich die alten Verträge des Rates genau studieren und sie mir so holen. Ich grinste wie ein Kind, das vor einem prall gefüllten Süßigkeitenladen stand.

Das Telefonat mit meinem Vater am Nachmittag in meiner Suite war sehr aufschlussreich gewesen. Vor allem hatte er zugegeben, dass ihn nicht nur seine spontane Geburtstagsfeier nach Miravallet brachte. Die Eltern von Coralie hatten mehrere Drohbriefe erhalten, die sie anfangs für einen Scherz hielten. Doch dann hatten sie, nach Absprache mit meinem Vater, ihre einzige Tochter unter dem Deckmantel, sie auf ihre Zeit als Geschäftsführerin des Casinos vorzubereiten, nach Hause geholt. Weg aus Paris. Unter ihre Kontrolle. Sie waren sich ihres ruhigen Lebens nicht mehr sicher. Genau da schaltete sich der Rat ein. Und so wie mein Vater für Armand de Sauvigny der *protector* war, gebührte mir diese Position, diese Aufgabe, diese vermeintliche Ehre, für den nachkommenden Erben. Wobei ich mir darüber klar war, dass wir zuerst immer die Söhne zu schützen hatten. Es gab jedoch keinen Sohn oder überhaupt andere Kinder der Familie, darum war es allein Coralie, die es zu schützen galt. Dafür war ich seit meinem siebten

Lebensjahr ausgebildet worden. Eine harte Schule lag hinter mir. Ich war nicht nur ein Personenschützer, sondern ein Krieger in den Schatten. Ein Leben, das ich abseits meines Deckmantels der Normalität führte. Die Arbeit nach meinem Biotechnologiestudium für Pharmakonzerne war unverfänglich, parallel die Aufträge mit namhaften Designern für Werbekampagnen facettenreich und kosmopolitisch. Dadurch hatte ich im letzten Jahrzehnt den halben Erdball bereist und mir ein eigenes kleines Schloss kaufen können. Doch das hier war besser. Interessanter. Verboten und höchst brenzlig. Genau das dunkle Metier, in dem ich mich zu Hause fühlte. Zeit, meine Finsternis zu füttern. Regeln hatten mich noch nie sonderlich interessiert, außer sie dienten meinen Absichten. Erst wenn Armand de Sauvigny starb, würde die Familie der *protectoren* vom Rat neu ausgewählt werden. Die vier Generationen davor hatten sich Mitglieder des Rates aus der Reihe der Clermonts den de Sauvignys angenommen, aber nie einschreiten müssen. Friedenszeiten in blaublütigen Angelegenheiten. Das war vorzugsweise das Gute an der Aufgabe im Rat. Als *gladius lilium* regierte man im Zwielicht. Ein alter, lateinischer Name als Begriff für unsere Arbeit. Man hatte finanziell immense Vorteile und unendlich viele Privilegien, griff jedoch nur in schwierigen Situationen ein. Meine Ausbildung hatte ich sehr ernst genommen, dort auch genug negative Erfahrungen gesammelt, die mich für mein späteres Leben geprägt hatten. Wusste, dass wir Harcourts noch nie aktiv handeln mussten, seit der Sonnenkönig diese Idee für seine illegitimen Erben hatte. Nur einer unserer Vorfahren war in seiner Leibgarde gewesen, wurde das erste Ratsmitglied. Aber mir sollte das alte Gelaber nur recht sein. Ich würde es für meine Vorteile verwenden. Willkommen im einundzwanzigsten Jahrhundert, Louis.

Da vibrierte mein Smartphone. Vater. Wenn man vom Teufel sprach, kroch er aus seinen Schatten. Wahrscheinlich freute er sich über mein Interesse. Oft telefonierten wir wochenlang nicht und heute bereits zum zweiten Mal.

»Ja.«

»Damian, ich habe dir all die Briefe per Mail zukommen lassen, die den de Sauvignys geschickt worden sind. Sag mir, warum interessiert dich das auf einmal? Das Wohl dieser Familie? Der Rat ist sogar bereit, dir eine Freigabe zu erteilen für weitgreifende Maßnahmen. Wir hatten vorhin eine spontane Sitzung dazu. Jedes Schreiben an die de Sauvignys wurde aggressiver. Wir müssen handeln. Das wurde einstimmig beschlossen. Aber du wirst nichts ohne mich tun.« Seine letzten Worte waren wie ein schneidendes Schwert. Aber er sollte nie vergessen, dass ich von ihm gelernt hatte.

»Es geht mir nicht um die alten de Sauvignys. Was scheren sie mich? Es geht mir um Coralie.«

»Coralie?« Er schrie mir ihren Namen beinahe entgegen. Fand aber sofort seine Beherrschung wieder. »Was hast du mit ihr gemacht?«

»Nichts. Aber wenn ich es richtig gelernt habe, und du hast mir all eure Ratsregeln intensiv eingebläut, dann bin ich für sie … verantwortlich.«

Stille am anderen Ende.

»Ja, das bist du.«

»Soll ich Alice und Armand fragen, oder erledigst du das?«

Erneute Stille in der Leitung.

»Du wirst nichts tun, bis ich morgen in Miravallet eintreffe. Auch die Feierlichkeiten wirst du nicht sprengen. Du kannst deine Aufmerksamkeit auf die Familienmitglieder legen. Der Rat schickt zwei weitere Wächter als Leibgarde noch in diesen Stunden nach Miravallet. Wir agieren im Hintergrund.«

»Wird ja eine tolle Party. Ist Camille auch dabei?«

Er schnaubte. »Solange du deine Finger bei dir behältst …«

Das war typisch mein Vater. Nein. Das Wort Vater wurde ihm nicht gerecht. Eher Befehlshaber, er musste immer Recht haben, sonst war seine Welt instabil. Damit schürte er stets meine Wut. Aber ich war bereit, ihm damit zu begegnen. Er hasste es, wenn ich ihn bei seinem Vornamen nannte. Ich kannte all seine Schwächen.

»Keine Sorge, Daniel. Du hast mich alles gelehrt. Ich weiß auch, dass es unter Strafe verboten ist, sich den Schützlingen … wie war die Formulierung noch gleich … unziemlich zu nähern. Auch wenn diese Anweisung dreihundert Jahre alt ist und noch nie Probleme machte, da es sich meist um männliche Erben handelte … zumindest ist nichts überliefert und …« Er schnitt mir das Wort ab.

»Als ob dich Regeln je interessiert hätten, Damian. Hör auf mich.

Lass Coralie. Bleib auf Abstand. Es könnte dir sonst das hochmütige Genick brechen.«

»Mir geht es nur um ihre Sicherheit.« Wenn ich wollte, konnte ich sehr überzeugend sein. Hatte ich von ihm. Man lernte von den Besten, auch wenn sie Arschlöcher waren.

»Wir sprechen morgen weiter. Du brauchst detaillierte Instruktionen von mir, vor Ort. Verstanden, Damian?«

»Ja.«

»Und natürlich ist deine Mutter auch dabei, nenn sie doch Mutter und nicht Camille. Das schmerzt sie.«

Damit legte er auf. Schönes Gespräch.

Gelangweilt steckte ich das Smartphone wieder weg. Legte meinen Kopf in den Nacken. Wenn ich in Paris etwas vermisste, dann waren das die Sterne.

Hier auf dem Land gab es unzählige Sterne am Firmament. Das ganze nächtliche Himmelszelt bestand aus leuchtenden Punkten.

Minutenlang gab ich mich diesem Schauspiel hin. Entdeckte sogar die Milchstraße. Das war ein entscheidender Vorteil vom Landleben.

All die Oberflächlichkeit, die aus den teilweise geöffneten Flügeltüren des Casinos leise an mein Ohr drang, berührte mich kaum. Eher förderte sie meinen Ekel gegenüber dieser Gesellschaft, dieser Scharlatanerie.

Plötzlich fühlte ich mich müde. Ausgelaugt. Beschloss, nach drinnen zu gehen. Es für diese Nacht gut sein zu lassen. Schon morgen würden die verdammten Spielkarten neu gemischt werden.

5

Coralie

(Schloss Miravallet, Westfrankreich)
… Gegenwart …

Mein Schlaf letzte Nacht war eine einzige verstörende Aneinanderreihung von diffusen Alpträumen gewesen. Alle nicht greifbar, einfach nur verwirrend. Vielen Dank für Nichts, Unterbewusstsein.

Träge wälzte ich mich aus meinem normalerweise sehr gemütlichen Bett. Kaum war ich aufgestanden, fiel ich wieder in die Laken. War doch egal. Mama hatte mir gestern ja durch die Blume gesagt, dass ich bis zur Abreise der Harcourts beurlaubt war. Also konnte ich diesen ach so wichtigen Tag auch verschlafen. Wenn das ganze Schloss in Aufruhr war, lief ich sonst Gefahr, arbeiten zu wollen.

Irgendwann entschied ich mich dann doch, aufzustehen, denn ich verspürte langsam großen Durst und mein Magen knurrte.

Ich ging ins angrenzende Bad. Blickte meinem Spiegelbild halb verloren entgegen. Ich sah furchtbar fertig aus. Putzte mir nur schnell die Zähne, erledigte das Dringendste. Zog die gleichen Sportklamotten wie gestern an. Nahm noch meinen Music-Player. Eine Stunde am Strand würde meinen Kopf wieder frei machen. Es war noch früh genug für Sport, ohne in der Hitze zu schmelzen.

Beschwingt nahm ich die Treppen nach unten, holte mir an einer der zahlreichen Bars im Casino-Bereich des Schlosses ein Glas Wasser. Alles war noch so angenehm still.

Ich schlenderte entspannt direkt durch den Hauptverbindungstrakt raus in den Garten. Schaltete mir meine aktuelle Lieblingsplaylist ein. Grüßte Gustave. Aber er begegnete mir nicht mit Freundlichkeit, sondern mit Sorge im Blick und hielt mich auf.

»Nein, Mademoiselle Coralie. Bitte, warten Sie. Verzeihen Sie mir.

Aber ohne Begleitung dürfen Sie das Gelände heute nicht verlassen.«

Hatte ich mich eben verhört? Er sah mich an wie ein geprügelter Hund. Gustave war der perfekte Portier und führte nur die Anweisungen meiner Eltern aus, aber was war vorgefallen? So eine Bitte von ihm hatte es bisher nicht gegeben. Waren wir überfallen worden? Gänsehaut kroch meine Unterarme rauf, düstere Vorahnungen, die ich nicht besser erklären konnte, ergriffen von mir Besitz. Aber als ich ihn ansah, wurde mir trotzdem wieder wärmer ums Herz, er war so ein lieber Mann, eine verlässliche Konstante in meinem Leben.

»Warum, Gustave? Ist etwas passiert?«

»Nicht direkt, Mademoiselle Coralie. Bitte, bevor Sie mich in Unannehmlichkeiten bringen, könnten Sie Ihre werten Eltern aufsuchen?« Ich verdrehte meine Augen, nahm die Kopfhörer aus meinen Ohren.

»Also, nur damit ich das richtig verstehe, Gustave, ich darf nicht laufen gehen? An den einsamen Strand? Da ist nie jemand. Das ist quasi unser Privatstrand.«

Das war doch lächerlich. Aber er sah so verzweifelt aus und nickte.

»Okay. Sie können nichts dafür. Alles gut. Ich werde zu meinen Eltern gehen.« Nach dem letzten Satz wurde mir direkt warm. »Äh, und Gustave wie spät ist es?«

»Fast Mittag, Mademoiselle. Und danke, Mademoiselle Coralie. Ich wünsche Ihnen trotzdem noch einen wunderbaren Tag.« Er sah aus, als würde er Tonnen an Ballast verlieren. Was ging hier vor? Und es war beinahe Mittag? Verrückt.

Schlechtgelaunt machte ich auf dem Absatz kehrt, überlegte mir schon, wie ich das Gespräch mit meinen Eltern führen würde. Mitten im Gehen, im Ärgern über die Situation verlangsamte ich meine Schritte, da ein paar Männer in maßgeschneiderten Anzügen am Hauptparkplatz des Schlosses meine Aufmerksamkeit auf sich zogen.

Ich beschloss, dass das Gespräch mit meinen Eltern noch warten konnte. Irgendetwas an diesen vier Männern reizte mich. Eine dunkle Aura umgab sie. Unerklärlich und doch faszinierend. Ein Gefühl, das ich gestern bereits gespürt hatte, bei meinen Begegnungen mit diesem Harcourt. Sie strahlten Geheimnisse, Dominanz und Macht aus. Hm, verboten interessant. Wahrscheinlich waren sie schuld daran, dass ich nichts mehr durfte.

So locker und unauffällig wie möglich ging ich im Schutz der teilweise kegelförmig geschnittenen Hecken einen der Kieswege entlang in Richtung der Gestalten.

Gerade als ich in die Hörweite der Männer kam, fand mich Sébastien.

»Coralie, endlich. Da bist du ja. Deine Eltern suchen dich. Du warst nicht in deinem Turm. Ganz Miravallet beginnt zu summen wie ein verdammter Bienenstock, vor dem ein hungriger Bär lauert.« Seine Stimme klang trotz seiner Ansage so beruhigend, er legte Belanglosigkeit in seine Worte, um souverän gegen den Orkan zu bestehen. Anscheinend wusste jeder hier alles. Nur ich nicht. Mich hatte man ausgeschlossen.

Ganz die wohlerzogene Tochter lächelte ich. Setzte eine Maske an Gleichgültigkeit auf. »Natürlich komme ich sofort mit, Sébastien. Irgendwas ist ja heute wirklich seltsam. Ich wollte gerade laufen gehen. Aber Gustave hielt mich zurück.« Schmollend zog ich eine Schnute. Sébastien zwang ein Lächeln auf sein attraktives Gesicht. Er war eine sehr einnehmende, offene Persönlichkeit. Diesen Charakter brauchte man wahrscheinlich auch, um unter den de Sauvignys zu bestehen.

»Darf ich bitten, Coralie?«

»Ja, natürlich.« Mein Lächeln brachte ich nicht so leicht auf die Lippen wie er. Im Gehen wandte ich mich noch mal über die Schulter blickend dem Platz zu, an dem die vier Männer im Anzug miteinander gesprochen hatte. Er war verlassen. Pech. Zu spät.

Seufzend folgte ich Sébastien ins Innere von Miravallet.

»Wohin gehen wir?« Meine Frage hätte harmlos klingen sollen, aber alles stand unter Anspannung, übertrug sich irgendwie auf mich.

»In den Arbeitsbereich von Alice und Armand. Du wirst dort bereits erwartet.« Mehr Erklärung gab es nicht. Seltsam, dieser Tag.

Na toll. Über die dekadenten, breiten Marmortreppen ging es in den ersten Stock von Miravallet.

Dort öffnete Sébastien die Tür und trat mit mir ein.

Die vier Anzugstypen standen bei meinen Eltern. Sébastien schloss die Tür hinter uns. Er blieb.

Der ältere der vier trat direkt auf mich zu. Irgendwie fühlte ich mich im Sportoutfit mit nacktem Bauch deplatziert.

Aber das musste ich jetzt zur Seite schieben.

»Es freut mich, dich nach so langer Zeit wiederzusehen, Coralie. Du bist groß geworden. Mein Name ist Daniel de Harcourt. Grundsätzlich bin ich hier, um meinen Geburtstag zu feiern.« Ein schwaches Lächeln begleitete seine Worte. »Aber die aktuellen Vorkommnisse sind nicht mehr zu ignorieren. Wir müssen uns darum kümmern. Für dich und für deine Eltern.«

Dieser Mann schüchterte mich ein, es erging mir mit seiner Präsenz ähnlich wie mit Damian. Er irritierte meine Selbstbeherrschung. Warum nur? Ich räusperte mich, wusste nicht, wie ich diesen Augenblick elegant bewältigen sollte. Meine gute Erziehung war teuer gewesen, warum nur konnte ich nicht auf all die jahrelang in mich eingetrichterten Floskeln zugreifen?

Das war alles nur schräg, verwirrend.

Daniel de Harcourt? Ein de im Namen? Er verwendete sein Adelsprädikat? Taten wir auch, aber mir begegneten selten andere, die die Erinnerung aus der Ahnentafel öffentlich zur Schau trugen. Ich rief mich zur Ruhe. Scannte ihn, wollte Ähnlichkeiten zu Damian in ihm finden. Das musste ja sein Vater sein, oder ein Onkel? Aber ich fand keine Gemeinsamkeiten. Merkwürdig. Beide waren sie groß, gut gebaut, aber das war es schon. Vielleicht ähnelte Damian seiner Mutter? Daniel war eher Modell Türsteher aus dem tristesten Russland. Glatze, grobe, wenn auch charismatische Gesichtszüge. Bestimmt war seine Frau, Damians Mutter, ein Model oder so.

»Willkommen bei uns im Haus«, sagte ich schließlich.

»Lass uns Platz nehmen, Coralie. Im Sitzen kann man alles besser besprechen.« Papa hatte das Wort ergriffen. Zeigte mit einer weitgreifenden Handbewegung auf den großen Besprechungstisch.

Mein Magen knurrte, irgendwie hatte ich Frühstücken komplett vergessen. Aber das musste warten.

Mama sagte nichts. Schwieg. Sah nur etwas gehetzt aus. Sie rückte sich ihren Sessel näher zu mir und nahm meine Hand. Das war neu.

Papa saß mit Abstand rechts von mir, Monsieur Harcourt links davon. Die drei anderen, jüngeren Männer verteilt daneben. Normalerweise konnten hier zwanzig Personen sitzen. Heute schien der Tisch für die sechs Anwesenden zu klein.

»Also, was muss ich mir anhören? Hab ich etwas falsch gemacht? Ich hab keine Süßigkeiten oder so gestohlen, ich schwöre es.«

Harcourt lachte.

»Coralie, du bist die Unschuld in Person. Wir sind hier, um dich zu schützen. Nicht um dich anzuklagen.« Er machte eine Pause. Strich sich mit der Hand über das Kinn. »Es ist unsere Aufgabe, auf dich zu achten.«

So wie er das sagte, würde ich ihm alles anvertrauen. Er klang wie ein Fels in der Brandung.

»Warum muss ich … geschützt werden?«

»Wir alle, Kind. Aber vor allem du.« Mamas Hand zitterte jetzt ein wenig.

»Lasst mich alles von Anfang an erzählen.« Harcourt erhob sich, die Leinwand für Präsentationen erschien auf Knopfdruck. Mein Blick glitt zu der kleinen Fernbedienung in seiner beringten Hand. Warum trug dieser Mann so viele Ringe? Es war mir schon beim Händeschütteln vorher aufgefallen, dass er auf fast allen Fingern protzigen Schmuck trug. Waren es Siegelringe?

»Das Vertragliche überlasse ich deinem Vater, Coralie. Ich erkläre dir kurz, worum es im Groben geht, damit du nicht mehr im Dunklen tappst, was das Verbot angeht, das Grundstück zu verlassen. Diese Maßnahme ist nicht für immer, nur bis wir mehr Überblick über alles haben.«

Dieser geheimnisvolle Mann hatte sofort wieder meine vollste Aufmerksamkeit. Wie gebannt lauschte ich seinen Worten. Klartext klang wirklich super.

»Wir sind die Mitglieder eines geheimen Rates, der darauf ausgelegt ist, deine Familie zu schützen. Dein Vater wird dir später Genaueres dazu erklären. Was jetzt für dich sehr wichtig ist, Coralie: Du wirst bedroht. Nahezu täglich erreichen deine Eltern Briefe oder Nachrichten per Mail, in denen die Verfasser damit drohen, dich in Paris zu entführen. Darum haben wir dich früher als …«

»Das ist absurd, wer sollte sich für mich …« Ich sah ihn vermutlich an, als wäre er der Weihnachtsmann.

»Bitte, unterbrich mich nicht, Kind.«

»Kind? Ich bin einundzwanzig Jahre alt.« Beleidigt entzog ich meiner Mama die Hand, dabei hatte Harcourt die Worte gesprochen. Verschränkte meine Arme vor der Brust und wurde mir wieder bewusst, dass ich nur im Sporttop und Lauftights vor diesen Anzugträgern saß.

»Wo war ich? Genau. Als dein Studienjahr sich dem Ende zu neigte, kamen die ersten Nachrichten. Wir haben diese verfolgt, doch bisher konnten wir den Absender nicht ausfindig machen. Darum hat der Rat bereits in Paris eine Wache für dich bereitgestellt. Jetzt wird es allerdings ernster. Daher tritt die nächste Stufe in Kraft. Du wirst dich unter völliger Diskretion an einen geheimen Ort begeben. Mein Sohn hat die Freigabe des Rates dafür erhalten. Du wirst in seiner Obhut sein.«

»Obhut? Und wer ist Ihr Sohn?«

»Coralie, bitte.« Papa knirschte mit den Zähnen.

»Okay. Wann soll das passieren?«

»Morgen Nacht. Und meinen Sohn Damian hast du bereits kennengelernt.«

»Wie bitte? Wegen Drohbriefen? Das ist doch lächerlich. Reicht da nicht einfach ein Bodyguard?«

»Nein, Coralie. Wir haben Verpflichtungen. Es gibt alte Verträge. Wir erklären dir das … später.«

»Wisst ihr was? Danke für die tolle Aufklärung. Wenn ich so bedroht bin, ist mein Turm auch gefährlich? Oder kann ich da jetzt hoch? Ich habe genug gehört.« Ich stand auf, verdrehte meine Augen.

»Natürlich kannst du rauf in deinen Bereich, Kind.« Meine Laune war am Tiefpunkt. Wenn er noch einmal Kind zu mir sagte, dieser Harcourt …

»Coralie, am besten, du lässt das mal sacken. Sprechen wir vor dem Abendessen darüber?« Papa bemühte sich um einen schlichtenden Tonfall.

»Ja, klar, entzückend.« Wut kochte in mir hoch. Sie entschieden immer alles über meinen Kopf hinweg. Rat, welcher Rat? Machten sie jetzt einen auf Geheimverbindungen?

Entnervt verließ ich den Raum, wollte die Tür zuknallen.

»Äh, Mademoiselle.« Zwei der vier Anzugstypen standen direkt hinter mir.

»Wir begleiten Sie bis in Ihre Räume.« Ich schnaubte, würdigte niemanden mehr eines Blickes, stapfte rauf in meinen Turm und schmetterte die Tür diesmal richtig heftig zu, mit aller Kraft.

Das war vollkommener Blödsinn. Bedrohungen, Obhut, ja, klar. Hollywood ließ grüßen.

6

Damian

(Schloss Miravallet, Westfrankreich)
… Gegenwart …

Mein Vater goss sich aus der Minibar meiner Suite Bourbon in ein Kristallglas. Typisch. Betrat einfach mein Zimmer, ohne zu fragen.

»Möchtest du auch, Damian?« Ich schüttelte leicht genervt den Kopf. Nach dem erholsamen Schwimmen im großzügigen Wellnessbereich von Miravallet war ich ausgiebig duschen gewesen. Trocknete mir mit einem der luxuriösen Handtücher meine Haare ab. Was war das, ägyptische Baumwolle? So etwas hatten wir nicht mal zu Hause. Aber egal wie viele Bahnen ich schwamm, Coralie ging mir nicht aus dem Kopf.

»Zuerst, der Form halber, Happy Birthday, Daniel.« Dad oder Vater war mir seit zwanzig Jahren nicht mehr direkt im Gespräch mit ihm über die Lippen gekommen.

»Danke.« Er war die Ruhe in Person.

»Warum so schlechte Laune, Damian? Ich hab dir den Weg geebnet. Du weißt selbst, dass Personenschützer im Schloss in dieser Situation ausreichend gewesen wären. Zumindest für die nächsten Tage. Dann hätte man weiter sehen müssen. Wobei … Du bist einer unserer besten Kämpfer, es wird eine weise Entscheidung sein. Aber ich warne dich, du weißt, es ist verboten, etwas mit einem Schützling anzufangen. Affären stehen unter Strafe.«

»Ich hab sie nicht angerührt.«

»Dessen bin ich mir vollkommen bewusst, mein Sohn. Aber durch unsere Adern fließt dasselbe Blut. Sie ist … besonders.«

Warum nur verfügte ich über keinen Todesblick? Gerade hätte ich den gebraucht. Daniel wagte es, Coralie zu bewerten?

»Sie ist keine Ware.«

»Nein. Sie ist eine unserer Schutzbefohlenen.«

»Diese Verträge. Es gibt Pflichten. Verbote. Warnungen.«

»Ja, die gibt es, Damian. Das ist auch gut so. Also rate ich dir, lass die Finger von ihr. Du vergnügst dich doch liebend gern mit jeder Frau, die dir schöne Augen macht. Es muss nicht die Kleine de Sauvigny sein.«

»Schlaf beruhigt, Daniel. Ich werde dir keinen Grund zur Sorge geben.«

»Gewiss.« Das dämliche Grinsen bei diesem Wort hätte ich ihm am liebsten aus dem Gesicht geschlagen.

»Habt ihr wirklich keine Ahnung, wer diese Schreiben schickt? Oder ist das nur eine Taktik? Wofür auch immer.«

Er schüttelte seinen Kopf. »Nein. Wir sind dran, haben sogar die IT-Hacker dafür von anderen Projekten abgezogen, aber wir finden nichts. Wer auch immer hinter Coralie her ist, er ist gut. Kein Stümper.«

»Wie wäre es, wenn ihr mal diejenigen checkt, die hohe Spielschulden bei den werten de Sauvignys haben?«

»Danke für den Tipp, aber wir sind keine Anfänger, Sohn. Überlass uns die passive Arbeit und konzentriere dich auf deine Fähigkeiten.« Er seufzte, blickte kurz aus einem der Fenster. Dann drehte er sich wieder zu mir, war ganz der aalglatte Businessmann, tauschte eine Fassade gegen die andere. »Bist du bereit, meinen Geburtstag richtig zu feiern? Unsere persönliche Sicherheits-Armada ist vorhin eingetroffen. Die Überwachung steht. Ich habe richtig Lust darauf, mich gut zu fühlen. Showtime, Damian.«

Noch mal schenkte er sich nach. Als kleiner Junge hatte ich zu ihm aufgeblickt, aber als Teenager hatte sich dieses Anhimmeln in Verachtung gewandelt. Meine Lehrer, meine Trainer, ja, jeder Ausbilder der *gladius lilium* war mir mehr ans Herz gewachsen als er. Was für eine Farce, dass er wahrlich dachte, er könnte mich jetzt an Vorschriften erinnern.

»Ich komme dann gleich nach.«

»Hast du noch zu tun?«

»Immer.«

Daniel setzte erneut eins seiner nonchalanten, einstudierten Gesichter auf. Lächelte sogar, fast.

»Dann sehen wir uns später unten. Mein Sohn.«

»Natürlich.«

Als sich die Tür leise schloss, atmete ich regelrecht auf. In seiner Gegenwart war mir immer die Luft zu dünn, der Raum zu heiß und die Atmosphäre zu aufgeladen.

In Zukunft würde mein Vater noch weniger Platz einnehmen. Ich musste mich von ihm lösen, vollständig. Nur so würde ich je so etwas wie Freiheit haben. Das war ich mir selbst schuldig.

Sein Geruch haftete in der Suite. Es brachte alles in mir zum Kochen. Ungestüm öffnete ich die großen Glasfronten, die raus auf den Balkon führten. Atmete die salzige Luft vom Atlantik ein. Sofort kam ich zur Ruhe. Aber Erinnerungen holten mich ein.

Paris, vor einundzwanzig Jahren …

»Deine Schulausbildung wird bereits ab Herbst in Vincennes weiter fortgeführt werden. An unserer Privatschule. Wir haben die Erlaubnis und die Lehrer, um euch ordentlich auszubilden. Abseits vom Pöbel.« Papas Stimme war hart und endgültig. Er erschreckte mich damit. Seit langer Zeit hatte ich diesen Tag, diese Aussage von ihm gefürchtet. Als braver, einziger Sohn der Familie war es mein oberstes Gebot, ihm zu gefallen, aber vor seiner Welt, dem Rat, den gladius lilium *hatte ich nicht nur Respekt, sondern pure Angst, die mir in dem Augenblick eiskalt die Wirbelsäule raufkroch. Sämtliche Wärme, die sich durch die Nachmittagssonne auf die ganze Terrasse gelegt hatte, verpuffte.*

Dabei hatte ich gehofft, noch ein Jahr zu haben. Ich liebte meine Klasse an der öffentlichen Schule. Hatte dort viele Freunde. Warum nur wollte er, dass ich schon ein Jahr früher wechselte? Von diesen Plänen wusste ich nur zufällig durch das Belauschen seiner Gespräche, aber ich dachte immer, ich würde meine normale Grundschule abschließen können. Jetzt tickte seine Zeit gegen die meine.

Ich spielte in jenem Moment auf der Terrasse des Landsitzes meiner Familie. Hatte alte Murmeln wiederentdeckt, die ich fasziniert im Sonnenlicht betrachtete. Wir lebten in einem richtigen Schloss mit allem Drum und Dran, sogar mit eigener kleiner Leibgarde, Bodyguards, die sich um die Sicherheit von mir und meiner selten anwesenden Mama kümmerten. Richtig alt und voller Geheimnisse. So viele Kinder träumten davon, so zu leben. Für mich gehörte es seit beinahe zehn Jahren zum Alltag. Und doch erdrückte mich das düstere Innere des Gebäudes, die Geheimnisse, die es durch seine Bewohner barg. Am liebsten war ich deshalb nach der Schule im Park oder eben hier auf der großen, weitläufigen Terrasse. Mein Kater

Billi lag faul neben mir in der Sonne. Sein dichtes, orangefarbenes Fell glühte beinahe, als ich darüberstrich, so sehr saugte er die Hitze auf, doch es konnte ihm nie heiß genug sein. Papas Gerede berührte ihn nicht im Geringsten.

»Wie meinst du das, Papa? Du arbeitest doch in Vincennes? Was ist mit meinen Freunden?« Mein Herz klopfte wild, es war stets mein Wunsch, Papa zufriedenzustellen. Und doch wagte ich es, zu fragen, zu hoffen, er würde etwas anderes meinen. Dumme, kindliche Hoffnung.

»Ja, und in Zukunft auch du. Das ist deine Bestimmung. Der Rat. Du wirst ein gladius lilium. *Deine Freunde sind belanglos, du wirst sie nicht wiedersehen.« Er klang so endgültig, so absolut. Keine Alternativen. Papa hatte das längst beschlossen.*

»Okay, wenn du das sagst. Kenne ich dort jemanden?«

»Ja, mich. Das ist das Wichtigste, Damian. Hast du mich verstanden?«

»Natürlich verstehe ich dich. Ähm, Papa …«

»Was, Damian? Halte dich kurz, meine Zeit ist begrenzt.«

»Vincennes ist am anderen Ende von Paris, du bleibst oft über Nacht weg. Wie geht das mit der …«

»Du wirst dort das angeschlossene Internat besuchen. Direkt im Rat. Das ist für alle Erben eingerichtet. Nach der Grundschule wechselt man in die weiterführende Schule des Rates. Jetzt haben wir die Möglichkeit, deine Ausbildung früher zu beginnen. Und du wirst verstehen, warum es so wichtig ist, dass du Kampfsport betreibst seit du sechs Jahre alt bist.« In mir zog sich alles schmerzhaft zusammen. Sogar Billi zuckte nervös mit seinen Ohren. Karate besuchte ich nur regelmäßig, weil ich Papa stolz machen wollte. Zwar lobten mich die Trainer seit Jahren, aber ich fand Kämpfen blöd. Viel lieber beobachtete ich die Natur. Die war voller Wunder für mich. Es war für mich sinnbefreit, jemand verletzen zu wollen oder mich verteidigen zu müssen.

»Wie oft komme ich dann nach Hause?«

»Vincennes wird dein Zuhause.« Ich schluckte, das war viel für mich.

»Kann ich mir das noch überlegen, Papa, bitte?« Die Antwort war mir bereits klar, aber ich hatte den Drang, danach zu fragen. Gefährliches Terrain.

»Nein.« Sein Ausdruck war so hart. Gehorsam, ich sah seine Anforderungen an mich in seinem Blick. Fügte mich. Still. Zum ersten Mal griff etwas Dunkles nach mir, nach meinem Licht.

Damit ging er einfach, ließ mich mit meinen Sorgen und Ängsten allein. Das hatte damals einen der härtesten Momente in meinem Leben dargestellt, meine sorgsam gehütete kleine, fragile Blase an freiem Leben zerstört. Mit wenigen Sätzen war über meine Zukunft bestimmt worden und Mitspracherecht scherte meinen Vater nicht.

Als ich sicher war, dass er weg war, hatte ich mir zum Trost Billi geschnappt, mich mit ihm in ein niedriges Versteck zwischen den kunstvoll angelegten Blumenarrangements in den entlegensten Winkeln unseres Parks zurückgezogen. Dort blieb ich noch lange sitzen, versunken in meinem Kummer. Irgendwann fand mich unsere Haushälterin, schimpfte mich leise aus. Sie hatte sich Sorgen um mich gemacht. Jemand vom Personal.

Ein zweiter Moment, der mir damals klar machte, es gab nicht viel für mich. Familie war relativ. Tiere waren mir verlässlichere Freunde. So verlor ich den ersten Teil meiner Kindheit, in dem Wissen, dass ich auf mich gestellt war und kein Mitspracherecht hatte.

Angestrengt blinzelte ich mehrmals und blickte Richtung Meer. Flashbacks zogen mich immer in den Abgrund.

Aber sie zeigten mir auch, so war Daniel. Pulverisierte meine Träume und Wünsche. Die waren ihm immer schon egal gewesen. Er handelte nur nach seinen Vorstellungen. Und darum hatte er jegliche Chancen auf Absolution bei mir verspielt, im wahrsten Sinne des Wortes. Niemals würde er etwas für mich aus Zuneigung tun, letztendlich ging es stets und ausnahmslos nur um seine Vorteile. Meine Mutter war sein Schatten, stand ihm in nichts nach, auch für sie hatte ich wenig übrig. Lediglich ein Schauspiel, das wir boten, für die Welt, nach außen. Der Hunger nach Prestige, in unserem Stammbaum verankert, doch ich würde der Letzte sein, diese Farce musste ein Ende haben. Irgendwann. Nie würde ich einem Kind das antun können.

Widerwillig wandte ich mich vom Ozean ab, ging nach drinnen. Es war Zeit, das Fest zu besuchen.

7

Coralie

(Schloss Miravallet, Westfrankreich)
… Gegenwart …

Drei, nein fast vier Stunden hatte ich mich in meinem Loft verschanzt. Mir eine Taktik überlegt. Wusste nur noch nicht, ob ich damit durchkommen würde.

Schließlich, als mich meine Eltern gerufen hatten, war ich bereit gewesen, mich all dem zu stellen.

In meiner Nervosität hatte ich meinen Kleiderschrank auf den Kopf gestellt, mich mit Schönheitsritualen mehr schlecht als recht abgelenkt, aber zumindest war die Zeit vergangen.

Mit klopfendem Herzen hatte ich wieder an dem großen Besprechungstisch Platz genommen. Mir einen stabilen äußeren Schutzpanzer aus Make-Up und Styling zugelegt. Das war sicheres Terrain für mich. Meine Haare in sanfte Wellen gelegt, die meinem Gesicht schmeichelten. Schutz durch äußere Perfektion, meine klägliche Strategie, aber ich redete mir ein, das würde mir helfen, irgendwie. Ich trug Schwarz. Eine enge Lederhose, leicht klobige Schnürstiefel und dazu eine Bluse samt sündhaft teurer Lederjacke im groben Bikerstil. Ich war so sauer. Schwarz. Dunkelheit. Derb. Abgründe. Das Outfit entsprach meiner Stimmung.

So saß ich ihnen gegenüber, kratzte alles an Fassung zusammen …

»Ist das euer Ernst? Das ganze Trara?«

»Ja, mein Kind. Es tut mir so leid. Ich habe diesen Tag gefürchtet.« Mamas Stimme war so kläglich, sie war mit den Nerven durch, wie so oft in letzter Zeit. Aber langsam verband ich in meinem Hirn all die kleinen Auffälligkeiten. Mamas Nervosität, sie war nicht einfach so gekommen, sie hatten es bereits länger gewusst und mir alles verschwiegen. Zu meinem Schutz, ja, klar. Hatte grandios funktioniert.

»Also noch mal im Klartext. Warum muss ich mit ihm mitgehen? Nichts gegen den Rat, oder was auch immer … aber wir leben im einundzwanzigsten Jahrhundert. Ich gehe mit niemandem mit, der mich versteckt. Das ist doch verkorkst.«

»Du kannst dich dem nicht entziehen, Coralie. Es sind uralte Verträge. Viel älter als unsere Republik. Und all das dient einem höheren Zweck, unserer Sicherheit. Bis wir wissen, ob diese Briefe ein blöder Scherz sind oder dir wirklich jemand etwas Böses will.«

»Also echt, Mama, Papa, sprecht nicht in Rätseln mit mir. Oder ich bin hier raus.«

»Gehst du nicht mit Harcourt mit, verlieren wir Miravallet, all unsere Besitztümer, all unser schwer erarbeitetes Geld.« Papa sah mich gebrochen an bei seiner Erläuterung.

Das war mal ein feines Detail, mit der Schlagkraft einer Abrissbirne. Ich war entsetzt. »Ernsthaft? Und die Harcourts unterstützen diesen Schwachsinn? Ich glaube, ich muss kotzen.« Ich verschränkte erneut meine Arme vor der Brust. Sollte der Vertragsprinz doch kommen. Ich hatte keine Angst vor ihm.

»Er ist nicht dein Feind, Coralie. Er ist dein *protector,* dein *gladius lilium.*« Mama lief eine einzelne Träne über ihre stark geschminkte Wange.

»Gestern sagtest du noch, ich soll mich von ihm fernhalten. Was nun, Mama? Entscheide dich, was du haben willst.« Ich schnaubte, war wirklich sauer.

»Und, rein fürs Protokoll, noch mal. Jetzt sprechen wir schon auf Latein? Warum ist er mein Beschützer? Mein Schwert? Was bedeutet die Lilie? Ich verstehe nicht, was ihr von mir wollt. Wie ich mich verhalten soll. Könnt ihr euch nicht vorstellen, dass mich das überfordert?« Sie waren doch wirklich nicht ganz bei Trost.

»Hör bitte ganz genau zu, Coralie. Es ist besser, wir erklären dir das alles Schritt für Schritt, von Anfang an.«

»Welcher Anfang, Papa?« Meine Geduld war zu Ende, ich kochte innerlich. Meine Eltern führten sich auf wie mystische Kerkermeister. Wo war bitte die versteckte Kamera?

Beide wechselten einen kryptischen Blick. Das war absurd.

»Lass uns erzählen, Coralie. Danach kannst du deine Entscheidung treffen.« Er schenkte mir sogar ein Lächeln, ach Papa.

»Die Geschichte, die Verbindung zwischen den Häusern de Sauvigny, vielen weiteren adeligen Familien und den Harcourts nahm seine Anfänge zu Zeiten des Sonnenkönigs.«

»Wie bitte? Bekomme ich jetzt Nachhilfe in Geschichte? Das wird ja immer besser.« Meine Stimme troff vor Sarkasmus, das war doch wirklich von vorn bis hinten einfach nur ein Witz. Trotzig schlang ich die Arme fester um mich.

»Coralie, ich bat dich, mich erzählen zu lassen, mich nicht zu unterbrechen. Das ist doch sonst nicht deine Art. Daniel bist du auch mehrmals ins Wort gefallen.« Diese Sätze fielen ihm schwer, irgendwie tat er mir leid. Mama weniger, aber Papa.

»Okay. Ich höre.«

»Danke, mein Schatz. Das, was ich dir jetzt erzähle, lässt sich eigentlich gar nicht auf einmal erklären. Gib dir Zeit, die Geschichte sacken zu lassen, wenn ich geendet habe.« Er strich sich nervös durch seine Haare. Dann endlich setzte er seinen Bericht fort.

»Ludwig der Vierzehnte, unser Sonnenkönig, ein Bourbone, war ein lasterhafter Herrscher. Er hatte viele Mätressen. Eine davon war seine besondere Herzensdame. Madame de Maintenon. Dir ist sie bestimmt bekannt. Sie ist unsere direkte Vorfahrin und nicht nur das. Die Madame hatte ein Kind, eine Tochter, mit Ludwig. Da der König dieses Kind der Liebe besonders wertschätzte, nein, besser gesagt vergötterte, bat er seine Vertrauten, seine Leibgardisten, unter ihnen auch ein gewisser *Antoine Harcourt*, auf seinen kleinen Augenstern zu achten. Aus einem anfänglichen Versprechen wurde ein Eid, ein Vertrag, ein Schwert. Schau nicht so entsetzt, Coralie. So etwas war damals nicht unüblich. Er liebte sie so sehr, dass er Antoine Harcourt und weiteren Leibwächtern, als er spürte wie seine Lebenskraft schwand, einen nachhaltigen Schwur abverlangte, einen langen, schriftlichen Vertrag aufsetzte. Als Ludwig starb, war dieses Kind von Françoise bereits eine erwachsene Frau, aber der König hielt an seinem Wunsch fest, in seinen letzten Atemzügen wurden diese Dokumente unterzeichnet, mit Siegel und Insignien. Es begann eine passive Zeit der *gladius lilium*.«

»Entschuldige, Papa. Aber was bedeutet *gladius lilium?* Also es heißt Schwert und Lilie, aber wie darf ich das für mich übersetzen?« Mein

Herz pochte heftig. Das war eine Geschichte wie aus einem schlechten Hollywoodschinken.

»Wir sind mit den Bourbonen verwandt. Der alten Herrscherfamilie. Über viele Generationen mit ihnen verbunden.« Mehr geschichtliche Floskeln. Toll.

»Ich verstehe, was du mir sagst, Papa, aber ich kann mir das alles schwer vorstellen. Was bedeutet das für mich? Viele werden mit den Bourbonen verwandt sein. Das ist doch nicht von Bedeutung.«

Er lächelte schwach. Öffnete eine dunkelbraune, lederne Mappe, die vor mir lag. Darin befand sich ein altes Dokument, sehr alt.

»Ist das ein Original?« Entsetzt blickte ich ihn an. In dieser Mappe gab es zusätzlich hauchdünne, weiße Handschuhe. Wahrscheinlich durfte man dieses Pergament nur berühren, wenn man sie überzog.

»Es ist eine Kopie des Originalvertrages, mit Ludwigs Unterschrift.«

»Was steht darin?«

»Lies es, mein Kind. Ich lege es dir noch mal ans Herz. Nimm dir Zeit dafür, überstürze nichts.«

Gereizt nahm ich die Mappe entgegen, zog mir die Handschuhe über und blätterte die erste Schutzfolie um. Darunter war noch eine zweite und erst dann das Dokument. Ich tat mich am Anfang schwer, meine Augen mussten sich an die Handschrift gewöhnen.

Die Bewachung unserer Nachkommen. Meiner geliebten Françoise, all ihre Namen im Verweis auf der letzten Seite, geht über jede Befindlichkeit. Sie muss geschützt werden, ihre Kinder müssen geschützt werden. Allen voran die Erben. Sie sind meine Lilien.

Darum ernenne ich sämtliche Mitglieder und alle Nachfahren der noblen Familien Harcourt, Courtenay, Tonnerre …

Mir verschwammen die ganzen Namen vor den Augen, es waren mindestens ein Dutzend, einzig Harcourt brannte sich mir ein.

… zu Schwertern. Dient eurem König, dient seinem Willen.

Zum Schutz der Nachkommen, zuerst den Söhnen, dann den Töchtern, wenn ich sie nicht mehr vor dem Bösen bewahren kann.

In jeder Generation sollen die protectoren, die gladius lilium aus Familien, die der Rat der gladius lilium befiehlt, einen Sohn stellen, der in den Schatten wacht, damit den Abkömmlingen der edlen Françoise nichts Schlechtes geschehen möge.

Sollte es dafür notwendig sein, dass sie sich in den Gewahrsam, den Schutz der protectoren begeben, so ist dies mein Wille. Jeder vom Kreis der gladius lilium gewählten Vertreter bestimmt auch nach meinem Tod, post mortem in meinem vollsten Einverständnis darüber, wann die Zeit für einen Nachfahren der edlen Françoise gekommen ist, sich in seinen Schutz zu begeben.

Sollten sie sich weigern, obwohl es der Sicherheit unseres Blutes dient, aus welchen Gründen auch immer, so gehe ihr ganzer Besitz bis zur letzten Münze vollständig auf die aktiven protectoren über, ausnahmslos und für immer.

Denn ich vertraue den Entscheidungen meiner Leibgarde, den von mir ernannten gladius lilium. Die Bewahrung meines Blutes ist das Wichtigste, ich bin der Sonnenkönig. Meine Sonne darf niemals untergehen.

Gezeichnet …

»Ernsthaft? Seid ihr blöd? Das ist doch … das kann man doch bestimmt anfechten?!« Ich runzelte meine Stirn, als ich die entsetzten Blicke meiner Eltern sah.

»Nein, das ist nicht anfechtbar, Coralie.«

»Und was will er jetzt? Dass ich zu ihm gehe?«

»Ja, das wünscht er. Das hat auch der Rat so entschieden. Und die Verträge lassen uns keine Wahl.«

»Wie alt sind die? Dreihundert Jahre? Das kann nicht euer Ernst sein. Was habt ihr zu euch genommen?« Wütend sprang ich auf und pfefferte dabei den Stuhl hinter mir zurück.

»Coralie, beruhige dich. Es steht sehr viel auf dem Spiel. Und er würde dir nie … schaden. Es ist seine Pflicht, auf dich zu achten. Daniel sagte uns, es ist ein guter Schachzug, dich überraschend von der Bildfläche verschwinden zu lassen.«

»Ach, darum nimmt er mir meine Freiheit? Süß. Entzückend. Nicht mit mir. Ich bin raus. Vergesst es.«

»Noch mal, Coralie. Er nimmt dir nicht deine Freiheit. Damian taucht nur mit dir unter. An einem vorerst geheimen Ort. Nur die *gladius lilium* wissen, wo du hingehst. Es ist lediglich für wenige Tage. So hat es der Rat beschlossen. Wir erhielten Briefe, auch einige E-Mails seit deiner Rückkehr. Ich habe sie Damians Vater gezeigt. Es sind furchtbare Briefe. Ihr Inhalt würde dich ängstigen.«

»Was soll das wieder heißen? Der Entführungsmist? Kann ich diese Mails vielleicht mal sehen?« Verständnislos heftete ich meinen Blick auf ihn.

»Es sind Drohbriefe. Anonym. Und nein, wir zeigen sie dir nicht. Du musst uns da vertrauen, chérie.«

Mama, mein Gott. Sie sprach von Vertrauen? »Ach ja, wie in einem schlechten Krimi. Wer bedroht wen?«

»Vertrau uns, Coralie. Auch wenn die Harcourts nicht unsere erste Wahl sind, da sie lieber eigennützig als zum Wohl unseres Blutes agieren. Bei ihnen bist du sicherer als bei uns hier auf dem Land.«

»Verrückt. Ich bin wie gesagt raus. Vergesst euren mystischen Firlefanz.«

So wild wie noch nie und mit klopfendem Herzen verließ ich Papas Büro.

Ich brauchte Luft zum Atmen.

Mama lief mir nach. Mama lief? Halb zwischen Gang und Treppe fasste sie nach meinem Arm.

»Bitte, Coralie.«

»Was bitte, Mama?«

»Bitte geh zu ihm. Nimm diesen Schutz an.«

»Schutz? Seid ihr noch bei Trost?«

»Bitte. Es geht um alles. Auch um Miravallet. Sie können uns jeden Besitz nehmen.«

»Ach, darum geht es. Macht die Harcourts ja total sympathisch. Vielleicht haben sie unseren Besitz gar nicht nötig.« Langsam nervte es mich wirklich. Mama kränkte mich damit, dass sie annahm, ich würde nicht alles für die Familie geben.

»Bitte, Kind.«

»Ja, ja. Bitte hier, bitte da. Ich denke darüber nach.«

Ich wand mich voller Wut und Bitterkeit aus ihrem Griff. Doch sie fasste erneut meine Hand. Drängte mich an sich. Flüsterte mir hektisch wilde Sätze zu.

»Du hast keine Ahnung, was davon abhängt, Coralie. Wie tief das alles geht. Es könnte uns vernichten. Mehr als es der Verfasser der Briefe könnte. Der ist im Verhältnis wahrscheinlich lachhaft.« Ihre Worte trafen direkt in mein Herz. Ihr Schloss ging ihr über alles, über mich. Sie forderte mein Opfer, weil sie Angst um ihren Besitz hatte.

Sie war so aufgeregt, keuchte bei ihren Worten. »Bitte, Kind. Denke gut darüber nach. Es könnte uns alle in den Abgrund reißen.« Sie machte eine Pause. Schluckte, wischte sich mit der freien Hand eine weitere Träne weg. »Mir fällt das so schwer, Coralie. Ich liebe dich. Wir sind alle nicht dumm, mein Schatz. Ich weiß, dass Harcourt ein Auge auf dich geworfen hat. Sie würden sonst nie von selbst ihre Hilfe anbieten. Er bedient sich an den Verträgen, den Bestandteilen, den Forderungen des Paktes, um an dich zu kommen. Statt zu fragen, will er dich einfach mitnehmen. Es tut mir so leid. Das klingt wie ein …« Sie unterbrach sich wieder, rang nach Atem. »… halte ihn einfach auf Abstand, Coralie. Gib ihm nicht nach. Es ist ihm als *protector* verboten. Er darf dich nicht berühren.« Diese Worte, besonders die letzten waren ihr so schwer gefallen, als hätte sie ein Damoklesschwert über mir fallen gelassen.

»Mama.« Sie sackte an der Wand runter. Aufgelöst in Tränen.

»Mir tut das so leid, Coralie. Dass wir dich nicht ausreichend beschützen können.«

»Schon okay, Mama. Ich bin groß. Aber ich möchte jetzt bitte allein sein.« Sie nickte nur, verbarg ihr Gesicht hinter den Händen und blendete mich aus. Das machte ihr mehr zu schaffen als mir. Das hatte ich nicht erwartet.

Doch durch ihre seltsamen Worte wurde meine Brust immer enger, ich brauchte mehr Sauerstoff.

Rannte beinahe die vielen Treppen runter, durch den Eingangsbereich des Casinos nach draußen. Die zahlreichen Menschen nahm ich nur schemenhaft wahr.

Diese bescheuerte Party zum sechzigsten Geburtstag dieses Höllenhundes war in vollem Gang. Da kam mir eine Idee. Ich machte auf dem Absatz kehrt. Party crashen? Kann ich. Würde ich gleich mal das Geburtstagskind auf einen Vertrag mit dem Sonnenkönig ansprechen. Kam sicher gut. Bisher wusste ich nichts davon, dass mir das Reden verboten worden wäre.

Die Musik dröhnte basslastig in meinen Ohren. Ungewöhnlich harte Beats für einen Sechzigjährigen. Das Restaurant war zu einem pulsierenden Festsaal umdekoriert worden. Überall funkelte und glänzte es. Die Menschen hatten Spaß, solche oberflächlichen Seelen. Wenn sie wüssten, in welcher Höhle von Wölfen sie sich befanden. Sie hätten schreiend Reißaus genommen. Außerdem, welche

Sicherheitsvorkehrungen hatten diese Ratstypen getroffen, um so hemmungslos feiern zu können? Wollten sie mich nicht noch vor ein paar Stunden verstecken?

Da entdeckte ich den Partywolf mitten auf der Tanzfläche. Ich wollte direkt zu ihm, ohne Umwege, prallte aber an einer plötzlich auftauchenden menschlichen Wand ab.

»Wohin des Weges, kleine Eislilie?«

Wie bitte? Hatte er das gerade wirklich gesagt? Damian stand vor mir. Durch die Lautstärke der Musik und die vielen flackernden Lichteffekte hatte ich ihn weder gehört noch richtig wahrgenommen, bis er mir den Weg abschnitt, aus dem Nichts.

»Lass uns an die frische Luft gehen. Du siehst aus, als könntest du einen Spaziergang vertragen.« Seine Ansage duldete keine Widerrede, und als ich den Fehler machte, ihm in die Augen zu sehen, verpuffte mein Widerstand. Ich nickte, folgte ihm nach draußen. Warum hatte allein seine autoritäre Aura so eine Wirkung auf mich?

8

Damian

(Schloss Miravallet, Westfrankreich)
… Gegenwart …

»Was hat dich so sehr aufgebracht?« Ich wollte interessiert wirken, obwohl ich mir denken konnte, was ihr offenbart worden war. Verschränkte meine Arme hinter dem Rücken und ging, so ruhig es mir möglich war, neben ihr her.

»Spiel nicht mit mir, Harcourt. Du warst bei meinen Eltern. Hast sie bedrängt. Oder deinen Vater vorgeschickt. Keine Ahnung.« Sie fauchte mich an. Hielt ihre Arme in Abwehrhaltung trotzig vor dem Oberkörper überkreuzt.

»Wärst du kein urzeitlicher Neandertaler, der mich einfach in seine Höhle schleppen will, hättest du mich banal um ein Date bitten können. So machen das nämlich moderne, zivilisierte Menschen heutzutage. Keine Ahnung, wo sie dich rausgelassen haben.«

Wow, nonchalant. Ich verbiss mir ein Lächeln, noch mehr reizen durfte ich sie gerade nicht. »Du verstehst mich falsch, Coralie. Ich habe deine Eltern nicht bedrängt. Wir haben ihnen nur eine vernünftige Lösung vorgeschlagen. Natürlich nachdem ich mich mit meinem Vater darüber beratschlagt habe. Er hat das sogar vom Rat absegnen lassen. Es geht lediglich um deine Sicherheit.«

»Und das findest du in Ordnung? Einfach zu sagen, ich nehme jemanden mit? Schnippe mit den Fingern? Bekomme meinen Höhlenmenschenwillen? Entzückend.«

Sie war extrem süß, wenn sie sich aufregte. Ihr Temperament war heiß. »Es dient deinem Schutz, Coralie.«

Ich hielt kurz in der Bewegung inne, betrachtete den Atlantik. Mir war gar nicht aufgefallen, dass wir uns dem breiten Steinweg zum Strand genähert hatten. Im Reden war mir das entgangen.

»Dürfen wir an den Strand? Ist nicht alles so gefährlich?« Sie dehnte jedes Wort mit einem sarkastischen Unterton, konnte bestimmt richtig fies sein, wenn sie wollte. Kratzbürstig und dadurch wahnsinnig interessant.

»Es ist alles überwacht, Coralie. Und mit mir kannst du überall hin. Den Strand erreicht man ausschließlich über den Weg, den wir gerade gegangen sind. Keiner außer uns ist hier.« Es war mir wichtig, sie zu beruhigen, vielleicht auch etwas umzustimmen. Wollte sie für mich haben. Ohne andere Menschen.

Zu lange konnte ich mich im Halbdunkel nicht am Strand mit ihr allein aufhalten. Aber es war Zeit, das hier auf die nächste Stufe zu heben.

Sie sah so nachdenklich aus, gereizt, verstimmt und sauer. Ich unterbrach ihre Gedanken. Fiel direkt mit der umgangssprachlichen Tür ins Haus. Regeln waren dazu da, gebrochen zu werden. Immer schon.

»Ein Kuss, Coralie. Ein einziger. Und wenn du dann immer noch nicht mit mir mitkommen möchtest, dann lass es.« Ich setzte alles auf eine Karte. So ging das im Spiel, oder?

Wenn sie nein sagte, würde sie sich selbst belügen.

Der Wind zog an ihren dunklen, offenen Haaren. In wenigen Minuten würde es hier am Strand sehr ungemütlich werden. Eines der typischen Sommergewitter bahnte sich an. Auch wenn es dafür schon zu spät war, normalerweise gab es die hier bei Tageslicht und nicht zum Einbruch der Dämmerung.

Unschlüssig trat mir Coralie entgegen, blieb aber auf Abstand. Immerhin lief sie nicht schreiend fort. Im Vor-mir-Weglaufen war sie doch mittlerweile eine Meisterin.

»Warum sollte ich das tun? Das ist absurd.« Sie funkelte mich an wie eine Wildkatze. Aber ich bemerkte die Veränderung ihrer Körperhaltung, ihrer Ausstrahlung. Etwas in ihr mochte den Neandertaler, oder wie sagte sie, Höhlenmensch? Das amüsierte mich, aber ich musste mich auf sie konzentrieren, das durfte ich nicht vermasseln.

»Um unseretwillen. Was hast du zu verlieren? Oder küsst du nicht gern?« Sie blinzelte perplex, mit dieser Aussage hatte sie nicht gerechnet. Erstarrte zur Salzsäule. Das nutzte ich zu meinem Vorteil. Kam ihr näher. Hob meine linke Hand und strich damit federleicht über ihre rechte Wange. Fast bildete ich mir ein, dass sie ihr Gesicht in meine Hand schmiegte. Wow. Coralie fand mich nicht abstoßend, eine unsichtbare Chemie pulsierte zwischen uns, als ich sie berührte. »Darf ich dich küssen? Ein einziges Mal?« Kurz dachte ich, sie würde doch noch weglaufen, aber Coralie nickte. Mehr Einverständnis hatte ich nicht gebraucht. Der Wolf trat an die Oberfläche, hungrig. Als ich die kleine Distanz zwischen uns überbrückte, meine Lippen hauchzart auf die ihren legte, entzündete das keine mickrigen Flammen, sondern ein glühendes, verzehrendes Feuer, das mich zu verschlingen drohte. Ihr Licht brachte mir Heilung, ihre Unschuld rief mich. Coralie drängte durch diese Berührung die Schatten in meiner Seele zurück, ihr Geschmack machte süchtig. Die süße Note darin erinnerte mich an Nektar, an Götterfunken, die nicht nur meinen Verstand vernebelten, sondern die Seelenschwärze in mir Stück für Stück zu Staub zerfallen ließen.

Aus einem unschuldigen Kuss wurde verlangendes Mehr. Meine Zungenspitze stupste an ihre Lippen, sie öffnete sich mir, ihre Geschmacksnoten explodierten auf meiner Zunge. Fast riss ich sie mit mir in die Tiefe. Fast.

Denn so überraschend wie ich ihr diesen Kuss gestohlen hatte, so abrupt beendete ich ihn auch.

Brachte Abstand zwischen uns.

Ein, zwei, drei Schritte ging ich rückwärts. Besänftigte den Wolf in mir.

»Und, was sagst du, kleine Lilie?«

Coralies Gesichtsfarbe wechselte von rot zu weiß. Das war sogar in der Dämmerung sichtbar. Sie sah mich bitterböse an, bahnte sich einen Weg an mir vorbei, lief, rannte beinahe den breiten Steinweg zurück in die Gärten von Miravallet. Doch wieder die Weglaufnummer, ich hatte es gewusst.

»Du belügst dich selbst.« Rief ich ihr noch hinterher, keine Ahnung, ob sie es hörte. Keine Ahnung, warum es mir wichtig war, dass ihre Antwort Ja lautete. Vielleicht weil alles in mir selbst Kopf stand und ich das Chaos in ihr nur zu gut verstehen konnte. Nun gut. Ich würde abwarten. In meinem Leben hatte ich noch nie um etwas gebeten, aber aus irgendeinem Grund, den ich noch nicht näher erklären konnte, wollte ich, dass sie Ja sagte. Mich nach Paris begleitete.

9

Coralie

(Schloss Miravallet, Westfrankreich)
… Gegenwart …

Meine Lippen brannten, mein Verstand schrie. Ich fühlte mich gebrandmarkt und gleichzeitig wollte ich mit jedem Schritt wieder umdrehen und mich in seine verfluchten Arme werfen. Mehr von diesem Gefühl, dieser Begierde, die mein Blut erhitzte, erleben. Fahrig strich ich mir über meine Unterarme, als könnte ich dadurch das Hitzegefühl wegstreichen. Das war doch verkehrt. Komplett verdreht. Das durfte niemand erfahren.

Im Vor-ihm-Weglaufen könnte ich langsam echt eine Bonuspunktekarte lösen. Aber Damian berührte mich so intensiv, ohne mich wirklich anzufassen. Mein Herz hatte so stark geschlagen, war mir fast aus der Brust gesprungen, als er gefragt hatte, ob er mich küssen dürfte. Wegen so einer Frage erlitt ich beinahe einen Herzinfarkt. Das konnte ich nicht einordnen, es überforderte mich, wenn ich über etwas nicht die völlige Kontrolle hatte.

Aber ich hatte keine Lust mehr, vor etwas davonzulaufen. Richtung Schloss verlangsamten sich meine Schritte.

Der Kuss hatte sich unsagbar schön angefühlt. Es war mein erster gewesen, aber das musste er nicht wissen. Das war für ihn sicher nicht von Bedeutung, ging nur mich etwas an und konnte mein Geheimnis bleiben.

Nur, was hatten diese *protectoren*, diese *gladius lilium* damit zu schaffen, ihre Schützlinge zu verführen? Das stand sicher nicht im Vertrag. Vielleicht sollte ich das Kleingedruckte lesen. Ihn damit, sollte er sich zum Neandertaler entwickeln, zu Fall bringen.

Aber im selben Atemzug wollte ich das gar nicht. Es war aufregend, berauschend. Sicherlich verboten, aber ich fand es spannend.

Abstoßend und faszinierend gleichermaßen.

»Da bist du ja, chérie.« Mama. Sie stand auf der weitläufigen Terrasse, die in die Hauptgärten führte, hielt sich eine Hand an die Brust.

Mittlerweile senkte sich komplette Dunkelheit über die Gärten.

»Lass uns in Ruhe noch mal über alles reden, Coralie, lauf nicht weg. Bitte.« Sie gab ihr Bestes, mich mit all ihrer Mutterliebe anzulächeln, den Stress in ihrem Blick damit zu kaschieren, gelang ihr nur mittelmäßig.

Doch ich war bereit, mich zu dieser Wolfsbrut zu begeben. Sie würden kein Opferlamm vorfinden, sie alle unterschätzten mich. Darum nickte ich nur, ließ mich von ihr umarmen und folgte ihr ins Innere.

In Papas Besprechungszimmer nahmen wir zu dritt Platz.

Papa sah unglaublich müde aus.

»Ich tu es.«

»Was?« Es kam gleichzeitig von beiden.

»Kein Problem. Bevor wir Miravallet gefährden oder irgendwelche Risiken eingehen. Er ist ein Harcourt, mein *protector*. Es kann nichts passieren, das ich nicht möchte. Soll er mich auf seinen Landsitz mitnehmen oder wohin auch immer. Ich fürchte nichts.«

Sie sahen mich an, als hätte ich eine Schraube locker. Doch diese Emotion verging sofort. Erleichterung durchflutete beide, wurde ein paar Atemzüge später aber von Sorge überschattet.

»Mir ist trotzdem nicht wohl, Coralie. Er ist unberechenbar.«

»Ich achte auf mich. Wie gesagt, kein Problem. Und es ist ja wirklich ein gutes Ablenkungsmanöver, wenn ich einfach untertauche.«

Mama stand auf, kam auf mich zu. »Das ist ein großes Opfer, mein Kind. Du musst mich jeden Tag anrufen. Ich halte das sonst nicht aus.« Das Überbehütende, ihre Kontrolle kam wieder direkt zum Vorschein.

»Ich werde zweiundzwanzig Jahre alt, Mama. Papa. Alles gut. Ich bin erwachsen, treffe meine eigenen Entscheidungen. Der Rat wacht darüber. Ist ja euer toller Rat, nicht meiner. Mir hat keiner früher als notwendig davon erzählt. Und ich glaube, mir fehlt noch viel Wissen darüber. Also. Das wird. Es ist wahrscheinlich nur für wenige Tage oder eine Woche. Und … der Rat hat recht. Hier sind zu viele Menschen. Ich muss von der Bildfläche verschwinden, um diese Drohbriefe zu beenden. Niemand soll davon wissen. Haltet mich auf dem Laufenden. Es ist eine weise Entscheidung vom Rat. Diesen *protectoren.*« Dabei verdrehte ich meine Augen, minimal. Die ganze Thematik war schon verkorkst. Aber gut.

»Also dann werde ich noch unauffällig einen Tag bei euch verbringen und meine Koffer packen.« Ruhiger als erwartet stand ich auf, schob meinen Stuhl zurück. »Es ist wirklich okay, schaut mich nicht so an. Ich rufe jeden Tag an und er wird mich hoffentlich nicht auffressen.« Ich wünschte meinen überraschten und gleichzeitig erleichterten Eltern eine gute Nacht und zog mich in mein Loft zurück. Ertappte mich dabei, wie ich mit den Fingerspitzen über meine Lippen strich, so als könnte ich dadurch den Kuss wiederaufleben lassen. Mir stand definitiv eine interessante, spannende Zeit bevor.

War es verkehrt, keine Angst zu fühlen? Es kribbelte nur in meinem Inneren.

Lange wälzte ich mich in meinem Bett umher, bis mich endlich der Schlaf übermannte, ich in die Traumwelten gezogen wurde. Zu viel war an diesem Tag passiert und mir offenbart worden. Dankbar nahm ich die Nachtruhe an. Mein Herz brauchte eine Pause, bevor es morgen Abend wieder herausgefordert werden würde.

10

Damian

(Schloss Miravallet, Westfrankreich)
… Gegenwart …

Pünktlich zum Einbruch der Nacht trat Coralie allein, einfach nur sie und ein moderner, silberfarbener Koffer, den sie hinter sich her zog, aus einem Seitenausgang von Miravallet.

Das vorherige Gespräch mit meinem Vater hatte mich mental so beschäftigt, dass ich am liebsten eine geraucht hätte, obwohl ich seit … keine Ahnung, fünf Jahren, nicht mehr zu Zigaretten griff.

Aus dem Augenwinkel sah ich, wie sich im Hintergrund zwei der Ratswächter absprachen. Als sie mich bemerkten, traten sie zurück.

»Harcourt, ich bin bereit, wenn du es bist. Auf ins Abenteuer.« Sie kam unbeirrt auf mich zu, sprach so selbstbewusst und distanziert, als wäre sie eine Prinzessin. Stellte mir den Koffer wie eine Diva vor die Füße.

»Danke.« Sie hatte ihre Schutzmauer hochgezogen, spielte die Unnahbare. Wunderbar. Sie war furchtbar intensiv geschminkt. Als würde sie auf einen Rave gehen. Das Zeug würde ich ihr als Erstes runterwaschen. Ich verwarf den Gedanken gleich wieder, es stand mir nicht zu, ihr etwas runterwaschen zu wollen, oder doch? Nein.

Mein Kopf schwirrte noch leicht von all den Online-Meetings und der großen Besprechung im Office von Armand de Sauvigny. So ein Zirkus um ein Mädchen, um ihre Sicherheit, aber ich war bereit dafür, hatte es ja auch angezettelt.

Die Heckklappe meines schwarzen Jaguars öffnete sich auf Knopfdruck, ich legte ihren Koffer hinein, der sich widersprüchlich leicht anfühlte. Hatten Frauen nicht normalerweise tausend Sachen dabei? Aber es war von untergeordneter Wichtigkeit. Charles war schon dabei, die Räume im Marigny für sie vorzubereiten. Sie würde leben, als wäre sie eine Adelige, keinen Unterschied zu Miravallet bemerken, außer dass der Atlantik fehlte. Dafür hatten wir einen Außenpool.

Als ich die Klappe schloss, stand sie nach wie vor an der Beifahrerseite. Wartete. Ah, sie ließ wirklich die Prinzessin raushängen. Unbekannte Seiten an ihr. Sie wollte mich damit bestimmt reizen, auf die Probe stellen. Ihre Art von Protest.

Galant, so wie man es mir beigebracht hatte, umrundete ich den Wagen, öffnete ihr die Beifahrertür. Sie stieg langsam ein. Rutschte auf den dunkelgrauen Ledersitz. Hatte dabei ein sarkastisches Lächeln auf den schönen Lippen.

Plötzlich konnte es mir gar nicht schnell genug gehen, dass wir Miravallet verließen. Es fühlte sich an, als würden uns tausend Augen beobachten.

»Sind deine Scheiben abgedunkelt?« Wie bitte? Das war ihre erste Frage im Wagen an mich? Das brachte mich kurz aus dem Konzept.

»Ja.«

»Rundum?«

»Rundum.«

»Na Gott sei Dank.«

Als wir das Schloss hinter uns ließen, schnallte sie sich ab.

»Was wird das, Coralie?«

»Lass mich.« Sie zerrte und zupfte an sich herum. Die Sicherheits-Elektronik vom Gurt fiepte nonstop.

»Kannst du dich bitte wieder anschnallen?«

»Ja, mach mal halblang. Stress nicht.«

Stress nicht, aha. Diese Version von Coralie hatte aber so gar nichts mit dem Prinzesschen zu tun, dem ich vor wenigen Minuten begegnet war.

Da ich mich auf den Verkehr konzentrieren musste und dabei das lästige Fiepen des Gurtmelders in den Ohren hatte, war ich genervt, und gleichzeitig hatte ich keine Ahnung, was ihre Aufführung darstellen sollte. Etwas warf sie seitlich an mir vorbei nach hinten auf die Rückbank.

»So. Fertig.« Als der Gurt einklickte, waren meine Ohren unglaublich dankbar.

»Wofür war das bitte gut?« Ich schenkte ihr einen tadelnden Blick von der Seite, auch wenn ich wusste, dass das unserer Kommunikation wenig diente.

Statt einer Antwort nahm sie sich noch seelenruhig ein Kaugummi aus einer kleinen Plastikbox, die ich in der Mittelkonsole des Wagens aufbewahrte.

»Danke.« Sie kaute und ließ sich nicht beirren. Und als ich sie noch mal kurz betrachtete, war sie … komplett anders.

Ungeschminkt und völlig natürlich.

Sie hatte die schillernde Seidenbluse ausgezogen. Darunter trug sie ein einfaches graues Tanktop ohne Schnickschnack. Und Hotpants. Halleluja. Die biedere Designer-Faltenhose war sexy, engen hellblauen Jeans-Hotpants mit ausgefranstem Saum im Destroyed-Look gewichen.

Dazu hatte sie den strengen Dutt gelöst, der ihre Haare gehalten hatte, und war da nicht auch noch ein spießiger Blazer gewesen? Alles fort. Das waren die Fetzen gewesen, die sie hinter sich geworfen hatte.

»Besser, findest du nicht?«

»Ich muss fahren, Coralie.«

»Ja, klar. Sorry. Aber das war meine Mutter. Sie wollte mich keine Ahnung … als Designer-Chick vorführen oder so. Und so zugeknöpft wie möglich. Mir war furchtbar heiß.«

Noch mal griff sie nach der Mittelkonsole, öffnete das kleinere Fach.

Dabei klimperten etliche filigrane Armreifen aus Gold und Bronze an ihren Handgelenken.

»Suchst du etwas, Coralie?«

»Nein. Ich inspiziere nur alles. Wir sind immerhin jetzt keine Ahnung, vier Stunden unterwegs?«

Das würden lange vier Stunden werden.

»Schalte dein Handy ab.«

»Wie bitte?«

»Nimm meines, wenn du Musik hören willst. Wir müssen vorsichtig sein. In Paris bekommst du ein neues Handy. Dein altes übergibst du meinem Spezialisten.«

»Aber sonst ist alles gut bei dir?«

»Absolut, ja. Jede Maßnahme dient deiner Sicherheit.«

Sie verdrehte ihre Augen, nahm aber mein Smartphone.

»Wie entsperre ich das?«

»Achtzehnnullacht.« Mein Geburtsdatum.

Sie kapierte sofort, tippte die Zahlenkombination ein.

»Wie aufmerksam, danke.« Scrollte darauf herum, fand wohl was sie suchte.

»Ich gebe mir jetzt mal deinen Musikgeschmack. Wehe du hörst nur Gruselkram. Over and out.« Damit steckte sie sich die Kopfhörer in die Ohren und rutschte die zwei Zentimeter weiter nach rechts, mehr Abstand konnte sie nicht zwischen uns bringen.

Widersprüchliche Signale und doch war es mir ganz recht, dass sie sich in ihr eigenes Schneckenhaus zurückzog. Seit dem Kuss, den ich ihr gestohlen hatte, hatten wir noch kein einziges Mal gesprochen, schon gar nicht über den Kuss. Ich war mir auch weiter im Unklaren, was ich zu ihr sagen sollte.

Außerdem würden wir im Marigny genug Zeit zum Reden haben.

11

Coralie

(Schloss Marigny, an der Grenze zu Paris)
… Gegenwart …

Als der Wagen stoppte, wurde ich wach, hielt meine Augen aber noch geschlossen. Täuschung und Tarnung. Ich hatte die letzte Stunde über etwas gedöst, Damian war sehr schweigsam gewesen.

Er stieg aus und sprach mit jemandem. Einem anderen Mann.

Die Heckklappe wurde geöffnet, die Nachtluft roch wahnsinnig angenehm, blumig, frisch.

Weitere Worte wurden gewechselt, die ich nicht richtig verstand.

Dann öffnete jemand die Beifahrertür. Schnallte mich ab. Da die simple Berührung an meiner Hüfte elektrisierend war, wusste ich, dass es Damian sein musste. »Ich weiß, dass du wach bist.« Mein Gott, er war so herrisch. Blinzelnd öffnete ich meine Augen.

»Willkommen im Marigny, kleine Eislilie.« Wieder nannte er mich so, als wäre ich eine gefrostete Blüte. Ich seufzte und stieg aus. Perplex blieb ich vor dem ausgedehnten Gebäude stehen. Okay, so groß hatte ich mir mein Versteck nicht vorgestellt.

Es erinnerte mich ein klein wenig an ein Lustschloss der bourbonischen Könige. Es hatte eine weitläufige, ebenerdige Etage mit sehr hohen, für die französischen Landschlösser typischen Fensterfronten. Darüber die bel étage, ebenfalls mit bodentiefen Fenstern. Das Schloss war cremefarben runtergeputzt mit ein paar backsteinfarbenen Elementen an den Ecken. Ein hohes, dunkelgraues Dach, soweit ich das erkennen konnte, mit vielen kleineren Dachfenstern. Klassiker. Aber ich sah wohl nur die Mittelfront. Links und rechts in den Schatten verbargen sich weitere Gebäudeflügel im selben Stil, doch ich konnte sie nur erahnen. Baustil, definitiv verspielt und aus dem 18. Jahrhundert.

War sicher teuer.

»Auch ich möchte Sie begrüßen, Mademoiselle Coralie. Mein Name ist Charles, der … gute Geist des Hauses.« Lächelnd nahm ich seine Hand. Er sah aus wie eine paradoxe Mischung aus einem autoritären Türsteher und einem studierten Professor aus Oxford. Kurze braune Haare, ein warmer Blick aus braunen Augen. Groß, breit gebaut, darum erinnerte er mich an einen Personenschützer. Allerdings schloss ich ihn gerade dadurch direkt in mein Herz. Ich mochte Charles, auf Anhieb.

»Danke. Es freut mich, Sie kennenzulernen.«

»Du weißt, was zu tun ist, Charles? Der Wagen muss weg, so wie wir es besprochen haben.«

»Ja, natürlich, Damian.« Charles nahm die Schlüssel, stieg in den Wagen und fuhr einfach fort, die fein geschotterte Auffahrt wieder weg von uns.

»Warum …«

»Sicherheitsvorkehrungen.«

»Gehören dir mehr …«

Meine halbe Frage entlockte ihm ein Grinsen.

»Zerbrich dir darüber nicht deinen Kopf. Komm. Ich zeige dir dein Zimmer.«

Er nahm meinen Koffer und wir betraten durch eine imposante, hohe Eingangstür aus Holz und schmiedeeisernen Elementen eine mir vollkommen fremde, neue Welt.

Es war kühl im Haus. Angenehm im Sommer. Der Duft von Rosen, Lavendel und frischem Gras war nicht nur draußen in den Gärten zu riechen, man nahm diese Noten auch im ganzen Gebäude dezent wahr.

Über einen breiten, ebenfalls mit schwarz-weißem Marmor ausgelegten Eingangsbereich gelangten wir weiter ins Innere. Die Kristallleuchter dominierten, brachen das Licht in warme, diffuse Funken. Eine kleine, zauberhafte Illusion entstand. Gefiel mir sehr gut. An den Wänden warf das Licht Schatten in den Formen der Kristalle. Es war eine ätherische Atmosphäre, oder war ich bloß … übermüdet?

Ich folgte Damian schweigend über die imposante, breite, geschwungene Treppe nach oben.

Wir durchquerten den ganzen luftigen Gang, der mittig mit dicken, ornamentstarken dunklen Teppichen ausgelegt war, die jeden unserer Schritte verschluckten. Unzählige Türen gingen jeweils links und rechts von uns ab. An der letzten auf der linken Seite blieben wir stehen. Er öffnete sie.

»Bitte. Das ist dein Zimmer.« Damian hielt mir die Tür auf und ich trat ein.

Er folgte mir, schloss sie leise, kaum hörbar. Drückte den Lichtschalter, bevor er den Koffer auf einer niedrigen Bank zu seiner Rechten platzierte.

»Wow.« Mir fehlten die Worte. Ein richtiges Prinzessinnenzimmer.

»Wem gehört das?« Ich war beeindruckt und das hörte man an meiner Stimme.

»Niemandem. Es ist lediglich ein Gästezimmer.«

»Und das ist so ausgerichtet, auf … Mädchen?«

»Frag mich nicht, das war meine Innendesignerin, ich war bis heute nie hier drin. Charles hat dir diesen Raum zugeteilt. Er sagte, das letzte Zimmer im ersten Stock.« Irgendwie war es süß, dass der große Damian Harcourt unsicher wirkte.

»Alles gut. Danke. Es gefällt mir. Sehr hübsch.«

Beeindruckt musterte ich das Interieur. Zarte Mille-Fleur-Farbmuster, modern interpretiert in Weiß und Silber, gemischt mit allen Rosaschattierungen. Ich war verliebt in ein Innendesign.

»Dann lass ich dich mal in Ruhe ankommen. Du findest auch ein Bad und eine kleine Minibar mit Getränken und laut Charles einigen Snacks in deinen Räumen. Ach und ein begehbarer Kleiderschrank ist hinter dem Durchgang versteckt. Kommst du klar?«

»Ja, sicher. Danke. Wie sieht dann der Plan für morgen oder so aus, gibt es einen?« Ich sah ihn so neutral wie möglich an, als wäre ich ein Hotelgast und er der Angestellte.

»Schlaf dich erst mal aus. Du kannst dich im ganzen Gebäude frei bewegen. Nur wenn du nach draußen gehst, gib bitte mir oder Charles Bescheid. Das dient deiner Sicherheit. Okay?«

»Ja. Meiner Sicherheit. Alles klar.«

»Natürlich würde ich sehr gern mehr dafür tun, zum Beispiel an deiner Selbstverteidigung arbeiten. Aber der Rat ist dagegen. Solltest du daran interessiert sein, dich selbst beschützen zu können, dann kannst du morgen ab zehn Uhr in den Trainingsraum im Erdgeschoss kommen. Ich trainiere von sechs bis neun Uhr, danach nehme ich mir gern Zeit für dich.«

Okay, das war irgendwie schräg, aber ja. Training, Sport. Ich liebte und brauchte Bewegung. Er war wohl auch ein Frühaufsteher.

»Das klingt gut, können wir machen. Ich werde da sein. Sofern ich einen Wecker bekomme, mein Handy liegt in deinem Wagen.«

Er schenkte mir ein zufriedenes Lächeln. »Eine Weckfunktion ist in den Schaltern neben deinem Bett integriert, ich stell dir die Zeit für morgen ein.« Damit ging er zum Bett, tippte etwas an einem schwarzen Schalter rum. »Erledigt. Wenn du den morgen Früh ausschalten willst, einfach zweimal drauftippen. Gute Nacht, Coralie.«

»Gute Nacht.«

Damian verließ mein neues Zimmer und schloss dabei wieder genauso leise die Tür wie zuvor. Sehr gut erzogen.

Ich wandte mich von der Tür ab, betrachtete meine neue Bleibe. Wahnsinn. Sehr, sehr schön und exquisit. Es war doppelt, wenn nicht dreifach so groß wie mein Zimmer in Paris. Es hatte fast die Größe meines gesamten Lofts. Ich würde wirklich herrschaftlich residieren.

Sachte strich ich mit den Fingern über die geblümte, dicke Tagesdecke auf dem Himmelbett. Zarte, durchsichtige Vorhänge zierten an jeder Ecke das hölzerne Bettgestell. Auch darin fanden sich eingewebte Blumenmuster.

So schön wie aus einem Designkatalog für Wohnen.

Dann öffnete ich die Fenster. Die angenehme nächtliche Sommerbrise flutete sofort wohltuend mein Zimmer. Niemand würde denken, dass sich in unserer Nähe die pulsierende Metropole Paris erstreckte. Es roch herrlich nach Grün, frischen Blüten und Freiheit.

Ich drückte den Lichtschalter im Bad, eroberte mit all meinen Sinnen diesen Raum. Exquisit. Modern und gleichzeitig durch eine freistehende weiße Badewanne verspielt, wenn auch in diesem Raum Geradlinigkeit dominierte und Platz, sehr viel Platz. Weiß und Schwarz. Glas und Stahl. Das Bad spiegelte mehr seinen Besitzer als das Zimmer.

Neugierig durchstreifte ich diesen Raum, dann schaltete ich das Licht ab, ging durch den Durchgang links von mir und fand dahinter einen begehbaren Kleiderschrank mit zwei bodentiefen Fenstern und einer grauen, ledernen Bank darin. Mega. Einer Königin würdig.

Als ich genauer hinsah, erkannte ich … unzählige Klamotten.

Oh mein Gott. Das war irre. Ich quietschte sogar. Gut, dass ich allein war. Impulsiv ging die Freude über schöne Mode mit mir durch.

Ich besah eine komplette Designer-Ausstattung. Alles in Größe 36, wie für mich gemacht. Wann hatte er das besorgt? An den Abendkleidern, extrem dekadente, auffällige Roben von namhaften Schneidern, hingen noch die Preisschilder. Puuh. Das musste ich erst mal sacken lassen.

Dann die Schuhe. Meine Güte. Auch in 39. Okay, das wusste er bestimmt von meinem Unfall mit den Louboutins. Ich musste kurz schmunzeln. Er war … aufmerksam.

Jedes Glamour-Mädchen, nein, jedes Mädchen wäre hingerissen von dieser Auswahl. Das würde kaum eine leugnen können.

Ein paar Minuten betrachtete ich alles. Dann schnappte ich mir wie selbstverständlich Unterwäsche, öffnete weitere Schubladen der Kommoden, bis ich kurze Sommerpyjamas fand. Dieser Mann dachte sogar praktisch. Hatte damit gerechnet, dass mir Dessous und Negligés in allen Farben und nach dem Motto *je durchsichtiger desto effektiver* entgegenspringen würden.

Als Nächstes machte ich mich mit der Technik im Bad vertraut. Lichtschalter waren die eine Sache. Modernes Equipment in Badezimmern die andere.

Als ich endlich den Dreh raushatte, genoss ich die Dusche, es entspannte mich verlässlich. Ich blieb länger darunter stehen als nötig.

Wenn ich mehr Zeit gehabt hätte und nicht so müde gewesen wäre, hätte ich auch die freistehende Badewanne ausprobiert.

So putzte ich mir nur noch meine Zähne mit neu verpackten Utensilien, die ich alle in dem Luxusbad vorfand, frisierte meine Haare, atmete tief durch und ließ in Gedanken noch mal die letzten Stunden durch meinen Kopf laufen. Damian hatte mich weder bedrängt noch sonst etwas. Er hatte sich wahnsinnig korrekt verhalten. Das musste ich ihm zugestehen. Und doch zupfte etwas wie Enttäuschung an mir. Warum? Diese Achterbahnfahrt der Gefühle, das war echt verrückt.

Aber natürlich wusste ich, was in mir rumorte. Der Kuss vom Strand.

Aus dem Nichts, und doch tat Damian, als hätte es ihn nie gegeben. Als wäre dieser Kuss ein Gebilde meiner Fantasie. Etwas Zeit würde ich ihm noch geben. Die Spielkarten neu mischen. Aber da war mehr zwischen uns, er musste es sich selbst eingestehen. Irgendwann.

Müde krabbelte ich ins Bett und fiel innerhalb von Minuten in einen tiefen, überraschend erholsamen Schlaf.

»Guten Morgen.« Charles begegnete mir, unerwartet verschwitzt, in einem sportlichen Laufoutfit auf einem Gang, als ich orientierungslos durch das Schloss wanderte. Ich hatte mich, direkt nachdem der Wecker endlich meinen Wünschen gehorchte und zu fiepen aufhörte, für den Sport umgezogen. Aber der Kasten hier war zu groß. Also zumindest für mich, als Fremde.

»Charles, bitte sag Du zu mir.« Es war mir automatisch über die Lippen gekommen.

»Gern, Coralie. Kann ich dir helfen?« Seine braunen Augen funkelten freundlich.

»Ähm, Damian wollte, dass ich mit ihm trainiere. Er meinte, das sei für meine Selbstverteidigung wichtig. Aber ich finde diesen Saal nicht.«

»Von da komm ich gerade, aber ich zeig ihn dir natürlich. Es ist ein kleines Stück zu laufen, Richtung Ostflügel. Das war früher eine Kapelle und Damian hat sie innen komplett umbauen lassen.«

»Okay.« Klar, ein Harcourt modellierte eben mal eine Kapelle nach seinen Vorstellungen um. Langsam sackten all diese Informationen in mir. Dieser Typ war nicht nur reich, er war stinkreich.

Charles ging vor, ich folgte ihm so unauffällig wie möglich. Die Gänge wollten irgendwie nicht enden, aber dann hörte ich Musik.

Wilde Rhythmen, definitiv pulsbeschleunigend und einzig dazu gemacht, Power zu erzeugen, Kraft zu unterstreichen. Es begann, in meinen Fingern zu kribbeln, ich wollte sehen, was da hinter den hohen, hölzernen Türen vor sich ging.

Mein Begleiter trat zuerst ein, gab einen Sprachbefehl an die Luft ab, zumindest sah es für mich so aus. Die Musik verstummte und ich stieß einen leisen Schrei aus, als Damian einfach kurz vor uns von der Decke fiel, sich perfekt abrollte und aufstand.

»Guten Morgen, Coralie.«

Oh mein Gott. Ich war geliefert. Er sah so gut aus. So hammersexy. Wow. Mein Gehirn verabschiedete sich. Wieder. Er löste immer diesen Effekt in mir aus. Mein Neandertaler, der einfach von der Decke fiel. Atmen, Coralie.

Diesmal war es sein nackter Oberkörper, er war schweißbedeckt. Ansonsten trug er nur lange, tiefsitzende, schwarze Trainingshosen. Damian seufzte leise, nahm sich seitlich von einer Kommode ein Handtuch und rubbelte sich damit ab.

»Mund zu, liebe Coralie.« Charles flüsterte mir diese Worte im Vorbeigehen zu, dann reichte er seinem Freund, Chef, Meister – keine Ahnung wie sie zueinander standen – ein frisches, schwarzes T-Shirt, das in einer Nische in der grauen Steinwand, auf seinen Einsatz wartete.

Sprachlos blickte ich mich um. Das war nicht einfach nur ein Turnsaal oder so, wie ich sie aus der Schule und dem Sportverein kannte. Das war eine krass hohe Kapelle, das war wirklich ein Kirchengebäude. Durfte man so etwas überhaupt?

Überall gab es Möglichkeiten zum Klettern. Seile hingen von der Decke, Sicherheitsnetze waren in einer anderen Ecke gespannt, daneben erkannte ich Klettersteine oder wie man die bunten Blöcke nannte.

Immens viele Möglichkeiten, sich auszutoben. Ein Paradies für Sportfreaks und Adrenalinjunkies.

»Die Pflicht ruft, ich lasse euch allein. Geh sachte mit ihr um, Damian.« Ich hatte den Satz nur am Rande wahrgenommen, die Tür schloss sich wieder und ich stand mit Damian in dieser unglaublich großen Halle.

Buntglasfenster unterstrichen das Kapellen-Flair. Er hatte wohl die Außenfassade erhalten und das Innere nach seinen Vorstellungen umgestaltet.

Damian stand ganz ruhig, mittlerweile mit einem T-Shirt bekleidet, ein wenig von mir entfernt.

»Willkommen in meiner Welt, Coralie. In den letzten Tagen habe ich Miravallet besser kennenlernen dürfen, jetzt bist du dran.« Mit diesen Worten warf er mir einen mit Schaumstoff ummantelten Gegenstand zu.

Gerade so konnte ich ihn auffangen.

»Was …« Ich sah sicher aus, als hätte mir jemand die Bonbons geklaut.

»Das ist dein neuer bester Freund. Ein Kampfstab. Er hilft dir bei den Sequenzen, die ich dir zeige, um deine Reflexe zu prüfen. Und, Coralie … Das muss unser Geheimnis bleiben.«

»Geheimnis. Süß. Ist ja nichts Neues für uns«, murmelte ich, biss mir aber gleich auf die Zunge. Frech zu sein, lag mir wenig, ich war froh, dass er mir Einblicke in seinen Alltag gewährte. Damian sah mich herausfordernd an, seine Unterarmmuskeln spannten sich an, ich musste auf einen Angriff vorbereitet sein. Unsicher senkte ich meine Lider, sah den Stab an, spürte, testete zaghaft sein Gewicht in meinen Händen. Hob wieder meinen Blick und begegnete seinen vor Belustigung funkelnden Augen. Er war gutgelaunt.

»Wir nehmen uns später Zeit zum Reden, versprochen.« Verdammt, diese Antwort schickte kleine, prickelnde Schauer über meine Wirbelsäule. Warum hatte er diese Wirkung auf mich?

»Mmh, deine Versprechungen …«

»So, komm. Gehen wir zum Mattenbereich. Nicht, dass du dich … verletzt.«

Ich schenkte ihm ein abfälliges Schmunzeln, hielt er mich wirklich für so verweichlicht?

Mittlerweile freute ich mich richtig darauf, vielleicht war es der aufheizenden Atmosphäre geschuldet, aber ich wollte ihm zeigen, dass ich kein wehrloses Zuckerpüppchen war.

12

Damian

(Schloss Marigny, an der Grenze zu Paris)
… Gegenwart …

Wozu ist das verdammt noch mal gut?« Coralie fluchte, lag auf dem Rücken auf der grauen Matte. Der Kampfstab aus Holz und Schaumstoff neben ihr.

»Hoch mit dir. Dein Schwerpunkt ist zu tief. Das musst du verbessern.« Es war unsere erste Trainingseinheit, ich war zu hart, forderte zu viel, verstand ihren Frust.

Ihr Blick schweifte zu den Buntglasfenstern, das Licht der späten Vormittagssonne brach sich in den zahlreichen schmalen Fenstern der ehemaligen Kapelle.

»Ich habe absolut keine Lust mehr.«

»Sei nicht so verwöhnt, kleine Eislilie. Das ist wichtig. Und du hast mir gesagt, du hattest Karate-Unterricht als Kind.«

»Ja, als Kind. Da war ich zehn. Ich mochte es wenig, ich mochte es gar nicht. Versteh mich nicht falsch, Damian. Ich liebe Sport. Aber kann ich nicht einfach in deinem Park laufen gehen? Du sagtest, alles ist umzäunt. Das hier ist mir zu blöd. Oder lass mich klettern, deine Wand hier sieht vielversprechend aus.«

»Es ist nicht blöd, es ist wichtig. Steh auf. Komm. Hoch.« Ich stupste sie mit dem Trainingsstab an den Beinen an. »Wie gesagt, dein Schwerpunkt ist zu tief. So geht das nicht. Bemühe dich.«

Sie stand auf, verdrehte ihre vor Wut funkelnden grünen Augen dabei.

Coralie schwitzte leicht, ich schonte sie nicht. Aber sie verfügte über eine bemerkenswerte, unerwartet gute sportliche Kondition und schnelle Reaktionen. Darauf konnte ich aufbauen.

»Du bist ein wahrer Foltermeister. Scheint dir zu liegen. Bekomme ich dann eine Belohnung? Mal eine Aussicht auf etwas anderes als blaue Flecken? Können wir nicht einkaufen fahren? Oder ins Kino? Kino wär toll.«

Ich presste meine Lippen aufeinander.

»Du glaubst immer noch, das ist ein Spiel, nicht wahr, Coralie?«

Sie blickte mich verständnislos an.

»Der Sinn der Sache liegt darin, dass du unsichtbar bist, kleine Eislilie. Und wenn du nach Paris läufst, bist du … sichtbar. Kapiert?«

»Da hat aber wer furchtbar schlechte Laune. Wie lange bleibe ich hier?« Sie verdrehte abermals die Augen.

»Darüber entscheidet der Rat, nicht ich.«

»Ah, okay. Wunderbar. Also dann.«

Sie hob den Stab und reagierte plötzlich angriffslustig. Coralie war sauer über den Tausch, den sie eingegangen war. Ein Gefängnis gegen das andere.

Ich wollte sie mit einer kleinen Demonstration von Kampfkunst aus der Reserve locken, auch auf die Gefahr hin, dass sie wirklich einen blauen Fleck oder eine minimale Blessur davontrug. Unbemerkt holte ich aus, drehte den Stab, machte mich auf ihr Gezeter gefasst, doch was dann passierte, veränderte den Moment.

Sie blockte mich ab. Verdammt.

Kniete vor mir, ihren Kampfstock perfekt ausgerichtet, auch ihren Schwerpunkt. Alles war so, wie ich es ihr gezeigt hatte.

Das hatte ich nicht erwartet.

Ihr gefiel meine Verblüffung, auch wenn ich sie schnell wieder hinter meiner Fassade verbarg, Coralie hatte sie erkannt.

»Ich denke, ich hab es drauf.« Sie erhob sich, lasziv, siegessicher, zwinkerte mir zu, warf mir im Vorbeigehen den Stock zu, den ich auffing. »Für heute hab ich genug. Du sagtest, du hast einen Pool, ich finde bestimmt in meinem neu ausgestatteten Schrank so etwas wie einen Bikini. Hab einen schönen Tag, Damian.«

Damit ging sie aus dem Raum, würdigte mich keines Blickes mehr.

Mein Herz hatte einen kleinen, unbewussten Satz gemacht. Sie war bemerkenswert.

13

Coralie

(Schloss Marigny, an der Grenze zu Paris)
… Gegenwart …

Vor dem Sonnenbaden wollte ich etwas essen und traf den Hausgeist in den Gängen.

»Charles, wo kann ich mir in diesem überdimensionalen goldenen Käfig etwas zu essen machen? Ich verhungere. Er hat mich zwei Stunden geschunden. Mir reicht es. Morgen spüre ich garantiert jeden Muskel in meinem Körper.«

»Ich zeige dir die Küche. Und ja, ich hab euch ein bisschen beobachtet. Es freut mich, dass du ihm einschenkst, Coralie. Damian braucht das. Respekt an deine Schlagfertigkeit. In Wort und Tat.« Er grinste dabei. Charles und ich hatten eine Chemie, die ich nicht beschreiben konnte. Ich fühlte mich einfach unfassbar wohl in seiner Gegenwart.

Verschwitzt wie ich war, folgte ich ihm und es war mir so was von egal. Mein Magen knurrte gereizt. Meine Stimmung war dadurch mehr als schlecht.

»Wow, das nenn ich mal eine Küche.« Ehrfürchtig blieb ich vor dem großen, länglichen Raum stehen. Staunte über die Ausmaße. Klein gab es im ganzen Marigny nicht. Eine supermoderne weiße Küche mit Hochglanzfronten und allem Schnickschnack war darin beherbergt.

Ich beobachtete Charles dabei, wie er den überdimensionalen Kühlschrank aus Edelstahl öffnete. Freistehend natürlich. Eier, Speck, Öl rausholte. Er mixte alles.

»Kaffee?«

»Ja, bitte.«

Lächelnd erweckte er eine Maschine hinter sich zum Leben.

»Darf ich mich setzen?«

»Natürlich, Coralie. Du sollst dich wie zu Hause fühlen.« Erneut wärmten seine Worte meine Seele. Schon bei unserer ersten Begegnung hatte ich das gefühlt. Er war wunderbar. Die Pfanne zischte protestierend, als er den Mix für Rührei eingoss. Sekunden später duftete es bereits herrlich. Kombiniert mit dem frischgebrühten Kaffee und Charles' angenehmer Gesellschaft entspannte sich alles in mir.

Träge beobachtete ich die anthrazitfarbene Maserung der glänzenden, schwarzen Arbeitsplatte, ein starker Kontrast zur weißen Küche, aber es sah so elegant aus.

»Du bist besser als jede Massage, ernsthaft.« Er hatte gerade an seinem Kaffee genippt und verschluckte sich.

»Oh, sorry.« Das war mir jetzt peinlich. Charles hustete, grinste aber gleich darauf.

»Ich sehe das als Kompliment, Coralie, alles … gut.«

Als er sich vom Hustenanfall erholt hatte, nahm er zwei Teller und teilte den Inhalt der Pfanne auf.

»Gibt es für mich auch noch etwas?« Damians Stimme erfüllte die Küche.

Wir blickten beide in seine Richtung.

»Oder ist das eine geschlossene Gesellschaft?«

»Nein, ist okay. Wir haben bestimmt Reste für einen König der Foltermethoden.«

»Witzig, kleine Eislilie.« Damian ging an mir vorbei, strubbelte mir durchs Haar, was mich leise fauchen ließ, und nahm auf dem Barhocker neben mir Platz.

Empört funkelte ich ihn an. »Warum hast du einfach durch meine Haare …«

»Reflex.« Er verzog dabei sein Gesicht zu einer kleinen Schnute und grinste. Wir lieferten uns ein Duell mit Blicken.

Charles holte sich in der Zwischenzeit einen Sessel vom großen Esstisch hinter uns, nahm gegenüber der Bar neben dem Cerankochfeld Platz und stellte seinen Teller auf die Arbeitsfläche.

»Auch Kaffee, Dam?«

»Sehr gern.«

»Er verdient keinen. Gib ihm Wasser.«

Damian verdrehte die Augen. Leider ignorierte mich auch Charles,

denn die Kaffeemaschine surrte verlässlich.
»Lauter Verräter.«
»War es wirklich so schlimm, Coralie?« Echte Besorgnis lag in Damians Blick. Aha. Kam er mit der Beschützernummer?
»Das werde ich erst morgen wissen.« Er runzelte wegen meiner Antwort die Stirn, nahm ein paar Bissen des Frühstücks und trank dazu vom Kaffee, der sicher noch brühend heiß war.
»Charles, was steht heute noch alles auf unserem Plan?«
»Nichts mehr. Heute ist es ruhig.«
»Dann werde ich arbeiten.«
»Was arbeitest du?« Ich schob mir die letzten Bissen gebratene Eier und Speck in den Mund, genoss diese Geschmackssymphonie.
»Ich unterstütze Pharmakonzerne bei der Entwicklung moderner Medikamente. Aktuell beschäftige ich mich in einem Team mit alternativen Verzögerungsmethoden für Demenz, Alzheimer. Sehr komplexes Thema.«
»Na das ist mal ein Job. Für einen Neandertaler hast du dann echt viel Grips.«
»Ja, du sagst es.«
Warum nur schlug mein Herz höher, wenn wir uns so unterhielten?
Da räusperte sich unser Gegenüber. »Noch einen Kaffee?« Gut, dass Charles die Situation rettete.
»Gern.«
»Ja, für mich auch.«
»Hast du kein Hitzeempfinden?«
»Warum?«
»Der Kaffee war brühend heiß.«
»Nein, das ist schon okay so. Ich bin halt heiß.« Er feixte, wollte offensichtlich einen Scherz machen.
Trotzdem spürte ich, dass ich wieder rot wurde.
Da legte mir Charles wortlos aber lächelnd ein identisches Smartphone zu meinem eigenen vor die Nase.
»Oh.«
»Ja. Ich bitte dich, es nur anonym zu verwenden. Also logge dich nirgends ein, Internet ist deaktiviert. Telefonieren ist in Ordnung. Wenn es sein muss. Am besten kommst du davor zu mir. Also nicht

wegen Kostenkontrolle.« Er lachte auf und fand sich wohl witzig. »Da geht es um sensiblere Themen. Okay?«

»Ja. Hab ich verstanden. Danke.«

»Wenn du auf einem E-Reader Bücher oder so lesen möchtest, kannst du natürlich auch zu mir kommen. Du sollst dich ja nicht langweilen und nonstop schinden im Trainingsraum kann dich Dam auch nicht.« Mir gefiel seine Abkürzung für Damian. Irgendwie waren sie wohl vertraut.

»Okay, danke. Ich denke aber, ich lasse das Smartphone bei dir. Nur für alle Fälle. Und frage danach, wenn ich Mama anrufen will. Sie sagte, ich soll mich jeden Tag melden. Vielleicht könnt ihr sie anrufen, ich hab da eigentlich eh keine große Lust drauf. Sagt ihr, egal wer von euch beiden, mir geht es gut, ich beschäftige mich mit Lesen. Das wird sie glauben. Oder sagt ihr, ich liege am Pool. Danke.«

Damit stand ich auf, nahm mein Geschirr und trug es rüber zur Spüle. Ich suchte die Spülmaschine und fand sie nach ein bisschen Herumtasten. Schnell wusch ich meine Sachen ab, dann stellte ich alles in die Maschine.

Als ich mich umdrehte, gafften mich beide Männer an, als wäre ich von einem anderen Stern.

»Was?«

»Ich glaube, seit diese Küche existiert, hat noch nie eine Frau hier …«

»Sagte doch, du bist ein Höhlenmensch.« Ich zwinkerte Damian zu, bedankte mich noch schnell bei Charles und ging gutgelaunt rauf in meine Räume.

Ich erwischte mich dabei, wie ich am obersten Gang wieder mit den Fingern an der Mauer entlangfuhr. Eine Angewohnheit die ich sonst nur zu Hause hatte. Zu Hause. Das Wort vibrierte, tat mir gut. Und das, obwohl ich noch keine vierundzwanzig Stunden an diesem Ort war.

Lächelnd betrat ich mein Zimmer, schloss die Tür und zog mich aus. Zuerst mal duschen, dann faul an den Pool in die Sonne legen, der Rest für den Tag würde sich ergeben.

14

Damian

(Schloss Marigny, an der Grenze zu Paris)
… Gegenwart …

Mein Kopf funktionierte nicht so, wie ich es gewohnt war. Natürlich war klar gewesen, dass sich alles verändern würde, wenn eine Frau hier im Marigny war.

Wir hatten uns noch immer keine Zeit genommen, richtig allein über uns zu sprechen. Seit drei Tagen war sie jetzt schon bei mir. Jeden Vormittag verbrachten wir zusammen, dann behauptete ich, arbeiten zu müssen und Charles übernahm ihre Betreuung, kochte ihr etwas, zeigte ihr die Sportmöglichkeiten in den Gärten. Dabei war ich mir bewusst, dass ich mich versteckte. Vor der Konfrontation. Das fühlte sich seltsam an. Ein Harcourt wurde dazu erzogen, sich allem zu stellen. Aber bei ihr tickte mein Herz anders, es fühlte sich in ihrer Gegenwart so befremdlich lebendig.

Den Kuss hatte ich nur aus einer Laune heraus von ihr gefordert. Hatte Coralie testen wollen. Jetzt verfolgte mich diese eine Berührung in ungesundem Ausmaß, schränkte meine Entscheidungsfähigkeit ein.

Heute kurz vor Mittag war sie beim Nahkampftraining gestrauchelt, ich hatte sie aufgefangen, sie in meinen Armen gehalten. Es war nur für wenige Atemzüge gewesen und nur durch eine kleine Unachtsamkeit passiert. Aber es hatte sich so irrational schön angefühlt. So fucking perfekt.

Perfekt, was für ein groteskes Wort. Denn nichts konnte in meinem Leben diesem Wort gerecht werden.

Ich blickte von meinem Schreibtisch auf, sah den wehenden, transparenten Vorhängen bei ihrem Spiel mit der Luft zu, driftete in Gedanken ab. Die Erinnerung, warum ich das Wort perfekt so sehr verachtete, lag tief vergraben.

Schloss von Vincennes, vor zwanzig Jahren …

»Du musst dich in Perfektion üben.« Vaters Worte waren wie immer voller Verachtung mir gegenüber. Seine Stimme, schon damals hasste ich den Klang, hatte gelernt, mich davor zu gruseln. Ich verband damit immer Schmerz. Demütigung. Das Gefühl, nicht gut genug zu sein.

Es genügte ihm nicht, dass ich der beste Kämpfer meiner Altersgruppe war. Er wollte, dass ich es mit ihm aufnehmen konnte. Seit einem Jahr drangsalierte er mich. Er begründete seine harte Schule an mir damit, dass dies seit Generationen so gehandhabt wurde.

Das Ergebnis waren unzählige Blessuren, blaue Flecken, Schrammen. An einer Augenbraue hatte ich sogar genäht werden müssen, weil er mir einen sehr heftigen Schlag verpasst hatte. Im Gefecht selbstverständlich.

Aber ich war elf Jahre alt. Mein Vater war nicht nur hart zu mir, er war gnadenlos.

Zu dem Zeitpunkt war er nur ein gewöhnliches Ratsmitglied, obwohl er schon damals die Strippen im Hintergrund zog, um aufzusteigen. Dem damaligen Leiter, Louis de la Motte, Charles' Vater hatte ich es zu verdanken, dass er mich nicht in unfairen Fights krankenhausreif prügelte.

Denn als ihm auffiel, wie hart Daniel zu mir war, stellte er andere Kampflehrer für mich ein.

Aber unseren letzten Kampf werde ich nie vergessen. Denn es war der Tag, an dem ich es trotz meiner unterlegenen Größe schaffte, meinem eigenen Vater die Nase zu brechen.

Voller Angst und Sorge darüber hatte ich an dem Nachmittag, als er blutend vor mir hockte, alles fallen gelassen, hatte geweint. Aber er hatte darüber gelacht. Mich umarmt. War stolz auf mich. Sagte, das wäre nahe an perfekt. Mit dem Wissen, dass ich ihn im Kampf geschlagen hatte, könnte er mich leicht an den nächsten Lehrer abgeben. Ich müsse mir nur mehr Mühe geben, dann würde ich irgendwann perfekt werden. Vielleicht.

Danach war er aufgestanden, hatte mir auf die Schulter geklopft. Den Trainingsraum der gladius lilium lächelnd verlassen. Das war einer der schrecklichsten Augenblicke meiner schwindenden Kindheit gewesen. Noch Tage danach war ich schreiend davon aufgewacht.

Zu meiner Erleichterung waren die nachfolgenden Lehrer weise Meister der Kampfkunst, die mir andere Lehren zeigten, mich in vielen wichtigen Facetten des Nahkampfes unterrichteten.

Trotzdem hatte ich Zeit meines Lebens den Wunsch nach Perfektion in meinem Unterbewusstsein eingebrannt, konnte ihn lediglich durch Egoismus dämpfen.

Mir selbst immer der Nächste zu sein, war mein Schutzpanzer geworden. Meine zweite Haut …

»Damian?« Coralies Stimme riss mich aus den Gedanken.

»Ja, bitte?«

»Ich habe geklopft, aber es hat niemand reagiert. Entschuldige. Ähm. Ich gehe dann runter in die Küche und wollte fragen, ob du auch Hunger hast? Du warst mittags nicht bei mir und Charles.«

»Lieb von dir, aber ich habe keine Zeit fürs Essen.«

»Okay.« Sie ließ etwas die Schultern hängen, als sie sich umdrehte und wieder die Tür schließen wollte, gab doch etwas in mir nach.

»Sehen wir uns heute Nacht auf der Terrasse? Ich könnte dir die wenigen Sterne über Marigny zeigen. Es sollte wolkenlos sein, wenn wir Glück haben, sehen wir ein bisschen was. Und …« Ich räusperte mich, was war ich für ein sentimentaler Idiot. »Es wäre eine gute Gelegenheit, dir ein paar Abwehrtechniken zu zeigen, wenn die Sicht eingeschränkt ist.« Super, ich hatte das fragile Gewebe der Contenance, der Höflichkeit gewahrt.

»Ja, wenn du meinst.«

»Ja, meine ich. Das dient dir sicher in Zukunft.«

»Hm. Wann?«

Sie wirkte unglücklich, verstimmt.

»Zweiundzwanzig Uhr. Da sollte es bereits dunkel genug sein. Findest du …«

»Damian, ich habe die letzten zwei Nachmittage mit der Erkundung des Schlosses zugebracht, mit Charles. Ich weiß, wo deine Terrasse ist.« Sie verdrehte die Augen, schloss meine Tür, etwas lauter als notwendig.

Da erst merkte ich, dass ich kaum geatmet hatte. Coralies Gegenwart veränderte mich. Noch konnte ich diese fremdartigen Gefühle schlecht in Worte fassen.

Besser ich konzentrierte mich wieder aufs Arbeiten.

Ein paar Stunden hatte ich noch bis zu unserem Treffen. War das ein Date? Nein. Einfach ein Treffen. Es ging um ihre Sicherheit, das redete ich mir zumindest ein.

15

Coralie

(Schloss Marigny, an der Grenze zu Paris)
… Gegenwart …

Mein Entschluss stand fest. Heute Nacht würde ich alles auf eine verdammte Karte setzen.

Ich hatte mir ein sicheres Outfit dafür ausgesucht. Enge, graue Röhrenjeans und ein bauschiges Seidentop in der Farbe meiner Augen. Dazu simple, schwarze Ballerina. Keine Femme fatale, einfach ich. Es musste genügen. Keine Scharade mehr.

Es stand ihm nicht zu, mich zu küssen und dann zu ignorieren. Körperlich. Das konnte er knicken. Etwas in mir hatte er durch diesen Kuss zum Leben erweckt.

Nicht mein Herz bebte, mein Inneres zitterte, und doch folgte alles, was mich ausmachte, dem Ruf des Mannes, der auf dieser Terrasse, im Schutz der Nacht auf die Essenz meiner Seele wartete. Hingabe, Begierde, Vergebung. Vieles wollte meine Seele trinken, sich an ihm verlieren. In dem Augenblick, unter den Sternen. Für heute, für morgen, für immer und darüber hinaus.

»Da bist du ja, ich dachte schon, du versetzt mich.« Das Timbre seiner Stimme. Ich konnte mich ihm nicht entziehen.

Damian saß auf einem breiten, gemütlichen Sessel, ich erkannte in der Dunkelheit nicht, aus welchem Material er war. Es war auch gleichgültig. Alles zog mich zu ihm.

Mutig als könnte ich mich nicht gegen die unsichtbare Magie wehren, ging ich auf ihn zu. Direkt, bis ich vor ihm stand. Dann setzte ich mich auf ihn, mit gegrätschten Beinen. Damit hatte er nicht gerechnet.

Ha, was er spielte, konnte ich schon lange.

Ich legte provokant meine Hände um seinen Nacken. Er fühlte sich so verdammt gut an. Zur Hölle.

Damian schluckte und sah mich an.

Nur die Sterne spiegelten sich in seinen grauen Iriden, die im Vollmondlicht schwarz schimmerten.

»Was machst du da, Coralie?«

»Das, was ich will. Ich habe genug davon, dass du mir sagst, was ich will. Höhlenmensch. Und ich sehe die Sterne.« Das letzte Wort dehnte, hauchte ich, fixierte seinen Blick mit meinem. Natürlich sah ich nur die Reflexion der Himmelskörper, einzelne schemenhafte Punkte in seinen Iriden.

Ein kurzes Schmunzeln stahl sich auf seine schönen Lippen.

Er war sich darüber bewusst, dass er mich in der Hand hatte. Unsere Anziehungskraft ließ sich seit unserer ersten Begegnung nicht leugnen. Aber es war mir nicht zu blöd, ihm die Stirn zu bieten. Dieser Schachzug auf unserem imaginären Spielbrett gehörte mir.

»Ich dachte, wir wollen über Abwehrtechniken sprechen.« Er stellte sein schweres Kristallglas zur Seite auf einen kleinen Tisch.

Wartete noch eine Sekunde, als würde er abwägen, ob ich wieder von seinem Schoß springen würde. Doch darauf konnte er lange warten. So ein Tanz um das Feuer lag mir nicht. Ich war alt genug, um mir das zu nehmen, wonach es mir verlangte. Ich war die Nachfahrin eines Königs. Herrschen lag mir im Blut.

Soweit die Theorie. Denn als er mit beiden Händen sanft von meinen Schultern abwärts an meinem Körper entlangfuhr, unterhalb meines Rückgrats ganz sachte die Rundung meiner Pobacken nachzeichnete und seine Hände dann dort ruhen blieben, jagte das so unerwartet Lustschauer durch mich, dass ich kurz meine Fassung verlor, mir mein mühsam antrainiertes Pokerface entglitt. Ich mehr Halt an seinem Nacken suchte.

Er tat nichts weiter. Streichelte mich nicht. Hielt mich einfach. So eine simple Geste, eine Berührung. Und ich brannte.

»Du willst also spielen, Königin der Spiele? Gern.«

Damian genoss das. Diese Macht. Er spürte, wie mein Körper auf ihn reagierte.

Ganz langsam, als hätte er alle Zeit dieser Welt, näherte er sich meinem Hals, leckte über die heftig pulsierende Halsschlagader, dann hauchte er einen federleichten Kuss darauf. Und ich verlor allein dadurch beinahe meine Kontrolle. Es war herrlich, so zu fühlen. Warum hatte ich mir das jahrelang versagt? Mir nie etwas daraus gemacht? Mir eingeredet, später sei Zeit dafür. Man musste solche Gefühle doch auskosten.

Für ein paar Bruchteile von Herzschlägen badete ich regelrecht in dieser Gefühlswelle. Dann stoppte ich es.

Wand mich aus seinem Griff, was keine große Kunst darstellte. Damian ließ mich sofort los. Jetzt war der richtige Zeitpunkt.

Ich rutschte halbwegs elegant von ihm runter und stellte mich neben ihn.

»Du wolltest mir Abwehrtechniken zeigen, wenn die Sicht eingeschränkt ist?« Das hatte ich gut hinbekommen. Ich war stolz auf mich. Statt weiter seine Nähe zu genießen, hatte ich auf Professionalität umgeschwenkt.

Und ihn damit eiskalt erwischt.

Lauernd, wie ein Wolf, der sich erhob, um sein Opfertier zu erlegen, stand er auf. Grinste. So breit, dass es eine Frechheit war.

Aber ich blieb so ruhig wie möglich. Stellte mich ihm etwas breitbeinig gegenüber.

»Nicht kämpfen, kleine Eislilie. Komm.« Er streckte seinen Arm aus, winkte mich mit seiner Hand zu sich, doch ich blieb, wo ich war. Daraufhin machte er einen großen Schritt zu mir, schlang seine Arme um mich und ich war nicht fähig, mich dagegen zu wehren, weil ich mich so sehr danach sehnte, von ihm gehalten zu werden. Für einen ganz kurzen Augenblick schloss ich die Augen, sog seinen herrlichen Duft ein, er erinnerte mich an Freiheit, an das Gefühl losgelöst von allen Regeln zu existieren. Er roch nach Ambra, Zedernholz und einer frischen zitronenähnlichen Note. Ich verlor mich darin. Lehnte mich mit der Wange gegen seine starke Brust. Diese Empfindung von Freiheit bei ihm war so ätherisch, überlagerte alles andere. Schob sämtliche Vorsätze und Gründe, weshalb ich überhaupt hierher zu ihm gekommen war, in den Hintergrund.

Unsere Herzen schlugen gleich. Das war so kitschig, aber es fühlte sich so natürlich an, ein Hauch von Ewigkeit in seiner Umarmung.

Er tat nichts weiter, als mich einfach zu halten, und ich genoss es so sehr. Gab nach, gab mich hin.

Meine Seele erhielt in dieser Nacht ihren Willen, ich hatte mich seit Tagen nach seiner Nähe verzehrt. Und jetzt war alles gut. Alles so, wie es sein sollte.

Als ich langsam an den Oberarmen fröstelte, rieb Damian darüber.

»Lass uns reingehen. Irgendwo ist sicher noch Charles, er macht gute Cocktails.« Da. Distanz, Abstand. Warum? Er musste das doch auch gespürt haben. Oder lag es daran, dass er mein *protector* war, es ihm verboten war? Warum fiel es mir nur so schwer, das in mein Hirn sickern zu lassen. Warum hatte ich das gerade so genossen?

Doch ich nickte nur, folgte ihm mehr paralysiert als euphorisch. Ich wäre viel lieber weiter hier geblieben. Mit ihm allein und er suchte wieder die Nähe zu jemandem, statt einfach meine Antwort auf alles zu sein.

Kurz nach Mitternacht brachte er mich zurück in mein Zimmer.

»Heute also kein Training?«

»Doch, natürlich, warum nicht?«

Ich zuckte mit den Schultern, lehnte mich an die Wand neben meiner Tür.

»Weil es spät ist, weil ich nichts gegen einen Tag Pause hätte. Und … ich mag Charles, aber wir sind nie allein, ich hab tausend Fragen an dich.« Der letzte Rum-Mix sprach aus mir. Aber genau diese Art von Gesprächen zwischen uns war so dringend notwendig, überfällig.

»Eine Frage, die mir wirklich schon lange im Hirn rumspukt … warum hast du mich seit dem Kuss am Strand nicht mehr geküsst?« Impulsiv hob ich meine Hand, Damian war mir so nahe, dass ich mit den Fingerspitzen seine Lippen berühren konnte.

Irritierenderweise zuckte er nicht weg, ich verging an meinem Wagemut.

Damians Blick fing meinen. Sturmgrau gegen Jadegrün. Mein Pulsschlag erhöhte sich.

Ganz langsam nahm er mein Handgelenk, meine Finger lagen immer noch auf seinen Lippen, trat einen halben Schritt zurück und küsste mich auf die Fingerspitzen.

Ich schloss genießerisch die Augen. Schnurrte, weil der Effekt seiner Lippen auf meinen Fingern so gut war. Durchbrach damit den

Blickkontakt, aber das Feuer pulsierte in mir. Unaufhaltsam.

»Wohin führt das, Damian?« Ich glaube, ich liebte Rum. Er machte mich redselig. Erleichterte dadurch meine Seele um Tonnen an Ballast.

»Keine Ahnung, Coralie. Sag du es mir. Was möchtest du von mir?« Seine Stimme klang rauchig, so sexy. Danke an den Cocktail, irgendwie nahm ich alles so intensiv wahr, kleinste Details.

»Dich, mit allem, was du mir geben kannst.« Oh mein Gott, hatte ich das gerade wirklich gesagt? Wo war die Spalte im Erdboden die sich auftun sollte, wenn man sie so dringend brauchte? Hitze überzog meine Haut, ich wurde bestimmt rot.

Im nächsten Atemzug hatte er mich gegen die Wand gedrückt, wie von selbst umschlang ich mit meinen Beinen seine Hüfte, verschaffte mir sicheren Halt. Unbeschreiblich. Das fühlte sich so richtig an, so verdammt gut und natürlich. Als wären wir zwei Hälften, dazu geboren, eins zu sein.

Ich spürte genau die gleichen Funken wie vorher auf der Terrasse, wie jedes Mal, wenn wir uns berührten, uns nahe waren. Elektrisierend.

Mein Brustkorb hob und senkte sich hektisch. Aber ich hatte keine Zweifel, dafür war das Gefühl, von ihm gehalten zu werden, zu schön, zu besonders.

Doch er focht einen inneren Kampf mit sich aus. Schon während der ersten Minuten unserer heißen Umarmung spürte ich, dass er sich wieder zurückzog. Innere Mauern hochzog, um der Situation Herr zu werden.

Er barg sein Gesicht an meinem Hals, setzte federleichte Küsse von meinem Ohrläppchen bis zu meinem Schlüsselbein. Verharrte an meinem Brustansatz, genau dort, wo der Stoff des Tops anfing.

Atmete aus. Löste seine Arme von meiner Taille. Der Zauber des Augenblicks war verpufft, er war wieder mein *protector*. Gab mich frei und ich rutschte an ihm runter.

»Sorry.« Seine Stimme war nicht mehr rauchig, klang eher belegt. Schmerz, Lust, er sperrte vieles direkt vor mir weg.

»Du willst meine Schatten nicht.« Mit diesem Satz sah er mich noch einmal an. Ganz kurz, ich stand wie versteinert vor ihm, wusste überhaupt nicht, wohin schon wieder mit den Gefühlen. Dann drückte er mir einen Kuss auf die Stirn. Machte ein paar Schritte rückwärts.

»Warum bestimmst du darüber, Damian?« Ich war gekränkt und immer noch bereit, ihm die Stirn zu bieten, dem Rum sei Dank.

»Weil ich dein *protector* bin. Gute Nacht, Coralie.«

Ich seufzte genervt.

»Trainieren wir dann morgen?«

»Ja, gern. Neun Uhr. Unten.«

Damit ging er fort, wieder ganz mein Beschützer und keine Spur von Damian.

Erst da merkte ich, dass meine Beine zitterten. Erschöpft und überfordert mit dem soeben Erlebten, öffnete ich die Tür zu meinem Reich. Würde direkt ins Bett fallen und dem Chaos in mir keine weitere Möglichkeit geben, mich zu verbrennen.

16

Damian

(Schloss Marigny, an der Grenze zu Paris)
… Gegenwart …

Coralie kam die breite Treppe der Terrasse runter in den Garten. Die Sonne ging gerade unter, kitschig perfekt. Seit letzter Nacht hatte ich mit mir selbst einen inneren Kampf ausgefochten, fast endgültig dagegen verloren. Ein paar wenige Fragmente an Benehmen hielten meine Dunkelheit noch ab, sie für mich zu beanspruchen. Ich war unfähig, mich ihr zu entziehen, dafür rief mich ihre Essenz zu stark. Ich riss mich aus meinen Gedanken, wollte mich dem Moment widmen. »Du siehst wunderhübsch aus.«

Sie trug ein Kleid, in dem sie mir wie eine griechische Göttin vorkam. Es war zartrosa, gerafft, umspielte ihre Schultern, ihre Taille, floss dann locker über ihre Hüfte hinab bis zu ihren Fußknöcheln. Dazu war sie barfuß, genoss die vergehende Hitze des Tages, die in den dunkelgrauen Bodensteinplatten gespeichert war. Ihre Haare trug sie halboffen, nur zwei rosegoldene kleine Spangen, die Schmetterlinge darstellten, zierten einen Teil der Strähnen. Alles in mir schrie danach, sie zu berühren, dieser Wunsch war übermächtig.

Ich führte sie wenige Schritte zu einem intimeren Steinplatz, der früher als Teeterrasse gedient hatte und jetzt unser Ziel war für das Abendessen.

»So förmlich?«

»Du hast dir ein schickes Abendessen gewünscht, wenn du mich im Seilspringen schlägst.«

Wir lachten beide.

Sie hatte wirklich Ausdauer bewiesen beim Sport, aber ich hatte Coralie gewinnen lassen.

Der Tisch war so kitschig gedeckt, als würde ich ihr einen Antrag machen, aber an ihrem Blick sah ich, dass sie begeistert war. War es wirklich so simpel, eine Frau glücklich zu machen? Kerzen und Fackeln erhellten die kleine Terrassenfläche.

»Wow, danke.« Ich zog den gepolsterten Stuhl zurück, sie nahm Platz.

»Packen wir heute also das gelernte Benehmen, die wie heißt das, Etikette raus?« Coralie zog mich nur auf, aber ich ließ sie gewähren.

»Natürlich. Heute kannst du dich wie eine echte Prinzessin fühlen.«

Als ich ihr gegenüber Platz nahm brachte Personal bereits unauffällig den Aperitif.

»So viel Besteck. Nichts vergessen.«

»Coralie, ich bin kein Höhlenmensch.«

Sie schenkte mir ein herrliches, perlendes Lachen.

»Ich würde sagen, eine gute Mischung.«

Empört sah ich sie an, aber ich konnte ihr nicht böse sein, es war schön, sie so frei zu erleben. Coralie konnte sehr witzig sein, wenn sie es wollte. Erhellte damit meine Welt.

Wir stießen mit unseren Kristallgläsern an. Champagner.

Rundum lag alles friedlich und still da. Eine laue Sommernacht wie im Bilderbuch.

Sie atmete durch, nahm dankend den ersten Gang vom Personal entgegen. Salat, serviert auf dekadenten Steinplatten. Charles übertrieb.

»Erzähl mir etwas über dich.«

»Da gibt es nicht viel zu erzählen, Coralie.«

Sie zog eine kleine Schnute.

»Das kauf ich dir nicht ab.«

»Mal überlegen. Erzähl mir etwas über deine Mutter. Meine kennst du ja schon, ist eine unfaire Ausgangslage.«

»Meine Mutter interessiert sich nicht für mich. Ihr Name ist Camille, sie hat mich viel zu jung bekommen, sie war achtzehn und über beide Ohren in Daniel verliebt, oder in seinen Namen. Ich denke, ich war für sie nur eine nette Sprosse auf der Erfolgsleiter. Danach ging es stets nur um ihre Karriere. Sie arbeitet intern für den Rat, in der Verwaltung, wenn man es so nennen will. Sie hat mich nach der Geburt vergessen. Abgenabelt.«

»Tut mir leid. Wirklich.«

Wir verfielen in ein kurzes Schweigen.

Dann suchte ich mir sichereres Terrain. Training.

»Du beeindruckst mich wirklich, kleine Eislilie. Nie hätte ich gedacht, dass du so kampfaffin bist. Du schreckst kaum vor etwas zurück. Deine Reflexe zeigen mir in jeder Sequenz, wie talentiert du bist. Bei den *gladius lilium* würden sie dich mit offenen Armen aufnehmen.«

»Wow, also darf ich bald echte Gegner verdreschen?«

Diesmal musste ich lachen.

Wartete mit meiner Antwort aber, bis uns der nächste Gang serviert wurde. Lachs mit Gemüse, arrangiert wie für Könige.

»Ich hoffe, du isst Fisch?« Das hatte ich sie zuvor nicht gefragt, jetzt war es ohnehin zu spät.

»Eigentlich esse ich alles, außer es sieht mich an. Das ist eklig.«

Ihre Aussage ließ mich lächeln. »Dann bin ich erleichtert.«

Sie schob mir ihr Weinglas herüber, forderte mich damit stumm auf, ihr nachzuschenken.

»Der Wein ist so lecker, alles schmeckt fantastisch in deinem Haus. Du verwöhnst mich. Aber, ich sage es mal knallhart, Damian, du schonst mich nicht, ich hatte noch keinen freien Tag in Marigny, jeden Tag trainieren wir, als würde mein Leben davon abhängen.« Coralie hatte es sicher witzig gemeint, aber im Grunde war es so.

»Weil es ja auch stimmt, kleine Eislilie. Ich würde gern bald mit Schusswaffentraining anfangen.«

»Schießen?« Sie verschluckte sich am Wein.

»Nur wenn du es wagst, ich weiß, das mag für Frauen …«

»Klar, genial. Bin dabei. Das ist wie ein riesiges Wunderland bei dir.« Sie klang so begeistert.

»Es ist …«

»Ja, ich weiß. Kein Spiel, bla bla. Der Rat, bla bla. Die Bedrohung, bla bla. Mach dich mal locker, Damian.« Coralie kicherte, war wohl dem Wein geschuldet oder der Befreiung, die sie durch ihre Worte fühlte.

»Sieh mich nicht so an, *Dam*. So darf dich Charles nennen. Ich mag ihn übrigens sehr. Er ist toll.«

»Oh, bist du in ihn verliebt?« Ich hatte es nur lustig klingen lassen wollen, aber sie wurde todernst.

»Nein, du Höhlenmensch. Aber wo wir gerade bei der Liebe sind …« Sie machte eine Pause, sah kurz ihr Weinglas an, dann mich. Ich hielt die Luft an. »Wir haben noch kein einziges Mal über den Kuss am Strand gesprochen.« Coralie fixierte mich mit ihren grünen Augen, schob gleichzeitig ihr erneut leeres Glas in meine Richtung.

Sie war mutig, ein tapferes Herz.

Ein weiteres Lächeln zupfte an meinem Mundwinkel. Ich goss ihr noch einmal ein. Schob das Kristallglas wieder rüber zu Coralie, berührte dabei mit meinen Fingerspitzen ihre Finger. Das elektrisierende Gefühl, das uns stets bei solchen federleichten Momenten begleitete, stellte sich wieder verlässlich ein. Sie zuckte nicht zurück, forderte mich raus.

Dabei senkte sie ihren Blick, ihre langen Wimpern berührten ihre Wangen. Seufzend öffnete sie ihre Lippen ein wenig, leckte sich spielerisch mit der Zungenspitze über ihre volle Unterlippe. Hob den Blick und schleuderte mir eine Antwort entgegen, die seinesgleichen suchen musste. »Aber wenn du nicht reden magst, vielleicht sagt dir ein Besuch in meinem Schlafzimmer mehr zu. Möglicherweise findest du dort die richtigen Worte.« Erneut kicherte Coralie.

Zog ihr Weinglas von mir weg und trank genießerisch daraus, während ihre Augen mich fixierten.

Was sollte ich ihr nur darauf antworten? »Coralie, es ist kompliziert. Und ich bin kein Höhlenmensch.«

Abwägend schnitt sie eine kleine, süße Grimasse. Sagte aber nichts.

Blickte etwas melancholisch Richtung Pool. »Ich war noch nie drin, in deinem Pool.«

»Wirklich? Dabei liegst du oft davor.«

»Ja, aber ich wollte nie allein rein.«

»Das können wir jederzeit ändern.«

»Lenken wir uns nicht ab, Damian. Seien wir ehrlich zueinander, wir sind definitiv am Arsch.« Coralie reagierte mit einem Lachanfall, sie war mehr als angetrunken.

Das Dessert wurde serviert. Wieder eine optisch sterneverdächtige Aneinanderreihung von tropischen Köstlichkeiten.

Wir aßen schweigend, ich musste das Gespräch wieder auf sicheres Terrain lenken.

Aber Coralie kam mir zuvor, leerte ihr Weinglas in einem Zug, stand auf.

»Also danke für das Dinner bei Kerzenschein, mein *protector.* Ich habe es mir beim Seilspringen auch hart verdient. Aber ich werde mich jetzt zurückziehen. Ich muss ja ausgeruht sein für morgen, damit ich deine Schinderei aushalte.« Sie zwinkerte mir zu.

»Bis nachher.« Warum zur Hölle hatte ich das gesagt? Meine Dunkelheit lachte mich aus, rieb sich siegesgewiss die Hände.

Sie hielt in der Bewegung inne. Drehte sich noch mal zu mir. Sah, obwohl sie etwas beschwipst war, einfach so irre schön aus.

»Bis nachher?« Sie hob ihre Hand, fasste sich an die Brust.

Ein paar Sekunden zögerte der gute Anteil in mir, aber dann nickte ich. Ihr Blick erhellte sich daraufhin.

»Dann bis nachher, mein Höhlenmensch.« Coralie kicherte wieder, glaubte mir wahrscheinlich kein Wort und verschwand nach drinnen, ließ mich mit meinen inneren Dämonen auf der Terrasse allein sitzen.

17

Coralie

(Schloss Marigny, an der Grenze zu Paris)
… Gegenwart …

Damian kam in mein kaum erleuchtetes Schlafzimmer. Leise, achtsam. So wie er es mir beim Abendessen im Scherz angedroht hatte, nachdem ich ihn herausgefordert hatte. Er tat es wirklich. Aus einer Laune heraus hatte ich dutzende, weiße und cremefarbene Kerzen auf den Kommoden und in den Fensternischen entzündet. Die einzige Lichtquelle, die ich mir erlaubte. Sie waren mir ein paar Tage zuvor in einem Schrank des Zwischenraums aufgefallen. Die Fenster waren weit geöffnet, um mich von den Nachwirkungen des viel zu hastig konsumierten Weins zu erholen. Es half ein bisschen, meinen Kopf zu klären.

Aus einem Impuls hatte ich mir die weiße, freistehende Badewanne nebenan im dekadenten Spa bis zum Rand mit Wasser eingelassen, darauf gab es extra viel duftenden Schaum. Teure Rosenessenzen hüllten mich ein. Wozu besaß er all den Luxus? In diesem Badezimmer gab es mehr Zusätze und Duschequipment als in sämtlichen Drogerien von Nantes. Wenn ich hier etwas hatte, dann … massig Zeit und unendlich viel Platz.

Ohne ein Wort an mich zu richten, ging er durch den beinahe magisch illuminierten Raum, nahm in einem der beiden mit bunten Sommerblütenstoff bezogenen Ohrensessel Platz, die vor dem Kamin standen. Als wäre er der Herrscher der Welt. Er mochte ja der Befehlshaber in diesem Schloss sein, über alles, was im Marigny vor sich ging, stets Bescheid wissen. Kontrollfreak. Aber er war nicht der König meines Herzens. Das gehörte mir allein.

Trotzig tat ich, als wäre er nicht da. Legte die Karten für eine erste imaginäre Spielrunde auf meiner Ebene.

Ging barfuß ins Bad, ließ aber provokant die Tür ganz offen.

Furchtbar langsam, obwohl er mich nicht sehen konnte, zog ich mich aus. Schob das federleichte Designerkleid millimeterweise von mir. Rekelte mich für niemand anderen als mich selbst. Aber das Wissen darüber, dass er nur einen Raum weiter war, lauerte, erhöhte unkontrollierbar meinen Puls.

Meine Unterwäsche war, wie jedes Stück, das in meinem überdimensionalen Kleiderschrank zum Vorschein gekommen war, exquisit. Es hatte Spaß gemacht, alles Mögliche vor den riesigen Spiegeln des Ankleidezimmers anzuprobieren. Sämtliche Designer ließen mein Modeherz höher schlagen. Aber selbst das würde ich ihm nicht zeigen. Damian nannte mich Eislilie, also würde er auch eine bekommen.

Noch langsamer drehte ich meine Arme nach hinten, wollte meinen silbernen Spitzen-BH öffnen.

Da spürte ich seine Präsenz. Ohne mich umzudrehen. Hatte ich den Köder weit genug ausgeworfen oder war ich die Beute im Netz? Nächste Spielrunde.

Mein Herz pochte so stark, aber ich wollte nicht aufhören, ich sehnte mich danach, zu spüren, zu verstehen, es einfach besser zu begreifen, was es war, das uns so sehr aneinander band.

Ihm nicht nachgeben und doch mehr erfahren.

»Darf ich dir helfen?« Das Timbre seiner Stimme, so angenehm, es vibrierte in meinem Inneren, obwohl er nur hinter mir stand. Ich spürte seine Körperwärme. Haltung und Fassung wahren. Es war lediglich ein nächster Schachzug.

Ohne ihm zu antworten, nahm ich meine Arme runter und wieder nach vorn. Mehr Zugeständnis meiner Seite würde ich ihm heute Nacht nicht geben.

Sanft, unglaublich zärtlich öffnete er die Haken des BHs. Schob die Träger über meine Schultern, an meinen Armen nach unten. Ich konnte mich keinen Millimeter rühren. Als der BH auf den Boden fiel, kam mir dieses Geräusch unnatürlich laut vor. Aber ich blieb standhaft, regungslos vor der Wanne stehen. Damians Atem war mir so nahe, ich spürte ihn an meinem linken Schulterblatt. Er musste ganz dicht hinter mir stehen, sonst war das doch gar nicht möglich.

Meine sensiblen Brustspitzen verhärteten sich durch die kühlere

Raumluft. Ich war noch nie so erregt gewesen. Diese Flut an Gefühlen war zu viel, um bewegungslos zu bleiben.

»Also möchtest du baden, Eislilie? Achte darauf, dass du im heißen Wasser nicht schmilzt.« Er raunte diese Worte, und dann, als ich schon dachte, er würde sich von mir entfernen, hauchte er einen Kuss auf mein linkes Schulterblatt. Hätte mir jemand davor gesagt, dass ein Mensch an so einer banalen Stelle so empfindsam reagieren könnte, ich hätte ihn der Lüge bezichtigt. So sendete diese Berührung seiner Lippen, die so federleicht und unschuldig war, kleinste Lustfunken durch meinen Körper. Ich musste mir auf die Zähne beißen, um nicht aufzukeuchen. Diese Genugtuung würde ich ihm nicht schenken.

»Oh, warte. Wir wollen doch nicht riskieren, dass deine Unterwäsche nass wird.«

Dieser Teufel. Ich könnte ihn würgen. Wortspiele.

Aber ich blieb an Ort und Stelle stehen, wie ein Kunstwerk. Als wäre ich die Muse und er mein Bildhauer.

Er hakte unerträglich langsam beidseits seine Finger in die filigranen Stoffbändchen an meiner Hüfte, zog den silberfarbenen String millimeterweise abwärts. Damian musste hinter mir knien, der Gedanke daran erhitzte weiter mein Blut. Aber ich wollte meinen stillen Widerstand um keinen Preis aufgeben. Das letzte Kleidungsstück landete am Boden.

Da spürte ich Kälte hinter mir.

Er brachte Abstand zwischen uns.

»Genieß dein Bad, kleine Eislilie.«

Es kostete mich sämtliche verfügbare Willenskraft, mich nicht umzudrehen und in seine Arme zu werfen. Das wäre zu billig. So leicht würde ich es ihm nicht machen.

Ich war dabei, ihn mehr als nur interessant zu finden, es fühlte sich nach intensiver Anziehungskraft an. Begierde klopfte an die Grenzen meiner bisherigen Welt. Damian war einfach eine Antwort auf das Neue in mir, das bereit war, ihn kennenzulernen. Mit all seiner Düsternis, den Geheimnissen und den Pflichten. Zum ersten Mal in meinem Leben. Für solche Gefühle war bisher kein Platz gewesen.

Eine einzelne Träne lief über meine Wange. Ich hatte sie nicht aufhalten können.

Wollte ihm auch diese Kapitulation meiner Emotionen nicht zeigen.

Stieg aus dem String zu meinen Füßen, wandte mich kurz dem Spiegel zu, betrachtete mein Spiegelbild. Sah Damian ein paar Schritte entfernt hinter mir stehen. Ruhig.

Dann berührte ich den Rand der Wanne, ließ mich so elegant wie möglich hineingleiten.

Das Wasser war etwas abgekühlt, aber immer noch warm genug, um ein längeres Bad darin zu genießen.

Der Schaum verdeckte beinahe alles von mir. Mein Selbstbewusstsein, meine Schlagfertigkeit, all das kehrte wieder zu mir zurück. Dieser Badezusatz war wohl magisch.

Entspannt legte ich mich zurück, lehnte mich an den emaillierten, kalten Wannenrand. Nur mein Oberkörper bis zu den Schlüsselbeinen ragte aus dem Wasser.

»Bleib.« Ich hatte dieses eine Wort so autoritär an ihn gerichtet, als wären wir gleichgestellt und nicht in der veralteten Schützling-gegen-Beschützer-Rolle eingepfercht.

Für einen Sekundenbruchteil stahl sich ein Grinsen in sein Gesicht, aber schon beim nächsten Wimpernschlag war es weggewischt. War einem … lustverhangenen Blick gewichen.

Kokett winkelte ich meinen rechten Oberarm am Rand der Wanne ab, berührte mit den Fingern meine Lippen, umrandete sie, dann biss ich in meinen rechten Zeigefinger. Sah ihn herausfordernd an.

»Coralie, wenn du das mit dir ausgefochten hast, du weißt, wo mein Zimmer ist. Ansonsten wünsche ich dir eine gute, erholsame Nacht.«

Damit schloss er die Tür meines Badezimmers. Verließ die Räume und ich hörte ihn die Haupttür zum Flur schließen.

Wofür war das bitte gewesen? Er hatte mich mit meinen eigenen Waffen geschlagen. Ich hatte mit der Zimmernummer angefangen. Jetzt lag der Spielball wieder bei mir.

Alles in mir pulsierte. Was hatte ich mir nur dabei gedacht? Dass er wirklich zu mir in die Wanne kam? Verrückt. Oder dass ich einem Harcourt gewachsen war? Dämlich.

Wenn er wüsste, dass ich noch nie einen Mann in echt nackt gesehen hatte … Würde er mich auslachen? Würde er es heiß finden? Ich hatte keine Antwort darauf.

Frustriert versank ich in meinem Spa, in duftenden Schaumträumen.

Wofür sollte ich mich entscheiden?

Gerade als ich komplett untertauchen wollte, sah ich an der Wand gegenüber einen Morgenmantel aus Seide, Spitze und Brokat hängen. Und mir kam eine freche Idee. Eine, die mich augenblicklich schmunzeln ließ.

18

Damian

(Schloss Marigny, an der Grenze zu Paris)
… Gegenwart …

Dieser Mut, bemerkenswert. Für ein paar Sekunden konnte ich sie einfach nur anstarren. Coralie trat auf Zehenspitzen in mein Zimmer, schloss die Tür leise hinter sich. Fast, als wollte sie nicht ertappt werden, wie sie sich in meine Räume schlich. Sie trug dabei einen wunderschönen bronzefarbenen, mit einem Meer aus bunten Blüten und filigranen Blättern, bestickten seidenen Morgenmantel. Ihr Haar war glatt, natürlich, fiel ihr bis zu den Schultern, umrahmte ihr engelsgleiches Gesicht.

Coralie musste sich direkt nach ihrem Bad dazu entschieden haben, meiner Aufforderung nachzukommen. Überraschte mich damit, ich hätte mich für die Nacht in Arbeit vergraben, um mich von eben dieser irisierenden Schönheit unter meinem Dach mehr schlecht als recht abzulenken.

Ich stand langsam von meinem Schreibtisch auf, ging rundum, doch sie kam so rasch auf mich zu, dass mir kaum Zeit blieb, etwas zu sagen. Coralie legte ihre Arme um meinen Nacken. Instinktiv umfasste ich sie am Rücken, meine Hände glitten tiefer, griffen an ihren Po. Sie zog sich an mir hoch, umschlang mit ihren langen Beinen meine Hüfte. Ihr eigener Duft hüllte mich ein, machte mich fertig. Alles in mir schrie nach mehr, meine Finsternis brach beinahe durch ihre Grenzen. Endlich. Ein einziges Wort, das unaufhaltsam in mir pulsierte. Egoistisch sein, kein Ritter, sondern mir einfach nehmen, wonach es mich verlangte, seit sie mir begegnet war.

Überwältigt von den Emotionen, die mich durch ihren kleinen Angriff übermannten, trug ich Coralie zu meinem Schreibtisch, setzte sie auf der Massivholzfläche ab. Nahm meine Hände kurz von ihr und fegte all die Papiere, die Stifte vom Tisch, auch etwas aus Metall, alles fiel in Chaos zu Boden, wollte uns dadurch mehr Platz schaffen.

Coralies Atmung beschleunigte sich. War sie sich der Tragweite dessen bewusst, was sie hier veranstaltete? Oder kam es wirklich rein und selbstlos aus ihr? Mehr Instinkt als Wille? Fühlte sie dasselbe wie ich? Diese kleinen, unsichtbaren Funken zwischen uns, die mich bei jeder Berührung mit ihr kitzelten?

Egal. Ich verlor mich in ihren jadegrünen Augen. Für wenige Atemzüge begegnete mir dieser Blick in allen Erinnerungen, die ich an sie hatte. Als kleines, zauberhaftes Mädchen am Strand. Als fluchende, junge Frau in den Gärten von Miravallet. Als wütende, fauchende Löwin in einem Partyrudel von Wölfen. Als überraschte, perplexe Eislilie bei unserem ersten Kuss. Als geschickte, präzise Amazone in meinem Trainingsraum. Großer Gott. Coralie war so schön. Sie war alles. Sie würde mein sein.

Hungrig drückte ich meine Lippen auf ihren Mund. Wie viele Tage, Nächte, Stunden, Minuten, Sekunden seit unserem ersten Kuss am Strand hatte ich mich nach diesem Gefühl gesehnt? Mir sämtliche Szenarien aus dem Kopf geschlagen, weil es doch verboten war. Doch oft war das Verbotene das Beste.

»Endlich.« Das eine Wort verließ kaum hörbar Coralies Lippen, ein tiefer Seufzer ihrer Seele, dann gab es von ihrer Seite keine Zurückhaltung mehr. Sie gierte nach mir.

Sie machte mich verrückt. Götterfunken. Ihr Geschmack … Exquisit. Coralie öffnete sich mir ohne Widerstand. Völlige Hingabe. Ihr Kuss war anders, noch besser als beim ersten Mal, weil sie ihn so brennend wollte, sie diesmal mich überrumpelt hatte und nicht andersrum.

Der Schutzpanzer der kleinen Eislilie schwand, als hätte er nie existiert. Sie glühte unter meinen Berührungen, schenkte mir damit die herrlichsten Empfindungen.

Dann spürte ich, dass es zu viel, zu schnell, zu einnehmend werden würde. Ich wollte mich langsam auf dieses Terrain vorwagen. Sie anbeten. Nicht einfach nehmen.

Schwer atmend löste ich mich aus ihrer Umarmung, diesem wohl schönsten Kuss meines bisherigen Lebens.

Honig wurde ihrem Geschmack nicht gerecht, es war besser, süßer und gleichzeitig erfrischender. Sie sah mich mit großen Augen an. Ich strich ihr mit einem Finger über die geschwollene Unterlippe. Sie biss sich daraufhin genau an die Stelle, wo mein Finger am längsten geruht hatte.

Bei den Göttern, der Platz in meinen Jeans wurde nicht nur eng, es tat fast weh.

»Hab ich etwas falsch gemacht?« Ihr Anblick, ihr Blick, diese Mischung aus Unschuld und Verruchtheit. Wie machte sie das? Ich griff ihre Beine um meine Hüfte, drückte sie von mir weg. Sanft auseinander. Merkte kurz das Aufblitzen der Haut ihrer Schenkel. War sie darunter nackt? Unter diesem Morgenmantel?

»Nein.« Ich räusperte mich.

»Aber, ich möchte, dass wir uns Zeit lassen. Möchtest du heute bei mir schlafen? Ich meine nur schlafen. Neben mir? Das Bett ist groß genug.« Warum verlor ich meine Sprache? Mir fielen keine richtigen Worte ein, um mich ihr zu erklären.

Ich rechnete damit, dass sie gehen würde. Erzürnt, sauer oder dass sie sich abgewiesen vorkam.

Aber Coralie verließ nur die Arbeitsfläche meines Schreibtisches, rutschte so leichtfüßig runter, als wäre sie eine Katze, zum Absprung bereit. Die Stoffbahnen des Morgenmantels umschmeichelten sie sofort wieder so wunderhübsch. Sie sah aus als wäre sie eine Fee aus einem verwunschenen Wald, direkt aus Brocéliande.

»In Ordnung. Aber du musst mir ein Shirt leihen. Es ist so warm in diesem Mantel.«

»Ja, klar.« Meine Stimme war ganz belegt. Sie schaffte mich. Ging mir an die Substanz.

Aber ich hatte es selbst herausgefordert. Dieser Spielzug ging an sie. Und auch wieder nicht, denn sie wäre bereit gewesen, weiter zu gehen.

Ich wandte mich ab, holte aus meinem Ankleideraum das größte, längste und weiteste schwarze T-Shirt, das ich besaß. Reichte es ihr.

»Bist du darunter nackt?« Sie schüttelte nur den Kopf.

»Was trägst du?«

»Einen String aus Spitze.«

»Das nennst du nicht nackt?«

»Ja, das nenne ich nicht nackt.« Sie kicherte, nahm mir das Shirt ab und schritt an mir vorbei.

Ihr Anblick war zu viel für meine Beherrschung.

Gott sei Dank ging sie ins Bad, schenkte mir damit ein paar Minuten, um mich zu fassen.

Die dunklen Schlieren aus meiner Seele lachten mich aus. Was wäre dabei gewesen, mir einfach zu nehmen, wonach es mich verlangte? Normalerweise hätte ich sie schon längst flachgelegt und damit meine Lust befriedigt. Meinen Hunger nach ihr.

Aber ich konnte nicht. Hatte ich Angst, dass sie mir nach einem Fick gleichgültig werden würde? Was hemmte mich? Doch meine Überlegungen wurden von ihrer Rückkehr unterbrochen.

»Ich geh selbst noch schnell ins Bad, dann bin ich bei dir, okay?« Das war jetzt total unsexy, aber ich wollte mich nicht in Jeans und allgemein meinen Klamotten, die ich nach dem Dinner angezogen hatte, zu ihr legen.

Sie strahlte selbst einfach nur mit meinem T-Shirt bekleidet eine Reinheit und Unschuld aus, die mich irritierte. Warum wirkte sie so auf mich?

»Ja, klar.« Sie setzte sich auf meinen Bettrand. Inspizierte die dunklen Ranken auf der Bettdecke ein wenig zu interessiert. Immerhin ging ich ihr unter die Haut, sie war leicht gerötet, aufgeregt. So kühl und distanziert, wie sie glaubte zu sein, war sie nicht.

Ein Grinsen zupfte an meinem Mundwinkel, als ich das Bad betrat. Für ein letztes Mal eine Tür zwischen uns schloss.

Meine erste Nacht mit ihr.

Ich spritzte mir kaltes Wasser ins Gesicht, putzte meine Zähne, atmete mehrmals durch, um mein aufgeheiztes Blut unter Kontrolle zu bringen. Wechselte meine Kleidung …

Als ich wieder zu ihr in mein Schlafzimmer ging, saß Coralie immer noch auf dem Bett.

Sachte schlug ich die Bettdecke zurück, setzte mich auf die Seite, auf der ich für gewöhnlich schief.

»Komm.« Das eine Wort reichte, dass sie zu mir krabbelte, auf allen vieren. Ich legte mich hin, zog Coralie zu mir.

So perfekt. Wieder dieses Wort. Aber sie in meinen Armen zu halten, fühlte sich so richtig an. Als hätte alles in mir nur darauf gewartet, ihr zu begegnen. Sie seufzte, ich deckte sie mit einem eigenen Laken zu und gab der Versuchung nach, ihr dabei so nahe wie möglich zu sein.

Verflocht die Finger meiner Hand mit ihrer Hand, die mir am nächsten war. Vergrub meinen Kopf in ihren Haaren, küsste ihren Nacken. Sie ließ mich gewähren, schnurrte beinahe.

»Gute Nacht, kleine Eislilie.«

Per Sprachbefehl löschte ich das Licht.

»Gute Nacht, mein *protector.*«

Mehrere Herzschläge lang steckten wir imaginär die Grenzen ab, es war ungewohnt und doch so friedlich. Ein Gefühl, eine Macht, die sie bereits bei unserer ersten Begegnung über mich gehabt hatte, stahl sich in meinen Verstand.

Ich drückte mich ein kleines bisschen fester an ihren Rücken, schmiegte mich an sie, erlaubte mir diese Nähe und atmete durch.

Es widerstrebte mir zu sprechen, diesen Moment zu zerstören. Es war einfach das Schönste, so mit Coralie in einem Bett zu liegen. Mir ihrer Nähe bewusst zu sein. Es war mehr, als ich je erwartet hatte.

Da beruhigten sich ihre Atemzüge, sie schlief wirklich ein.

Meine bezaubernde Fee. Ich musste noch meinen Geist etwas runterfahren. Ich dachte an die verwunschenen Wälder von Brocéliande. War dankbar, als nach einer längeren Zeit endlich der Schlaf zu mir kam. Driftete in entspannte Traumwelten.

19

Coralie

(Schloss Marigny, an der Grenze zu Paris)
… Gegenwart …

So könnte ich jeden Morgen meines restlichen Lebens aufwachen.« Mir waren die Worte, mehr an mich selbst als an jemand anderen gerichtet, über meine Lippen gekommen. Ich rekelte mich in seinen Laken, deren Duft mich an einen frischen Blumengarten erinnerte. Damian kam gerade aus seinem Bad. Er hatte wohl geduscht, während ich noch schlief, und trug nur ein graues Badetuch um seine Hüfte. Mein Gott, sein Oberkörper, es war nicht das erste Mal, dass ich ihn so sehen durfte, und ich konnte nicht leugnen, dass er wohldefiniert war. Er rubbelte seine Haare mit einem weiteren Handtuch ab. Er sah so sexy aus, als würde er eine Werbekampagne schießen. Was für ein Mann. Ich biss mir auf meine Unterlippe.

Allerdings schenkte er mir keine Antwort, sah mich mit einem sturmgrauen Blick aus Düsternis und unbeschreiblicher Begierde an. Dieser Moment schickte, ohne dass Damian mich berührte, Impulse bis zu meiner Mitte, die sich nach ihm sehnte.

Trotzdem genoss ich es, ihn zu betrachten. Von vorn betrachtete war seine Haut makellos, da war er frei von allen Tattoos, ein männliches Meisterwerk an dezenten, definierten Muskeln. Jeder dieser Muskeln kam durch jahrelanges, hartes Training. Aber ich wusste, dass sich seine ganze Vergangenheit, die er mir eisern verschwieg, in kryptischen Symbolen und Runen über den kompletten Rücken zog. Doch ich hatte genug vom Nachdenken, wollte impulsiv handeln, warf sämtliche Spielkarten auf den unsichtbaren Tisch.

»Möchtest du nicht wieder zu mir kommen?« Aufreizend legte ich all meine weibliche, angeborene Sirenenkunst in meine Frage.

Es war nichts und doch so vieles letzte Nacht passiert. Wir hatten zum ersten Mal in einem Bett zusammen geschlafen, in seinem Bett. Nur Gott allein wusste, welchen verdorbenen Dingen er sich darin schon hingegeben hatte.

Aber zu meiner Verblüffung hatte ich mich die ganze Nacht darin sicher und geborgen gefühlt. Bei ihm. Meinem Schutz.

»Coralie …« Er schüttelte seinen Kopf, konnte sich aber nicht von mir abwenden. »Wenn ich jetzt zu dir gehe, dann …« Damian ließ den Satz offen zwischen uns stehen, atmete ein paarmal tief durch. Ich sah, wie viel Selbstbeherrschung ihn das kostete.

»Das war keine Bitte.« Fast biss ich mir auf die Zunge. Aber er hatte kein frommes Lämmchen in seinem Haus. Er wollte mich hier haben, also erhielt er das gesamte Paket, inklusive sämtlicher Specials, wie meiner Starrköpfigkeit.

Schneller, als ich es verarbeiten konnte, überrumpelte mich Damian und lag auf mir, im Bett, zwischen meinen Beinen. Nur das Laken trennte uns. Er sperrte mich innerhalb eines Atemzugs gekonnt unter sich ein.

Sein Blick, er brannte sich in mich, tief in meinen Verstand. Ein flammendes Meer aus Sturmgrau. Ich wollte mehr davon. Hatte genug vom Spielen, ich wollte das so sehr. Mit allem, was ich geben konnte.

Kalte Wassertropfen perlten vereinzelt aus seinen Haaren auf meinen Kiefer, meinen Hals, meine Schlüsselbeine, meinen Brustansatz. Unmerklich beschleunigte sich meine Atmung.

»Sei vorsichtig mit deinen Wünschen und deinen Befehlen, kleine Eislilie.« Er konnte so verführerisch sprechen. Wenn er wüsste, wo mich seine Worte berührten, ohne dass er mich anfasste … Da senkte er seinen Kopf und wo mich die Wassertropfen benetzt hatten, beinah auf meiner erhitzten Haut verdampften, leckte er jeden einzelnen kleinen Tropfen weg, hauchte einen Kuss an jede Stelle.

Mein inneres Eis brach auf. Ich spürte es. Damian tat das mit mir. Wo ich das Eis war, war er das Feuer. Wo er das Feuer war, war ich das Eis. Beinahe konnte ich es zwischen uns zischen hören. Ein Moment der Zeit entrückt, für die Ewigkeit.

»Wenn du aufhören willst, musst du es mir sagen, Coralie. Denn ich mag so etwas wie dein *protector* sein, oder dein *gladius*. Aber auch ich bin nur ein Mann. Und wenn du nur ahnen könntest, was du in mir auslöst. Wenn ich aufhören soll, sag es mir klar und deutlich. Ansonsten gehörst du für die nächsten Stunden mir, bedingungslos. Keine Möglichkeit abzubrechen, außer du sagst es mir.«

Ich nickte. Mein Hals war trocken. Mein Puls raste.

Dann zupfte er das Laken zwischen uns etwas nach unten. So weit, dass meine Brüste bis zu den sensiblen, rosafarbenen Spitzen enthüllt wurden.

»Du bist so schön, Coralie. So unfassbar schön.«

»Sagst du das jeder Frau in deinem Bett?« Ich brachte die Worte kaum heraus.

»Nein.«

Mehr kam nicht, denn in dem Augenblick legte er eine warme Hand um meine rechte Brust. Während er das Laken noch etwas weiter nach unten schob, meinen linken Busen völlig entblößte. Er pustete die linke Spitze an. Ich konnte nicht anders, als ihn andächtig dabei beobachten. Alles war neu für mich und ich wollte jede Sekunde davon in mich aufnehmen.

Damian senkte seinen Kopf, nahm meinen linken Nippel in den Mund. Neckte ihn. Leckte darüber, setzte sachte seine Zähne ein. Auch das war eine Premiere für mich. In der ersten Sekunde fühlte es sich ungewohnt an, dass jemand diese Körperstelle berührte, aber eine Brustwarze war dafür gemacht. Jedes zarte Saugen brachte etwas in mir zum Klingen. Unzählige kleine imaginäre Funken stoben von meiner Brust aus zu meiner Mitte.

Dann riss er mit einem festen Handgriff das restliche Laken zwischen uns fort. Ich keuchte auf.

Okay, er hatte schon letzte Nacht mit mir in seinem Bett gelegen, hatte nur legere Kleidung getragen und ich hatte in der Nacht mein Shirt ausgezogen, weil mir so heiß war, aber das war ein vollkommen anderes Level. Ich hatte das Laken allein für mich gehabt, mich darin eingekuschelt und jetzt lag ich schutzlos unter ihm. Aber nach wie vor glühte ein Feuer aus Geborgenheit durch ihn in mir. Ich spürte keine Angst. Nur Verlangen.

Damian sagte nichts, hörte auf, sich meinen Brüsten zu widmen, und setzte sich mit einem leichten Grinsen auf.

Er spreizte meine Beine mit sanftem Druck weiter. Berührte mit seinen Fingern die lächerlich durchsichtigen Bändchen meine Strings, spannte ihn und zog den Fetzen über meine Beine, warf ihn achtlos fort. Sein Kopf senkte sich wieder, drückte hauchzarte Küsse auf meinen flachen Bauch, arbeitete sich Zentimeter für Zentimeter weiter vor.

Dann erhob er sich erneut, setzte sich auf seine Fersen. Er genoss das so sehr oder war das immer so? Ich war kaum noch fähig, klar zu denken.

Feuchtigkeit sickerte aus meiner Mitte direkt auf sein Bett. Er beobachtete mich, kostete diesen Moment aus. Konnte er sich rein an mir sattsehen? War so etwas überhaupt möglich?

Mit seinen Fingerspitzen strich er durch meine empfindsamen Schamlippen. Dieser erste Kontakt an meiner intimsten Stelle schickte mich bereits fast über eine unsichtbare Klippe. Ich hatte unmerklich gezuckt, ein Reflex meines Körpers, mich aber sofort wieder entspannt. Damian konnte ja nicht wissen, dass das alles neu für mich war. Und das musste er auch nicht, er würde mich dann anders sehen und das wollte ich nicht.

So gab ich mich seinem Streicheln über meine Vulva hin. Das war so fucking gut. Das Sehnen nach ihm nahm weiter zu, ich konnte die Gefühle schwer einordnen und wollte es auch nicht, einfach mehr davon.

»Mir gefällt, wie du auf mich reagierst, Coralie. So empfindsam. Aber noch viel mehr reizt es mich, zu erfahren, wie du schmeckst.«

Was? Wie bitte?

Doch mehr kam nicht von ihm, er rutschte etwas nach unten. Verließ meine Mitte. Küsste die zarte Haut meines abgewinkelten rechten Knies und arbeitete sich so an der ganzen verdammten Innenseite meines Oberschenkels aufwärts.

Dann wechselte er zum linken Knie. Gleiches beinahe zu aufreizendes Prozedere.

Meine Haut verbrannte, ohne Flammen.

Mittlerweile atmete ich wirklich schnell. Wollte mich an etwas festkrallen. Fand einfach zu wenig Halt in den um uns verteilten dunklen Satinkissen, den Laken.

Er zog den Moment wieder in die Länge, sah mich an, als wäre ich ein leckeres Dessert, positionierte mich wie auf dem Präsentierteller für seine Augen und versank mit seinem Kopf ohne Vorwarnung zwischen meinen Beinen.

»Nein, nicht, das …« Aber als mich sein erster Zungenschlag direkt an meinem sensiblen Eingang traf, hörte ich auf, in einem engen Moralkorsett zu denken. Warf diese Vorstellungen über Bord. Krallte mich an seinem dichten Haarschopf fest.

Das war … fantastisch. Überwältigend. Irre.

Gleichzeitig drückte er mit seinen Fingern meine Schamlippen noch weiter auseinander, verschaffte sich intensiveren Zugang zu meinem verletzlichen Inneren. Als seine Daumen über meine Klitoris strichen, wurde etwas in mir freigesetzt, ungezügelt. Da gab es keine Scham, ich sehnte mich einfach nach mehr davon. Ich wusste nicht, wohin mit diesen Empfindungen, wollte weg von ihm und gleichzeitig viel mehr. Bog mein Rückgrat durch, wölbte mich Damian entgegen. Riss ihm sicher ein paar Büschel Haare aus. Doch er blieb, wo er war. Ich spürte sein Grinsen, als er mich verwöhnte.

Und danach hörte alles auf zu existieren. Die Funken wurden zu einem Leuchtfeuer, schmolzen direkt aus meiner Mitte das restliche Eis innerhalb von Millisekunden. Es war, als wäre ich eine Blüte, eine Knospe und durch seine Berührungen öffnete ich mich, erstrahlte in all meinen Farben, die bisher im Verborgenen einen Dämmerschlaf gehalten hatten.

Ich schloss aus einem Impuls, um all diese Sinneseindrücke besser verarbeiten zu können, meine Augenlider. Sah dahinter violette, pinke und orangefarbene Farbsprengsel, für ein paar Atemzüge sogar glühende Ränder einer Feuerblüte. Damian war der pure Wahnsinn. Ich kostete jeden Sinneseindruck bis zum Äußersten aus.

»Mach deinen Mund auf.« Seine Worte drangen an mein Ohr, als wäre er weit entfernt. Ich spürte seine Zunge zwischen meinen Lippen. Ließ meine Augen weiterhin geschlossen, gewährte ihm aber Einlass.

Eine Explosion der Sinne. Ich schmeckte rosa Pfeffer, Cassis, kannte diese Noten aus meinen Duschölen. Dazu mischten sich süße Nuancen von Rosenblättern und frischer Lilie. Lilien waren vielen Menschen zu intensiv, aber ich liebte diesen Duft, immer schon. Verstand aber nicht, wie es dazu kam, dass ihn meine Geschmacksknospen wahrnahmen.

Meine Arme lagen wie paralysiert neben mir. Ich blinzelte. Irgendwann hatte ich wohl seine Haare losgelassen. War abgedriftet.

Das Knutschen mit Damian kickte mich wieder höher. Mittlerweile verging der Geschmack nach Blüten auf meiner Zunge, wurde durch etwas Sandelholzartiges ersetzt, das mich irrsinnig höher trug.

Damian unterbrach unsere Knutscherei. Wie eine ausgehungerte Abhängige drängte ich mich weiter an ihn, wollte wieder so einen Kuss.

»Langsam, Coralie.«

»Das schmeckt so gut, ich will mehr davon.« Ich sah ihn empört an, warum hörte er auf?

»Das warst du, kleine Eislilie. Du hast dich durch mich geschmeckt. Und du bist durch und durch eine Lilie.« Ich konnte ihm schwer folgen, vor allem, dass er dabei so dämlich selbstgefällig grinste. Er veränderte unsere Position, legte sich neben mich, drehte auch mich seitlich, so dass er an meinem Rücken und ich an seiner Hüfte lag. Ich spürte seine immense Erektion an meinem Po. Es fühlte sich irre an, so richtig und wohltuend. Haut an Haut.

»Also das magst du schon mal gern, das freut mich. Was bevorzugst du noch so im Bett, Coralie? Du reagierst ungewöhnlich heftig auf mich, das ist überraschend, wie immer keine Scheu, vor nichts.« Er beugte sich von hinten zu mir nach vorn, küsste mich auf den Brustansatz, allein dadurch zogen sich meine Nippel wieder zusammen. »Was gefällt dir?« Eine simple Frage. Aber ich biss mir auf die Lippen.

Ja, da war noch eine Kleinigkeit, die ich ihm bisher verschwiegen hatte. Es hatte auch keine Notwendigkeit gegeben, ihm das zu beichten. War ja meine Sache, mein Körper. Wir lebten nicht im Mittelalter.

Aber Damian war ein bestimmender Mann, gerade hier in seinem Reich merkte ich, dass er es gewohnt war, der dominante Part zu sein. Wie in all den Filmen, nur wusste ich noch nicht, welche Rolle mir zustand.

Mit seiner rechten Hand strich er über mein Rückgrat, meinen Po, meine Hüfte, verharrte dort ein wenig. Wieder eine Art Auskosten. Er streichelte einen weiteren Bereich, den ich nie für sensibel gehalten hätte, zwischen Beckenknochen und Oberschenkel, ich lief allein dadurch regelrecht aus. Durfte das sein? War das normal? Zwischen meinen Schenkeln war es warm und glitschig. Dann schob Damian seine Hand weiter nach vorn, über meinen Venushügel. Spreizte mein rechtes Bein in seine Richtung, damit er sich leichter Zugang zu

Mein Gehirn versagte.

Er tauchte direkt mit zwei Fingern in mich ein, ich zuckte kurz zusammen. Aber er glitt mühelos in mich. Ich war feucht, sehr feucht.

Nach ein paar Herzschlägen hatte ich mich an seine Finger in mir angepasst.

»Was hast du, Coralie?« Nein, ich war doch entspannt, was sollte er merken?

»Nichts, es ist nur.«

»Tue ich dir weh?« Echte Besorgnis schwang in seiner Stimme mit und er verlangsamte sein Fingern in mir, nahm einen aus mir, dann den zweiten. Ruhte mit seiner ganzen Hand auf meiner geschwollenen, empfindlichen Vulva.

Zur Hölle. Wirklich. Ich war kein empfindliches Pflänzchen.

»Nein.« Das war gelogen und auch nicht.

Ich wollte ihn, mit allem, was ich geben konnte, und hatte wenig für seine Rücksicht über. Darum verschwieg ich ihm, dass es mein erstes Mal war, dass ich mich einem Mann hingab.

»Es ist nur, wir sollten vielleicht über Verhütung …« Scheiße, das würde den Moment kaputtmachen.

»Verhütest du, Coralie?«

»Ja, seit Kurzem. Kettchen aus Kupfer, das …«

»Ich weiß, was ein Kupferkettchen ist.« Er knurrte, aber gleichzeitig traf mich sein lustverhangener Blick tief.

»Das macht es natürlich, einfacher, in gewisser Weise …« Seine restlichen Worte gingen in meinem erhitzten Blut unter. Er küsste mich wieder am Hals abwärts, ich spürte seinen Penis mittlerweile prall und schwer zwischen meinen Pobacken. Ich müsste nur mein Becken ein bisschen nach hinten kippen und er wäre endlich in mir.

Mein verräterischer Körper vollführte wie verselbstständigt diese minimale Bewegung, die ich mir gerade noch vorgestellt hatte, Damian keuchte, spreizte mit zwei Fingern seiner rechten Hand, die weiterhin auf meiner Vulva lagen, meine inneren Schamlippen, zog sie minimal auseinander. Dann glitt seine Eichel in mich.

Ich wollte mich nicht aus der Fassung, aus dieser gespielten Routine bringen lassen, aber seine Größe war eine vollkommen andere

Dimension. Mehr als ich erwartet hatte. Woher sollte ich einen Ruhepunkt in mir finden, wenn er mich wahrlich allein durch seine Nähe zu Asche verbrannte?

Mir war noch nie so heiß gewesen. Doch ich wollte jetzt keinen Rückzieher mehr machen. Wölbte mich Damian weiter entgegen, spießte mich quasi selbst auf. In der nächsten Bewegung hielt er inne. Noch lag er an meinem Rücken, sein Schwanz erst wenige Zentimeter in mir, ich so nahe an ihm, wie es nur irgendwie ging. Es fiel ihm schwer, sich zurückzuhalten. Warum machte er nicht weiter? Spürte er meine Enge?

Ich zweifelte. Diese Gedanken machten mich unsicher. Um jeden Preis wollte ich, dass er mir diese Unsicherheit nicht anmerkte. Aber wie? Dann wählte ich spontan meinen Befehl an ihn.

»Fick mich endlich, Damian.« Ich hatte es sinnlich, nicht verzweifelt klingen lassen wollen. Dachte auch, eine Jungfrau würde niemals solch eine aufreizende Forderung stellen.

Im selben Augenblick legte er seine rechte Hand auf mein wild pochendes Herz, was mich unerklärlicherweise beruhigte, erdete. Baute von hinten mit seinem Gewicht mehr Druck auf, und zerriss mich.

Ich wollte mich unauffällig durch diesen echt fiesen Schmerz atmen, ihn zu weiteren Bewegungen animieren.

Aber er hielt ruhig, einfach nur ruhig. Fast unheimlich still. In mir. Ich spürte, wie er alle paar Atemzüge, in mir vergraben, zuckte. Dabei seinen Körper keinen Millimeter bewegte.

»Wann. Hattest. Du. Vor. Mir. Das. Zu. Sagen?« Jedes seiner Worte war Anklage und Anbetung in einem.

Männer standen wohl wirklich darauf, der Erste zu sein. Etwas, dem ich bisher nie viel Raum gegeben hatte. Alles, worauf ich mich konzentrieren wollte, war meine Atmung, damit dieses böse, störende Brennen, das Stechen, das durch meinen Unterleib hallte, aufhörte.

Damian seufzte, ich blieb ihm die Antwort schuldig, war zu sehr mit simplem Atmen beschäftigt.

Er drückte meinen Schenkel etwas nach oben, zog sich dabei Millimeter für Millimeter aus mir zurück. Diese Fülle zu verlieren, war Fluch und Segen gleichzeitig. Ich konnte diese neuen Eindrücke schwer in Worte fassen.

Dachte schon, das war es, er würde gehen.

Doch abermals veränderte er nur unsere Position, legte sich in Ausgangslage auf mich.

Seine Erektion ruhte auf meinem Bauch.

Er küsste mich so zart, als wäre ich ein zerbrechliches Wesen. Genau diese Zurückhaltung hatte ich aber nicht gewollt. Das traf mich klar.

Ich gab ihm impulsiv eine kleine Ohrfeige. Ein klitzekleines Grinsen zeigte sich auf seinem Gesicht.

»Darum hast du es mir verschwiegen. Du wolltest keine Rücksicht?!« War das eine Frage gewesen oder eine Feststellung?

»Ich kann dir geben, was du willst, kleine Eislilie. Aber flenn mir danach nicht die Ohren voll.«

Wütend funkelte ich ihn an. »Keine Sorge, Harcourt.«

Ein dreckiges Grinsen zupfte an seinen Mundwinkeln.

Dann traf sein Mund so hart auf den meinen, dass ich glaubte, Blut zu schmecken. Doch das heizte mich auf. Sprach tief verborgene Sehnsüchte in meinem Inneren an. Es war ekstatisch.

20

Damian

(Schloss Marigny, an der Grenze zu Paris)
… Gegenwart …

Sie war eine Jungfrau. Coralie hatte mir etwas so Wichtiges verschwiegen. Dazu musste ich aber auch gestehen, mir war noch niemals eine unberührte Einundzwanzigjährige begegnet.

Die körperliche Liebe bot mir immer ein Ventil zum Abschalten, zum Dampfablassen. Aber eine Jungfrau, die es nicht sanft wollte, war definitiv verblüffend und neu.

Als ich mich in ihr versenkt hatte, wäre ich beinahe gekommen. Urinstinkte hatten von mir Besitz ergriffen, die ich schwer lenken konnte. Sie war so verdammt eng und als ich ihr Hymen passierte, es durch mich zerstörte, das war ein Augenblick für die Ewigkeit gewesen. Hungrig war meine Dunkelheit nach oben getreten.

Erst als ich die Situation realisiert hatte, war es mir möglich, mich aus Coralie zurückzuziehen. Musste die Entscheidung treffen, ob ich sie tadeln oder liebkosen wollte. Sie hatte es mir verschwiegen.

Die kleine Ohrfeige, die mich nur schärfer gemacht hatte, war Antwort genug gewesen.

Sie wollte kein zartes, behutsames Herantasten an die körperliche Liebe. Sie wollte die Meine werden, mit allem, was sie mir geben konnte.

Ich nahm ihre Arme, verschränkte sie über ihrem Kopf, hielt sie mit einer Hand zusammen.

Mit der freien Hand suchte ich mir einen Weg nach unten, zwischen ihre Beine. Spürte einiges an Körperflüssigkeiten.

Sah für einen Augenblick nach unten. Meine Finger waren leicht rosa, als sie in sie eintauchten und wieder zum Vorschein kamen. An ihren Oberschenkeln haftete etwas Blut. Zu meiner Erleichterung nicht viel.

Sie hätte es mir trotzdem sagen müssen. Ich war für sie und ihr Wohlergehen verantwortlich.

Doch Coralie wand sich unter mir, meiner Härte entgegen.

»Ruhig, wir haben keine Eile.« Wieder küsste ich sie, einnehmend, verlangend.

Dann stupste ich an ihren Eingang, egal wie sehr sie es wollte, diesmal würde ich nicht nachgeben, langsam. Nach meinen Regeln.

Coralie keuchte auf, als ich erneut ihre Barriere überwand, mich in wenigen dosierten Stößen in ihr versenkte.

Und bei allem, woran ich glaubte, sie war verdammt eng. Es war köstlich. Irgendwie noch enger als beim ersten Mal, als ich in sie gestoßen war.

Schweiß rann mir den Rücken hinab. Sie erregte mich nicht nur, sie brachte mich um den Verstand.

Da sie nicht nachgab, sich immer weiter an mich drängte, schließlich ihre Beine um mich schlang, brauchte ich sämtliche Anker in meinem Schädel, um bei ihr zu bleiben, in der Situation. Sie war so süß und verführerisch. Besser, als ich es mir je erträumt hatte.

Ich verlor mich mit jedem rhythmischen Stoß in ihr. Coralie und ich wurden eins. Nie hätte ich geglaubt, dass so etwas Kitschiges möglich wäre.

Aber diese Augenblicke, diese Hingabe. Es war unbeschreiblich gut.

Ich wollte mich noch weiter in ihr verlieren. Schlug einen härteren Rhythmus an. Wusste nicht, ob ich sie damit verschrecken oder anlocken wollte.

Aber sie gab sich mir hin, vollkommen.

Ich nahm ihre Beine, legte sie mir um die Schultern. Dadurch konnte ich nochmals tiefer in sie eindringen. Ging dabei aber behutsam vor. Sie war bereits überreizt von den vielen neuen Eindrücken und als ich gegen ihren Muttermund stieß, stöhnte sie in einer Mischung aus Schmerz und Ekstase auf, dieser Laut ging mir durch und durch.

Sie war beim Sex nicht nur schön, sie wirkte ätherisch auf mich. Kam mir bei jedem Stoß weiter entgegen. Glühte von innen heraus. Keine bloße Metapher, ihre Haut leuchtete, ich wollte sie überall kosten, schmecken, ihr ganzer Körper unterwarf sich mir und genoss unser Spiel.

Ich beobachtete jede ihrer Reaktionen. Coralies jadegrünen Augen, diese Iriden waren nur noch ein schmaler Rand, gleißend sichtbar wie der Halo der Sonne bei einer Finsternis. Ihre Pupillen waren die Monde. Geweitet vor Erregung oder Schock. Ich konnte es nicht mit Sicherheit sagen. Coralie hatte sich selbst in diese Situation manövriert. Zugestimmt. Ich nahm so viel Rücksicht, wie sie mir zugestand. Mitten in meinem Gedankenkarussell zogen sich Coralies innere Muskeln so fest um mich zusammen, dass ich nicht länger an mich halten konnte und einen wahrhaft epischen Orgasmus erlebte.

Mit meiner ganzen Willenskraft wollte ich die Augen offen halten, mich weiter in ihrem Blick verlieren, doch es nahm mich selbst so mit, dass ich die Augen schloss. Noch nie zuvor hatte ich beim Sex Farbfunken hinter den Lidern gesehen. Farbflecken. Sie tanzten und stoben wild durcheinander und ich erkannte die Umrisse von einer Blüte, einer Feuerlilie? Es waren nur Fragmente von Sinneseindrücken, aber so intensiv hatte ich das noch nie erfasst. Coralies Fingernägel, die sie bei ihrem eigenen Höhepunkt schmerzhaft in meine Oberarme krallten, holten mich zu ihr zurück.

Ihre Unterlippe zitterte. Als ich mich zu ihr beugte, spürte ich, dass sie am Oberkörper komplett verschwitzt war, sie atmete so heftig, als wären wir einen Trainingsparcours gelaufen. Gleichzeitig hallten noch die Kontraktionen ihrer weichen inneren Muskeln, die mich so hart umschlossen, köstlich nach.

Ich hielt sie, gab ihr so viel Geborgenheit wie noch keiner Frau in meinem Bett zuvor.

Drückte noch mal nach, diese Befriedigung, das Nachglühen in unserer Umarmung. Das ging über normale Lust hinaus. Zärtlich fuhr ich mit dem Daumen über ihre tiefroten, vom Küssen geschwollenen Lippen.

Coralie hatte ihre Augen geschlossen. Suchte nach Ankerpunkten in ihr selbst oder aus dem Orgasmus raus.

Es war so schön, das zu sehen und sie zu spüren.

Das zwischen uns ging weit über Begierde oder Anziehungskraft hinaus. Es war die pure körperliche Liebe. Eine vollkommen neue Erfahrung für mich.

Da griff sie nach meiner Hand, die sanft über ihr Gesicht streichelte.

Mit einer Intensität, als wäre ich ein Gegner, kein Liebhaber. Aber sie suchte nur einen Halteplatz, einen Gegenpart, um in dieser Dimension zu bleiben.

»Ich hab dich, du bist bei mir sicher.« Ich nutzte diesen Moment, um vorsichtig aus ihr zu gleiten. Sie war weich und offen, gab mich frei, ohne zu zucken.

Entspannungs- und Glückshormone fluteten mich langsam, ich hoffte, sie empfand ähnlich.

Dann öffnete sie ihre Augen. Wir lagen Angesicht zu Angesicht.

Ihre grünen Iriden waren ein Meer aus Bruchstücken. Nach wenigen Wimpernschlägen beruhigte sich auch diese Wahrnehmung ihrer Optik. Sie kam wieder bei mir an.

Ich küsste ihre Hand, hielt sie weiter an mich gedrückt.

»Danke.«

Hatte sie das gerade wirklich gesagt?

»Meine kleine Lilie, was soll ich darauf antworten?« Ich lachte. »Gern geschehen?«

»Das wäre ein Anfang.« Sie schenkte mir so ein schönes, zauberhaftes Lächeln.

»Wo warst du, als du kamst?« Coralie runzelte ihre Stirn bei meiner Frage.

»Wie meinst du das?«

»Wo war deine Seele, als du deinen letzten Höhepunkt hattest?«

Sie versank wieder in Stille, rutschte noch etwas zu mir, lag direkt an meiner Brust. Unsere Hände waren immer noch miteinander verflochten.

»Keine Ahnung. An einem wohlig warmen Ort, an dem lauter Funken tanzten.«

Diese Erklärung gefiel mir.

Das Bedürfnis in mir, ihr mehr Sicherheit zu geben, wurde beinahe übermächtig. Wir kuschelten uns zusammen, Haut an Haut, wie in einem geschützten Kokon. Ich nahm eines der Laken, wollte es höher über uns ziehen, sah die Flecken am Leintuch. Kümmerte mich aber nicht darum, nahm das nur am Rande wahr. Verflocht meine Finger abermals mit den ihren. Diese Geste gefiel mir so gut, wenn wir unsere Finger zu einer Einheit machten.

Meine Lilie brauchte diese Zuneigung und ich war mehr als bereit, Coralie alles zu geben.

Während wir uns hielten, unser Blutdruck sich normalisierte und das Adrenalin anderen Hormonen wich, spürte ich eine immense Müdigkeit, wie Sättigung und doch war es wunderbar.

Gab dem normal keinen Raum, aber mit ihr in meinen Armen erlaubte ich mir diese Schwäche, schloss meine Augen, sog ihren berauschenden Duft ein.

21

Coralie

(Schloss Marigny, an der Grenze zu Paris)
… Gegenwart …

Zerschlagen, aber entspannt öffnete ich meine Augen. Trägheit erfüllte meine Glieder. Vom Kopf bis zu den Zehen. Mir war furchtbar heiß. Da machte mein leicht vernebelter Verstand auch die Quelle der Hitze aus.

Damian lag halb auf mir oder ich auf ihm, gefangen in einer herrlichen Umarmung aus Armen, Beinen, Haut an Haut. Ich hörte seinen ruhigen Herzschlag, wenn ich mich darauf konzentrierte.

Die Sonne schien bereits intensiv durch die raumhohen Fenster. Die zarten, grauen Gardinen mit schwarzen Rosen als Ornamente bewegten sich sachte im Wind. Wahrscheinlich hatte er morgens beim Duschen die Fenster geöffnet.

Trotzdem hielt ich das Gefühl, dass mir heiß war, kaum aus.

Ich arbeitete mich aus unserer Umarmung.

Da plötzlich erschreckte mich Damian, denn er griff zu.

Hielt für den Bruchteil eines Atemzugs meine Arme wie in einem Schraubstock.

Dann klärte sich sein Blick.

»Sachte, *protector.*« Meine Stimme war ganz kratzig. Ich musste etwas trinken.

»Verzeih.« Er lockerte die Intensität seines Griffs.

Ein bisschen hatte mich seine Reaktion erschreckt, aber es war wohl nur auf Grund eines Traumes geschehen.

»Ich muss aufstehen, Damian.«

»Ja, klar. Sorry.« Er gab mich frei, setzte sich auf, rutschte nach hinten ans Betthaupt, das aus irgendeinem sündhaft teuer aussehenden dunkelgrauen Brokatstoff gefertigt worden war.

Alles in seinen Räumen war düster. Passte zu ihm. Zu seiner Welt, in die er mich zwar reinblicken ließ, aber mir bisher den Durchblick verwehrte.

Ich schwang meine Beine aus dem Bett, stand auf. Strauchelte.

»Ups.«

Er wollte sofort aufspringen, mir nach.

»Nein, nein. Alles gut. Bleib. Ich glaub, ich bin nur etwas dehydriert oder so.«

Aber natürlich konnte er es nicht lassen, stand ganz der Beschützer hinter mir und nahm mich am Arm.

Er führte mich zu einer Kommode. Darauf standen verschiedene Karaffen, das Kristall glitzerte im Sonnenlicht, das sich durch ein paar der Fenster bereits Zutritt bis in die hintersten Winkel des Raumes verschafft hatte.

Damian schenkte mir Wasser ein. Gierig trank ich es in wenigen Schlucken aus. Ich hatte viel zu lange nichts getrunken.

»Besser?« Besorgnis schwang in seiner Stimme mit. Er stand mir gegenüber, nackt, legte sanft eine Hand an meine Taille.

»Ja, viel besser.« Ich arbeitete daran, ihm ein echtes Lächeln zu schenken, aber irgendwie fühlte ich mich, als würde ich neben mir stehen.

Meine Beine waren etwas zittrig. Nachwirkungen dessen, was wir am Morgen getrieben hatten?

Fahrig fuhr ich durch meine Haare. Da hob mich Damian hoch, in seine Arme. Wie ein … Bodyguard.

»Halt dich an mir fest.«

»Oh … okay.« Ich kicherte. Mir war echt schwummrig. Es war, als hätte ich Alkohol getrunken.

Er trug mich ins Bad. Stellte mich vorsichtig in der Dusche ab. Wie auf Befehl sprangen die Regenbrauseköpfe an. »Gehorcht dir sogar das Wasser?«

»Ah, ich sehe schon, dein vorlautes Mundwerk hab ich dir nicht aus dem Hirn gefickt.« Ein Grinsen zupfte an seinem Mundwinkel. Löste die Besorgnis darin ab.

Das warme Wasser erdete mich und es tat gut. Wahnsinnig wohltuend.

»Ich wasche dich.«

»Wie bitte?«

»Sei nicht so stur, kleine Eislilie, oder besser Feuerlilie? Ich glaube, heute Morgen … da hast du … gebrannt.« Mein Puls, dieser verräterische Mistkerl, beschleunigte sich, wenn Damian in einer bestimmten Tonlage sprach. Ich verdrehte meine Augen.

»Kann mich selbst waschen, vielen Dank auch.«

Ein weiteres Mal grinste er mich an.

»Bitte.«

Kapitulierend ließ ich meine Hände sinken.

Damian nahm, während das Wasser auf uns prasselte, etwas von einem goldfarbenen Duschöl zu seiner Rechten. Drückte es aus dem teuer aussehenden Behältnis. Verrieb es zwischen seinen Händen und wusch mich vom Hals abwärts, als wär es das Normalste auf der ganzen Welt.

Und ich musste zugeben, er hatte magische Hände. Ich spürte ganz viele Verspannungen, die er einfach auflöste durch seine Berührungen.

Genießerisch legte ich meine Arme um seinen Nacken, genoss es viel zu sehr. Fast vibrierte, summte mein Inneres, wenn ich ihm so nahe war. Mein Körper reagierte extrem auf ihn.

»Ist Sex immer so gut?«

Sein Blick legte sich verdorben in den meinen. »Willst du es rausfinden, Coralie?«

Genau in dem Augenblick wusch er mich an den Schenkeln, dann zwischen meinen Beinen, aber es lag nur pure Fürsorge darin, keine aufreizende Hast.

Plötzlich war mir irgendwie nach Weinen, das Wasser aus der Regenbrause versiegte und mir stiegen die Tränen in die Augen.

»Coralie?«

»Halte mich einfach.«

Damian holte mich in seine *protector*-Umarmung. So würde ich das ab jetzt nennen. Hob mich gleichzeitig aus dem großzügigen Duschbereich.

»Abtrocknen.« Er küsste mich auf die Stirn. Es gelang mir, mich wieder unter Kontrolle zu bringen.

Ich nahm ein großes, flauschiges Badetuch und trocknete mich ab. Er zog auch eines vom Stapel.

Ich fühlte mich wie ein dummes kleines Mädchen, das keine Ahnung von der Welt hatte.

Eine letzte Träne lief aus meinem Augenwinkel, er wischte sie weg. Schenkte mir dabei noch eine weitere Umarmung. Küsste mich auf die Stirn. Beschützend.

»Lass uns etwas frühstücken gehen, okay? Auf der Terrasse. Ich werde es vorbereiten lassen. Treffen wir uns dort?« Warum war er so einfühlsam? Warum spürte er, dass ich ein paar Minuten für mich brauchte? Es irritierte und erleichterte mich gleichermaßen.

Nickend ging ich an ihm vorbei, raus aus dem Bad.

Mein Blick fiel aufs Bett. Auf das graue Laken. Ich hatte Spuren hinterlassen. Dabei war es gar nicht so schlimm gewesen, wie man oft hörte.

Aber ich wandte mich ab. Seine Hausgeister würden es sicher bis zu meinem nächsten Eintritt in sein dunkles Reich beseitigt haben.

Ich hob meinen Morgenmantel auf, doch da war er schon wieder da. Half mir hinein. Er verknotete den Gürtel, zog mich dann wie ein Paket an sich. »Noch ein Kuss, kleine Feuerlilie?«

Ich grinste, legte meine Lippen auf die seinen. »Was ist, wenn wir Charles sehen?«

»Er hat uns sicher gehört, den ganzen Morgen.«

»Sehr witzig.«

»Ist mein Ernst.« Er grinste wieder. Ich schüttelte nur meinen Kopf, brachte Abstand zwischen uns, öffnete seine Tür, lief durch den Flur bis zum Ende der Etage, letzte Tür links. Nichts Neues. Es fühlte sich langsam vertraut an.

Ich öffnete die Eintrittspforte zu meiner kleinen Welt in diesem Schloss und war dankbar für ein paar Minuten, die mir allein gehörten. Wobei mich das paradoxe Gefühl begleitete, dass mir etwas fehlte.

Sein Geruch haftete an mir, durch ihn und durch das Duschöl. Ermattet atmete ich durch, machte eine körperliche Bestandsaufnahme. Das Schwindelgefühl hatte nachgelassen, dafür spürte ich, dass ich wund war zwischen meinen Beinen. Großartig. Gehörte wohl dazu. Aber wenn ich die letzten Stunden Revue passieren ließ, wollte ich gleich wieder in sein Bett.

Eislilie, Feuerlilie. Damians Wortspiele.

Auf eine verdrehte Weise liebte ich seine Spitznamen für mich.

Gedankenverloren betrat ich den großzügigen Kleiderschrank. Ließ den Morgenmantel fallen. Wählte etwas Einfaches für den Tag. Schlichte schwarze, enge Baumwollhosen und ein Top aus ballonartigem, weichem Stoff, das genau die Farbe meiner Augen hatte. Suchte aber ein dekadentes Spitzenunterwäscheset in Schwarz dazu aus. Wollte ich ihn verführen? Vielleicht.

Verträumt schritt ich rüber in mein Bad, legte mit dem Lockenstab meine wildgetrockneten Haare in weiche Wellen. Putzte meine Zähne, kümmerte mich um mein Gesicht. Als ich zufrieden mit meinem Äußeren war, ging ich mit einem befriedigten Lächeln runter auf die große Terrasse. Frühstück. Warum nicht.

22

Damian

(Schloss Marigny, an der Grenze zu Paris)
… Gegenwart …

Sie erinnerte mich an eine Göttin. Wahnsinn. So schön. Fast leuchtete ihre Erscheinung, so wie ich am Morgen davon überzeugt gewesen war, dass sie diesen Schimmer in meinem Bett ausstrahlte. Dabei war sie nicht mal übermäßig gestylt, ganz natürlich mit einer engen, schwarzen Hose und einem grünen Top. Flachen Sandalen und ohne Schmuck. Aber ihr wohnte, bei jedem Auftritt, so viel Eleganz inne und ging es nur um ein, nennen wir es, sehr spätes Frühstücken.

Hastig stand ich auf, rückte ihren Sessel mir gegenüber zurück.

Coralie glich wirklich einem Rohdiamanten. Meinem. Ich schluckte jegliche Besitzgedanken runter. Es war mir wichtig, dass sie sie sich wohl und sicher fühlte.

»Danke.« Sie nahm Platz.

Ich setzte mich ihr gegenüber.

»Geht es dir gut?«

»Ja, mehr als gut.«

»Okay. Das freut mich.«

Einer meiner Angestellten erschien, goss uns Kaffee ein.

Sie bedankte sich höflich bei meinem Personal. Coralie besaß ein gutes Herz. Zu gut für meine Welt, das machte mich ein bisschen wehmütig, aber ich verwarf diese dunklen Gedanken.

Der Tag war traumhaft schön. Aber ich hatte keine Zeit, um die Natur zu bewundern, etwas in mir verfiel Coralie. Noch nie hatte mich eine körperliche Erfahrung mit einer Frau so berührt. Sie war besonders.

Obwohl ich sie mit meinem Duschöl gewaschen hatte, roch sie stark nach ihrem eigenen Duft.

Ihr haftete ein Hauch von Rosen, Lilien und Cassis an.

»Was möchtest du heute machen, Coralie? Also wir haben ja nur noch einen guten halben Tag.« Mein Grinsen, weil ich mich an unseren Morgen erinnerte, konnte ich kaum verbergen.

Sie biss gerade bei einem Croissant ab, sah mich überrascht an.

»Wie? Ich darf entscheiden?«

»Natürlich.«

»Wow. Hm. Ich glaube, seit ich hier bin, durfte ich noch über keinen Tag bestimmen.«

Sie kaute und schluckte runter.

»Ähm, auch einen Ausflug?«

»Unter Umständen, wenn wir inkognito unterwegs sind, ja.«

»Ich würde gern nach Versailles.«

»Wie bitte? Tourismus?«

»Ja, ich war noch nie dort.«

»Du machst einen Scherz?«

»Nein. Ich war noch kein einziges Mal im Schloss meines … keine Ahnung sechsfachen Urgroßvaters? Ich bin mir unsicher über diese seltsamen Verwandtschaftsverhältnisse.« Sie zuckte mit ihren schmalen Schultern. Nahm noch einen Bissen ihres Frühstücks.

»Entschuldige mich für einen Moment. Lass mich kurz telefonieren.« Freude, ihr eine Freude zu bereiten, machte sich in mir breit. Eine Überraschung. Ich nahm mein Smartphone, wählte die Nummer. Mein Kontakt hob sofort ab, ich verließ kurz den Tisch, wollte das allein mit dem Piloten besprechen. Gab ihm die Anweisungen, bat um Klärung und um Rückruf. Aber ich war guter Dinge, das würde klappen.

Dann kehrte ich zu Coralie an den Tisch zurück. Sie schenkte sich gerade Kaffee nach.

»In wenigen Minuten werden wir wissen, ob du deinen Wunsch heute erfüllt bekommst.« Was meine kleine Eislilie nicht wusste: Es war Montag. Und montags hatte das Schloss von Versailles für Normalsterbliche geschlossen. Was mich keinesfalls berührte. Lediglich die Parkanlagen waren immer geöffnet. Aber weniger Personen um uns bedeutete auch, mehr Sicherheit. Anonymität.

Während ich mir bereits ihr reizendes Gesicht vorstellte, wenn wir durch die Gärten schlenderten, rief mich Charles zurück. Alle Details waren geklärt.

»In einer Stunde geht es los.«

»Wirklich?« Die Freude, die ihr ins Gesicht geschrieben stand, steckte mich an.

»Ja. Du hast es dir gewünscht. Aber wir sollten darauf achten, unerkannt zu bleiben. Also vielleicht eine große Sonnenbrille.«

»Okay. Wahnsinn. Vielen lieben Dank.« Sie stand auf, kam zu mir, drängte sich zwischen mich und Tisch. Ich sah sie erstaunt und ein wenig belustigt an. Was hatte sie vor?

»Mach mal Platz.«

Ihre Impulsivität war der Wahnsinn.

Coralie rutschte an mich, auf mich. Nahm mit gegrätschten Beinen auf mir Platz.

»Das ist echt besonders, dass du mir einen Wunsch gleich erfüllst.« Sie legte ihre Arme um meinen Nacken, sah mich extrem verführerisch an.

Als ich sie fester auf meinen Schoß drückte, zuckte sie allerdings zusammen.

»Du bist wund, kleine Eislilie?« Ich wollte sie damit lediglich als *protector* in ihre Grenzen weisen.

Aber Coralie schlug die Augen nieder, blickte mich lasziv unter ihren dichten, dunklen Wimpern an.

»Das ist belanglos.« Damit näherte sie sich meinem Mund, legte ihre sinnlichen Lippen auf meine. Strich mit ihrer Zunge darüber, aufreizend.

Wie von selbst öffnete ich meine Lippen, spielte mit ihr. Wir befanden uns an einem gefährlichen Punkt, einem Point of no Return. Aber ich war unfähig, ihr zu widerstehen. Sträubte mich, die Konsequenzen anzuerkennen, sie zu sehen. Ich wollte sie so sehr. Noch nie hatte ich eine Frau so intensiv begehrt. Sie ging mir durch und durch. Das war gut und schlecht gleichzeitig. Aber ich gönnte mir diesen irrwitzigen Luxus. Erlaubte mir, nur im heute zu atmen.

Ich vergrub meine Hand in ihren Haaren. Holte sie noch näher zu mir.

Mit der anderen Hand hielt ich sie an der Hüfte. Fixierte sie an mir.

Gott, sie schmeckte so köstlich. Die Süße, die vergehende Unschuld. Sie machte mich schwach und im selben Atemzug stark. Vieles in mir wollte sie gleich wieder. Aber ich beherrschte mich. Beendete unseren Kuss.

Für einen Augenblick sah ich hellgrüne Sprenkel in ihren grünen Iriden, aber es konnte auch nur ein Farbspiel der Sonne sein, das mir einen Streich spielte.

Als wäre Zeit relativ, strich ich mit dem Daumen über ihre Unterlippe. Sie war schon wieder geschwollen. Es war so heiß, wie sie auf mich reagierte.

»Der Helikopter landet gleich.«

»Der Helikopter?« Sie quiekte vor Überraschung, hielt sich eine Hand vor den Mund.

»Oder möchtest du mit der Metro fahren, kleine Eislilie?« Ich grinste. Ihre überschwappende Freude war so schön anzusehen.

»Nein, ich meine. Wäre auch okay. Aber, wem hast du einen Hubschrauber geklaut?« Sie löste sich von mir und stand auf. Umrundete wieder den Tisch. Nahm noch einen letzten Schluck vom Kaffee, dann vom Orangensaft.

Ich blieb ihr die Antwort schuldig. Sie wusste wirklich nicht viel über mich, meine Familie, die *gladius*.

»Brauch ich eine Jacke?«

»Ja, wäre sicher nicht verkehrt. Und denk an die Sonnenbrille. Niemand soll uns erkennen.«

»Ich komme gleich wieder.« Sie machte auf dem Absatz kehrt. Lief ins Innere meines Hauses.

Coralie überwältigte mich, schon wieder. Sie tat mir nicht gut, trotzdem war ich unfähig, sie nach Miravallet zu schicken. Ich brauchte sie.

Als sie aus den Empfangsräumen trat, zu mir kam. Ich gaffte sie bestimmt an wie ein Idiot.

Sie trug schwarze, enge Hosen aus Leder, dazu schwarze Lederstiefel mit hohen Absätzen, wie wollte sie darin den ganzen Tag in einem Schloss rumlaufen? An jeder anderen hätten sie billig ausgesehen, aber ihr standen sie ausgezeichnet. Dazu ein schneeweißes Top und darüber eine ebenfalls schwarze Lederjacke.

Ihre Haare wehten offen im Wind, leicht gelockt.

In dem Moment kündigte sich der Helikopter an, landete auf einem dafür vorgesehen Platz auf der großen Wiese.

»Bist du bereit?«

»Mehr als das.« Sie schenkte mir so ein wundervolles Lächeln und setzte die Sonnenbrille auf.

Ich küsste sie spontan auf den Mundwinkel, dann nahm ich ihre Hand und stieg mit ihr in den Hubschrauber.

Der Pilot, Simon, kannte mich. Aber dass ich mit einer Frau Hand in Hand einstieg, war für ihn definitiv eine Premiere. Doch er ließ sich nichts anmerken. Für mich arbeiteten nur Profis.

Coralies Augen strahlten. Die Welt von oben. Warum berührte sie das so?

»Sag nicht, das ist noch eine …«

»Ja, ist zum ersten Mal.« Sie nahm meine Hand. Instinktiv erwiderte ich ihre Berührung. Es war irisierend. Diese Frau bei mir. Aber ich ließ viel zu viele Gefühle zu. Solche Empfindungen machten angreifbar. Ich musste sie wieder besser dosieren, in größerem Ausmaße von mir fortschieben. Aber nicht heute. Es war zu verlockend.

Sie konnte sich freuen wie ein kleines Kind. In manchen Bewegungen, Gesten, ihrer Mimik erinnerte sie mich an das Mädchen am Strand. Diese sorgenfreie, kleine Schönheit.

Mein Herz wurde im selben Maße leicht wie schwer, wenn ich an diesen Nachmittag dachte.

»Siehst du das, Damian?«

Sie deutete aus dem verglasten Bereich, wir überflogen den Großraum Paris. Es gefiel ihr.

»Ja, natürlich, ich sehe es.«

Weiter strich ich mit meinem Daumen über ihren Handrücken.

Sie fasste zu viel Vertrauen zu mir. Wo blieb ihre Vorsicht?

Ich wusste, für das, was ich hier tat, würde es Konsequenzen geben. Ich sah mich schon kniend vor dem Rat, vor meinem Vater.

Aber ich war zu egoistisch, wollte Coralie für mich haben. Egal wie hart die Strafe am Ende ausfallen würde. Denn als *protector* war es mir nur erlaubt, im Stillen über unsere Schützlinge zu wachen. In äußerster Bedrängnis Hilfe anzubieten.

Doch ich hatte mir im wahrsten Sinne des Worte alles genommen. Unser Chronist wäre bestimmt entsetzt.

Das Verführen der Schutzbefohlenen stand unter Strafe.

Auf der einen Seite pochte ich auf die alten Verträge, auf der anderen Seite würde ich sie am liebsten verbrennen.

»Wahnsinn. Schau. Das sind doch schon die Schlossgärten, oder?«

Coralie sah wirklich begeistert aus, riss mich aus meinen Gedanken.

Wir landeten in den Gärten beim Petit Trianon. Einem Lustschloss der letzten Königin von Frankreich.

Simon verabschiedete sich von uns. Ich bestellte ihn erst nach Sonnenuntergang wieder.

Diesen Tag würde ich mir mit ihr schenken, komme, was wolle.

Es war ruhig in den Gärten, äußerst still, angenehm.

Montags. Wenige Gärtner und ein paar Spaziergänger begegneten uns.

»Wo gehen wir hin? Welches Gebäude ist das?«

Ich erklärte Coralie, um welches Schloss es sich handelte, das mitten im Schlossgelände lag.

Sie war eine sehr aufmerksame Zuhörerin.

Als sie sich der Tatsache bewusst wurde, dass wir heute hier ziemlich allein sein würden, da montags das Schloss Ruhetag hatte, klatschte sie begeistert in die Hände. Fiel mir in die Arme und in den Gärten der verfluchten Königin schenkte sie mir wieder einen verdammt heißen Kuss.

»Warum hast du für alles den Zutritt?«

Coralie bestaunte meine Finger, als wären sie voller Magie, als ich mit einem alten schmiedeeisernen Schlüsselbund, der in einem versteckten Fach an einer alten Säule gelagert war, das Petit Trianon öffnete.

»Es hat seine Vorteile, wenn man zum Rat des Sonnenkönigs gehört.«

Sie blinzelte mich perplex an.

»Ich bin dein Schutz, dein Schwert, du hast es selbst gelesen. Versailles, ich kenne es wie meine Westentasche.«

»Okay. Das ist cool, aber auch etwas gruselig.«

Ein Grinsen zupfte an meinem Mundwinkel. »Angst ist dir doch fremd, kleine Eislilie, oder?«

»Haha.« Sie hakte sich bei mir unter und gemeinsam betraten wir das kleine villenartige Gebäude.

Sie hielt direkt in der Bewegung inne.

»Mein Gott, es ist wunderschön.« Sie blieb ehrfürchtig in der Eingangshalle stehen. Wie angewurzelt. Betrachtete die schachbrettartigen schwarz-weißen Steinböden, die Kronleuchter, die hellbraunen Steinwandvertäfelungen in allen Facetten von Erdtönen, die sich bis an die hohe Decke erstreckten. Das geschwungene schmiedeeiserne Geländer, das nach oben führte. Berührte es.

»Irgendwie fühlt es sich vertraut an, obwohl ich noch nie hier war.« Coralies Stimme war ganz belegt.

Mit jeder Stufe, die sie nahm, als wir nach oben gingen, wurde sie stiller.

Wir betraten schließlich das Schlafzimmer von Marie-Antoinette.

»Das ist krank, Damian, aber es fühlt sich nach Heimkommen an. Wie ist das möglich? Du sagtest, es wurde erst im achtzehnten Jahrhundert errichtet?« Eine Träne lief über ihre Wange. Sie besah all die Möbel, die wieder in Natur- und Erdfarben gehaltene, im Verhältnis zu Versailles schlichte Einrichtung.

»Keine Ahnung warum, Coralie. Aber alles ist gut, ich bin bei dir. Egal, was in diesen Räumen früher passierte, ich schütze dich.« Ich trat an sie heran, nahm sie in den Arm. Sie beruhigte sich sofort.

Wand sich aber schließlich daraus, ging weiter, raus in den offenen Treppenbereich.

»Ich möchte das Hauptschloss sehen. Geht das?«

»Natürlich.«

War es möglich, dass königliches Blut solche Emotionen auslöste? Vieles war rätselhaft an Coralie. Der Bericht an den Rat würde definitiv Nachwehen auslösen. Wenn ich jemals einen ablieferte.

23

Coralie

(Schloss von Versailles, nahe Paris)
… Gegenwart …

Es ist atemberaubend.« Wir standen mitten im Spiegelsaal. Der barocken Prunkgalerie von Ludwig und seinen Nachfolgern. Meinen Ahnen, mehr oder weniger.

Ich ging ein paar Schritte vorwärts, meine Absätze hallten auf dem Parkett wider.

»Wie lang ist dieser Raum bitte?« Die Dimensionen waren der absolute Irrsinn.

»Ich schätze, so siebzig Meter.« Ungläubig sah ich ihn an. Dann, leicht, befreit entschied ich mich, ein bisschen zu tanzen, nicht viel, nur ein paar Drehungen. Die gigantische Fläche bot sich regelrecht dafür an. Ein paar Atemzüge später wurde ich wieder ruhiger, ging an eines der bodentiefen Fenster. Überblickte die Gärten.

Aus einem Impuls umarmte ich mich selbst. Hielt mich fest und betrachtete diese Weite, genoss die Stille. Unfassbar.

Da spürte ich Damian hinter mir. Er legte ganz vorsichtig seine Arme um mich. Stützte sein Kinn an meiner linken Schulter ab. Küsste mich auf den Hals, streichelte mir über den Bauch.

»Was wird das, mein *protector*?« Es geschah wieder, dieses wirklich fühlbare Aufwallen meines Blutes, wenn wir uns so nah waren.

»Nichts, ich konnte nur nicht widerstehen.« Noch mal küsste er mich, diesmal auf die Wange. So standen wir ineinander verschlungen da, gaben uns dem ganzen Panorama hin.

»Irgendwie fühlt es sich an, als würde einem die ganze Welt gehören.« Nur ein Gedanke, der aus mir sprudelte, es war albern, dekadent. Melancholie senkte sich dabei über mich.

»Komm, ich zeig dir die Gemächer der Königin.« Damian fuhr

ablenkend mit einer Hand meinen linken Arm runter, verflocht seine Finger mit den meinen. Zog mich mit sich.

»Richtung Süden also.«

»Oha, die kleine Eislilie hat einen inneren Kompass?«

»Hab ich recht?« Überraschung war aus meiner Stimme zu hören.

»Ja.«

Das entlockte mir wieder ein Lächeln.

Als wir den Spiegelsaal verließen, ich noch kurz die prachtvolle gewölbte Decke betrachtete, blieben auch die trüben Gedanken in dieser Halle. Erleichtert atmete ich durch, folgte Damian durch den von ihm genannten »Saal des Friedens« hinüber in die Gemächer der Königin.

»Für welche Königin sind sie so ausgestattet worden?«

»Die letzte, eine Nachbildung des Bettes, wie es bei Marie-Antoinette ausgesehen haben soll.«

»Wow.« Ehrfürchtig betrachtete ich die Rosenmuster, das freundliche Interieur. Die Farben waren wunderschön.

»Sie hatte es auch nicht einfach, oder?«

Er schüttelte nur den Kopf.

»Ich zeige dir die versteckten Räume von ihr, sie hatte auch ein Bad und …« Etwas veränderte sich in seinem Blick.

»Man hat auch die Räume von Madame de Maintenon rekonstruiert.«

»Ja, bitte, ich würde sie gern noch sehen. Und dann wechsle ich, glaub ich, meine Schuhe.« Entschuldigend blickte ich auf meine Stiefel, sie waren toll, sehr sexy, darum hatte ich sie gewählt, aber wir waren doch schon sehr weit gegangen.

»Wir werden dann was essen in der Stadt und dort finden wir auch sicher andere Schuhe für dich.« Damian lächelte mich an.

»Nach dem Essen würde ich dir gern noch mehr von den Gärten zeigen. So einen ruhigen Tag muss man ausnutzen, oder?«

Ich nickte.

Wir liefen durch ein paar kleinere, versteckte Räume, bis wir wieder ein prunkvolleres, mit Blütenmustern tapeziertes Zimmer erreichten.

»Das war ihr Schlafzimmer?«

»Ja, zumindest laut alten Plänen. Sie lagen nicht sehr weit entfernt von Ludwigs.«

Sachte strich ich über die Laken, die Wandtapezierung. Welche Geschichten diese alten Mauern wohl zu erzählen hatten?

»Danke für deine Geduld mit mir, aber ich bin irgendwie jetzt doch geschlaucht.«

»Ja, folge mir. Wir nehmen ein Taxi, dann musst du nicht mehr so weit laufen. Du hättest gleich flache Schuhe wählen können.«

»Mmmh, ich weiß. Aber die waren so hübsch.«

Wir kehrten dem Schloss den Rücken, alles war wahnsinnig groß und weitläufig. Hammer.

Wir stiegen in ein Taxi vor Versailles. Damian nannte eine Adresse, fünfzehn Minuten später hielten wir vor einem kleinen, feinen Restaurant. Ich erkannte schon von außen, dass es sich um eine gehobene Adresse handeln musste.

»Warte, da sind auch ein paar Boutiquen. Schauen wir uns gleich nach neuen Schuhen für dich um.«

Dankbar folgte ich Damian.

Der Luxus in dem Geschäft, das wir betraten, überforderte mich. Also ich war Boutiquen gewöhnt. Aber das.

»Willkommen, Monsieur. Wie kann ich Ihnen helfen?«

»Mir nicht, aber meiner Frau. Sie hat bei den Schuhen wieder mal nicht an die Bequemlichkeit gedacht …« Egal, was er sprach, er hatte mich vor dem Herrn des Schuhgeschäfts seine Frau genannt. Mein Hirn schaltete irgendwie nach diesen Worten ab. Dieses eine Wort hallte in meinen Gedanken nach.

»Ach du liebe Güte.« Der Verkäufer betrachtete voller Mitgefühl meine Stiefel.

»Eine sehr schöne Wahl für einen kurzen Weg, Mademoiselle, aber nicht für Sightseeing. Kommen Sie bitte.« Als wir an den gleichen Stiefeln vorbeikamen, die ich gerade trug, kippte ich fast weg. Die kosteten ein ganzes Monatsgehalt von einem Mädchen in meinem Alter. Ich schluckte.

»Sie haben einen sehr guten Geschmack, meine Liebe. Aber hier, probieren Sie doch bitte mal diese Ballerina. Sehr bequem, sie werden Ihren Füßen schmeicheln, ich verspreche es Ihnen.«

Gleich das erste Paar war ein Volltreffer. Sie passten wie angegossen.

Damian wartete vorn auf mich. Wie sollte ich ihm sagen, also auch dem Verkäufer, dass ich kein Bargeld mithatte? Das kam mir erst in den Sinn, als ich den Schuhen schon zugestimmt hatte.

Doch der Herr las meine Gedanken, lächelte so freundlich, wissend.

»Der Monsieur sagte, alles auf seine Karte, Mademoiselle.«

Irgendwie fühlte ich mich erleichtert und beschämt gleichzeitig.

»Mademoiselle, es ist meine Aufgabe, Ihnen alle Wünsche von den Augen abzulesen.« Der Mann war so freundlich. Aber wäre ich wahrscheinlich auch, wenn ich mal in fünf Minuten ein paar Schuhe für mehrere hundert Euro verkaufen könnte.

»So, Mademoiselle, möchten Sie die Schuhe gleich wechseln?«

»Ja, bitte.«

Ich setzte mich auf eine Bank aus violettem Samt und tauschte die Stiefel mit den mörderhohen Absätzen gegen die Ballerina.

Damian nahm mir die Stiefel ab, sagte etwas zu dem Verkäufer, das ich nicht verstand.

Dann bedankten wir uns noch mal und verließen die Boutique.

»Äh, meine Stiefel, also …«

Er nahm wortlos meine Hand, drückte einen Kuss auf meinen Handrücken. »Sind heute Abend wieder in deinem Schrank.«

Ich verdrehte meine Augen. »Weißt du, ich hätte sie auch tragen können.«

»Willkommen in meiner Welt, Coralie.«

Eine Welt, die mich faszinierte und ängstigte, aber ich behielt meine Sorgen für mich.

Wir liefen rüber zu dem Restaurant, wurden dort ebenfalls schon erwartet und erhielten im ersten Stock auf einer kleinen privaten Terrasse, die in einen begrünten Innenhof zeigte, einen wunderbaren, atemberaubenden Platz.

»Ich glaube, ich bin noch nie in so einem tollen Restaurant gewesen. Und ich war in vielen.« Nach dem zweiten Glas Weißwein wurde ich redseliger.

Damian trank nur Wasser.

Der Hauptgang wurde serviert, ich war wirklich hungrig. Stieg ebenfalls auf Wasser um, aber ich vertrug einfach nichts, bereits das zweite Glas Weißwein hatte mich wieder vorlaut werden lassen, zuerst in Gedanken und dann kam es mir über die Lippen, unaufhaltsam.

»Spreche ich mit Damian oder mit meinem *protector*?« Ups, ich biss mir auf die Unterlippe. Sah ihn direkt an.

»Trennst du uns?« Er wirkte allerdings mehr belustigt als verärgert. Nahm, völlig die Ruhe in Person, noch einen Schluck seines Wassers.

»Ja.«

»Echt? Warum?«

»Damian ist mir viel lieber als mein *protector*.«

»Weshalb?« Direkt nach seiner Frage griff er über den Tisch, verflocht die Finger seiner Hand mit der meinen.

In dem Augenblick räumte der Kellner unsere Teller ab, das gab mir die Chance, meine Gedanken zu ordnen. Ich seufzte leise, blickte ihn direkt an.

»Damian berührt und liebkost mich. Im Gegensatz zu dem anderen Teil von ihm, mein *protector* versklavt und schindet mich.« War das zu frech? Mir schoss die Röte ins Gesicht.

»Interessante Aussage. Sei dir gewiss, kleine Eislilie, du umgibst dich immer mit demselben Mann.« Bei seiner Stimmlage wurde mir noch heißer. Sah ihm einfach nur wie hypnotisiert beim Sprechen zu. »Möchtest du noch ein Dessert?« Ich konnte mich kaum auf seine Worte konzentrieren.

»Ja, bitte.« Der freundliche, sehr professionelle Kellner brachte noch mal die Karte, ich wählte eine Apfeltorte. Und noch ein Wasser. Besser keinen Alkohol mehr für mich, ich wollte nicht wieder angeheitert sein.

Die Stimmung auf dieser Terrasse war so angenehm privat. Ich liebte es. Alles war so grün, voller Blumen und dabei saßen wir mitten in einer Stadt.

»Was ist dein innigster Wunsch, Coralie?« Wünsche? Seit wann unterhielten wir uns über meine Sehnsüchte?

»Hm, ich denke, das kann ich einfach beantworten. Ich möchte selbstbestimmt leben. Bei meinen Eltern ist alles so vorherbestimmt. Geplant. Das bei dir ist nahe an dem dran, was ich mir wünsche.«

»Aber ich bestimme auch über dich, Coralie.«

»Das glaubst du.« Ich schenkte ihm ein kleines, teuflisches Lächeln.

Da kam die Apfeltorte.

Damian hatte keine für sich bestellt, er hatte einen Cappuccino gewählt, den der Kellner ebenfalls balancierend servierte.

»Vielen lieben Dank.« Lächelnd entfernte sich unser Betreuer.

»Du bist immer so höflich, Coralie.«

»Würde dir auch nicht schaden.« Woher ich meine Lockerheit nahm, wahrscheinlich vom Wein. Oder der Euphorie vom Tag.

Damian blieb mir die Antwort schuldig, löste seine Hand aus der meinen, blickte auf sein Smartphone.

»In zwei Stunden landet der Helikopter wieder im Schlossgarten. Möchtest du noch etwas Bestimmtes sehen?«

»Überrasche mich.« Er schenkte mir sein schönstes Lächeln, ich konnte mich nicht daran sattsehen und doch spürte ich, dass etwas wie Abschied an uns zog. Ein Hauch von Schicksal. Trotzig stach ich den ersten Bissen von meinem Kuchen ab. Die Zuckernoten, die fruchtige Fülle katapultierten mich in den Zuckerhimmel. Von keinen blöden Vorahnungen würde ich mir heute den Tag verderben lassen.

24

Damian

(Schloss von Versailles, nahe Paris)
… Gegenwart …

Die Sonne legte sich noch mal in den schönsten Rottönen ins Zeug, hieß den Sommerabend willkommen, verabschiedete sich in die bevorstehende Nacht. Ein gleißendes Spektakel bot sich unseren Sinnen.

Wir standen im Garten des Petit Trianons, des kleinen Sommerschlosses, dem Zufluchtsort der letzten Königin Frankreichs, wo unser Ausflug heute seinen Anfang genommen hatte.

Coralie hatte ihre Arme um meinen Nacken geschlungen. Stahl sich einen Kuss nach dem anderen von mir.

Ich konnte nicht anders, als ihr nachzugeben. Dafür war ihr Geschmack zu köstlich.

Sie wurde immer hungriger. Ich hörte das Blut in unseren Adern rauschen.

»Mehr.«

Langsam löste ich mich von ihr, diese Schwäche diente mir nicht und doch konnte ich mich der Magie zwischen mir und ihr kaum entziehen.

»Später, kleine Eislilie, Simon kommt jeden Augenblick.« Coralies Wangen röteten sich wie der flammende Abendhimmel, sogar diese Reaktion gefiel mir. Da hörten wir auch den Helikopter.

Wir winkten Simon zu, Hand in Hand schritten wir zum Hubschrauber, ich half Coralie beim Einsteigen.

Innerhalb von wenigen Minuten hoben wir wieder ab.

Coralie blickte verträumt aus den Glasscheiben, saugte das komplette Panorama auf.

»Ich hoffe, du hattest einen wunderbaren Tag.« Sanft streichelte ich ihr über den Oberschenkel, der mir am nächsten war.

»Ja, den hatte ich. Und zu Hause möchte ich gern mehr vom Mehr.« Sie sah mich dabei verschwörerisch an. Dann fokussierte Coralie wieder ihren Blick aus dem Helikopter, genoss die Leichtigkeit des Abends.

Als wir wenig später im Marigny ankamen, lag Stille über dem Anwesen. Nur Charles stand nahe des Helikopterlandeplatzes.

Coralie döste an meiner Schulter.

»Muss ich dich tragen?«

»Sehr witzig.« Sie zeigte mir wieder ihre Zunge. Das hatte sie mir heute bereits ein paar Mal geliefert.

Charles grüßte uns. Wir sprachen ab, was ich den Nachmittag über verpasst hatte, wer etwas von mir gebraucht hatte. Die Vorkommnisse.

Der Helikopter würde über Nacht gleich hier bleiben. Morgen früh würde ich zu meinem Vater müssen. Simon checkte noch die Technik, dann würde ihm Charles im Gästehaus ein Zimmer anbieten.

»Sie sieht müde aus, Dam.« Charles' Blick schwankte besorgt zwischen mir und Coralie, die bereits im Haus verschwand.

»Ich weiß.«

»Vergiss nicht, wie jung sie ist, Damian.«

Sorgenfalten zeigten sich bei meinem Vertrauten.

»Wenn ich jetzt zu ihr gehe …«

»Ich begleite Coralie in ihr Zimmer. Simon braucht bestimmt wie immer mehr als eine halbe Stunde und er kennt ja den Weg.« Widerstrebend nickte ich, ließ Charles seinen Willen. Er hatte Recht. Was wollte ich noch alles von ihr? Sie hatte mir doch bereits mehr geschenkt, als mir je zustand.

Drinnen hörte ich die beiden leise sprechen, dann entfernten sich die Stimmen. Ich musste schmunzeln. Coralie würde nicht einfach so nach Charles' Pfeife tanzen. Das war nicht meine kleine Eislilie.

Im kühlen Inneren des Schlosses schenkte ich mir im Salon ein Glas Bourbon ein. Gekühlt auf Eis.

Da hörte ich Charles hinter mir. Er seufzte.

»Sie war bestimmt begeistert.«

»Deine kleine Kratzbürstigkeit ist in deinem Zimmer.«

Damit machte er auf dem Absatz kehrt, zuerst wortlos. Dann

war ich ihm doch noch ein paar Sätze wert. Er sagte, er gehe raus zu Simon, wünschte mir, geradeso, dass ich ihn verstand, eine *ruhige* Nacht. Ja. Verzeihung, Charles. Für die Anziehungskraft zwischen mir und Coralie gab es eben keine Bedienungsanleitung. Oder war es gar mehr? Etwas wie Liebe?

Liebe.

Bei diesem sehr großen Wort, das sich fremd in meinem Kopf anfühlte, musste ich in der Bewegung innehalten. Das Kristallglas stoppte auf dem Weg zu meinen Lippen.

Noch bei keiner Frau war mir dieses Wort je in den Sinn gekommen.

Ich glaube, zuletzt hatte ich an Liebe gedacht, als mich meine Mutter als Kind zwischen Verlust der ersten Zähne und Vorpubertät an den Rat abgegeben hatte und ich dort meine Ausbildung antrat.

Mit Liebe verband ich keine positiven Emotionen. Und doch erwärmten sich die totgeglaubten Regionen meines Herzens, wenn ich dieses Wort mit dem Bild von Coralie in meinem Verstand vereinte.

Hastig leerte ich den Bourbon und ging nach oben in meine Räume.

Nie war mir bewusster gewesen, was ich brauchte.

Als ich eintrat, hörte ich das Rauschen von Wasser aus meinem Bad. Sie duschte.

Gehetzt wurde ich meine Kleidung los, verteilte alles wahllos auf dem dunklen Holzboden und betrat das Bad.

Dampf erfüllte die Luft. Coralies Silhouette wurde davon verschleiert wie durch Milchglas.

Entschlossen näherte ich mich ihr. Sah, wie sich Gänsehaut über ihren Nacken legte, als ich direkt hinter ihr stand.

Das warme Wasser war der entspannende Widerspruch zu all den Gefühlen, die sich in mir einen Wettstreit lieferten.

»Charles wollte mein Kindermädchen sein. Ich hoffe, er ist mir nicht böse, weil ich mich widersetzte.«

»Niemals, er war einfach nur besorgt um dich. Hat wohl Angst, ich könnte dich überfordern.«

Sie wusch sich weiter, nahm etwas von den Flaschen, die es zu Hauf in den Vertiefungen aus Stein in der Dusche gab.

»Du bist so schön.« Die Worte waren einfach über meine Lippen gekommen. In diesem Punkt war ich eine Endlosschleife, ich hatte immer das Bedürfnis, es ihr zu sagen.

Coralie blieb mir abgewandt stehen, schäumte ihre Haare ein. Das Wasser prasselte weiterhin an uns hinab.

Ich konnte nicht anders, als ganz nahe an sie heranzutreten, sie von hinten zu umfassen.

Mit einer Hand hielt ich sie am Solarplexus fest, die andere legte ich auf die Höhe ihres stark klopfenden Herzens, am Brustansatz. Strich ganz sanft darüber.

Meine kleine Eislilie kümmerte sich unbeirrt weiter um ihre Haare, als wäre ich gar nicht da. Kleine Schauspielerin.

Doch ich konnte meine inneren Dämonen nicht länger aufhalten, dafür berauschte sie mich zu sehr.

Ich gab ihr noch ein paar Atemzüge, wenige Handbewegungen, in denen sie sich den restlichen Schaum aus ihrem Haar wusch.

Dann küsste ich sie zärtlich auf den Nacken, fühlte immer noch die leichte Gänsehaut darauf.

Meine Hand, die auf ihrem Brustansatz ruhte, wurde mutiger. Rutschte Millimeter für Millimeter tiefer, über die pralle Wölbung ihres Busens bis hin zu der zarten, harten Brustwarze. Meine andere Hand schloss auf, umfasste ihre rechte Brust. Gott, sie war so perfekt, wunderschön und so sexy, wenn sie erregt war.

Ich liebkoste mit aller Sanftheit, die ich aufbringen konnte, ihre Brüste. Es erregte mich immens, sie so berühren zu dürfen. Sie genoss es, kleine seufzende Laute verließen ihre Kehle.

»Hände gegen die Fliesen. Stütz dich ab.« Ich hauchte diese Worte nur an ihr Ohr, aber kaum hatte ich sie wie einen Zauberspruch in die Realität gebannt, legte sie ihre Handinnenflächen gegen die schwarzen Fliesen, drückte sich mir entgegen. Weiter an mich.

Das ganze Wasser rund um uns wirkte dabei wie ein Verstärker. Coralie liebte dieses Element, wenn sie sich darin befand und bewegte, hatte dies stets etwas Ätherisches.

All die kleinen und größeren Wassertropfen, die sich auf ihrer Haut sammelten, ich wollte sie weglecken, die Rinnsale mit meiner Zunge verfolgen, diese Essenz vermischt mit Coralies eigenem Geschmack für immer in mir verankern. Bereits als ich diese Dinge dachte, hatte ich begonnen, ihre erhitzte Haut zu kosten, das Spiel gefiel mir.

Coralie keuchte leise, ich presste mich mit meinem Körper mehr an sie. All ihre kleinen Reaktionen auf mich, meine Nähe. Die Welt um uns wurde nicht nur klein, wenn wir zusammen waren, sie hörte auf zu existieren. Es gab nur uns beide. Mehr als körperliche Anziehungskraft, mehr als Begierde. Das war Hingabe. Noch ein Wort, dessen Bedeutung mir vor ihr nie wichtig gewesen war.

Meine Hände verließen ihre Brüste, rutschten tiefer hinab. Über ihren flachen Bauch, ihre Seiten, entlang zu ihrer Hüfte. Sie bebte, sehnte sich nach mehr. Mit einer Hand fuhr ich über ihren Venushügel zwischen ihre Beine. Sie atmete lauter, als meine Finger ihre zarten Schamlippen teilten, während meine rechte Hand auf ihrem Rückgrat ruhte, sie in Position hielt. Denn Coralie zappelte leicht, es fiel ihr schwer, ruhig zu stehen.

Sie war so feucht, definitiv nicht nur vom Wasser, denn meine Finger glitten mühelos in sie. Zwei nahm sie bereitwillig, ohne mir Widerstand zu leisten. Ihr Körper gab einfach dem Sehnen nach.

»Gott ist das gut. Du machst mich irre.« Sie legte ihren Kopf leicht schräg. Ich konnte nicht widerstehen, schabte mit meinen Zähnen über ihren entblößten Hals. Saugte an der Stelle, die am nächsten zu mir war, markierte dieses schöne Geschöpf. Einen Knutschfleck. Das war so süß und heiß. Sie erschrak nicht, vertraute mir.

Meine Finger verließen ihre nasse Mitte, ich fasste an ihre Hüfte, konnte nicht mehr länger warten. Es machte mich irrsinnig an, dass sie nach wie vor ihre Handflächen gegen die Fliesen gepresst hatte, sie gehorchte, unbewusst oder bewusst, es gefiel mir.

Richtete meinen Schwanz, der sich bereits schmerzhaft bemerkbar gemacht hatte, zwischen Coralies sexy Apfelpo aus, teilte die Backen mit meinen Händen, verschaffte mir dadurch leichter Zugang und drang in sie ein. So mühelos, ein einziger Stoß, ihre engen Wände gaben nach, hießen mich willkommen.

Es musste intensiv für sie sein, aber sie sagte nichts, war nur durch den Stoß von mir direkt an der kalten Fliesenwand angekommen. Das Wasser traf jetzt hauptsächlich mich.

Minimal zog ich mich zurück, halb aus ihr.

Wollte ihre Reaktion sehen, spüren. Verzehrend wimmerte sie leise.

»Was willst du, kleine Eislilie?«

Sie wurde hinreißend rot, während ich sie neckte, ihr die Erlösung verwehrte.

»Nimm mich, sonst vergehe ich.«

Quälend langsam schob ich mich wieder vollständig in sie. Drückte noch ein bisschen nach. War herrlich tief in ihr.

Stützte mich mit meinen beiden Armen neben ihren ab. Hüllte sie dadurch von hinten mit meinem ganzen Körper ein.

Beschützt und gefangen. Der Anblick, den sie mir bot, war fantastisch.

»Coralie?«

»Was?« Ihre Stimme war rau.

»Das hier ist auch eine Premiere für mich.«

»Wie meinst du das? Oh Gott …« Sie suchte Linderung, ich bewegte mich nicht und das brachte sie schier um den Verstand. Coralie wollte, dass ich sie richtig fickte. Nicht nur mit ihr spielte.

»Ruhig, kleine Eislilie. Dann verrate ich dir etwas. Werde ganz still, spüre mich in dir.« Dirty Talking veränderte etwas in ihr, sie mochte das.

Coralie stöhnte, eine Mischung aus Frustration und dem bewussten Gefühl, dass ich sie ausfüllte.

Sie lehnte ihren Kopf seitlich gegen die Fliesen, ihre Wange, ihre Handinnenflächen, ihr Busen, die empfindlichen Nippel. Alles war dem Kontrast des kalten Fliesenspiegels ausgesetzt, während ich ihr von hinten Hitze spendete und warmes Wasser über uns floss.

»Das ist so …« Sie biss sich auf die Unterlippe, keuchte erneut, als sie meinen Schwanz in ihr richtig bis an die Grenze der Dehnbarkeit wahrnahm. »So wie ich es mir ersehnt hatte.«

Die lamellenartigen, weichen Wände ihrer Pussy zogen sich um mich zusammen. So göttlich eng.

»Mein Geheimnis, das ich dir heute anvertraue. Es wird dir gefallen.«

»Es reicht mir schon, wenn du mich fickst.«

»Was habe ich nur für ein Monster erschaffen.« Ich leckte abermals über die Stelle, die sich bereits leicht blau verfärbte. Der Knutschfleck war mir exzellent gelungen.

Dann näherte ich mich ihrem Ohr.

»Du.« Bei jedem Wort nahm ich mich ein kleines Stück aus ihr und stieß dann wieder tief in sie.

»Bist.« Selbes Prozedere.

»Die.« Das gefiel mir.

»Erste.« Sie kniff ihre Augen zusammen.

Das Spiel war so einnehmend, aber ich ließ mich kurz gehen, erhöhte den Rhythmus, den Druck. Coralie verging regelrecht unter dem Tempo. Sie krampfte mehrmals um mich, kam so heftig, dass ich mich kurz auf etwas anderes fokussieren musste, um nicht gleichzeitig meinen Höhepunkt zu erleben.

»Die Erste, die ich öfter als einmal ficke.« Mein kleines Geständnis an sie setzte mir mehr zu als ich dachte. Ich hatte plötzlich das Bedürfnis, sie nicht zu dominieren, sondern zu umarmen. Bei ihr zu sein.

Ich trennte unsere Verbindung. Sie zuckte minimal zusammen, als ich ihre warme Mitte verließ. Drehte sie um. Coralie sah mich perplex an.

Aber ich wollte sie in meinem Bett. Jetzt.

Ich nahm sie an der Hand, führte sie aus der Dusche. Es war mir vollkommen egal, wie nass das Bett werden würde. Aber Coralie hielt inne, schnappte sich im Vorbeigehen ein Badetuch, drückte es an ihren feuchten Körper, wickelte sich ein. Allein ihre Bewegungen schickten wieder mehr Blut in meine Lenden.

Konnte nur daran denken, wieder in ihr zu sein.

»Ist das dein Ernst?« Sie hatte mich also ganz genau verstanden.

»Ja, kleine Eislilie. Nicht nur für dich gibt es Premieren.«

Sie ließ das Badetuch fallen, ihre nassen Haarspitzen verloren Wassertropfen, die weiter an ihr hinab perlten.

Wortlos nahm sie mit beiden Händen mein Gesicht, sah mich an, als wäre ich die Antwort auf alles.

Ich musste schlucken. Ein wahnsinnig schwacher und gleichermaßen starker Moment zwischen uns.

Für wenige Herzschläge sah meine kleine Eislilie hinter meine sorgsam gehütete Fassade. Alle verwobenen Schlieren aus Distanz waren stabil, würden nicht einbrechen. Meine Geheimnisse waren sicher verwahrt. Und doch, ihre Seele berührte in dem Moment die Außenmauern dieses imaginären Schutzschildes.

Das Grün ihrer Augen sah hinter mein Sturmgrau. Ich konnte nichts dagegen machen. So weise, so altklug. Als wäre ihr Licht einzig und allein dazu da, mich zu heilen. Und etwas in mir sehnte sich danach, nach eben dieser Vergebung.

Doch ich zerbrach diese Verbindung. War der Tiefe dessen, was Coralie durch ihr Licht in uns freisetzte, kaum gewachsen. Zu feige, um auszuprobieren, was passieren würde. Meine Schutzmauern existierten nicht grundlos.

Ich hob sie hoch, trug sie raus aus dem Bad, rüber zu meinem Bett, ließ sie etwas schwungvoller als notwendig in die weichen Kissen fallen.

Sie japste auf, bereits als sie sich aus den Kissen drehen wollte, war ich über ihr.

Schob die schwachmachenden Elemente, die sie in mir auslöste, fort und teilte ihre Schenkel.

Holte mich ein letztes Mal in die Ruhe zurück, schließlich wollte ich Coralie nicht verschrecken. Sie konnte nichts dafür, dass ich innerlich so kaputt war.

Licht würde die Schatten nie verstehen, aber es besaß die Macht, sie brechen zu können. Der Gefahr musste ich mir in ihrer Nähe stets bewusst sein.

»Alles in Ordnung, Coralie?«

»Ja. Du bist nur oft so … schnell. Du bewegst dich rascher, als ich es verarbeiten kann.«

Ich lächelte sie an, dann setzte ich meine Spitze an ihren Eingang. Sie keuchte auf. Schloss ihre Augen, als ich in sie eindrang. Normalerweise wollte ich, dass sie mich ansah, aber zum Schutz meiner Dunkelheit ließ ich ihr diese Reaktion. Suchte um Erlösung und indirekt auch um Vergebung, als ich mich in ihrer Hitze verlor.

Spürte, wie ihr Licht nicht mehr so gleißend hell war, sich mit meinen Schatten verbündete, in der Begierde.

Verflocht meine Finger mit den ihren. Es war so intensiv, ich würde sie die ganze Nacht zu der Meinen machen, bis wir uns an die Grenze zu einer anderen Bewusstseinsebene katapultierten.

Leidenschaft war eine machtvolle Empfindung.

25

Coralie

(Schloss Marigny, an der Grenze zu Paris)
… Gegenwart …

Wer bist du?« Ich musste träumen. Das war anders gar nicht möglich. Jemand mit meinen Augen, meinen Gesichtszügen, meinem dunkelbraunen Haar stand ein paar Meter von mir entfernt an einem violetten See. Violetter See? Alles war in rosa, pinke, magentafarbene Töne getaucht. Als hätte sich die Sonne in ihren Farben vergriffen. Mein Gegenüber betrachtete mich neugierig, freundlich, interessiert. Ein junger Mann, vielleicht so alt wie ich, oder ein bisschen älter. Ich wollte ihm näherkommen, aber meine Füße waren wie einbetoniert. Jeder Schritt fühlte sich an, als würde ich mich durch Treibsand arbeiten. Der Mann lächelte sanft. Dann öffneten sich seine Lippen. »Ich vermisse dich so sehr.« Das Timbre seiner Stimme… es war, als wäre er mir vertraut. Plötzlich kam es mir vor, als könnte ich nicht mehr atmen, obwohl ich es doch tat. Es gab genug Sauerstoff, aber alles wurde kleiner, wie in einem gezeichneten Comic, schräg, nicht beängstigend, aber so verrückt.

»Wach auf.« Damians Stimme.

»Coralie, du hast einen Alptraum. Wach auf. Ich bin da.«

Mein Atem ging heftig, ich holte tief Luft, als wäre ich gerade aus dem Wasser eines Schwimmbeckens aufgetaucht.

Klammerte, krallte mich an Damians Arme.

»Hey, hey. Ich bin da. Beruhige dich.« Tränen füllten meine Augen.

Gleichzeitig klopfte es von irgendwo hinter uns. Damians Zimmer? Wo war ich?

»Damian, ich weiß, es ist früh. Aber der Hubschrauber wartet.« Dieser eine Satz kam dafür wieder unnatürlich direkt bei mir an.

Resigniert presste Damian seine schönen Lippen aufeinander.

»Er soll noch warten. Ich komme gleich. Biete ihm etwas an. Kaffee, oder so.«

»Das wird deinem Vater nicht gefallen.«

»Ist mir egal. Aber danke für die Warnung.«

Die Tür, die Charles nur einen minimalen Spalt geöffnet hatte, schloss sich wieder.

Wir lagen in Damians Bett. Der Traum hielt mich immer noch gefangen. Es war unfassbar schwer, daraus auszubrechen. Das Sickern von Treibsand, dieses Gefühl, gemischt mit meinen Tränen.

»So kann ich dich unmöglich allein lassen.« So viel Sorge lag in seinen schönen Augen.

»Nein, ich, es war nur … ein Traum.«

Traurig blickte er mich an, strich mit einer Hand über meine Wange.

»Coralie, du hast geschrien, als würde dir jemand die Haut abziehen.«

»Nein, es war nicht bedrohlich. Nicht direkt … da war ein Mann. Er sah aus wie ich. Es gibt niemanden, der mir ähnelt. Also einfach verrückt. Mir geht es gut.«

Er wirkte nicht überzeugt, verließ aber sein Bett. Zog sich an.

Wir hatten uns beinahe die ganze Nacht geliebt. Zuletzt noch benebelt geduscht. Wir hatten einfach nicht genug voneinander bekommen können.

»Okay, aber ich werde Charles bitten, heute ein oder besser mehrere Augen auf dich zu haben.«

»Charles?«

»Ja. Du kannst ihm vertrauen. Bedingungslos. Ich tu es auch. Wenn du möchtest, kannst du mit ihm ein bisschen trainieren. Selbstverteidigung, du weißt?«

»Ja, ich weiß. Außerdem mag ich Charles sehr. Ich wusste nur nicht, dass er nicht nur sportlich ist, sondern auch Kampfsport beherrscht.«

Resigniert schlang ich das Laken enger um mich und lehnte mich gegen sein schwarzes, gepolstertes Betthaupt. Eine undefinierbare Kälte haftete an mir. Als würde der Traum seinen Schatten auf mich werfen.

»Ich komme erst sehr spät zurück.«

»Wohin musst du?«

»Zu meinem Vater, zum Rat. Ihr Hauptsitz ist eine alte Festung in … Ach. Eigentlich sollte ich dich damit nicht belasten. Versuch, einen schönen Tag zu haben.« Damian verschwand aus meinem Blickfeld, ging ins Bad.

»Wo ist der Sitz des Rates?«

Damian blieb mir die Antwort schuldig, nach dem Bad schritt er in seinen begehbaren Kleiderschrank. Kehrte daraus zurück und erinnerte mich eher an einen Ninja als an sich selbst.

Schwarze, enge Hosen aus einem stabil aussehenden Stoff, schwarze Kampfstiefel, ein schwarzes, enges Langarmshirt, das mir mehr seiner wohldefinierten Muskeln offenbarte, als wenn er nackt war. Ein breiterer schwarzer Gürtel. Und das Schrägste: An seinem rechten Oberschenkel war ein Messer befestigt oder mehrere. Sah aus wie das Equipment eines Arztes fürs Schlachtfeld. Er zog die Schnallen gerade fest.

Nahm seine schwarze Lederjacke von einer Ablage neben seinem Bett. Immer die düstere Optik.

»Wow, du siehst aus wie ein Geheimagent.«

Beeindruckt und mittlerweile etwas von diesem seltsamen Alptraum erholt, konnte ich nicht anders, als ihn zu betrachten. Sein Anblick löste direkt wieder Lust in mir aus.

»Bin ich aber nicht. Nur ein einfacher Mann, der normalerweise anderen Aufgaben nachgeht, aber wenn mein Vater ruft … Ich lasse ihn immer warten, aber das könnte diesmal ins Auge gehen, also muss ich einmal nachgeben. Bitte pass auf dich auf. Wenn das Wetter schön ist, kannst du schwimmen gehen. Wichtig ist nur, dass du das Gelände nicht verlässt, schon gar nicht allein. Das gestern war eine Ausnahme. Dafür muss ich heute sicher auch vor Daniel geradestehen.« Ich nickte. Er kniete sich kurz aufs Bett, küsste mich. Sein Duft hüllte mich ein.

»Oh, bitte bleib.« Keuchend wollte ich ihn bei mir behalten, aber Damian schüttelte den Kopf, küsste mich erneut und stand vom Bett auf.

»Benimm dich, kleine Feuerlilie.« Er schenkte mir ein Grinsen, noch ein paar Atemzüge seiner Nähe.

Dann war er fort.

Ich atmete durch, sank zurück in die Kissen. Spürte noch in Gedanken dem letzten Kuss nach.

Lautstark hob der Helikopter Minuten später ab. Unentschlossen verließ ich danach das Bett. Zischte auf. Der Tribut für Weltklasse-Sex war definitiv nicht zu unterschätzen. Die Haut an meinen Oberschenkeln tat weh, genauso wie meine Mitte mich bei jedem Schritt daran erinnerte, was ich die letzte Nacht über sittenlos getrieben hatte.

Ich suchte mir ein T-Shirt, das groß genug war, um alles Wichtige zu verbergen, dann, nachdem ich gefunden hatte, wonach ich suchte, verließ ich auf Zehenspitzen Damians Zimmer. Hoffte, etwas egoistisch, diskrete Hausgeister würden sich verlässlich um das Durcheinander darin kümmern.

So leise zu gehen, wäre gar nicht notwendig gewesen, denn bei jedem Schritt versanken meine Füße in dem dicken, dunklen Teppich auf dem Gang.

Die heimelige Atmosphäre in meinem Zimmer ließ mich aufatmen. Irgendwie war ich gern hier.

Gerade als ich eines der Fenster geöffnet hatte, den Duft nach Sonne, Morgentau und einem unausgesprochenen Versprechen an einen weiteren, perfekten Sommertag einließ, klopfte es.

»Ja, bitte.«

Charles trat ein. Kurz sah ich ihn betreten an. Ich trug nur Damians Shirt, das gerade mal so bis zur Mitte meiner Oberschenkel reichte.

Spürte, wie mir Hitze in die Wangen stieg.

»Mache dir bitte nie deswegen Sorgen, Coralie.« Er vollführte eine weitgreifende, abwehrende Handbewegung in der Luft. »Ich würde dir nie zu nahe kommen. Frauen, egal wie schön sie sind, lösen keine Begierde in mir aus.« Er lächelte dabei so freundlich, warmherzig. Wow. Was für eine Offenbarung.

Verlegen räusperte ich mich. Startete einen neuen Versuch, das Gespräch fortzusetzen.

»Du hast geklopft, was kann ich für dich tun?«

»Wie wäre es heute mit ein bisschen Nahkampftraining, Coralie? Wir hatten noch nicht die Ehre. Es würde mich sehr reizen, zu sehen, ob du mich auch *vermöbeln* kannst.«

»Du kannst das, also …«

»Coralie, ich bin kein einfacher Butler oder fleißiger Hausgeist. Ich habe Damian in seinen letzten Jahren, bevor er aktiv *protector* wurde, ausgebildet. Ich war ab seiner Volljährigkeit für ihn verantwortlich. Fühle es mich bis heute.«

»Also bist du auch ein Mitglied der *gladius lilium*?«

»Ja, mein voller Name ist Charles de la Motte. Ein Comté. Nichts

Aufregendes. Titel gelten nur in den Kreisen des Rates. Im normalen Leben sind sie wertlos, nichts mehr als schmückendes Beiwerk, um simple Seelen zu beeindrucken.«

»Warum bist du hier und nicht beim Rat?«

Meine Frage war allgemein gedacht gewesen, aber er wirkte trotzdem betroffen, traurig.

»Damians Schutz geht mir über alles. Wir haben sehr starke Prinzipien, Gesetze, Ordnungen an die wir uns halten sollen. Im Gegensatz zu Daniel verspüre ich eine starke Bindung zu Damian. Lasse mich nicht von alten Verletzungen durchs Leben tragen. Du kommst aus einer anderen Welt, Coralie. Wohlbehütet. Immer wie ein Schatz von deinen Eltern von allem Schlechten ferngehalten. Um dir alles genau zu erklären, würden wir viel mehr Zeit brauchen. Besser, wir sehen uns in zwanzig Minuten unten im Trainingsraum.«

Damit verließ er mein Zimmer.

Das waren irgendwie aufschlussreiche Informationen gewesen, wobei viele Fragen weiterhin offen waren. Damian hatte kein gutes Verhältnis zu seinem Vater, das wusste ich. Aber da war noch mehr, viel mehr. Irgendwann würde ich mehr als nur an der Oberfläche kratzen.

Um keine weitere Zeit mit trüben Gedanken zu verlieren, putzte ich mir im Bad die Zähne und flocht meine schulterlangen Haare zu einem kurzen Zopf.

Dann wählte ich aus meinem Schrank ein Crop Top in Schwarz, dazu dreiviertellange, schwarze, enge Hosen und Sportschuhe. Prüfte noch mal mein Erscheinungsbild im bodentiefen Spiegel, mit dem der Kleiderschrank ausgestattet war. Als ich mit mir zufrieden war, verließ ich meine Räume, ging über die Treppen hinunter zu Charles, der bereits auf mich wartete.

Jedes Mal hielt ich kurz inne in diesem besonderen Trainingsraum. Die Atmosphäre war immer etwas der Zeit entrückt, lag wahrscheinlich daran, dass der Ort früher heilig war.

Alle Flügeltüren zur Gartenseite waren weit geöffnet. Klimatisierten die kühle Halle angenehm.

»Was zeigst du mir?«

»Unsere Welt, Kleines.«

Mir gefiel sein Spitzname für mich.

Damit warf er mir zwei schwarze Stangen aus Kunststoff zu, die mich von der Länge her an Spielschwerter erinnerten. Ich konnte sie gerade noch fangen und sah ihn perplex an.

»Gute Reaktion fürs Erste.«

Dann kam er auf mich zu, beinahe bedrohlich. Prüfte aber nur meine bisher erlernten Fähigkeiten.

Gleich nach meiner ersten Parade, in der ich ihn erfolgreich abblockte, obwohl er mit mir spielte, als wäre ich ein dünner Grashalm im Wind, grinste er.

»Damian hat dich ja wirklich unterrichtet.«

»Er schenkt mir nichts.«

»Dachte, er tut das nur, um dich zu betatschen.«

»Haha, sehr lustig. Nein, er ist ein sehr aufs Fach bezogener Lehrmeister.«

»Das ist gut so, denn die Welt, die dir vertraut ist, ist gefährlich, Kleines. Und du bist als Lilie mittendrin.«

Nächster Angriff, diesmal fiel es mir schon schwerer, ihn zu blocken.

Er hielt in der Abwehrhaltung inne, zog einen seiner Kampfstöcke zurück, dann näherte er sich mir wieder, ganz langsam. Strich mit einer der Stangen über meinen Hals, dort, wo der Knutschfleck prangte.

»Kleines, das, was ihr macht, ist nicht gut für euch. Ich gönne jedem diese Erfahrung, aber – überdenke es.«

»Nein. Keine Beziehungsgespräche, Charles. Lass uns kämpfen.« Ich ging in die Knie, holte aus, doch er parierte, blockte mich lächelnd ab.

»Dein Vorteil, Coralie, du warst immer schon sehr sportlich. Darum hast du die notwendigen Muskeln, aber es wird noch Monate dauern, bis man dich wirklich wieder allein auf die Straße gehen lassen kann.«

»Monate?«

»Ja. Du wirst bedroht, auf Grund deines Blutes, deiner Abstammung und deiner Eltern. Sie spielen gefährliche Spiele.«

Ich keuchte. Beim nächsten Angriff, während er mit mir sprach, war ich durch Unachtsamkeit zu Boden gegangen. Meine Hände zitterten, als ich mit überkreuzten Stangen alles an Muskelkraft aufbrachte, um ihn abzuwehren.

Charles gab nach, löste den Druck von meinen Armen und trat zurück. Er half mir hoch, aber diese Scharade kannte ich, war darauf vorbereitet, ich würde nicht wieder im Klammergriff enden. Duckte mich, verlagerte mein Gewicht. Charles fasste ins Leere, ich rollte mich seitlich nach hinten ab. Dann holte ich Schwung, stützte mich auf meinen Armen ab und fegte ihm mit meinen Beinen den Stand weg.

Krachend ging er zu Boden.

Ich fühlte mich für einen Sekundenbruchteil stark, unbesiegbar, unsterblich.

Charles blieb auf der Matte liegen, sah mich an und lachte schallend.

»Kleines, das war gut. Echt. Wie lange trainiert ihr jetzt?«

»Keine Ahnung. Wie lange bin im Marigny? Drei Wochen?«

Er lachte weiter.

Ich setzte mich auf, umschlang meine Beine mit den Armen, legte dabei die Stöcke seitlich von mir.

Betrachtete Charles zum ersten Mal als Mann. Er war ein durchtrainierter Kampfgott. Das war mir in Hemd und Chinos, die er sonst trug, nie aufgefallen. Außerdem hatte er ordentlich viele Tattoos.

»Wie alt bist du, Charles?«

Er runzelte die Stirn und sah mich an. »Vierundvierzig.«

»Also könntest du mein Vater sein.«

Das kostete ihn ein weiteres Lachen.

»Es macht wirklich Spaß mit dir, Kleines. Komm, zeig mir noch mal, dass du mich auf die Matte bringst.«

Mein Kampfgeist war entfacht.

Seine Präsenz löste den Alptraum, meine trüben Gedanken, sogar die Sehnsucht nach Damian, meine ganzen offenen Fragen etwas auf. Rückte all das in den Hintergrund. Es war ungesund, jemanden so stark zu vermissen.

»Warum ist es eigentlich verboten?«

»Du meinst eine Affäre zwischen einem *protector* und seinem Schützling?«

»Ja.«

»Gefühle schränken die richtigen Entscheidungen ein. Sie machen schwach. Darüber hinaus ist es eine Frage der Ehre. Ehrgefühl geht den *gladius lilium* über alles. Von klein auf lernen wir das. Damian hatte immer schon einen Hang dazu, das zu missachten. Bisher war es nie ein Problem. Er musste nie aktiv eine Lilie beschützen. Dann sah er dich und ja … Es ist eure Entscheidung, ihr passt sehr gut zueinander. Aber es wird Probleme machen.« Er verzog seine schönen Lippen zu einer schmalen Linie, presste sie zusammen.

»Aber ich lebe nicht vollständig nach den alten, verstaubten Gesetzen unseres Rates. Euer Geheimnis ist bei mir sicher. Ihr könnt nur beten, dass es für alle im Marigny so ist.«

Charles stand auf, kam ganz nahe zu mir.

»Du bist ganz blass geworden, Kleines.«

»Was passiert, wenn man das zwischen uns rausfindet?«

»Hoffe, dass das nie geschieht. Und jetzt, Parcours.« Er machte eine verrückte Geste, als wäre er ein Monster, das mich jagen würde. Ich quietschte, kreischte und lief zu den ersten Seilen. Hangelte mich hoch und vergaß im Adrenalinrausch all meine Sorgen.

26

Damian

(Schloss von Vincennes, Paris)
… Gegenwart …

Du bist spät, mein Sohn.«

Innerlich verdrehte ich die Augen. Aber hier erwartete man von mir, der Soldat zu sein, zu dem sie mich für ihre verdrehten Machenschaften gemacht hatten. Bis heute war ich mir sicher, dass die *gladius lilium* nicht nur selbstlose Absichten hegten. Besonders mein Vater war ein Egoist. Stets auf der Suche nach dem persönlichen Vorteil.

»Ja, wurde aufgehalten.«

»Von der kleinen, süßen de Sauvigny?« Ein anzügliches Lächeln umspielte seine Lippen. Er stand zwischen den schmalen Fenstern seines Büros, das inmitten der Festung von Vincennes im Wehrturm lag, und überblickte Paris.

»Nein.«

»Du spielst mit dem Feuer, Damian. Wenn du die Regeln brichst, fällst du. Auch für dich gibt es da keine Ausnahme.«

»Nein. Ich habe kein Verbrechen begangen. Komm zum Punkt, Daniel. Du hast mich herbeordert, was gibt es so Wichtiges?«

»Wer ist jetzt bei ihr?«

»Charles.« Dieses eine Wort entspannte seine harten Gesichtszüge. Der Name meiner rechten Hand beruhigte Vater jedes Mal. In Charles sah er den perfekten *protector*. Nicht in seinem eigenen Kind. Er trat zu mir. Trug einen maßgeschneiderten, schwarzen Anzug.

»Setz dich bitte. Warum hast du die Kampfuniform an?«

»Weil ich immer damit hierher komme? So verlangt es das Protokoll. Oder habe ich etwas verpasst?«

»Anzüge stehen dir genauso gut.« Fand er das komisch?

»Komm zum Punkt.« Meine Geduld in seiner Gegenwart war immer begrenzt, vor allem hier in Vincennes. Furchtbare Jahre lagen hinter mir, in denen ich immer nach der Pfeife des Rates und vor allem nach der seinen hatte tanzen müssen.

»Wir haben eine erste Spur zu dem Verfasser der Drohbriefe an die de Sauvignys.« Damit hatte er sich sofort wieder meine Aufmerksamkeit gesichert.

»Wer?«

»Ich wusste, dass du mir jetzt zuhören würdest.« Lässig lehnte er sich in seinem ledernen schwarzen Chefsessel zurück, verschränkte die Arme vor der breiten Brust.

»Jemand mit Spielschulden, oder?«

»Das geht schon in die richtige Richtung, Damian. Es wird nicht mehr lange dauern, dann schalten wir dieses Ziel verlässlich aus. Danach brauchst du dich um die kleine de Sauvigny nicht mehr kümmern. Sie kann in den Schoß ihrer Familie zurückkehren und wir uns wieder anderen Themen widmen.«

»Wer übernimmt die Eliminierung des Ziels?«

»Du nicht. Du bist befangen. Wegen der kleinen de Sauvigny. Er ist ein Einzelgänger, es wird nicht schwer werden, ihn zu stellen. Die Verhöre übernehme dann ich. Bis auf Weiteres lautet deine Anweisung einfach, deinen Schützling unsichtbar sein zu lassen. Apropos: Was war das gestern?«

»Was meinst du?«

»Stell dich nicht dumm, Simon berichtete mir von eurem kleinen Ausflug. Das war gegen die Regeln. Noch eine Missachtung und es war deine letzte, dann bekommt die kleine Lilie einen anderen *protector*. So steht es in unseren Gesetzen.«

»Angekommen.«

»Wunderbar, dann kannst du jetzt in die Waffenkammer gehen.«

»Was soll ich dort?«

»Ich habe etwas für dich anfertigen lassen. Geh runter und begutachte es.«

»Sehen wir uns noch mal?«

»Nein, ich fliege dann nach London.«

»Was machst du bei der Queen?«

Er schenkte mir sein schönstes Lächeln. »Die Queen, du bist amüsant, Damian. Ich habe nun mal nicht den Luxus, den ganzen Tag zu spielen.« Aufdringlich zwinkerte er mir zu.

Ich erhob mich, verbeugte mich kurz. Antrainierte Höflichkeit.

»Sag mir dann, ob es dir gefällt.«

»Was?«

»Mein Geschenk an dich.«

Ich verdrehte die Augen, salutierte, verließ das Gruselkabinett aus dunklem Holz, Stahl, Stein und Glas. Was für eine beengende Kombination.

»Damian Harcourt …« Ein bebrillter Zahnstocher von jungem Mann sprang aus seinem Sessel auf. Lange war ich schon nicht mehr in der Waffenkammer gewesen. Atmete den Geruch von Leder, Waffenöl, antikem Zeug ein. Wohlvertraut und doch befremdlich.

»Hey!«

»Es ist mir so eine Ehre. Mein Name ist Victor de la Motte. Ich bin der Cousin von …«

»Charles?«

»Ja, genau. Von Charles. Bin ein Nachzügler. Habe gerade das Studium für Waffentechnologie angefangen.«

Oh, ein motivierter Aufsteiger.

»Protokollmäßig würde ich sagen, schön dich kennenzulernen, Victor, aber ich bin nicht wegen Geplänkel hier. Mein Vater sagte, ich soll in die Waffenkammer.«

»Ja, ja. Ganz genau. Entschuldigt, beziehungsweise, entschuldige. Darf ich du sagen? Damian?«

Er war niedlich, richtig überfordert mit mir. Dabei stand ich ihm nur gegenüber.

»Natürlich, nenn mich, wie du willst. Also, was soll ich mir ansehen?«

Victor war so nervös, er verlor beinahe seine Brille. Schob sie sich mit zitternden Fingern wieder auf die Nase.

»Entspann dich.« Er entlockte mir ein Grinsen mit seiner Schusseligkeit.

Der junge de La Motte verschwand hinter den hohen Regalen, öffnete ein paar davon. Wirkte unzufrieden, umrundete andere Regale.

Ich seufzte, blieb einfach stehen und ließ ihn machen.
Endlich kehrte er zu mir zurück.
Hielt eine längliche, schwarze, flache Schatulle in den Händen.
»Was ist das?«
»Darin ist eine handgefertigte Arbeit mit einer Verzierung. Es war deinem Vater sehr wichtig.« Seine Stimme überschlug sich leicht beim Reden.
»Okay. Darf ich sehen?«
»Natürlich, Verzeihung. Ich war so in Gedanken. Es ist einfach etwas ganz Besonderes für mich, dir diese Arbeit geben zu dürfen. Wurde aus einem alten Dolch der Familie Harcourt geschmiedet.«
Man konnte auch aus einer Mücke einen Elefanten machen. Ich öffnete die Schachtel, darin lag wie erwartet ein Dolch. Wie ich bereits einen an meinem rechten Oberschenkel trug, in dem passenden Holster.
Ich strich über die Scheide, blieb an den eingravierten Worten hängen.
EXITIO OBSCURA. Diese Worte brannten sich in mich ein, ich spürte sie bis unter meine Haut.
»Ein Witz, oder?«
»Wie meinst du das, Damian?«
Ich schüttelte den Kopf, ließ die Schachtel auf den breiten Holztisch zurückfallen.
»Sag meinem Vater, sein Geschenk kann er behalten.«
Unangenehme Erinnerungen krochen durch den Spruch wie durch ein düsteres Portal in mein Gehirn. Ja, Verdammnis ist dunkel, das bedeuteten die Worte …
Paris, vor zwölf Jahren …
»Willst du das wirklich?« Charles saß leicht angespannt, aber in Freizeitkleidung und mit einer simplen Wasserflasche bewaffnet neben mir in dem Tattoostudio.
»Ja.« Nichts und niemand würde mich von meinem Vorhaben abbringen können.
»Gut, es ist dein Körper. Aber dein Vater wird nicht begeistert sein.«
»Ist mir egal. Und du weißt, Daniel ist nie von etwas begeistert, was ich mache. Außerdem: Du hast selbst viele Tattoos.«
»Ja, aber ich bin auch nicht Daniels Sohn. Wohin lässt du es dir stechen?« Er war wirklich ein kleines bisschen besorgt. Mein Mentor.
»Auf den Rücken.«

Warum es lang und ausschweifend erklären, das hier war meine Sache.

»Okay. Aber da kannst du es dann nur im Spiegel sehen.«

»Ist mir gleichgültig. Es ist da, das genügt.«

»Darf ich den Entwurf mal begutachten?«

»Sie wird gleich so weit sein.« Ich zeigte auf die Künstlerin. Ivy war mir empfohlen worden. Von Studienkollegen aus dem Rat, von Kampfgegnern, deren gesamte Körper bereits verziert waren.

Der Wunsch, mir mein Schicksal in Farben unter die Haut stechen zu lassen, pulsierte schon länger in mir. Aber ich hatte meine Volljährigkeit und etwas darüber hinaus abgewartet.

Fühlte mich ein kleines bisschen unbesiegbar. Heute tat ich etwas, worüber mein Vater keine Kontrolle haben würde.

Charles seufzte hörbar.

»Nicht gerade klein, Dam.«

»Was? Hast du Angst?«

Er lachte. »Nein. Aber es ist dein erstes, Junge.«

»Ein Junge bin ich schon lange nicht mehr.«

Entschlossen stand ich auf, nahm Ivy den Entwurf ab.

»Wohin, Damian?« Sie war bereits in ihrem Element.

Kurz betrachtete ich das Meisterwerk aus Buchstaben und grafischen Linien. Die Geometrie, die dezente Symmetrie außerhalb der Worte sagte mir sofort zu. Dann legte ich die Folie zurück auf die Barfläche, zog mein Shirt aus. Drehte mich so, dass ich mit der rechten Hand auf meinen linken unteren Rücken Richtung Rippenbogen deuten konnte.

»Dorthin.«

»In Ordnung.«

»Warum genau die Stelle, Damian?«

»Weil es eine Verletzliche ist.« Etwas veränderte sich in Charles' Blick, aber er gab mir keine Antwort. Trank nur einen Schluck seines Wassers.

»Komm mit.« Ich folgte Ivy in einen der angrenzenden Räume.

»Leg dich bitte bäuchlings auf die Liege. Ich desinfiziere deine Wunschfläche, lege das Tattoo an, ziehe es ab. Dann schauen wir noch mal drüber. Passt das?«

»Ja, klar.«

Charles war mir wortlos gefolgt.

»Du kannst dich dorthin setzen.« Ivy deutete auf eine bequem aussehende Bank am anderen Ende des Zimmers.

»Welche Musik magst du?«

»Ist das wichtig?«

»Nein, Damian. Ich arbeite nur immer mit Musik und du kannst wählen, wenn du magst.«

»Komplett egal, Ivy.«

»Okay, dann kommt eine meiner Playlists. So und jetzt … ganz still halten.«

Ich nickte, atmete tief ein und aus. Ivy drückte den Entwurf ab. Zeigte ihn mir noch mal mit einem Spiegel. Ich bestätigte ihr mit einem knappen Nicken, dass alles in Ordnung war.

Sie startete mit ihrer Arbeit. Das leise Surren der Nadel erreichte mich dennoch tief, fundamental. Wie ein Aufschrei des engen Korsetts meines bisherigen Lebens. Diesen Schritt zu gehen, mich tätowieren zu lassen, war eine freie Entscheidung von mir. Es fühlte sich so unglaublich gut an.

Charles machte ein paar Bemerkungen, die mich kurz schmunzeln ließen, aber dann driftete ich weg. Der brennende Schmerz, den Ivys Maschine auslöste, war süchtig machend. Bald würde der Leitspruch unserer Familie auf meiner Haut verewigt sein.

Ich kostete diese kleine Revolution aus. Mein erstes Tattoo. Dafür verpasste mir mein Vater garantiert drei Wochen Sondertrainingseinheiten, um meine Disziplin positiv zu beeinflussen, aber dennoch konnte mir diesen Moment der Freiheit über mich selbst keiner nehmen. Es war herrlich.

Blinzelnd merkte ich, dass mich jemand ganz vorsichtig an der Schulter anstupste.

»Alles okay mit dir?« Victor sah besorgt aus.

Ich war durch den Spruch komplett in einer Erinnerung verschollen. Schwachmachende Gedanken, absurd.

»Ja, alles gut. Aber den brauche ich nicht.« Meine Finger hatten sich wieder auf die Scheide des Dolches gelegt, unbewusst, während meines Flashbacks. Ich zog meine Hand zurück, als hätte ich mich verbrannt. Das musste fremd auf Victor wirken, aber ich konnte nicht anders.

Trat durch die Tür und ließ Victor verdattert zurück. Woher sollte er auch wissen, dass es mich störte, dass Vater eines meiner Tattoos in den Dolch hatte ritzen lassen? Natürlich war es ein Leitspruch unserer Familie, aber es wieder direkt zu sehen, hatte einiges Altes in mir heraufbeschworen.

Sicher nur wieder seine verdrehte Art und Weise, mir zu zeigen, wo mein Platz war. Davon hatte ich genug.

»Bitte warte, Damian.«

»Warum?«

»Das ist ein ganz seltener Stahl. Bitte, nimm das an. *Verdammnis ist dunkel* ist ein Teil aus eurem Wappenspruch.«

»Ja, und?«

»Ich würde mich über so ein Geschenk freuen.«

»Dann nimm ihn, Victor.«

»Nein. Er ist für dich. Aber … darf ich deinen alten haben?« Ich verdrehte die Augen.

Kehrte wieder um und Victor strahlte wie ein Honigkuchenpferd.

Dort auf dem Tisch lag immer noch der vermaledeite Dolch.

Was für ein Schrott.

Aber ich durfte nicht so impulsiv handeln, es war wichtig, Vater ruhigzustellen, um meine Zeit mit Coralie genießen zu können.

»Okay, für dich.«

»Wirklich? Wow. Du glaubst gar nicht, wie genial das ist.« Ich nahm den Dolch aus seiner Halterung und legte ihn auf den Tisch. Dann hob ich das neue Meisterwerk meines Vaters aus dem Samtbezug. Wahnsinn. Es fühlte sich wirklich leicht an. Leicht und tödlich.

Ich schob es in die Scheide und merkte nicht mal das Gewicht. Irre. Aber ich durfte mich nicht davon hinreißen lassen. Es war wichtig, Abstand zum Rat zu haben, Abstand zu meinem Vater. Nur so konnte ich klar denken.

Victor strahlte immer noch.

»Ein Dolch aus der Familie Harcourt. Mega.«

Damit brachte er sogar mich zum Lächeln. Er war noch so voller Enthusiasmus und hatte sein Herz dem Rat verschrieben. Beneidenswert.

»Hast du Zeit, Victor?«

»Ja, klar. Was liegt noch an?«

»Führ mich rum. Ich war lange nicht hier.«

Begeistert sprang er auf. Konnte ein Grinsen noch breiter werden? Er fuhr sich nervös durch seine kurzen, brünetten Locken.

»Ja, ja. Sehr gern. Ich stell dich allen Neuen vor. Genial.

Nein, was heißt genial. Es ist unfassbar. Die werden Augen machen.«

Und so trat ich ergeben meinen Tag bei den *gladius lilium* an. War ich ihnen etwas schuldig? Nein. Aber sie würden Ruhe geben, wenn ich mich blicken ließ. Mein Vater ebenso. Und genau nach dieser Stille sehnte sich mein Inneres.

Victor ging deutlich selbstbewusster als gerade noch vor mir her. Er blühte regelrecht auf. Wir liefen durch den Speisesaal, die Trainingshalle, die Schulungsräume. Hier hatte ich nichts vermisst. Dessen war ich mir bewusst. Der Rat war für mich eine verstaubte, veraltete Organisation. Zwar musste ich zugeben, in der Sache mit Coralie hatte es meiner eigenen Sache gedient, aber das waren sie mir für die harte Ausbildung, die hinter mir lag, auch schuldig.

Einige bekannte Gesichter begegneten uns, wir führten oberflächlichen Smalltalk.

Viele *protectoren* beherbergte Vincennes nicht, es durften schließlich immer nur Mitglieder aus den Familien, die der alte Ludwig berufen hatte, in diesen elitären Kreis eintreten. Vorwiegend Söhne. Ganz selten, dass Mädchen aus unseren Blutslinien zum Rat kamen, und wenn, dann meist für verwaltungstechnische Aufgaben. Und Schützlinge, Erben, deren Eltern dem Erstgeborenen als Sohn immer die Ausbildung an der Seite der *protectoren* zu Teil werden ließen. Wie ein alter, kurioser Brauch. Für mich auch wieder ein Widerspruch. Männliche Erben durften Kampftechniken erlernen, die Riten und Bräuche. Mädchen waren davon ausgeschlossen. Da galt der Leitsatz, dass wir für sie eintraten. Ausnahmslos. Manches gehörte in dem Verein definitiv generalüberholt.

Mir war bewusst, dass alles, was ich mit Coralie machte, jede Trainingseinheit, unter Strafe stand, aber was sie nicht wussten, konnte sie nicht aufheizen. Charles dachte wie ich, das schützte meinen Bereich in Marigny.

Über das Begehren, das sie in mir auslöste, wollte ich gar nicht erst anfangen nachzudenken. Das war für den verstaubten Kasten hier noch schlimmer als Training.

»Damian? Was für ein schöner Zufall.«

Meine Gedanken verebbten bei ihrer Stimme sofort.

»Willkommen zu Hause, mein Sohn.«

Victor machte Riesenaugen wie ein Groupie.

»Das ist nicht mein Zuhause, Camille.«

»Madame Harcourt. Ich darf Damian alle Neuerungen zeigen, er war lange nicht …«

»Ja, ich weiß, viel zu lange. Danke, Victor. Ich übernehme ab hier.« Der kleine Waffenmeister sah kurz geknickt aus, aber da er meine Mutter anscheinend anbetete, klopfte er mich an der Schulter ab, murmelte etwas von, es sei ihm eine Ehre und bis später, dann trollte er sich.

Camilles Augen strahlten. Sie erinnerten mich an meine. Sturmgrau. Fast silberfarbene Iriden. Sie war wirklich glücklich, mich zu sehen. Es schmerzte ein bisschen, dass ich ihre Gefühle so gar nicht erwidern konnte, aber sie war selbst schuld. Es reichte nicht, ein Kind zu gebären und es dann zu vergessen. In meinen Augen hatte sie als meine Mutter noch mehr versagt als mein Vater. Sie trug große Schuld an meiner Vergangenheit. Grundsätzlich dachte ich, ich hätte damit abgeschlossen, wir sahen uns normalerweise maximal einmal im Jahr, sogar bei Daniels Party in Miravallet war ich einem Gespräch mit ihr erfolgreich entgangen. Aber jetzt stand sie vor mir. Sie strotzte nur so vor Tatendrang und dem Hauch von Egoismus, der ihr immer anhaftete.

Eine bildschöne Frau, niemand würde ihr wahres Alter vermuten. Sie hatte gute Gene. Sie trug ein cremefarbenes enges Business-Kleid. Dazu einen schwarzen Gürtel aus Leder mit Fransen an einer Seite. Sie war so durchtrainiert, ihr Körper zeugte von viel Fitness. Bloß niemals altern, das war ihr Leitsatz.

Für ihre achtundvierzig Jahre war sie wirklich attraktiv, das musste man ihr lassen.

Das hüftlange dunkelbraune Haar zu einem akkuraten Zopf geflochten, dezentes Make-up, kaum Schmuck, aber der dafür garantiert echt und teuer, das war meine Mutter.

Sie machte Anstalten, ihre perfekt manikürte rechte Hand mit dunkelroten Nägeln nach mir auszustrecken.

»Fass mich nicht an.«

Sofort ließ sie ihre Hand wieder sinken.

Für einen Sekundenbruchteil entglitt ihr die sorgsam gehütete Maske, aber sie fing sich sofort wieder. Ein Profi eben.

»Erzähl mir doch von Marigny, was passiert alles bei euch? Du lädst mich nie ein. Fühlt sich die kleine de Sauvigny wohl? Wie geht es Charles?«

»Erspar uns den weiteren Smalltalk. Sag mir, was du willst, dann bin ich weg.«

»Damian!«

»Was?«

Wir standen auf der Empore von den Schulungsräumen, sie führte direkt in die Aufenthaltsräume. Zur Erleichterung von Camille war niemand anwesend.

Immer Show, stets Perfektion.

»Nun gut, ich sehe, du bist beschäftigt. Bleibst du länger?«

»Niemals.«

Damit ging ich einfach an ihr vorbei. Wir hatten uns wenig zu sagen, das würde sich nie ändern. Man konnte nicht nach dreißig Jahren anfangen, Mutter zu spielen, so lief das nicht.

Das zwischen uns war zerbrochen, würde sich nie mehr kitten lassen.

Sie hatte mich mit Victor gestört. Schnellen Schrittes ging ich die Treppen runter, raus durch die weiten Räumlichkeiten Richtung Waffenkammer. Lieber verbrachte ich die Stunden mit dem jungen de la Motte.

27

Coralie

(Schloss Marigny, an der Grenze zu Paris)
… Gegenwart …

Gestern Abend war ich allein eingeschlafen. Hatte den Hubschrauber nicht mehr gehört, der Damian wieder zu mir brachte, so erledigt war ich gewesen von meinem Tag mit Charles. Und heute hatte er sich in seinem Büro verschanzt, mir war langweilig gewesen, am späten Nachmittag hatte er nachgegeben und versprochen, wir würden trainieren.

Jetzt war alles wieder so, als wäre er nie fortgewesen. Er jagte mich seit einer gefühlten Ewigkeit durch seine Kathedrale.

»Du bist ein Sklavenmeister. Ein wahrer König des Folterns«, fauchte ich. Ein Lächeln umspielte seine Lippen. »Oh, kleine Eislilie, du hast ja keine Ahnung.« Frustriert stand ich ihm gegenüber. Jeden Tag trainierten wir in seinem hauseigenen Sportstudio, das gehörte dazu, aber mir war nach etwas anderem. Grundsätzlich hatte ich nur seine Nähe gesucht und deshalb um Training gebeten.

»Das sind sicher schon zwei Stunden. Ich meine, ehrlich, ich hab genug. Gestern war ich auch fleißig.« Seufzend strich ich mir den Schweiß vom Kinn.

»Hast du deine Eltern gestern angerufen?« Ich nickte. »War aber ein kurzes Gespräch, wir finden gerade schlecht zueinander. Sie waren zufrieden, als ich ihnen von Charles erzählte und dass du fort seist, in der Zentrale des Rats gebraucht wirst. Charles mag jeder.« Er nickte, aber gleichzeitig legte sich ein Schatten über seinen Blick.

»Noch eine Runde.« Ich verdrehte meine Augen, er war so herrisch, bestimmend.

Da sauste der Stock von ihm direkt an meinem Ohr vorbei. Wirklich mehr aus Zufall oder Reflex blockte ich perfekt ab.

»Sehr gut, Coralie.« Wow, ein Lob.

Doch er holte schon wieder aus und den nächsten Hieb konnte ich nur knapp parieren.

Im selben Augenblick fegte er den Stock beiseite, entwaffnete mich mit seinem anderen Arm, auch mein Holzstab flog in weitem Bogen scheppernd zu Boden.

Noch eine Drehung, eine Wendung, die ich so nicht vorausahnen konnte. Wenn er wirklich ernst machte, war ich unterlegen. Und ich fand mich einen Herzschlag später mit ihm am Boden wieder, er hielt mein Genick fest im Griff.

»Das wär es, Coralie. Vorbei. Schachmatt. Deine Abwehr muss besser werden.«

Keuchend schlug ich ihm auf den Arm, mit dem er mich in seinem Schraubstock hielt. Sofort lockerte er.

»Du machst das jahrelang, Angeber. Ich erst seit drei Wochen.«

»Du hast keine Jahre dafür, kleine Eislilie. Dein Entführer kann dir jeden Tag begegnen, solang der Rat ihn nicht dingfest gemacht hat.«

»Und was, wenn er gar kein Kämpfer ist, sondern ein … keine Ahnung, ein Nerd?«

Das brachte ihn zum Lachen.

Er erhob sich. »Gestern erst hab ich einen Nerd kennengelernt, wie er im Buche steht. Aber auch vor so einem Gegner musst du dich in Acht nehmen. Okay?«

Wieder schüttelte ich den Kopf und verdrehte meine Augen.

»Gehen wir boxen.«

»Ich mag aber nicht mehr.«

»Quatsch, das schaffst du noch.«

»Belohnung?«

Noch mal schenkte er mir sein Lachen. Das Geräusch rann kribbelnd meinen Rücken hinab.

»Ah, so ist das bei dir. Wie wäre es mit Schwimmen?«

»Nackt?«

»Du bist heute wirklich sehr lustig, Coralie.«

Wie automatisiert bandagierte er meine Hände.

»Wirklich? Auch noch gegen den Boxsack?«

»Natürlich.«

Das würde ein langer Tag werden. Aus irgendeinem Grund vermied er es, mit mir allein zu sein außerhalb seiner Trainingshalle.

Aber das würde er nicht hinbekommen. Ich sehnte mich nach ihm und würde mir holen, was ich wollte.

Das Wasser war unerwartet angenehm warm, ich hatte mit einer Abkühlung gerechnet, aber dieser Pool war beheizt.

Ein paar Sekunden gab ich mich der Schwerelosigkeit des Wassers hin, genoss es, so zu fühlen. Eine sehr angenehme, beruhigende Empfindung. Dazu war ich nackt, eine sehr ursprüngliche Erfahrung und ich kostete jeden Herzschlag unter Wasser aus.

Dann blickte ich aus dem Pool nach oben, entschied mich aufzutauchen. Niemand war im Becken. Nur ich. Wo blieb Damian?

Nach dem Training hatte er mir versprochen, wir würden schwimmen gehen. Ich hatte in einem Anflug von Spontaneität einfach die Kapelle verlassen, war rundum zum Schwimmbecken gelaufen. Hatte im Gehen meine Kleidung Stück für Stück abgelegt.

Ich tauchte langsam auf. Ich liebte Wasser, egal ob in einem Pool oder im Meer. Es war eines meiner Elemente, mit denen ich mich am meisten verbinden konnte. Ich fühlte mich darin so geborgen und beschützt wie in seinen Armen.

Im Vergleich zum beheizten Becken umfing mich die kühlere Nachtluft mit einem kribbelnden Aufwacheffekt. Ich atmete tief ein. Ließ mich wieder in die warme Zuflucht des Wassers sinken. Blinzelte.

Damian stand am Beckenrand.

»Komm doch zu mir.« Er schenkte mir sein schönstes Lächeln, wie zuvor im Trainingsraum, und zog sich aus. Als er die Shorts von seiner Hüfte schob, konnte ich nicht anders, als ihn einfach anzusehen.

Wortlos betrachteten wir uns, dann sprang er in den Pool. Zog eine Bahn unter Wasser, tauchte auf und schwamm zu mir.

»Warum hast du mir nicht gesagt, dass dein Pool beheizt ist? So ein Luxus.« Ich wollte ihn necken, aber er schwieg weiterhin. Kam direkt zu mir. Wasserperlen tropften aus seinen Haaren, veredelten im Schein der Poolbeleuchtung seine ganze Erscheinung. Worte waren nicht notwendig.

Das hier schickte sich an, tiefer zu gehen, und wir spürten es beide.

Aus anfänglicher Begierde, vielleicht sogar Verliebtheit, entstand Liebe.

Hier in dieser Nacht in dem Pool, den ich seit Wochen betrachtete, mir vorstellte, darin zu schwimmen. Es aber immer vermieden hatte, da ich nicht allein reingehen wollte. Genau in diesem Becken erlebte ich die Geburtsstunde eines Artefakts, eines Schatzes, eines Mythos. Liebe. So pur zwischen uns. So intensiv.

Über uns ein unerwartet gut sichtbares Sternenfirmament. Nicht in jeder Nacht war das so nahe an Paris gegeben. Eher eine Seltenheit. Etwas Kostbares.

So wie dieser Augenblick zwischen uns.

»Liebe mich.« Mehr brachte ich nicht hervor, klammerte mich an ihm fest.

»Gott, Coralie.« Damian spürte auch diese Energie zwischen uns, da war ich mir sicher.

Als sich unsere Lippen trafen … dieser Kuss war so episch, so allumfassend, fast wäre ich in Tränen ausgebrochen. Er schmeckte leicht salzig, das Poolwasser erinnerte ans Meer.

Das Wasser umgab uns wie eine sanfte zusätzliche Umarmung. Ich hielt mich an seinem Nacken fest, umschlang ihn an der Hüfte mit meinen Beinen. Bewegte mich lasziv auf ihm.

Unser Kuss wurde heftiger, fesselnder. Entflammte uns. Lust spülte über mich hinweg, als ich seine Härte an meiner empfindsamen Mitte spürte. Es bedurfte keiner weiteren Worte. Ich war mehr als bereit, mich mit ihm zu verlieren.

Mit diesem Moment überschritten wir eine weitere Linie. Ich schenkte Damian nicht nur meinen Körper, sondern auch bedingungslos meine Seele. Diese Verbindung in jenem Augenblick würde uns unauslöschlich für immer verändern. Er gab mir im Gegenzug sein Herz. Es war körperlich wahrnehmbar. Ich spürte es so unfassbar intensiv. Ganz langsam ließ ich mich auf ihn sinken, kostete jede Sekunde aus. Millimeter für Millimeter glitt er in mich. Dehnte meine engen Wände.

Als er bis zum Anschlag in mir war, verharrte, blickte ich hinauf in den nächtlichen Sternenhimmel. So unsagbar weitgreifend. Für mich fühlte es sich an, als würden wir auf ewig unsere Seelen miteinander verbinden.

Damian küsste meinen Brustansatz, meinen Hals. Saugte sich fest. Ich gab mich ihm hin, ließ diesen kleinen Schmerz zu. Morgen würde ich erneut sein Zeichen tragen, jeder sollte wissen, dass ich ihm gehörte. Ganz und gar.

Mit jedem sanften, aber tiefen Stoß kickte er mich höher. Genießerisch schloss ich die Augen. Lehnte mich entspannt im warmen Wasser zurück. Ich wusste, er würde mich halten, für immer und darüber hinaus. Mein *protector*. Aber er war mehr als das.

Ich war dankbar, dass mein Urahn ihn dazu verdonnert hatte, auf mich zu achten. Er war das Beste, was mir je passiert war. Damian hatte mir gezeigt, was es bedeutete, zu lieben. Bedingungslos.

Aus einem Impuls krallte ich mich wieder an ihm fest, umspannte seinen Nacken, strich an seinem Rücken unter Wasser entlang. Küsste ihn. Mehr.

Geheimnisse, Lügen, Ausflüchte. Alles relativierte sich. Mit jedem Stoß kam ich einer Erlösung näher. Mehr existierte nicht für mich, hier bei ihm.

Damian war einfach alles für mich. Ich spürte, wie sich mein Höhepunkt anbahnte, schaltete den letzten Rest meines Verstandes ab, blickte in seine Augen. »Sieh mich an.« Dieser Befehl war mir einfach über die Lippen gekommen.

Und Damian tat, worum ich in meinem winzigen Königreich bat, beziehungsweise worüber ich herrschte. Sein Blick fand meinen.

Oh Gott, das gab mir den letzten notwendigen Kick. Das Sturmgrau. Es zeigte mir alle Nuancen. die diese Farbe aufweisen konnte. Splitterte exakt in dem Moment, als wir beide den Höhepunkt erreichten, in unzählige Bruchstücke.

Ich sah mich durch ihn wie durch zwei Spiegel, zerbarst und war so dankbar wie für das Geschenk des Lebens, als er mich auffing, meine imaginären Schwingen glättete, die mich im Flug, im Fall vor dem Aufprall bewahrten. Großer Gott. Das war der heftigste Orgasmus meines bisherigen Lebens.

Damian erging es wohl ähnlich. Er hielt mich, verzweifelt, pumpte noch einmal in mich, dann spürte ich, wie er seinen heißen Samen in mir verströmte. Es war so schön, unbeschreiblich. Wir wurden eins. Eine Einheit. Unzertrennlich.

Seine Hände an meinem Rücken. Er hielt mich fest, strich dabei behutsam auf und ab. Als würde er wirklich Flügel beruhigen. Mich in die Gegenwart zurückholen.

»Ich liebe dich.« Drei simple Worte. Sie kamen einfach über meine Lippen, unüberlegt, aus dem Moment heraus.

Damian hielt meinem Blick stand. Küsste mich.

Kurz glaubte ich, er würde nichts erwidern. Aber dann …

»Ein Einfaches *Ich liebe dich* wird, an dich gerichtet, meine kleine Eislilie, niemals all den Gefühlen gerecht. Du bist mehr. als ich mir je erträumt oder vorgestellt habe. Du bist mein Alles. Ich weiß nicht, wie ich ohne dich existieren konnte. Jeder Tag ist wertlos, wenn ich nicht bei dir bin.« Noch ein Kuss.

Großer Gott. Er war noch immer in mir. Pulsierte sanft nach. Mein Körper war nicht bereit, sich von ihm zu trennen.

»Wir … sind sicher schon ganz schrumpelig.« Lachend startete ich einen sinnbefreiten Versuch, diesem zu einnehmenden Moment die Tiefe zu nehmen, einfach weil es mich überforderte. War dieses Ausmaß an Liebe, diese Überdosis an Hingabe überhaupt möglich?

Aber warum wollte ich aus dem Moment? Ein weiterer Blick in sein Grau, in all die Facetten, die er mir bot. Und ich schwieg. Küsste ihn hungrig. All in, Monsieur Harcourt.

Damian keuchte. Ich war mir sicher, er empfand genauso.

»Lass uns ins Schlafzimmer gehen.« Zwischen zwei Küssen brachte ich es irgendwie raus. Mehr, ich wollte mehr heute Nacht. Schaltete die rationalen, vernünftigen Anteile meines Verstandes aus.

28

Damian

(Schloss Marigny, an der Grenze zu Paris)
… Gegenwart …

Sanft bettete ich sie in meine Laken. Coralie weckte die tiefsten, verborgensten und schönsten Sehnsüchte in mir. Nie würde ich dieser Kombination, die sie mit jedem Herzschlag ausstrahlte, widerstehen können. Auch nicht wollen.

Dafür riefen sich unsere Seelen zu drängend. Das zwischen uns ging weit über körperliche Bedürfnisse hinaus. Es war in den Fundamenten unserer Existenz verankert. Sie und ich. Bestimmt, füreinander zu leben.

Sanft küsste ich die letzten feuchten Tropfen auf ihrer Haut fort. Leckte über ihre Beine, arbeitete mich höher. Ihr Geschmack flutete meine Nervenenden. Kickte mich höher. Ich setzte weitere Küsse auf ihren makellosen Körper. Ließ sie dabei keine Sekunde aus den Augen.

Ihr Blick war so heiß. Die grünen Iriden ein Meer aus Fragmenten. Wie viele Farben konnte Grün beinhalten? Würde mich jemand fragen, welche Augenfarbe Coralie hätte, ich würde antworten, alle Grünnuancen des Regenbogens. Jede Abweichung des Lichts spiegelte sich darin.

»Dreh dich auf den Bauch.« Sie tat sofort, worum ich sie gebeten hatte. So viel Vertrauen. Verdiente ich das?

Coralie war devot, auch das sprach meine niederen Instinkte an, sie war sich dessen nur noch nicht bewusst. Aber meine Finsternis freute sich jedes Mal, wenn sie sofort Anweisungen annahm, mir keinen Widerstand bot. Sie war unfassbar schön als mein Gegenstück.

Vorsichtig beugte ich mich über sie, stützte mich mit dem linken Arm über ihr ab, während meine rechte Hand direkt zwischen ihre Beine griff. Sich Zugang verschaffte. Ihre Oberschenkel waren klitschnass und als ich direkt mit zwei Fingern in sie eindrang, in ihre enge Mitte, saugte mich ihr Körper hungrig ein.

Coralie war auf allen vieren gewesen, doch durch meine Liebkosung wurde sie schwach. Sie legte ihren Oberkörper in den Kissen ab, stöhnte leise. Ein zartes Beben ging durch mein Fingern von ihrer Mitte aus, überzog ihren Körper mit feinster Gänsehaut. Dieser Anblick, wie sie bäuchlings in meinem Bett lag, den Po in die Höhe gestreckt, ihre dunkle Haarpracht wild um sie ausgebreitet, war perfekt. Von ihrem Gesicht sah ich nur eine Seite. Eine zarte Röte überzog ihre Wange. Sie reagierte so empfindsam und herrlich intensiv auf jede Berührung, die ich ihr schenkte.

Langsam erhöhte ich den Druck, mit dem ich sie streichelte, drehte meine Finger, fand den kleinen rauen Punkt in ihr. Coralie reagierte darauf, indem sie zwar kaum einen Laut von sich gab, aber ihre Finger sich so fest in meine Laken krallten, dass die Knöchel weiß hervortraten.

»Lass los, Coralie. Komm einfach.«

Ich veränderte meine Position, saß direkt hinter ihr, nahm meine zweite Hand, strich damit über ihren Venushügel, suchte ihre Perle. Allein dieses federleichte Streichen über ihre Klit ließ sie weiter beben. Da konnte ich nicht länger widerstehen, sie war so kurz davor und ich wollte diesen Moment in ihr.

Ich zog meine Finger zurück, positionierte mich hinter ihr, hielt sie an der Hüfte. Meine Hände glänzten nass von ihrer Feuchtigkeit. Allein dieser Anblick hätte gereicht, um mich kommen zu lassen, aber ich wollte mich in ihr verlieren. Als hätten wir uns nicht gerade erst geliebt.

Mein Schwanz schmerzte bereits, ich hatte ihm wenig Aufmerksamkeit geschenkt, all meine Gedanken hatten dem Engel in meinem Bett gegolten. Weil ich nicht genug von ihr bekommen konnte.

Coralie stöhnte noch mal, es war ein eher frustrierter Laut, ich konnte mir ein Schmunzeln nicht verkneifen. Immerhin hatte ich Sekunden vor ihrem Orgasmus einfach aufgehört, mich um sie zu kümmern.

»Bitte.« Dieses simple Wort killte meine Vorsätze, sanft, ruhig, zuvorkommend zu sein. Ihre Sehnsucht erfüllte mich.

Ich ließ der Leidenschaft, dem Verlangen freien Lauf. Gönnte mir noch kurz ihren Anblick, dann drang ich in tiefen, schnellen Stößen in sie ein. Es war mit nichts vergleichbar, wenn ich sie vögelte. Sie umschloss mich nicht nur fest, sondern gleichzeitig weich und vollkommen. Wieder überkam mich das berauschende Gefühl, allem nachzugeben. Sie zu ficken, bis sie sich komplett in meinem Sog verlor.

Genießerisch schloss ich meine Augen, meine Oberarmmuskeln spannten sich an, ich bewegte mich langsam in Coralie, gleichzeitig zog ich bei jedem Stoß ihr Becken an mich. Es war verdammt gut. Fantastischer Sex. Schon nach wenigen Minuten krampften Coralies innere Muskeln um mich. Aber ich schenkte ihr keine Zeit für diesen Höhepunkt, sondern drückte mich weiter, tiefer, hungriger in sie. Die Reibung, die dabei zwischen uns und unseren Körpern entstand, war wie eine flüssige Droge, nur besser. Coralie benetzte mich mit einem Schwall aus Feuchtigkeit. Sie hielt nicht inne, sondern kam mir in diesen Sekunden entgegen. Ich beruhigte meine Bewegungen, genoss es, dass sie sich regelrecht an mich presste, das Tempo vorgeben wollte, sich von selbst das nahm, was sie in dem Augenblick brauchte.

Es machte mich irrsinnig an, dass sie nicht stoppte oder sich vorsichtiger verhielt, wenn ihr weicher Muttermund auf meine Eichel traf, ich sie damit extrem tief berührte. Sie genoss das. Mehr als devot, sie stand auf härteren Sex und wurde sich dessen wohl zum ersten Mal bewusst. Aber genau dafür war ich da, ich würde ihr alles geben, was sie begehrte.

Coralie kam noch mal. Das war selbst für mich zu viel und ich folgte ihr, erlebte einen extrem intensiven Höhepunkt. Ergoss mein Sperma so heftig in ihr, als wäre es nicht bereits die zweite Runde in dieser Nacht.

Trotz unserer Nähe war sie mir in den Kissen zu weit weg.

Ich griff mit den Händen von ihrer Hüfte zu ihrem Oberkörper, holte sie zu mir. Setzte mich kniend auf meinen Fersen ab und stützte sie direkt vor meinem Oberkörper eng umschlungen an mir ab.

Mit einer Hand strich ich zärtlich über ihre harten Knospen, ihre Brustspitzen. Mit der anderen hielt ich sie am Solarplexus einfach nur fest, während ich noch mal in Coralies Mitte drückte, meine letzte Erregung mit ihr vermischte. Für immer, das hier war für die Ewigkeit.

Lange blieben wir in dieser Umarmung. Erst als sie wirklich weich wurde in meinen Armen, mein Schwanz aus ihr glitt, sie ihren Kopf an meinem rechten Schlüsselbein ablegte, erst dann kamen wir wirklich wieder in der Realität an.

»Jedes Mal, wenn wir miteinander schlafen, sehe ich Feuerfunken, wenn ich die Augen schließe. Manchmal auch Umrisse von Blumen. Ich glaube, in mir ist etwas kaputt.« Sie seufzte dabei, ihre Stimme war ganz rau, belegt von den letzten Orgasmen, die sie erlebt hatte.

Diese Aussage erreichte mich fundamental. Irgendwie fügte sich noch ein Puzzlestück zusammen. Wo war diese Frau gewesen?

»Lass uns duschen gehen, kleine Feuerlilie.« Bei meinem Kosenamen für sie, den ich an ihr Ohr hauchte, bildete sich wieder zarte Gänsehaut an ihrem Hals.

Sie nickte. Wir wühlten uns aus dem Bett, aus den Laken. Ich hob sie hoch.

»Äh, ich kann selbst gehen.«

»Ja, das weiß ich, aber ich trag dich gern.« Instinktiv küsste ich sie auf den Scheitel, sie barg ihren Kopf an meiner Brust. Meine wunderschöne Lilie.

Die Tür zum Badezimmer stand offen, machte es mir einfacher. Das Licht ging an, als wir es betraten, ich stellte sie vor der Dusche wieder ab.

Sie sah herrlich durchgefickt aus. Verstrubbelte Haare, leicht gerötete Haut, brennender und gleichzeitig verhangener Blick. Meine Lust flackerte unaufhaltsam wieder auf.

Würde es je genug sein?

Nicht an morgen denken.

Wir gingen gemeinsam in den großen, gläsernen Duschbereich. Das warme Wasser prasselte perfekt temperiert auf uns nieder.

»Möchtest du auch schon wieder?« Es fiel ihr schwer zu sprechen, aber sie konnte nicht anders. Mit diesen fünf Worten, die sie flüsterte, entflammte sie meinen Hunger erneut.

War es die Mischung aus Unschuld und Verdorbenheit, die mich so an dieses Mädchen fesselte?

Mit ihrer nächsten Reaktion brachte sie mich fast an meine Grenzen, denn während ich mich wirklich einfach nur waschen wollte, um uns zur Ruhe zu bringen, tat sie etwas, das ich so nie von ihr erwartet hätte.

Meine kleine Eislilie ging vor mir auf die Knie. Das bedeutete meinen Untergang. Denn nichts ersehnte ich mehr, als mich endlich in ihren süßen, jungfräulichen Mund zu schieben, aber ich hätte es nie eingefordert. Wollte ihr all die Zeit geben, sich an mich zu gewöhnen oder allgemein an das Ausleben der Lust. Sie dämpfte das Gedankenkarussell in mir.

Nahm meinen halberigierten Penis in ihre Hände, sah mich kurz von unten herauf an. Dann leckte sie mit ihrer Zunge über meine komplette Länge. Spielte, neckte mich an meiner sensiblen Spitze. Innerhalb von Sekunden sackte mein ganzes Blut in diese Region.

Ich musste Halt finden, nahm ihren Kopf, ihre Haare, drehte mir die nassen, dunklen Strähnen um meine rechte Hand, stützte mich mit der linken mehr schlecht als recht an einer Glaswand der Dusche ab.

Das Wasser prasselte weiterhin auf uns herab. Wärme, Nässe. Ich verlor mich. Erlebte durch Coralie Momente, die ich so nie für möglich gehalten hatte.

Als ihr bewusst wurde, welche immense Wirkung sie auf mich hatte, wurde sie mutiger. Nahm meine ganze Länge in ihren verführerischen Mund auf und die bisher gelebte Realität erhielt nicht nur Risse, wir lösten uns darin in vollkommener Hingabe auf.

29
Coralie

(Schloss Marigny, an der Grenze zu Paris)
… Gegenwart …

Irgendwann, als die Nacht dem beginnenden Tag wich, wachte ich auf. Fand mich in Damians breitem Bett wieder. Mein Gott, was für eine Erfahrung lag hinter mir, die letzten Stunden. Vorsichtig löste ich mich aus seiner Umarmung. Er drehte sich dabei im Schlaf auf den Bauch, ich hatte ihn erschöpft. Aber er mich gleichermaßen.

Ich ließ die Nacht mit ihm in meinen Gedanken Revue passieren. Mir taten sämtliche Muskeln weh und als ich meine Beine anzog, spürte ich auch, dass ich dazwischen mehr als wund war. Aber auf eine unfassbar gute Weise. Ich fühlte mich geliebt, beschützt bei ihm und war stets hungrig nach mehr von dieser Ekstase.

Das Laken umschmeichelte meine noch immer erhitzte Haut. Durch die geöffneten, bodentiefen Fenster drang ganz langsam das erste Tageslicht in sein Schlafzimmer. Für einen Moment tappte ich barfuß auf die schmale Terrasse, die die gesamte südliche Hausmauer einnahm. Frisch war es, aber angenehm. Die feuchte Luft kühlte meine Hitze. Dann kehrte ich in sein Zimmer zurück.

Da Damian auf dem Bauch lag und so tief schlief, wie ich es noch nie zuvor bei ihm erlebt hatte, konnte ich zum ersten Mal in vollkommener Ruhe seine Tätowierungen ansehen.

Er zeigte sie mir nicht gern. Vom Hals abwärts bis zum Steiß war sein Rücken komplett bemalt. Ein Kunstwerk aus Tinte. Beschrieben mit seinem Leben. Seinen Dämonen, seiner Vergangenheit. Ich schluckte. Kam mir ein wenig wie ein Spanner vor. Aber alles war für mich sichtbar, nur die letzten Zentimeter des Tintenmeers bedeckte ein Laken sittsam von seiner Hüfte nach unten.

Sollte ich ihn besser um Erlaubnis fragen? Es kam mir so intim vor.

Dabei verwarf ich den Gedanken gleich wieder, denn warum sollte das intimer sein als die Begierde, der wir immer wieder nachgaben, als wären wir Süchtige? Verrückt, ich suchte nach Antworten und irgendetwas sagte mir, dass ich sie auf seiner Haut finden würde.

Mir waren schon vorher die vielen Buchstaben aufgefallen, aber erst jetzt sprangen mir die Worte wirklich ins Auge. Latein. EGO SUM, QUI SUM stand zwischen seinen Schulterblättern, nicht groß und umgeben von filigranen Blüten und Ornamenten, die direkt in dunkleren Farbnuancen in feingearbeitete Federn übergingen. *Ich bin der, der ich bin.* Wehmut ergriff mich bei diesen Worten. PER ASPERA AD ASTRA, das war der nächste Schriftzug schräg über seinem rechten Rippenbogen. Den Ausdruck kannte ich nicht, astra waren Sterne, oder? Hm. Ich holte ganz leise mein neues Handy, setzte mich wieder aufs Bett und ließ das Internet für mich übersetzen. Das war laut Charles ja erlaubt, Recherche, ohne persönlich zu sein. *Durch das Raue zu den Sternen.* Kryptisch. Gleich etwas versetzt darunter stand in diesmal verschnörkelten Buchstaben VIVERE MILITARE EST – *zu leben, heißt zu kämpfen.* Latein war eine tote Sprache, man musste sich den sinnbildlichen Zusammenhang eher zusammenreimen, aber es berührte mich. Tief. Dann sah ich etwas, mitten über das Rückgrat, das relativ neu aussah. IDEM SANGVIS IDEM ANIMVS. Etwas mit Blut? Mein Handy übersetzte verlässlich. Mich fröstelte und Tränen traten mir dabei in die Augen. *Ein Blut, eine Seele.* Um die Buchstaben hatte er … origamimäßig, mir fiel kein passender Begriff für diese Kunst ein, einen modernen Stern in Linien legen lassen. Das Motiv verflocht sich fließend mit einem Wappen, das auf seiner linken Flanke in Höhe der Niere prangte. Das Wappen war das Einzige, dem ein bisschen Farbe außer Schwarz und Grau gegönnt war. Auch wenn es definitiv schlicht gehalten war. Rechts gab es auf tiefblauem Grund weiße Lilien, links auf grauem Hintergrund zwei kleine weiße Schwerter, die übereinander verkreuzt dargestellt waren, darunter einen weißen Wolf. Darüber ein weiterer Spruch. Ich musste mich nach vorn beugen um ihn lesen zu können, da er sich nach links Richtung seiner Rippen zog. EXITIO OBSCURA? Ich runzelte meine Stirn, das klang mehr wie ein Zauberspruch aus dem Film mit dem Zauberlehrling. *Verdammnis ist dunkel.* Überfordert legte ich mein Handy zur Seite. Blickte ein letztes Mal auf seinen Rücken, all diese Muster, Wörter, grafischen Linien. Meine Neugierde war mehr als angeheizt. Der Seelenspruch war das Letzte, das er sich hatte stechen lassen. War das vor oder nach mir gewesen? Nachdenklich biss ich mir auf die Unterlippe. Sein Spruch *ein Blut, eine Seele* ging mir direkt unter die Haut. Vorsichtig kuschelte ich mich wieder an ihn. Wir kannten uns erst seit drei Wochen. Es sah schon abgeheilt aus, nur einfach frischer als die anderen. Warum fühlte ich mich zu diesen Worten so hingezogen?

Damians angenehmer Duft hüllte mich ein, ich gab mich noch mal der Trägheit des Dämmerschlafs hin. Geborgen, beschützt. Das schönste Gefühl, das er mir schenkte. Seine Nähe.

»Guten Morgen.« Verschlafen lächelte ich Damian an. Er streichelte sanft mit seiner Hand über meinen nackten Rücken. Ich rutschte noch etwas näher an seine Brust.

»Können wir für immer in diesem Bett bleiben?«

»Ja, das wäre schön. Aber ich fürchte, ich muss deinen Traum zerstören.«

»Warum?«

Um ihn zu überzeugen, legte ich eins meiner Beine über seine, lag dadurch beinahe auf ihm.

»Heute möchte ich dir weitere Verteidigungstechniken zeigen.« Ach, da war er wieder, mein *protector*. »Okay, aber erst nach dem Frühstück.«

»Ja, nach dem Frühstück.« Er küsste mich auf die Stirn, dann entwand er sich mir, stand auf.

Ihn nackt vor mir zu sehen, auch wenn er mir seine Kehrseite präsentierte, ließ meine Sehnsucht sofort wieder aufflammen.

»Sehen wir uns dann in einer halben Stunde im Trainingsraum?« Er flüsterte die Worte mehr, als er sie sprach.

»Ja.« Damit stand auch ich auf, er wartete noch, bis ich mir einen seidenen Morgenmantel übergezogen hatte, dann öffnete ich die Tür zum Gang, verschwand aus seiner dunklen Welt.

Alles lag still vor mir, als ich den breiten Gang zu meinen Räumen durchquerte. Niemand begegnete mir.

Aber irgendwie wurde mir bewusst, dass Damian und ich nicht ewig in dieser kleinen Blase leben konnten, die Realität ignorierend. Etwas zog an meinem Glück, dieser Freiheit, diesem Neuen. Der Tag wäre nicht mehr fern, irgendwie war mir das unbewusst bewusst. Der Moment, an dem wir für das, was wir hier taten, Rechenschaft ablegen mussten.

Mir war nicht nach Duschen. Ich roch so gut nach uns und zuletzt hatten wir uns in der Dusche geliebt, ich war also definitiv sauber.

Es war, als würde ich mir ansonsten einen Teil von ihm abwaschen, der dadurch unumkehrbar verloren gehen würde. Lieber seinen Duft noch länger an mir haben.

Seufzend öffnete ich den bunten, seidenen Morgenmantel, hängte ihn im Kleiderzimmer an einen der dafür vorgesehen Haken, wählte aus den Kommoden Unterwäsche und Kleidung für den Tag. Sportsachen. Immerhin wollte er später mit mir meine Techniken im Nahkampf verbessern. So wählte ich lange Lauftights in Grau und ein simples Tanktop in Weiß. Darüber zog ich eine flauschige, rosafarbene Trainingsweste.

Meine Haare waren ein Nest, kurz lachte ich darüber, dann ging ich ins Bad, bändigte sie mit einem Entwirrspray, Bürste und als Finale einem Haargummi. Sah sogar ziemlich tadellos aus.

Noch bevor ich in der umgebauten Kapelle angekommen war, hörte ich laute, definitiv aufstachelnde Popmusik. Aus dem Saal? Ich legte die letzten Meter zurück, dann trat ich ein.

Charles und Damian lieferten sich ein kleines Battle. Hörten mich nicht. Ich lehnte mich in den Türrahmen. Es war herrlich, den beiden zuzusehen. Was für ein Spiel aus Technik, Kraft, Muskeln.

Natürlich hatten sie echte Schwerter, zumindest sahen sie ziemlich real aus. Klangen auch so, wenn sie aufeinandertrafen.

Beide trugen nur graue Tanktops und schwarze Trainingshosen. Dazu schwarze Schuhe, die ich schon öfters bewundert hatte, bessere Bodenhaftung als normale Hallenschuhe.

Ihre Kampfkunst war atemberaubend. Man sah das jahrelange harte Training. Sie schenkten sich nichts. Die Beats aus den Lautsprechern waren jetzt aggressiver, aber mir war der Song fremd. Hochkonzentriert lieferten sie sich ein Duell, das mich ab und an zusammenzucken ließ.

War das noch Training oder prügelten sie ernsthaft aufeinander ein?

Dann nutzte Damian den Augenblick aus, in dem Charles mich registrierte, es tat mir leid, als er auf die Matte knallte.

Meine Sinne nahmen mehrere Sachen gleichzeitig wahr. Als hätte jemand die Realität in Zeitlupe gesetzt. Mein Entsetzen über Charles' Fall, weil er für einen Wimpernschlag seine Aufmerksamkeit mir geschenkt hatte, Damians schadenfrohes Grinsen über diesen Schachzug, das spielte ihm in die Karten. Die Schwerter, die beide Männer fest umklammert hielten.

Damian hielt seins Charles an die Kehle, der wiederrum seines an Damians Achillessehne gelegt hatte.

»Seid ihr irre?« Mehr kam mir nicht über die Lippen. Ich lief auf sie zu, als wäre ich Schiedsrichterin oder Rachegöttin. Dazu bestimmt, sie aufzuhalten.

»Was hast du, kleine Eislilie? Das war nur unser Training.«

»Training? Das sah aus, als würdet ihr euch gegenseitig aufschlitzen wollen.«

»Von nichts kommt nichts, Coralie.« Charles sprang wie ein Ninja aus der liegenden Position auf. Ich sah ihn an, als wäre er ein Mutant, kein Kämpfer für das Gute.

»Hey, alles gut.« Damian kam zu mir, legte eine heiße Hand auf meine eiskalte Wange.

»Es war wirklich nur eine Übung.« Charles befahl der Musik, zu stoppen.

Aus einem Grund, den ich gar nicht näher benennen konnte, sammelten sich Tränen in meinen Augen.

»Hast du Angst gehabt um mich?« Fast klang Charles, als wollte er das ins Lächerliche ziehen, aber er wagte es nicht.

»Nein, keine Ahnung. Ich … Es wurde mir irgendwie …« Ich musste schniefen. Blöde Schwäche meiner Nerven, gerade in dem Moment.

»Mir wurde irgendwie klar, dass das alles wirklich kein Spiel ist. Ihr seid ausgebildete, echt brutale Kämpfer. Ich hab so etwas noch nie gesehen. Wenn ihr mit mir übt, trainiert, das ist ja Kindergarten gegen das, was ich gerade gesehen hab.«

Damian nahm mich vor Charles in seine Arme. Ich beruhigte mich wieder. Gott sei Dank. Das war peinlich.

Und dann küsste er mich. Zuerst küsste er die Tränen von meinen

Wangen, dann legten sich seine Lippen auf meinen Mund. Beruhigend, Trost spendend.

Ich zuckte unerwartet zurück, immerhin waren wir nicht allein. Und es war doch … verboten.

»Keine Sorge, ihr müsst euch nicht extra vor mir bemühen oder so. Gott gab mir Ohren.« Charles grinste, hob beide Schwerter auf und brachte sie in einen Nebenraum. Ich wusste, dass sie so etwas wie eine Waffenkammer besaßen. Vermutlich besser ausgestattet als ich bisher vermutet hatte.

»Wenn ihr mich sucht, ich bin kurz duschen und dann werde ich mich wieder um den Tag kümmern. Irgendwer muss das schließlich tun.« Er zwinkerte uns zu. Entschärfte seine Worte und offenbarte den eigentlichen Grund seines Rückzugs, er wollte uns Zweisamkeit schenken.

»Es tut mir leid. Ich wollte euch nicht unterbrechen.«

»Nein. Alles gut. Wirklich. Wir müssen dir mehr von unserer Welt zeigen. Wie sollst du sie sonst je komplett verstehen. Das habe ich versäumt. Du lenkst mich zu sehr ab.« Sein Lächeln war so schön. Sein halbes Kompliment an mich rührte ebenfalls eine Seite in mir, die ich so gar nicht kannte. Ich lenkte ihn also ab …

»Dann zeig mir gleich mal ein paar Moves, damit ich mich auch wirklich anständig verteidigen kann, wenn mir Gefahr droht. Das bisher war ja eher das Kinderprogramm.« Ich wischte mir mit dem Handrücken über meine Augen, dann trat ich auf die Matte.

Damian nickte, stellte sich mir gegenüber auf und so erhielt ich einen ganz anderen Unterricht. »Wir gehen mal ein Level höher, aber nicht die volle Schlagkraft.«

»Okay.« Damit musste ich mich wohl zufriedengeben. Er achtete auf mich, nicht dass er mir aus Versehen einen Knochen brechen oder ich mehr als einen blauen Fleck haben würde.

Ich genoss es, dass er mich wirklich ernst nahm. Mich nicht über die Maßen schonte oder glaubte, sich weitaus schwächer geben zu müssen, als er war, um mich nicht zu verschrecken. Denn ich war dem Wolf in ihm begegnet, live und in Farbe.

Seine Kampfseite, das Dunkle, das er verströmte, wenn ihn das Adrenalin flutete, ich hatte es gesehen, es hatte mich nicht abgestoßen, nur für einen flüchtigen Moment verunsichert. Jetzt hatte sich ein weiteres Puzzleteil eingefügt und ich würde stärker denn je aus unserer Verbindung herausgehen. Fühlte mich ebenbürtiger, bereit, ein ganzes Reich vernichten zu können. Dieser absurde Gedanke umspielte den gesamten Vormittag nicht nur meinen Geist, sondern auch meine Stimmung, die sich mit jedem Schlag, den ich abwehren konnte, weiter hob. Anders konnte ich mir diese neuen Gefühle nicht erklären, die mich umwarben und reizten. Als hätte Damian sie im Kampf wie eine unsichtbare Stoßwelle ausgesandt, um mich an sich zu binden. Ich verstand ihn. Es war aber mehr als Verständnis, einfach er und ich, für immer und darüber hinaus.

30

Coralie

(Schloss Marigny, an der Grenze zu Paris)
… Gegenwart …

An diesem Abend war Damian nicht zu mir gekommen und hatte mich auch nicht darum gebeten, die Nacht bei ihm zu verbringen. Ich war einsam, vermisste ihn, fand keinen Schlaf. Nicht mal ansatzweise. Dann hörte ich in der Stille, die über dem Anwesen lag, dass ein Wagen vorfuhr.

Zwei meiner Fenster lagen so, dass man, wenn es vollkommen ruhig war, die Geräusche der Kiesauffahrt nicht ignorieren konnte. Zuerst lauschte ich auf weitere Töne aus dem Haus. Aber alles blieb friedlich. Hatten es sich meine übermüdeten Synapsen nur eingebildet? Nein. Irgendwas war anders.

Ruhelos warf ich mich noch wenige Minuten im Bett hin und her, aber da war etwas. Ich spürte es.

Schließlich gab ich meiner Neugierde nach. Schnappte mir meinen Morgenmantel, den ich so gern trug. Verließ mein Zimmer. Leise tappte ich barfuß den Gang entlang, näherte mich der oberen Galerie. Ich hatte mich nicht getäuscht. Versteckte mich in den Schatten der Nacht.

Damian empfing Besuch. Und zu meinem Entsetzen kannte ich beide Stimmen. Mein Puls beschleunigte sich. Es war niemand Geringeres als mein Vater.

Unbewusst zitterten meine Hände und meine Zähne schlugen unaufhaltsam aufeinander. Eine Kälte, für die mir die Worte fehlten, umfasste mein Herz.

»… es stand dir nicht zu, Damian.«

»Coralie ist erwachsen und kann ihre eigenen Entscheidungen treffen.«

»Ich berufe mich auf deinen Einsatz als *protector* und der verbietet dir so eine Liaïson. Der Rat und dein Vater wurden bereits informiert, du …«

Einen Teil des Gesprächs verstand ich nicht.

»… wer hat es euch zukommen lassen?« Seine Worte waren wie ein eisiges Schwert.

»Ist das von Belang? Dein Vater hat seine Augen und Ohren überall. Er meinte, er hätte es geahnt, aber an dein Verantwortungsbewusstsein appelliert. Leugnest du es?«

Eine Pause trat ein. Keiner sprach ein Wort.

»Verstehe.«

»Was willst du verstehen, Harcourt? Ich frage dich, ob du es leugnest. Hast du meine Tochter entehrt?«

Furchtbar, Papa sprach, als würden wir im Mittelalter leben. Entehrt. Pah.

»Entehrt? In welchem Jahrhundert lebst du, Armand?« Damian klang, als würde er sich über ihn lustig machen. Mich schauderte.

»Nein. Ich hab sie nicht entehrt. Ich habe sie geliebt, ich liebe sie immer noch. Und werde sie für immer lieben, nicht nur körperlich. Sie ist eine wunderbare Frau.«

Mein Vater fluchte, bedachte ihn mit Schimpfworten, die ich nicht mal in den Mund nehmen würde, wenn es um Leben und Tod ging. Wobei *Hurensohn* noch das netteste darunter war.

Ich hielt vor Entsetzen die Luft an. Verbarg mich hinter den breiten Säulen.

»… dann wäre alles gesagt. Du hast Zeit bis morgen um zehn Uhr. Und Gnade dir Gott, wenn du …« Mein Vater hatte noch nie so entschlossen geklungen.

Damians Antwort kam ebenfalls nur verzerrt bei mir an. Ich stand zu weit entfernt, um alles hören zu können.

Mit klopfendem Herzen schlang ich meine Arme um mich, spürte meine flache Atmung, mir war schwindelig, weil es bereits vom Luftanhalten hinter meiner Stirn pochte. Ich machte kehrt, hastete aufgelöst zurück in mein Schlafzimmer. Immer noch bibberte ich, obwohl es Sommer war, ich nicht frieren konnte.

Was hatte Papas Besuch zu bedeuten? Und um welche Frist ging es? Vor allem das Wort Liaison und die Fluchworte hämmerten durch meinen Verstand. Natürlich war es laut diesen verstaubten Verträgen verboten, was wir trieben. Das wusste ich, hatte Damian oft genug mir gegenüber erwähnt. Nur es noch mal so direkt von meinem Papa zu hören. Es fühlte sich realer an. Dass sich *protectoren* ihren Schützlingen niemals nähern durften. Ich verdrehte meine Augen, kroch in mein Bett. Irgendwie hatte ich diese Verbote ausgeblendet, mit einer gesunden Portion Egoismus und dem Durst nach Abenteuer.

Fand aber keinen Schlaf. Ich hoffte darauf, dass Damian zu mir kam. Was nicht geschah. Morgen früh würde ich absolut gerädert sein beim Training.

Irgendwann gewann mein Körper die Oberhand und ich fiel doch in einen kurzen Dämmerschlaf.

Wieder der violette See? Welcher See war bitte lila? Aber diesmal war die Stimmung in meinem Traum anders. Wärmer. Freundlicher. Überall hingen goldfarbene Sternfäden von einer imaginären Decke. Vorsichtig arbeitete ich mich durch die Glitzerschnüre. Kam dem See immer näher.

Plötzlich spürte ich eine Präsenz hinter mir.

»Hey, Spiegelbild.« Ich wusste, diese Stimme gehörte zu dem jungen Mann, der mir schon öfter in meinen Träumen begegnet war. Aber er hatte bisher kaum mehr als einen Satz gesagt. Würde es diesmal anders sein? Ich entschied mich, einfach innezuhalten. Stehen zu bleiben. Es war doch nur ein Traum, oder?

Mein Herz schlug so schnell.

Er berührte mich an der rechten Hand, verflocht seine Finger mit meinen.

»So gleich. Wir sind ein Wunder, weißt du das?«

Ich schluckte, war unfähig zu sprechen, spürte, dass sich alles um mich wieder wie Treibsand anfühlte.

»Hast du deine Stimme verloren, Spiegelbild?«

Das war doch verrückt.

»Nein. Ich kann sprechen.« Aber jedes Wort kam nur schwer über meine Lippen, im Traum funktionierte nichts, wie man es sich vorstellte.

»Du riechst immer nach Angst, wenn du bei mir bist, das ist schade. Denn du brauchst weder Furcht noch Panik haben, wenn ich dich rufe.«

»Du rufst mich?«

»Unsere Seelen rufen sich, so wäre es korrekt ausgedrückt.« Das Timbre seiner Stimme war verführerisch, so vertraut.

Da wagte ich es, mich umzudrehen.

Blickte wieder direkt in meine eigenen Augen. Grün auf Grün.

»Wer bist du?«

»Dein Spiegel.«

»Das ist doch kein Name.«

»Doch. Ich bin dein Spiegel, so wie du der meine.«

»Warum ich?«

»Weil wir zueinander gehören.«

»Das ist gruselig.«

Daraufhin lachte er, so befreiend.

»Weißt du, Spiegelbild, was wirklich und wahrhaftig gruselig ist?«

»Du stellst komplett verrückte Fragen, raus aus meinem Traum.«

Da ließ er meine Hand los, griff mit einer in meinen Nacken, sah mich so intensiv an, ich verbrannte fast unter meinem eigenen Blick.

»Ich verrate dir etwas, mein kleiner Spiegel.«

»Was?«

War es Herausforderung, Warnung, oder einfach ein Rat? Mehr konnte ich nicht denken, mich auf nichts fokussieren.

Mein Gegenüber trug komplett schwarze Kleidung, dazu seine dunklen Haare, die farblich meinen glichen, und die grünen Augen, die mir wirklich jedes Mal im Spiegel begegneten. Vielleicht war er so etwas wie mein dunkles Unterbewusstsein.

Dann legte er unerwartet seine zweite Hand auf meinen flachen Bauch. Was tat er da bitte?

»Das nenne ich gruselig.«

Ein breites Grinsen umspielte seine Lippen.

»Grabsch mich nicht an.«

Sofort löste er seine Hände von mir, als hätte er sich verbrannt.

»Das würde ich nie tun, niemals. Aber du verstehst nicht.« Seine Augen blickten mich schmerzerfüllt an.

»Was soll ich auch verstehen, wenn du in Rätseln sprichst?«

»Ein Lebensfunken.«

Die beiden Worte, die wieder absolut keinen Sinn ergaben, veränderten die Szenerie in meinem Traum. Der See wurde ungestüm, die Sternketten zerbarsten vor meinen Augen.

Schützend legte ich meine Arme um meinen Kopf und wurde im wahrsten Sinne des Worte aus meinem Traum geworfen …

Heftig atmend wachte ich auf. Wieder so ein verdammter, sinnloser Alptraum. Kein Wunder nach dem Gespräch, das ich gestern Nacht mit angehört hatte. Ich fühlte mich wie zerschlagen, gerädert.

Ich nahm all meinen Mut zusammen, bereitete mich auf den Vormittag vor, das Training mit Damian.

Ob er wohl mit mir über letzte Nacht sprechen würde?

31

Damian

(Schloss Marigny, an der Grenze zu Paris)
… Gegenwart …

Wie vereinbart wartete Coralie im Trainingsoutfit mit Kampfstöcken in der alten Kapelle des Schlosses auf mich. Mein Herz wurde so schwer wie noch nie zuvor in meinem Leben, doch es gab keine Alternative. Normalerweise war ich vor ihr im Saal, sie hatte die Order, sollte es anders sein, zu warten. Daran hielt sie sich.

Nach Armands Besuch letzte Nacht hatte ich keine Sekunde geschlafen. Mir Auswege überlegt und dann doch zähneknirschend nachgegeben.

»Du hast Verspätung.« Ihr Licht, sie strahlte so, auch wenn dunkle Schatten unter ihren grünen Augen lagen. Hatte sie auch nicht geschlafen? Ich musste aufhören, mich zu sorgen. Atmete durch. »Wir trainieren heute nicht.« Verständnislos blinzelte sie mich an, senkte ihre Holzstöcke.

»Okay, was machen wir dann?«

»Wir machen nichts, Coralie. Du wirst unverzüglich abreisen.«

»Wie bitte? Warum? Verarsch mich nicht. Wie kommst du darauf?« Sie fixierte mich entgeistert, wollte meinen Worten keinen Glauben schenken.

»Weil dein Aufenthalt hier mit sofortiger Wirkung und auf Anweisung des Rates beendet ist.«

»Ach, Quatsch. Du sollst mich nicht ärgern. Du weißt, dass ich immer alles ernst nehme.« Sie gab sich Mühe, es locker wirken zu lassen, uns irgendwie auf ihre Art aus dieser grotesken Situation zu ziehen.

Doch ich blieb wie ein harter, fremder Lehrmeister vor ihr stehen. Hatte meine Arme hinter dem Rücken verschränkt. Autoritäre, dominierende Haltung. Dazu trug ich einen Anzug, schwarz. Alles an mir zeigte ohne Worte Trauer, sogar meine Farben. Ich musste auf Distanz setzen.

»Du hast Ohren, Coralie. Du hast einen Verstand. Du wirst mein Haus noch in dieser Stunde verlassen.«

Entmutigt und zornig legte sie die Stöcke zur Seite. Funkelte mich an.

»Das ist also dein Ernst?« Wenn Blicke töten könnten. Ich würde es ihr nicht verübeln.

»Ja.«

»Warum? Was ist passiert? Hat es mit dem Besuch von meinem Vater zu tun?« Sie runzelte ihre schöne Stirn.

»Ich weiß nicht, was du meinst.« Zur Hölle, warum wusste sie davon? Wie hatte mir das entgehen können? Meine Fassade bröckelte für ein paar Herzschläge, aber ich fing mich gleich wieder. Mittel zum Zweck, sie anzulügen. Noch mehr krampfte meine Zuneigung zu ihr, aber ich legte all meine Gefühle für meine kleine Eislilie in Ketten, um ihretwillen.

Noch wankte sie, wollte aus meiner unbewegten Miene etwas Hilfreiches ablesen. Als wartete sie darauf, dass versteckte Kameras im Hintergrund gleich *das war ein Scherz* riefen und sich preisgaben.

»Okay, dann gehe ich … packen.«

»Nein, das brauchst du nicht. Dein Koffer wurde in der Zwischenzeit vorbereitet und einer unserer Fahrer von den *protectoren* steht draußen. Er bringt dich sofort, wohin auch immer du möchtest. Am besten wäre natürlich Miravallet. Weiteres Sicherheitspersonal wird dich begleiten, da du ab sofort nicht mehr unter meinem Schutz stehst. Der Rat kümmert sich um dich.« Damit brach ich sie. Und vernichtete alles Gute in mir in einem Atemzug mit.

»Ich … also …« Sie schloss kurz die Augen. Fuck. Als sie sie wieder öffnete, hatte sie ihre Schutzmauer aufgezogen. In voller Perfektion. Meine kleine Eislilie.

»Danke für den Aufenthalt im Marigny, Monsieur Harcourt.« Sie zischte mir die Worte förmlich entgegen. Rauschte an mir vorbei, fast, aber nur fast hätte ich sie berührt. Coralie in meine Arme gezogen, aber ich wagte es nicht. Sie musste fort von mir. Noch ein paar Sekunden mehr und ich würde es nicht durchziehen können. Je eher sie weg war, desto besser. Ihr Geruch nach Lilien, rosa Pfeffer und fruchtigen Noten hing noch im Raum. Meine Luft wurde knapp, das Adrenalin hinderte mich am Atmen.

Der Schmerz fraß sich durch meine Venen. Alles an dem, was ich uns gerade antat, fühlte sich falsch an.

Aber es musste sein. Ich war nahe dran, den Verstand zu verlieren, wenn sie nicht gleich gehen würde.

Nun war sie Gott sei Dank aus meinem Blickfeld verschwunden. Je härter dieser Bruch war, umso effektiver. Sie musste mich hassen. Das war die einzige Lösung.

Heute Morgen hatte mich der Rat kontaktiert. Zusammen mit meinem Vater, eine Online-Konferenz. Ich erlebte das Verhör meines Lebens als *protector*. Das Ende vom Lied war, mir würde vergeben werden, wenn ich mich sofort von meinem Schützling abwandte. Ein anderer *protector,* jemand von den Clermonts, würde nach Absprache mit Coralies Eltern die Aufgabe ihres Schutzes übernehmen. Da ich mehr als versagt hatte. In der Geschichte der *protectoren,* den *gladius lilium* war kein einziger Fall belegt, nichts in den Chroniken niedergeschrieben, dass je ein *protector* schwach geworden wäre. Entweder haben sie sich vorsichtiger als ich angestellt oder ich war wahrlich der Erste. Mein Sicherheitsleck musste ich in meinem System auch noch finden.

Da hörte ich einen Wagen die Einfahrt verlassen. Sie war fort. Ich konnte wieder atmen.

»Das war ein Fehler, Damian. Du hättest nicht nachgeben sollen.« Charles.

»Coralie ist so jung, sie wird darüber hinwegkommen. Und es geht um ihren Schutz. Ich bin von ihr zu sehr eingenommen, das schwächt meine Sinne. Sie …« Da nahm er meine Hand, meinen Arm.

»Atme, Damian.« Ich hatte hektisch gesprochen. Fuhr mir mit der anderen Hand fahrig durch die Haare.

»Sie war bei dir bestens aufgehoben. Es ist kein Verbrechen, sich zu verlieben in der normalen Welt. Nur uns *protectoren* sind gewisse Sachen laut einem veralteten System verboten. Aber es gibt immer andere Auswege, komm, lass uns reden.«

Widerwillig folgte ich ihm. Was würde er mir schon erzählen können?

32

Coralie

(auf dem Weg Richtung Nantes,
zurück nach Miravallet)
… Gegenwart …

Meine Fassung war nicht mehr existent. Ich hatte mich auf der Rückbank der geräumigen Limousine zusammengerollt wie ein kleiner Ball. Hielt meine Beine mit meinen Armen umfangen. Trug immer noch das lächerliche Trainingsoutfit. Aber es war mir egal.

Nach ungefähr einer Stunde, begleitet von Heulkrämpfen, war meine Kehle so trocken, dass ich nur noch still weinen konnte.

Ich fühlte mich von meinem Vater getäuscht, von Damian im Stich gelassen und verletzt. Warum entschieden diese Männer für mich? Warum glaubten sie zu wissen, was das Beste für mich war? Damian hatte mich nicht aufgeklärt, nein. Er hatte eine Show abgezogen. Dabei wäre es so einfach gewesen, mich einzuweihen, einen anderen Plan auszuarbeiten, einen, der nicht unsere Zweisamkeit kaputt machte. Das war doch bitte ein wirklich mieser Scherz.

Der Kummer glühte direkt aus meiner Mitte heraus. Ich wusste nicht, wie ich dem Herr werden sollte.

Nach der zweiten Stunde versiegten auch die stillen Tränen. Ich hatte keine mehr.

Durch eine Glasscheibe war ich vom Chauffeur und dem *protector*, der während der Fahrt für meine Sicherheit sorgen sollte, getrennt.

Mir war alles so egal. Ich fühlte mich elend.

Da stoppte der Wagen.

Einer der Männer stieg aus, sprach mit jemandem.

Daraufhin öffnete sich die Tür zu meiner Linken. Ich saß immer noch zusammengekauert im hinteren rechten Eck der Limousine. War blind für alles um mich.

»Coralie, Schatz. Ich bin es.« Diese wohltuende Stimme. Ich konnte es nicht glauben, blinzelte mehrmals durch meine vom Heulen geschwollenen Lider.

Marie? Sie hatten Marie hergebracht?

Meine Unterlippe bibberte, zitterte, ich sah in ihren warmen, beruhigenden Blick.

»Ich wusste immer schon, dass er schwierig ist, dieser Monsieur Harcourt. Auch wenn er sehr gutaussehend ist, er hat dich verletzt, aber glaube nicht alles, es war wegen dem Rat, diesen Entscheidungen, die sie aufgrund alter Verträge treffen.« Sie öffnete ihre Arme, ich fiel hinein, wie damals als Kind.

Weitere nutzlose, schwachmachende Tränen liefen mir über die Wangen.

Aber jetzt konnte ich mich allem öffnen, alles freilassen. Meine Marie war bei mir. Nach ihrer Nähe hatte ich mich mehr gesehnt als je zuvor.

Sie verurteilte nicht, niemals. Sie wollte mich immer nur beschützen, auf mich aufpassen. Marie war mir mehr Mutter, als es Alice je gewesen war.

»Wer … Woher weißt du, dass ich …«

»Monsieur Harcourt, der Vater von Damian, hat Armand angerufen. Und er kam zu mir, direkt nach dem Frühstück, und fragte, ob ich bereit wäre, dir spontan entgegenzufahren. Wenn du meine Meinung wissen willst, dein Vater hielt sich natürlich bedeckt, Damian hatte keine andere Wahl. Die mächtigen Männer der Familie, des Rates haben ihm ein Ultimatum gestellt. Meine Kleine, ich würde dich immer und überall abholen.« Der Wagen setzte sich wieder in Bewegung.

»Du bist meine Prinzessin, Coralie. Auch wenn du erwachsen bist. Ich werde immer im Stillen auf dich achtgeben. Deine Familie bestellte mich zu dir, als du drei Monate alt warst. So süß. Am Anfang hast du viel geweint bei deinen Eltern, als würde dir jemand fehlen. Dann kam ich und du hast dich beruhigt. Das rührt mich bis heute, Coralie.«

Sie strich mir weiter beruhigend durch die Haare.

Meine Tränen ließ ich einfach fließen, über mein Gesicht, über ihren Schoß, ich war so leer und gleichzeitig zum Bersten mit Verzweiflung gefüllt.

»Zu Hause gehst du erst mal in Ruhe baden. Du liebst das Wasser, das entspannt dich, dann kannst du mir, wenn du magst, alles in Ruhe erzählen.«

Sie tupfte mir mit einem Taschentuch sanft über meine Wangen.

Etwas beruhigte sich in mir, minimal. Ich konnte wieder tiefer durchatmen, ohne das Gefühl zu haben, an der Wut zu ersticken.

»Danke, Marie.«

»Oh, nicht dafür, Prinzessin.«

»Erzähl mir mehr.«

»Worüber, Coralie?«

»Als ich klein war.«

»Gern. An deinem ersten Geburtstag hast du so ein süßes, pinkes Kleidchen getragen. Ich erinnere mich daran, als wäre es erst gestern gewesen …«

Maries Erzählungen erdeten, beruhigten mich.

Die immense Wut flachte ab, zumindest so weit, dass ich wieder andere Gedanken fassen konnte … Denn es musste einen Grund geben, warum Damian so brutal gehandelt, so brachial einen Graben zwischen uns aufgerissen hatte. Das geschah nicht aus dem Nichts, hatte bestimmt mit den Regeln des Rates, der *gladius lilium* zu tun. Ich hatte seine Scharade durchschaut, verstand aber noch nicht, warum er nicht einfach hatte ehrlich zu mir sein können? War das so schwer für einen Harcourt? Aber jetzt wollte ich mich einfach nur geborgen fühlen und Marie schaffte es mit ihrer feinfühligen Art mein Level an Kummer zu senken. Für den Moment.

33

Damian

(Schloss Marigny, an der Grenze zu Paris)
… Gegenwart …

Alles, was ich unternahm gegen die Frustration, gegen den Kummer, der sich wie Gift durch meine Venen fraß, reichte nicht, um mir Coralie aus dem Kopf zu schlagen. Ich hatte für die Arbeit bei dem Pharmakonzern alle offenen Datenblätter abgearbeitet, war auf dem neusten Stand, was die Entwicklungsprozesse der Medikamente gegen Alzheimer anging. Ein sehr komplexes Thema, dem ich mich nebenbei verschrieben hatte.

Immer wieder holte mich der Moment ein, als Coralie ihren verdammten, eisigen Schutzschild hochgezogen hatte. Das war mittlerweile mehrere Tage her, aber ich litt wie ein geschlagener Hund.

Dazu katapultierte die Einsamkeit meine Gedanken immer in die Vergangenheit. Vielleicht sollte ich früher oder später einen Psychologen dazu befragen. Wie lange es dauerte, bis man mit Vergangenem abschließen konnte. Mein neuer Dolch lag auf dem Schreibtisch. Erinnerte mich mit jedem Blick daran, wie ich zu dem wurde, der ich bin. Es war unnatürlich, sein Kind nicht frei aufwachsen zu lassen. Sie hatten mich mein Leben lang in das enge Korsett der *gladius lilium* gesteckt. Ausbildung. Leistung. Perfektion. Nach ihren Regeln leben. Nicht verstanden, dass ich dafür nicht geschaffen war. Ich war nun mal kein braves, flauschiges Hündchen, das folgte, wenn man ihm Befehle erteilte.

Damals war Charles meine letzte Rettung gewesen. Ich wollte abhauen. War all dem nicht gewachsen. Doch er zeigte mir neue Wege, die Vorzüge des Rates mit einem normalen Leben zu kombinieren, in einem halbwegs gesunden Maß.

Für mich selbst.

Dafür würde ich ihm auf ewig dankbar sein.

Gerade als ich in alten Erinnerungen schwelgte, die mich von Coralie ablenkten, betrat er mein Büro. Sah auf die Chaiselongue zwischen meinem Schreibtisch und der Tür. Eine Wolldecke lag achtlos zerknüllt darauf.

»Schläfst du nicht in deinem Bett?« Charles meinte es nur gut, Sorge schwang in seinen Worten mit.

Ich sah kurz zu ihm, legte den Stift beiseite, klappte das Notebook zu.

»Ist doch egal, wo ich schlafe.« In Wahrheit hatte ich beinahe meine Fassung verloren, als ich mein Schlafzimmer zuletzt betreten hatte. Ihr Duft haftete an meinem Bett wie ein stummer Vorwurf. Das war zu viel für mich gewesen. Die süßen Noten nach rosa Pfeffer, Lilien. Darum mied ich mein Bett. Aber das würde ich nicht mal gegenüber Charles zugeben. Sie hatten sicher in der Zwischenzeit alles frisch bezogen, aber ich konnte derzeit nicht dort sein.

»Du siehst scheiße aus, Dam.«

»Danke für das Kompliment, alter Freund.« Ich strich mir mit beiden Händen übers Gesicht, fuhr mir durch die Haare. Ich musste mir eine Ablenkung vor der dritten – oder war es bereits die vierte Nacht ohne sie? – einfallen lassen.

»Lass uns etwas Dampf ablassen.«

»Was stellst du dir vor, Damian?« Die Skepsis in seiner Stimme war unüberhörbar.

»Das, was ich mir immer vorstelle.«

»Soll ich auf dich aufpassen?«

»Nein. Keine Sorge.«

Charles wirkte wenig überzeugt, doch er folgte mir. Das Schweigen, während wir gingen, war unangenehm, da ich es so zwischen uns nicht kannte, aber schließlich betraten wir meine Tiefgarage.

»Welchen Wagen nehmen wir?«

Mit ein paar der luxuriösen Sportwagen war ich noch keinen Meter gefahren. Hatte sie gekauft und vergessen. Welche Verschwendung.

»Den Lamborghini.«

»Sehr gute Wahl, Charles. Ich fürchte, du wirst heimfahren müssen.«

»Besser, ich fahre auch hin, Damian. Du hast eine Fahne.«

So gab ich nach, wollte keinen Streit, alles in mir sehnte sich nach Zerstreuung, Ablenkung, einem Club. Ich stieg auf der Beifahrerseite ein und wir verließen mein Schloss, reihten uns in den nächtlichen Verkehr ein.

Party, Musik, Alkohol, all diese Laster wollte ich mir heute Nacht geben. Keine Limits. Vielleicht würde das Wirkung zeigen.

Es musste doch ein Heilmittel geben, um mir Coralie aus dem Kopf zu schlagen. Arbeit hatte wenig geholfen. Auch das Sinnieren über die Vergangenheit nicht.

Charles unterbrach die Stille. »Das ist keine gute Idee, Damian.«

Wir parkten unweit des angesagten Nachtclubs, der spontan mein Ziel war.

Hier gingen wir oft abends her, zerstreuten uns.

»Ich versuch es einfach, Charles. Was hab ich noch zu verlieren?« Verstimmt stieg ich aus, war auf alles und jeden wütend. Dabei war ich selbst schuld, aber ich war noch nicht bereit. mir das einzugestehen.

Die pulsierenden Vibes des dekadenten Nachtclubs umfingen mich. Der Glitzer, der Prunk, der Protz. Die harten Beats hämmerten, ich liebte Musik. Sie befreite mich. Endlich. Der Besitzer des Clubs begrüßte uns von der Bar aus. Wir hatten uns aus den Augen verloren in den letzten Wochen, aber ich würde ihm nicht gestehen, durch wen, so nah standen wir uns nicht.

Mit jeder Minute in diesem Schmelztiegel an verschiedensten Sinneseindrücken wurde mein Kopf klarer.

Dazu brachte mir eine süße Kellnerin meinen Bourbon auf Eis. Herrlich.

Es war schwach von mir, aber irgendwie musste ich nach dieser Aneinanderreihung von sinnlosen Tagen auch einmal der Schwäche nachgeben, um danach wieder stark zu sein.

Charles nahm neben mir auf einem Barhocker Platz. Wählte ein unschuldiges Wasser. So lahm kannte ich meinen Freund gar nicht, aber er wusste natürlich wie immer, dass ich in einer unberechenbaren Stimmung war. Wollte die Kontrolle darüber behalten. Ich leerte den Bourbon in einem Zug, bestellte mir einen zweiten.

»Alkohol war noch nie eine Lösung. Und du hast ihm bisher auch wenig zugesprochen.« Charles versengte mich mit seinem Blick.

»Heute ist er es. Eine wunderbare Lösung. Senkt meine Fühlebene. Belebend.«

Damit ließ ich Charles an der Bar stehen, betrat euphorisiert die überlaufene Tanzfläche. Verlor mich in der Stimmung, der Musik, den Lichtern. Ein letztes Mal dachte ich mir, wie schön es doch wäre, wenn ich Coralie an meiner Seite hätte. Getanzt hatten wir noch nie. Ich wusste nicht mal, ob sie gern tanzte. Fuck.

Diese schwachmachenden Gefühle, ich hatte keine Verwendung dafür.

Charles blieb wie ein Schatten im Hintergrund an der Bar. Ich war ihm dankbar, das waren meine letzten zusammenhängenden Gedanken, dann gab ich mich dem Abgrund aus Bässen und Lichtblitzen hin.

34

Coralie

(Schloss Miravallet, Westfrankreich)
… Gegenwart …

Dominic Clermont, es freut mich, für Sie zuständig zu sein.« War das der Ernst des Rates? Die hatten überhaupt einen scheiß Humor. Ein Junge, gerademal so alt wie ich, wenn überhaupt, stand mir gegenüber.

Dieser Dominic trug die schwarze Kampfuniform, die ich auch an Damian schon gesehen hatte. Er war muskulös, sportlich, groß. Hatte kurze, braune Haare und braune Augen. Er sah zwar sympathisch aus, aber wahnsinnig, wahnsinnig jung.

»Okay. Das mit dem Sie kannst du gleich vergessen. Ich stamme nicht aus dem letzten Jahrhundert. Ich bin Coralie, fertig.« Grundsätzlich war mir alles gleichgültig geworden in den letzten Tagen. Hatte mir nicht mal den Namen des *protectors* gemerkt, der seit meiner Ankunft in Miravallet meinen Schatten gespielt hatte. Dieser Dominic war wahrscheinlich seine Ablösung.

Die meiste Zeit verbrachte ich mit Arbeit im Casino. Die restliche Zeit schlief ich. Es war, als würde mein Körper seine Reserven nur mit Schlaf auffüllen können.

Er klärte mich noch darüber auf, dass er auf Wunsch des Rates hier in Miravallet untergebracht war, direkt unterhalb meines Lofts, am Fußende meines Turms. Er ein wachsames Auge auf jeden meiner Schritte haben würde.

Fabelhaft. Ein neuer Schatten.

Bevor er gehen wollte, hielt ich ihn dann doch zurück.

»Eine Frage. Kennst du Damian Harcourt?« Er wurde rot bis zu den Haarwurzeln.

»Ja, Mademoiselle, äh Coralie. Natürlich kenne ich ihn. Er ist eine

Legende. Ein exzellenter Kämpfer, dabei auch wahnsinnig gebildet. Er gehört zur Elite der *gladius lilium.* Sein Vater ist aktuell der Ratsoberste in Vincennes. Wir freuen uns, wenn er Zeit hat, uns zu unterrichten.« Er kratzte sich etwas verlegen am kurzgeschorenen, brünetten Hinterkopf.

»Warum ist er nicht mehr mein *protector?*« Diese Frage ließ ihn stutzen, den Atem anhalten, denn er sah mich an, als wäre ich nicht ganz bei Trost.

»Ähm, wie soll ich dir das beantworten, äh, das, er hat es dir verschwiegen?« Konnte ein Mensch noch röter im Gesicht werden als er?

»Sag es einfach frei raus. Ich bin ein großes Mädchen, ich verkrafte das.«

»Möchten Sie es in meinen Worten oder der Formulierung des Rates hören?«

»Erstens, mein Name ist, wie gesagt, Coralie. Ich bin keine hundert Jahre alt und möchte, dass du mich duzt. Zweitens, erzähl es mir egal wie, aber sag es mir. Denn er hat mich einfach vor einem morgendlichen Training aus seinem Haus gejagt und das war definitiv demütigend.«

Ein kleines, schwaches, aber trauriges Lächeln umspielte Dominics Lippen.

»Also gut, Coralie. Kurzfassung. Damian hat mit dir keine Ahnung wie viele Regeln des Rates gebrochen. Allen voran. Das größte aller Verbrechen. Es ist uns *protectoren* untersagt, uns mit Schützlingen einzulassen. Er war mit dir im Bett. Ich bin mir nicht mal sicher, ob sie ihn nicht verbannt haben.«

Wie bitte?

»Ist das dein Ernst?« Ich fasste es nicht.

»Ja. Und er hätte schon bei einem ersten Annäherungsversuch Meldung erstatten müssen. Er hat alles verschwiegen. Das verstehen die *gladius lilium* nicht unter Schutz oder Loyalität. Darum ist es in unseren Grundgesetzen verankert. Niemals und unter keinen Umständen darf man sich einem Schützling unsittlich nähern. Und hat Annäherungsversuche des Schutzbedürftigen sofort abzublocken.«

Der Kerl meinte das vollkommen ernst.

»Weiters hat er dich in die Kampfkunst eingeführt. Du leugnest es nicht mal. Morgendliches Training? Ich fasse es nicht. Du darfst das nicht. Auch das ist verboten. Wir kämpfen für euch. Wir sind alles an Verteidigung, das du je brauchst, das war schon immer so.«

Auch das sagte er so inbrünstig, als würde sein Leben davon abhängen.

Besorgt atmete ich durch, hatte gar nicht gemerkt, dass ich meine Hände um meinen Oberkörper geschlungen hatte, als würde mir etwas Schmerzen bereiten.

Mutig trat ich auf Dominic zu.

»Also gut. Mein neuer, toller Ritter in strahlender Rüstung. Ich brauche eine Mailadresse von deinem unfehlbaren Rat. Falls die so etwas haben, sonst schick ich einen Brief oder eine Brieftaube. Aber ich brauche Kontakt. Ich muss dort etwas klarstellen. Da ja alle immer so süß und herzallerliebst um meinen Schutz besorgt sind.«

Dominic wechselte von Rot zu Weiß. Ihm lief die Farbe ab.

»Oder ist das auch verboten? Soweit ich weiß, also sofern ich das richtig begriffen habe, bin *ich* die Lilie und ihr *meine* Untergebenen.« Ich legte meinen Kopf leicht schräg, berührte ihn mit meinen Fingern an der Schulter, ließ sie bei jedem Wort an seinem schwarzen Shirt auf- und abstreichen.

»Also, was sagst du? Kann ich den Schwertern schreiben, kleiner Dolch?« Mir machte das ein wenig zu viel Spaß. Auf eine verdrehte Art.

Zehn Minuten später hatte er sich die Freigabe besorgt, dass ich Damians Vater eine Mail schreiben durfte.

Ich hatte mir ein Kaugummi genommen, hoffte bei Dominic lässig anzukommen, nicht aufgeregt. Zum ersten Mal seit Tagen spürte ich ein gutes Gefühl … Aggressivität.

35

Damian

(Schloss Marigny, an der Grenze zu Paris)
… Gegenwart …

Wie viel Wodka war wohl nötig, um sie zu vergessen? Wie viele Tage, Nächte, mittlerweile waren es schon Wochen, vegetierte ich vor mich hin?

In jedem meiner Räume begegnete sie mir. Das Marigny fühlte sich ohne sie wie mein persönliches Gefängnis an. Ihr Lachen, ihr Augenaufschlag, die Erinnerung daran, wie sie immer für eine Millisekunde den Atem anhielt in dem Herzschlag, bevor wir uns küssten.

Fuck.

Keinen Tag mehr würde ich es hier aushalten. Mein Schloss barg zu viele Erinnerungen.

»Charles?« Keine Antwort. Noch mal rief ich nach ihm, während ich mir auf der Terrasse den nächsten Shot nachschenkte. Alkohol hatte mir selten gedient, noch nie in Mengen, aber es senkte meine Fühlebene, für diese Erfahrung war ich seit meinem Bruch mit der kleinen Eislilie sogar dankbar. Für einen Moment blitzte die Erinnerung in mir auf, als Coralie nachts hier zu mir gekommen war, sich einfach auf mich gesetzt hatte, als wäre das für sie Routine. Weg mit diesen Gedanken. Es half nichts. Weder der Wodka noch meine sentimentalen Synapsen.

Da räusperte sich Charles im Hintergrund.

»Noch mehr Wodka bekommst du sicher nicht von mir. Du weißt, das dient weder dir noch sonst jemandem.« Er sprach im *protector*-Tonfall. Mein Mentor.

»Ja. Verstanden. Aber. Ich muss weg. Irgendwohin, nur weg von hier.«

»Verzeihung, Damian. Ich fürchte, das wird etwas problematisch.

Es gibt da etwas …«

Genervt blickte ich ihn an.

»Der Grund für meine Verspätung gerade ist der, dass Daniel und mehrere Mitglieder des Rates in der Eingangshalle warten.«

Meine Laune sank unter den Gefrierpunkt.

Doch seelenruhig goss ich mir noch einen Shot ein. Die Flasche war damit leer. Wie lange ich für die ganze Flasche gebraucht hatte, war mir entfallen. Ich wusste nicht mal, ob sie voll gewesen war, als ich sie mir an meinen Platz geholt hatte. Alles war bedeutungslos geworden. So ausgehöhlt wie mein Inneres.

Bevor ich ihm eine Antwort schenkte, trank ich auch dieses Glas aus.

»Entzückend.« Noch mal beäugte ich mein leeres Kristallglas, seufzte. »So, ich denke, ich bin bereit für die nächste Farce dieser Episode meines Lebens.«

Schwungvoll stand ich auf, war definitiv überrascht, dass ich noch geradeaus laufen konnte.

Alkohol zeugte von Schwäche. Für gewöhnlich wusste ich, wo meine Grenzen lagen, aber all das war unwichtig geworden. Ich versank in den Schatten, denn mein Licht war fort. Für immer.

»Dam, zieh dir was an.«

Ich blickte irritiert an mir runter. Was meinte er? Da sah ich, dass ich nur Boxershorts und ein T-Shirt trug.

Entnervt ging ich ins Hausinnere, rüber in meine Räume. Meine kaputte Seele schrie auf, als ich mein Schlafzimmer betrat und mich der Lilienduft umfing. Aber nur so würde ich zu meinen Klamotten kommen. Ich ging, ohne auf das Bett zu blicken, in meinen Ankleideraum, wählte wahllos Jeans, Socken, Sneakers. Das musste reichen. Heute mal das legere Programm für meinen Erzeuger.

Charles folgte mir danach unauffällig die Treppen hinab. Schon von Weitem sah ich, wie sich der unnachgiebige Blick meines Vaters auf mich heftete.

»Willkommen im Marigny, wie kann ich euch helfen?« Ich gab, soweit es mein Zustand zuließ, mein Bestes, ein guter Gastgeber zu sein, riss mich zusammen, sogar auf die freundliche Tour. Lallte nur minimal.

»Damien Henri Joel de Harcourt, Duc de Coigny, Pair …« Bei der Liste all meiner Namen, die einer der Begleiter meines Vaters herunterbetete, konnte ich nicht anders, als meine Augen zu verdrehen. Wobei ich gedanklich schon bei der falschen Aussprache meines Vornamens abgeschaltet hatte. Die französische Schreibweise gab es nur in meiner Geburtsurkunde. Seit ich schreiben konnte, hatte sich bei mir immer Damian mit a durchgesetzt. Das war einfach ich und ich hatte wenig für diese Wurzeln übrig.

»Ihr wisst aber schon, dass sämtliche Titel seit über zweihundert Jahren erloschen sind?«

»Sei still, Damian.«

Natürlich war ich mir bewusst, was das war. Sie nahmen mich fest. Ich hatte sämtliche Regeln des Rats gebrochen. Vorsätzlich. Mein Sicherheitsleck hatte ich bisher noch nicht aufgespürt. Mich auch ehrlicherweise kaum darum gekümmert.

»Was wollt ihr überhaupt von mir? Ich habe das Mädchen von mir gestoßen, sie nach Hause geschickt. Es passt jetzt sicher jemand … Geeigneteres auf sie auf. Wahrscheinlich ein Clermont? Ja? Wunderbar, dann ist sie bei einem Angriff in drei Minuten tot, die retten immer zuerst ihre eigene Haut.«

Mein Vater tötete mich mit seinen Blicken. Blieb mir eine Antwort schuldig.

Er hatte einiges an Personal mitgebracht, sie würden mich mitnehmen, in ihre dunkle Burg. Fünf Männer eskortierten mich aus meinem Haus. Draußen senkte sich die Nacht über Paris.

Gleichgültigkeit ergriff mich. Ohne Coralie bei mir war sowieso alles egal. Hatte noch weniger Bedeutung für mich als zuvor.

Hinter mir hörte ich noch, wie Daniel es wagte, Charles Anweisungen zu geben. »Wir sind auf meinem Grund und Boden, Vater, nicht bei dir.« Doch erneut erhielt ich keine Antwort.

Dann verschluckte mich das Innere eines abgedunkelten Vans. Immer der große Auftritt. Ein gepanzerter Wagen würde mich zurück in den Schlund der Hölle bringen. Dort war sicher alles für meine Exkommunizierung oder meine Läuterung vorbereitet. Egal. Es war nicht mehr von Wichtigkeit. Mein Inneres war abgestumpft.

Mein Vater saß schweigsam neben mir.

Wir waren allein. Unter uns. Eine seltsame Konstellation für mich und ihn.

»Vincennes?«

Er nickte nur.

Der Wodka lockerte meine Zunge, aber ich biss mir darauf. Wollte bewusst nicht noch mehr Öl ins Feuer gießen. Gab zum ersten Mal nach, und er hatte kein Ahnung davon.

»Sie hat mir eine Mail geschrieben.«

»Was?«

»Die kleine Lilie, deine Schwäche. Sie hat mir letzte Woche eine unfassbar lange Mail geschrieben. Du musst sie lesen, in Vincennes.«

»Aha. Ich hoffe, sie hat dir schön den Arsch aufgerissen für deine Steinzeithandlungen.«

»Damian.«

»Mein Ernst. Ich mein, was soll das alles? Wir sind beide erwachsen. Und ihr führt euch auf wie Höhlenmenschen.« Mein Verstand bediente sich an Coralies Worten, aber ich konnte nicht anders. Alles an mir vermisste sie.

»Das sind wichtige Details der alten Verträge. Als sie dir dienten und für deine Zwecke nützlich waren, hat es dich auch nicht gestört, die de Sauvignys unter Druck zu setzen, oder?«

»Ja, klar.«

Die Mauern von Vincennes wirkten erdrückend auf mich. Wie immer. Nichts Neues.

»Wo werde ich untergebracht?«

»Das wirst du dann früh genug sehen, Damian. Zuerst zu mir. In meine Räume.«

Vater hatte heute keine Geduld. Das beruhte auf Gegenseitigkeit.

Ausnahmsweise folgte ich ihm anständig, so wie es meine Erziehung verlangte. Es mangelte mir auch an Alternativen, wenn ich nicht für neuen Ärger sorgen wollte.

Als sich hinter uns die schwere, dunkle Holztür schloss, atmete ich spürbar aus.

»Setz dich.« Daniel umrundete seinen Schreibtisch, bot mir den Platz ihm gegenüber an.

»Ist das ein Verhör oder eine …«

»Sei einfach still und hör einmal zu.«

36

Coralie

(Schloss Miravallet, Westfrankreich)
… Gegenwart …

Die Tage zogen sich, wurden zu Wochen, furchtbar. Mir war nicht nur langweilig, ich bestand aus Langeweile. Auf meine Mail an Damians Vater hatte ich keine Antwort erhalten. Wie freundlich. Aber wenigstens hatte ich mir alles von der Seele schreiben können. Dominic unterstützte zumindest meinen Bewegungsdrang. Begleitete mich beim Laufen. Zeigte mir ein paar wenige effektive Fitness-Sequenzen. Aber weiteres Training lehnte er konsequent ab. Er war ein mustergültiges Mitglied der *gladius lilium*. Kannte den Verhaltenskodex sicher auswendig. So blieb mir nichts anderes übrig und ich bemühte mich einfach in meinem Loft, direkt am Boden im Training zu bleiben.

Dazu liefen gerade die lächerlichen, wirklich ekelhaften Sommerspiele. Jeden Abend kamen die Stylisten zu mir und Mama. Hübschten uns auf. Damit wir die spielfreudigen Gäste den Abend hindurch an den Pokertischen begleiteten. Die erhöhten Sicherheitsmaßnahmen wegen mir sorgten keinesfalls für weniger Gäste, eher mehr Andrang.

Ich fühlte mich so hohl dabei, so kaputt. Als wäre ich achtzig Jahre alt und nicht einundzwanzig.

Dominic war in dieser Zeit wirklich mein Schatten. Er nahm seine Aufgabe gerade im Casino sehr ernst. Darüber hinaus waren meine Eltern angehalten worden, das Sicherheitspersonal aufzustocken.

Niemand kam rein, ohne sich auszuweisen.

Ich war so müde davon.

Heute saß ich allein in dem schmalen Aufenthaltsraum, der zu unserer Styling-Lounge umfunktioniert worden war. Buchstabierte im Kopf das Wort langweilig vorwärts und rückwärts. Spielte mit der schier unermesslichen Auswahl an Make-Up-Pinseln. Mit Schmuck, grundsätzlich mit allem, was mir in die Finger kam.

Iris, meine Haarstylistin, legte mir die letzten Wellen. Umrahmte damit mein Gesicht kitschig perfekt. Geschminkt und umgezogen war ich bereits.

»Hm, weißt du, wo Alice bleibt?«

Ich zuckte nur mit den Schultern.

Dominic saß abseits, tippte auf seinem Smartphone rum.

»Wenn ich fertig bin, hol ich sie. Es ist ja nicht weit. Sie hat sicher nur die Zeit übersehen.«

Die Stylistin nickte, legte ihr Equipment zur Seite.

Dominic wollte mir folgen.

»Hey, Dominic. Das ist alles auf einer Ebene. Entspann dich mal. Ich hol nur meine Mama fürs Schminken ab. Mir wird keiner begegnen.«

Aber er folgte mir trotzdem.

»Bleib einfach da stehen. Ich geh nur ein paar Türen weiter. Das, was du da machst, ist sicher nicht gesund, ich sag es dir, das macht dich doch krank, mir immer zu folgen. Ich schreie, wenn ich Hilfe brauche. Okay?« Missmutig verzog er das Gesicht. Ich wusste, es war nur seine Aufgabe, aber es nervte.

Leise, melancholisch und gelangweilt ging ich den Flur entlang. Als ich aus der letzten angelehnten Tür des Büros meiner Mama eine Stimme hörte.

Lauschen war wohl eine meiner neuen Spezialfähigkeiten.

Mitten in der Bewegung, als ich den Türgriff drücken wollte, um die Tür weiter zu öffnen, hielt ich reflexartig inne. Diese Stimme. Die gehörte zu dem Mann aus meinem Traum. So melodisch, so wohlklingend. Leider verstand ich seine Worte schwer. Musste mich besser konzentrieren.

Dann meine Mama. »Étienne, lass uns bitte auf morgen warten. Gib mir noch einen Abend. Bitte. Sie bekommt sonst einen Schock. Es war gerade schon alles sehr schwer und intensiv für Coralie. Diese verrückten Drohbriefe. Dann hat sie von der Existenz der *protectoren* erfahren, sie hat einfach so viel zu verdauen. Mental. Wir haben versagt und sie zu Harcourt geschickt, das war ein Fehler. So vieles waren Fehler. Bitte. Noch einen Abend.«

»Coralie ist weitaus stärker, als du vermutest.«
»Woher willst du das wissen, Étienne?«
»Sie ist meine Schwester. Wir sind von königlichem Geblüt.«
Oh mein Gott. Ich ließ den Türgriff los, als würde er in Flammen stehen, ging vier Schritte rückwärts. Niemand hatte mich bemerkt. Immer weiter. Bis ich mich plötzlich vor Dominic wiederfand, hinter ihm die Tür zum Raum der Stylisten.
»Ist etwas passiert? Du siehst so blass aus.«
»Nein.«
»Bist du dir sicher? Wo ist deine Mutter?«
»Keine Ahnung. Es war keiner im Büro.«
»Okay. Willst du dann schon runter ins Casino?«
Ich nickte, legte eine Maske aus betonter Fröhlichkeit auf. Wollte ausgeglichen rüberkommen, während in meinem Verstand dieser eine Satz aus dem Büro meiner Mama einsickerte.
Sie ist meine Schwester. Wir sind von königlichem Geblüt.

37

Damian

(Schloss Miravallet, Westfrankreich)
… Gegenwart …

Das Schicksal gab einem nicht unendlich viele Chancen, die Zahl an Weggabelungen war begrenzt. Es war mir zu wenig, nur als Schatten der Erinnerung für sie zu existieren. Teile meiner dunklen Seele waren egoistisch und wollten sich in ihrem hellen Licht verlieren. Darum konnte ich ihr nicht fernbleiben. Die verbotene Frucht, die Sünde. Sie rief mich.

Mein Vater hatte mich heute gehen lassen, unter der Bedingung, Coralie fernzubleiben. Die engen Mauern von Vincennes zu verlassen, war befreiend. Ich hatte da drin beinahe mein Zeitgefühl verloren. Ich musste zu ihr. Auch wenn es mich alles kosten würde. Mein Entschluss stand fest und darum war ich direkt nach einem kurzen Zwischenstopp, um ein Auto in Marigny zu holen, nach Miravallet gefahren.

Die Sicherheitsmaßnahmen waren lächerlich. Niemand nahm die Bedrohung von außen ernst, unter den Wächtern herrschte lockere Stimmung, es war bereits weit nach Mitternacht, so hatte ich leichtes Spiel.

Coralie schlief. Allerdings nicht im Dunklen. Mehrere warme, kleine Wandleuchter erhellten ihr Loft. Die winzigen Kristalle, die an diesen Lichtelementen baumelten, brachen den Schein tausendfach, tauchten den Raum in eine mystische Atmosphäre. Es war mir ein Leichtes gewesen, zu warten, bis Dominic seinen Dienst für beendet erklärt hatte, sich in sein Zimmer zurückzog. Was war er bitte für ein Witz als *protector*?

Keiner war mir auf meinem Weg hier rauf in den Turm der Prinzessin ohne Krone begegnet. Missbilligend verriegelte ich Coralies Tür. Näherte mich ihrem Bett. So sah also der Schutz für sie aus?

Jedes Kind hätte sie aufsuchen können. Erbärmlich.

»Coralie, wach auf.« Zuerst flüsterte ich meine Anweisung an sie nur. Lachte selbst über mich. Ich wusste, dass sie sehr gut schlief. Sorglos. Umso überraschter war ich, als ich mich ihrem Bett näherte, mich auf den Rand der Matratze kniete und plötzlich die Kühle einer Messerklinge an meiner Kehle spürte.

»Damian …« Sie reagierte entsetzt, schleuderte sofort das kleine Messer weg. Blinzelte mich an, schnappte es sich aber dann doch wieder vom Rand der Matratze.

»Was war dein Plan, kleine Eislilie? Mich filetieren?«

Sie hockte mir gegenüber. War sie schockiert? Überrascht? Ich blieb ruhig, legte meinen Kopf leicht schräg.

Coralie sah mich erbost an, mit funkelndem Blick. Mit dem kleinen Dolch in der Hand. Entgegen meiner Berichte, die mir Informanten zugetragen hatten, war sie nicht gebrochen, ihr Feuer schwelte noch unter der Eiskruste, dem imaginären Schutz, den sie an jenem Morgen im Trainingsraum hochgezogen hatte.

»Wie kommst du darauf, dich einfach bei mir einzuschleichen? Du hast mich weggeschickt, auch wenn du dazu mehr oder weniger gezwungen wurdest. Das ist belanglos, du hättest mich, keine Ahnung, anrufen können? Warum hast du mich ignoriert?« Sie machte eine kleine Pause, sammelte sich. Dann blickte sie mich wieder entschlossen an. »Raus aus meinem Zimmer, oder ich schreie.«

»Nach wem oder was, Coralie?«

»Nach Hilfe.« Sie klang wenig überzeugt, eher impulsiv.

»Mmmh.«

»Was?« Das war jetzt ein bisschen kratzbürstig.

»Ich warte.« Das brachte mir wieder einen bösen Blick ein.

Gereizt verließ sie ihr Bett, zeigte dabei mit vorgestrecktem Messer auf mich und stellte sich angriffslustig in den weitläufigen Bereich zwischen Couch und Bett. Sie wollte wohl irgendwie mehr Abstand zwischen uns bringen.

»Ich bin nicht dein Feind, Coralie.«

»Doch. Irgendwie schon. Das seid ihr alle. Ich vertraue niemandem mehr. Nur mir. An manchen Tagen weiß ich gar nicht, was ich denken soll, oder wem ich vertrauen kann.«

»Schwachsinn.«

»Du tust mir nicht gut, Damian.« Sie presste ihre schönen Lippen aufeinander, wirkte aber wieder unsicher. Meine kleine Eislilie wollte stark sein, aber ich konnte nicht glauben, wollte es nicht wahrhaben, dass sie mich einfach abwies.

»Bitte, geh wieder. Für heute hatte ich genug Scheiß.« Sie klang richtig traurig.

»Ich kann nicht. Das ist mir unmöglich. Du fehlst mir so.« Das war nichts als die pure Wahrheit. Jetzt, wo ich ihr gegenüberstand, wollte ich nie mehr von ihr weg.

»Geh. Bitte. Das ist mein Ernst.« Entschlossenheit lag in ihren Worten, aber ich würde nicht kapitulieren.

»Sonst was?« Ich wagte es, sie herauszufordern …

»Was willst du hier?«

»Dich.«

Entnervt ging sie mit verschränkten Armen vor mir auf und ab.

»Das geht nicht, Damian. Sei nicht kindisch. Du hast mich weggeschickt. Es war deine Entscheidung, du hattest die Möglichkeiten, dich anders zu entscheiden, und du hast mich von dir gestoßen, obwohl du immer darauf beharrt hast, mein Schutz sein zu wollen.« Ganz die kühle Tochter der de Sauvignys.

»Ich hatte keine Wahl.« Warum verstand sie mich nicht?

»Man hat immer eine.« Oh, wenn Blicke einen unter die Erde befördern könnten, wäre das einer davon gewesen.

»Ah, Lebensweisheiten. Entzückend.« Sie verengte ihre schönen grünen Augen zu schmalen Schlitzen und doch sah ich unter der Oberfläche die Verzweiflung. Sie wollte nicht, dass unser imaginäres Band riss. Ich erkannte das doch, warum nur war sie so stur?

Die Ruhe in Person zog ich meine Kampfstiefel aus, schälte mich aus meiner schwarzen Lederjacke und setzte mich gemütlich auf ihre Matratze.

»Ich glaub, ich spinne. Raus aus meinem Bett. Sofort.« Okay, etwas an ihrer Stimmlage veränderte sich erneut, zu meinen Gunsten?

»Du warst doch noch mit Um-Hilfe-schreien beschäftigt.«

»Das ist kein Spiel, Damian.«

»Alles ist ein Spiel. Immer.«

»Diese Worte aus deinem Mund überraschen mich. Warum kannst du nicht gehen, wenn ich es dir sage?« Sie sagte es nicht mehr so vehement, rang zwar um Fassung, aber etwas in ihrem Timbre gab nach.

»Weil ich extra wegen dir hierhergekommen bin, wieder Regeln gebrochen habe. Und nein, ich bleibe.« Was sollte mir noch passieren?

»Dein Rat hat dich verwarnt oder irre ich mich?« Sie funkelte mich böse an.

»Ja, aber ich … können wir reden, Coralie, statt uns anzufeinden?«

»Reden? Heute habe ich irgendwie keinen Nerv mehr zum R E D E N.« Ihr Tonfall war piepsig, sie war nah dran ihre Ruhe zu verlieren. »Es hat dich auch nicht geschert, als *ich* reden wollte. Jetzt will ich *nicht* mit dir reden. Das führt doch alles in Sackgassen. Also. Geh.« Sie sah so unglücklich aus. Es tat mir so weh, ihr nicht helfen zu können, dass sie mich aussperrte.

»Nein, ich gehe nicht.« Das würde ich nicht mehr wiederholen. Sie musste akzeptieren, dass ich blieb.

»Verlasse bitte mein Zimmer.« Sie wurde wieder sauer. Langsam wurde mir das Spiel zu blöd. Ich würde die Ausgangslage ändern.

Knurrend erhob ich mich von meinem bequemen Platz in ihren Kissen, überbrückte die kurze Distanz, die uns trennte. Schlug ihr das Spielzeugmesser aus der herabhängenden Hand, auch wenn ich für einen Augenblick stolz auf sie war, dass sie bewaffnet schlief. Meine Einheiten mit ihr hatten sie auf Neues in ihrem Leben vorbereitet.

Ich nutzte diesen Überraschungsmoment, zog sie in der Bewegung mit mir, nahm sie in meine Arme. Coralie sträubte sich, aber ich gab nicht nach.

Nahm mir die nächstbeste Wand, drückte sie dagegen. Pinnte sie zwischen der weißen Mauer und mir fest. Aber nicht drohend, erdrückend, sondern beschützend. Ich wollte, dass sie aufhörte, zu zicken und rumzuzappeln. Sie musste mich nur ein paar Sätze sagen lassen.

Ihr frostiger Blick traf mich. Sie sah mich an, als wäre ich der Feind. Nette Maske, Eislilie. Und doch konnte sie nicht verstecken, welche Wirkung ich auf sie hatte. Ihr Puls raste, ich konnte es an ihrem Hals sehen.

So kratzte ich all meinen Mut zusammen, um so offen wie nur möglich mit ihr zu reden, in dieser intimen Haltung, die mehr Erotisches an sich hatte, als mir in dem Moment lieb war.

»Du fehlst mir … Fuck. Ich vermisse dich. Kommt das bei dir an? Jeden Tag, jede Stunde, jede Minute meines erbärmlichen Lebens. Ich bereue es, dem Rat, meinem Vater nachgegeben zu haben. Es war falsch, mich zu beugen.«

Wahnsinn, solche Worte aus meinem Mund ängstigten mich selbst. Aber ich wusste, ich würde nur dieses eine Los erhalten, diese eine kostbare Möglichkeit des Schicksals, mich ihr zu erklären.

Danach, dessen war ich mir sicher, würde Coralie mich entweder für immer verbannen oder mich wieder in ihr Herz lassen.

Es musste mir gelingen, diesen Schutzpanzer aufzubrechen. Immerhin hatte ich ihn erst heraufbeschworen. Das wir uns in dieser Situation befanden, war mein Fehler.

»Bitte.« Meine Stimme war nicht so gefestigt, wie ich sie hatte klingen lassen wollen. »Bitte, vergib mir. Das in Marigny, es war zu voreilig. Ich war geblendet von meiner Verantwortung als Soldat gegenüber den *gladius lilium*. Ich kann nicht mehr, als mich entschuldigen.« Sie zeigte mir keine Reaktion. Immer noch schloss sie mich aus. Frostig, kalt, unnahbar. Das Grün ihrer Iriden war mir noch nie kälter begegnet. Erinnerte mich an einen zugefrorenen sibirischen Gebirgssee.

»Du bist mein Licht, wo meine Schatten zu stark sind. Und ich kann dir die Schatten schenken, wo dich dein Licht zu zerbrechlich macht.« Etwas in Coralies Blick veränderte sich. Das Eisige wich. Langsam. Kaum erkennbar.

»Es war der bisher größte Irrtum meines Lebens, der wirklich schrecklichste Fehler, dem Rat nachzugeben. Deinem Vater nicht die Stirn zu bieten, als ich die Gelegenheit hatte. Man hat mich jahrelang als Soldat, als Kämpfer ausgebildet. Ich habe eine falsche Entscheidung getroffen. Es zerriss mich. Die Angst, dass meine Gefühle für dich, wirklich meine Fähigkeiten, dich zu beschützen, trüben könnten…, dass ich im Moment der Gefahr abgelenkt wäre. Es ging mir gar nicht darum, dass es verboten war. Gib mir eine Chance. Coralie. Ich bin kein Mann, der oft um etwas … fleht.« Mein Griff um sie lockerte sich.

Langsam stellte ich sie auf dem Boden ab. Gab sie frei. Wenn auch widerwillig. Aber das war wohl mein Auftritt, meine Show gewesen. Mein Ticket. Aber es hatte nicht gereicht. Sie schloss mich weiterhin aus. Der Graben zwischen uns war zu tief. Mein Herz, das immer schon von Schatten beherrscht wurde, wurde von den neuen Schlieren aus Dunkelheit regelrecht erwürgt.

Ich hatte es vergeigt. Versagt. Das einzige Wesen vergrault, das mir je etwas bedeutet hatte.

Mein Puls brachte mich beinahe um, er hämmerte gegen meine Schläfen.

Entmutigt. Es fühlte sich an, als würde ihr Eis mein Feuer erneut in Ketten legen. Millimeter für Millimeter. Stück für Stück. Gleichzeitig erhoben sich die Schatten in mir, nagten an dem bisschen Licht, in dem ich mich sonnte.

Seufzend brachte ich Abstand zwischen uns. Fast, aber nur fast, spürte ich diesen Schmerz körperlich.

Zurückweisung.

Und doch wohl eine Lektion, die ich lernen musste.

»Darf ich dir noch eine Sache sagen? Bitte? Als mir bewusst wurde, dass ich mich in dich verliebt hatte, da hatte ich Zweifel, ob ich nach wie vor der perfekte Beschützer für dich in deiner Situation wäre. Habe deinem Vater und dem Rat nachgegeben. Mehr sagen, als dass es mir leid tut, kann ich nicht. Ich dürfte nicht mal hier sein. Ich hab mich reingeschlichen. Mein Vater glaubt, ich wage es nicht, erneut die Regeln zu brechen. Doch. Du bist alles für mich, Coralie, ich kann nicht mehr ohne dich sein.« So viel hatte ich noch nie über meine Gefühle preisgegeben. Ich war vermutlich schockierter von mir selbst, als sie über meine Worte.

Doch sie schwieg. Sah mich nicht an. Tränen schwammen in ihren Augen, aber Coralie würdigte mich keines Blickes mehr. Hielt ihren Kopf seitlich an die Mauer gelehnt.

Alles war gesagt. Eine Hoffnungslosigkeit, die ich noch nie zuvor gefühlt hatte, flutete meinen Verstand, gemeinsam mit der unwiderruflichen Dunkelheit. Die Schatten hatten mich wieder.

Ich schluckte, nahm diese Unterweisung meines Lebens an. Was blieb mir auch anderes übrig?

Ein Schritt rückwärts.

Coralie stand weiterhin an der Mauer. Jetzt lief ihr eine Träne über die wunderschöne Wange. Aber sie rührte sich nicht. Schenkte mir weder einen Blick noch ein Wort. Nichts, was eine weitere Reaktion von mir nötig machen würde.

Das war es.

Ein friedvoller Krieger verließ das Feld, wenn er wusste, dass er verloren hatte. Diese Erfahrung hatte ich in unzähligen Unterweisungen bereits lernen müssen, aber diese in ihrem Loft war die härteste davon.

Es schwelte verräterisch in meinen Augen. Ich würde sicher vor ihr keine Tränen vergießen. Blinzelte diese Empfindung vehement weg. Wenige Atemzüge wartete ich noch ab, doch nichts geschah.

Dann drehte ich mich zur Tür. Das war das Ende. Ihr Eis brannte alles in mir nieder.

38

Coralie

(Schloss Miravallet, Westfrankreich)
… Gegenwart …

Bleib.«

Dieses eine Wort hallte in mir wider. Echote von den Wänden meines Lofts. Es brach sich in den kristallinen, regenbogenfarbenen Spiegelungen der Wandleuchter rund um mich. Wie konnte ein einziges Wort so viel Macht besitzen?

Damian hielt in der Bewegung inne. Gerade als er die Türklinke herunterdrücken wollte.

Eine simple Aussage meinerseits hatte ihn erstarren lassen.

Macht war großartig, aber auch gefährlich. Man wurde hochmütig durch dieses Gefühl.

»Bitte.« Setzte ich flüsternd, zaghaft nach.

Er ließ von der Tür ab und kehrte zu mir zurück. Noch immer lehnte ich an der Wand. Doch ich schaffte es, ihn anzusehen. Den Schmerz zu unterdrücken.

Aber so kraftvoll Worte sein konnten, mir war so überhaupt nicht nach reden.

Als er diesmal zu mir kam, flutete mich pure Lust. Sein Anblick weckte meine eigenen Schatten. Und meinen Egoismus. Ich krallte mich an seinem Hemd fest. Das überraschte ihn. Aber ich gab dem keinen Raum. Es ratschte und die ersten zwei Knöpfe fielen einem Paukenschlag gleich auf den Boden.

Damian blickte mich perplex an. Wagte kaum, zu reagieren, zu atmen. Er hatte noch keine Antworten von mir bekommen, seine Unsicherheit war süß.

Ich suchte seinen Blick, verlor mich im aufsteigenden Sturmgrau, riss noch mal an seinem Hemd, zwei weitere Knöpfe. Pling, pling.

Waren die aus Metall? Klimperten auf den dunklen Steinboden.

Dann griff er nach meinen Händen. Eine so banale Berührung, die mir aber durch und durch ging.

Er hielt mich fest, drückte Küsse auf meine Fingerknöchel.

»Ist es das, was du willst, Coralie?« Der Blick aus seinen Augen versengte mich.

»Ja.«

»Ich habe Angst, etwas falsch zu machen.«

Bei allem, was mir heilig war, damit brach er mein Eis endgültig. Der große Damian Harcourt, mein Höhlenmensch, gestand sich ein, vor etwas Angst zu haben.

»Liebe mich einfach, ich kann nicht länger ohne dich sein.«

Mehr hatte er nicht gebraucht. Er überrumpelte mich, nahm mich hoch und trug mich zum Bett. Ich landete sanfter als erwartet in meinen Laken.

Nichts Wildes, Hitziges oder Animalisches lag in seinen Bewegungen.

Er sah mich an, als wäre ich etwas Kostbares, Wegweisendes. Nicht einfach nur ein hübscher Körper.

Damian blieb vor meinem Bett stehen, zog sich das knopflose Hemd aus. Sein Oberkörper machte mich wie immer sprachlos. Ich fand ihn so sexy, so schön. Ich hatte ihn vermisst. Großer Gott, so sehr, dass es wehtat. Wollte ihn anfassen. Biss mir bei der Vorstellung auf meine Unterlippe.

Diese kleine Reaktion von mir auf seine Bewegung ließ ihn aufkeuchen. Was mich verblüffte. Er hatte sich nicht unter Kontrolle. Doch schon im nächsten Augenblick war er bei mir, senkte mit seinem Gewicht die Matratze. Streichelte mich. Ich hatte mich mit meinen Ellbogen abgestützt, um bessere Sicht auf seinen Striptease zu erhaschen. Doch Seelenstrip war wohl eine treffendere Bezeichnung dafür, denn nackt war er noch lange nicht. Dafür spiegelten seine grauen Iriden alles von ihm. Er hatte mit seinem Schicksal zu mir abgeschlossen gehabt. Diese Erkenntnis ging mir durch und durch. Damian berührte mich mit seiner stillen Offenbarung, ohne mich zu berühren. So etwas war ein hohes Gut. Ich erfuhr wahnsinnig viel über Damian Harcourt, in seiner Anbetung an mich.

Er küsste mich auf die nackte Schulter, die ihm am nächsten war, den Hals und arbeitete sich tiefer.

Ich konnte ein kleines Stöhnen nicht unterdrücken, als sich seine rechte Hand meinem Busen widmete. Es kam mir vor, als wäre unsere letzte Begegnung Jahre her, nicht erst drei Wochen. So ausgehungert reagierte mein verräterischer Körper auf alles, was er mir von sich schenkte.

Damian zog mein einfaches Sommerschlaftop nach unten, widmete sich meinen steifen Nippeln.

Gleichzeitig wanderte seine rechte Hand weiter, tiefer. Er setzte seine kleine Reise auf mir fort, bis zu meinem mittlerweile angewinkelten rechten Knie, dann schob er seine Hand wieder aufwärts. Drückte sich in den Stoff meiner Schlafshorts, bis er bei meiner Mitte ankam.

Er seufzte zufrieden auf. Ich war nicht nur feucht, ich war nass. Schon seit er mich gegen die Wand gedrückt hatte. Aber ich hatte mich innerlich dagegen gesperrt, es war nach seiner Zurückweisung zu viel auf einmal gewesen. Vielleicht hatte etwas in mir das Glück, das ausgesprochene Geständnis von Damian auch einfach nicht verarbeiten können. Mein Körper hingegen wusste ganz genau, wohin er gehörte.

»Du hast mich vermisst.« Er sagte das genau in dem Moment, als er meine geschwollenen Schamlippen teilte, hörte dabei aber nicht auf, an meinen empfindlichen Brustwarzen zu saugen, und drang mit zwei Fingern in mich ein. Ohne mir die Shorts auszuziehen oder sich sonst wie besseren, einfacheren Zugang zu mir zu verschaffen.

Oh mein Gott, das war so gut. Ich konnte nicht anders, als japsende Laute von mir zu geben. Ja, zur Hölle, ich hatte ihn vermisst. Mehr als das. Jeder Tag ohne ihn war die pure Folter gewesen.

Damian krümmte seine beiden Finger in mir. Erreichte eine Stelle, die mich schier wahnsinnig machte. Das Prickeln in meinem Unterleib explodierte.

Mehr, viel mehr. Ich brauchte weitaus mehr Damian. All seine Berührungen waren nicht genug.

»Zieh dich aus.« Hatte ich das wirklich gesagt?

Ich ließ meine Augen geschlossen, spürte aber, dass er die restliche Kleidung loswurde. Störende Fetzen, nach denen keiner von uns in diesen Sekunden verlangte.

Gleichzeitig zog ich mein Schlaftop aus, meine Shorts. Warf alles aus dem Bett.

Es ging nur um den Moment. Wirklich. Scheiß drauf, was morgen bieten würde.

Mein Körper schrie nach ihm.

Als er endlich zu mir kam, dieses unbeschreiblich intensive Gefühl von Haut an Haut.

Voller Begierde wölbte ich mich ihm entgegen. Öffnete meine Augen. Traf auf Sturmgrau. Sein Gesicht war dem meinen ganz nahe.

»Keine Rücksicht, Damian. Ich will alles von dir.« Mutig drehte ich mich auf den Bauch, aus seiner Umarmung. Gott, ihn von hinten an mir zu spüren. Konnte man ohne Feuer verbrennen? Lichterloh in Flammen aufgehen?

Man konnte nicht ahnen, wie sehr man jemanden vermisste, bis man ihn wieder bei sich hatte. Diesem Schmerz hatte ich alles verboten, keinen Raum gegeben. Und jetzt schwappte dieses Gefühl zusätzlich über mir zusammen.

Er schmiegte sich von hinten an meine nackte Kehrseite, jeder Zentimeter seiner Haut an meiner. Eine Hand schob er unter mich, unter meinen Bauch, mit der anderen stützte er sich seitlich von mir ab.

Hauchte federleichte Küsse auf meinen Rücken. Wirbel für Wirbel abwärts. Ich zerfloss.

Seine Hand unter meinem Bauch schob sich weiter Richtung meiner Mitte. Als er endlich bei meinem Venushügel angekommen war, konnte ich nicht anders als aufzustöhnen. Alles an mir hatte ihn vermisst. Hätte er mir doch nur nie dieses innere Feuer gezeigt.

Es würde nie genug sein. Damian und seine Berührungen waren meine Droge.

Sanft teilte er mit seinen Fingern meine Schamlippen, ich lechzte nach ihm. Wollte mehr, intensiver. Alles was er mir schenkte, war im gleichen Atemzug zu viel und zu wenig. Zu heiß und zu kalt, zu gut und zu schlecht für mein Seelenheil.

Zusätzlich machte es mich fertig, ihn so nah an mir zu haben. Ich liebte seine Haut, die Gefühle die er mir durch jedes Aufeinandertreffen unserer Körper schenkte.

Dann spürte ich seine Spitze zwischen meinen Pobacken. Noch

mehr Feuchtigkeit troff aus meiner Mitte, lief meine Oberschenkel hinab. Noch vor Wochen hätte ich mich dafür geschämt, aber in diesem Moment rief alles in mir nach ihm. Jetzt und für immer.

Damians linke Hand verließ meine Mitte, er zog mit seinen Fingern eine feuchte Spur bis zu meiner Hüfte. Richtete mich aus, hielt mich in Position. Teilte meine Pobacken, verschaffte sich damit leichteren Zugang zu meiner Vulva.

»Gott, du bist so schön, du machst mich irre.« Mir blieb keine Zeit über seine Worte nachzudenken, denn Damian versenkte sich mit einem einzigen, harten, Stoß in mir. Das hatte er noch nie gemacht, aber er glitt in mich, mein Körper hieß ihn willkommen. Durch und durch.

Ich wusste nicht wohin mit diesen überschwappenden Emotionen, biss in das Kissen, das ich mir als Stütze geholt hatte.

Er dehnte mich, ich war nach wie vor eng, an keine Männer gewöhnt. Außer Damian hatte mich noch keiner gehabt. Aber etwas in mir hoffte, er würde keine Rücksicht nehmen, sich einfach diesem dunklen Sog hingeben.

Und er erhörte mich ohne Worte. Erhöhte kontinuierlich das Tempo. Fickte mich in den Himmel.

Mein Höhepunkt kam heftig und unerwartet. Ich schloss meine Augen, sah kurz die vertrauten Flimmerfunken, doch dann wurde es wieder durch Bruchstücke von Lilienumrissen, einem heißen Meer aus fließender Lava ersetzt.

Fühlte es sich immer so an? Mir kam es vor, als würde mich jeder Sex mit Damian noch höher kicken. In andere Sphären.

Irgendwann fielen wir in die Kissen.

Atmeten heftig, überall wo er an mir lag, entzündeten sich wieder neue Lustfeuer. Ich wollte mehr, das war doch ungesund.

»… hör nicht auf …« Ich brabbelte kaum verständliches Zeug in meine Kissen. Streckte und dehnte mich.

Damian lag von hinten an mich gepresst. Ich spürte, wie er in mir wieder anschwoll. Jegliches Gefühl von Raum und Zeit verlor sich.

»… ich will morgen noch wissen, dass du in mir warst …«

Knurrend nahm er die Herausforderung an. Glitt aus mir. Drehte mich so um, dass ich auf dem Rücken lag. Ihm schutzlos ausgeliefert.

Aber genau das wollte ich. Mich in ihm verlieren. In unserer Lust. Der Begierde. Über keine Konsequenzen nachdenken. Frei sein.

Genau in dem Augenblick, als ich dachte, er würde mich so fest nehmen, dass ich morgen bestimmt Abdrücke von seiner Anbetung an mich hätte. Kam er mir so sanft, so voller Zärtlichkeit entgegen. Betete mich an.

»Wir haben die ganze Nacht, Coralie.« Er hauchte mir einen Kuss auf die Schläfe. Küsste sich meinen Kiefer abwärts. Hals, Schlüsselbeine, Brustansatz.

»… ich zerbreche nicht …« Mein Verstand war nach wie vor nicht vollständig bei ihm angekommen. Ich glühte noch dem letzten Höhepunkt nach.

»Das weiß ich, aber ich möchte es gerade nicht hitzig. Ich will mir jeden Zentimeter deiner Haut, deines Körpers einprägen.« Traurigkeit lag in seiner Stimme.

»Warum?« Wollte ich es überhaupt wissen?

Doch er schenkte mir keine Antwort, widmete sich meinen Brüsten. Saugte abwechselnd an meinen Nippeln, begleitet von seinem eigenen leisen Stöhnen.

Als er abwechselnd an meinen empfindlichen Spitzen saugte und leckte, verlor ich das fragile Fragenkonstrukt in meinem Kopf. Alles löste sich in Leidenschaft auf.

Unbewusst spreizte ich meine Beine weiter, zog ihn näher an mich. Griff um seine Pobacken. Er fühlte sich so gut an.

»Sieh mir dabei bitte in die Augen …« Irritiert blinzelte ich. Warum wollte er das?

Das Tief seines Graus ließ mich schlucken. Es war wie ein Portal ins Nirwana. So vieles las ich in seinem Blick. Und etwas, das mir die Tränen in die Augen trieb.

Abschied. Das hier war das Ende, das er mir vor Wochen in seinem Schloss verwehrt hatte. In seiner Anbetung, seinem Liebemachen mit mir lag keine Zukunft, sondern ein stummes Lebewohl.

Als er sich wieder mit mir verband, ihn meine überreizten inneren Muskeln willkommen hießen, ihn nie mehr loslassen wollten, konnte ich die dummen Tränen in meinen Augenwinkeln nicht aufhalten.

Damian küsste sie weg. Jede einzelne.

Liebte mich mit der perfekten Mischung aus Ekstase, Rücksichtnahme und Intensität. Ich gab nach. Vor wenigen Stunden hatte ich noch geglaubt, ihn nie wieder zu sehen. Und wenn das jetzt ein Lebwohl war, dann wollte ich alles in mich aufsaugen, was mir das Schicksal gönnte.

Meine Seele zersplitterte mit jedem Stoß, keiner würde je wieder fähig sein, sie zusammenzusetzen außer ihm. Er löste ein wahres Splitterlicht in meinem Inneren aus. In allen Farben, die eine Seele haben konnte. Aber ich war auch außerstande, mir dieses Geschenk an Hingabe zu verwehren. Es fühlte sich zu gut und zu richtig an.

Als diesmal der Höhepunkt über mich und ihn gleichzeitig hinwegstob, wir unsere Finger ineinander verflochten, ein aussichtsloser Versuch, einander festzuhalten. In diesen Sekunden zerbarst ich nicht in Fragmente von Feuerfunken, sondern sah hinter meinen geschlossenen Augenlidern zwei wunderschöne Feuerlilien, ineinander verwoben. Ein perfektes Abbild unserer inneren Flammen. Es war mehr, als ich mir je hätte vorstellen können. Überstieg meine Fantasie, beflügelte meine Realität und sprengte sämtliche Grenzen.

39

Damian

(Schloss Miravallet, Westfrankreich)
… Gegenwart …

Coralie sah mich an, als wäre ich das Schönste, das ihr je geschenkt worden war.

Dabei war ich unfähig, mich aus ihr zurückzuziehen, wollte diese Verbindung zwischen uns nicht kappen.

Ermattet kuschelte sie sich an mich. Schweigsam, wir hörten nur auf unsere gegenseitigen Herzschläge.

Sie wusste, dass das mein Abschiedsgeschenk an sie war. Mehr konnten wir nie haben.

Der Rat hatte mich begnadigt. Aber wenn sie von dieser Nacht hier erfahren würden, wäre das mein Ende, in jeder Hinsicht. Ich hatte auf alte, verstaubte Bücher schwören müssen, mich ihr nie mehr zu nähern.

Nun ja. Ich war noch nie besonders gut im Einhalten von Regeln gewesen, wenn sie mir nicht dienten.

Aber man sollte sein Glück nicht überstrapazieren. Morgen würde ich in den Osten von Europa fliegen, nach Prag. Ein paar oberflächliche Modeljobs, Fototermine warteten auf mich. Es würde mich minimal ablenken, wenn auch sicher nicht auf Dauer.

»Bevor du einschläfst, Coralie. Hör mir bitte zu.« Ich malte kleine Kreise mit meinen Fingerspitzen auf ihren Rücken.

»Alles was du willst, Dam, nur, bleib in mir.« Großer Gott, diese Frau.

»Soll ich das?«

»Ja, ich liebe es, wenn du in mir bist. Ich fühle mich dann so … vollständig.« Ihre Stimme war ganz rauchig, alles an Anstand hatte ich ihr rausgefickt.

»Wenn du aufwachst, bin ich fort.«

»Dann werde ich einfach nie einschlafen, Problem gelöst.« Sie schenkte mir ein ganz zartes, wunderhübsches Lächeln.

Mir brach dieses Lächeln mein ohnehin kaputtes Herz. Ich schluckte hart. Seufzte.

Zog mich aus ihr zurück. Coralie zuckte kurz dabei. Verlust oder Schmerz? Als könnte sie Gedanken lesen, antwortete sie: »Beides.« Wieder standen Tränen in ihren Augen. Ich nahm sie in veränderter Position in meine Arme.

»Heute Nacht halte ich dich, du wirst keine Alpträume haben.«

Als sie ihren Kopf auf meine Brust bettete, spürte ich ihre tränennasse Wange.

»Du musst mich immer halten, du bist mein *gladius* und ich dein *lilium*.«

Fast musste ich bei ihrer Ausdrucksweise grinsen. So konnte man diese alten lateinischen Begriffe nicht in unsere Sprache umformen. Aber die Bedeutung dazu traf mich tief.

»Das in Paris tut mir sehr leid, Coralie. Und auch, dass ich wieder weggehe. Aber ich wollte, uns einen richtigen Abschied schenken. Ich hoffe, dass du mir irgendwann wirklich vergeben kannst.«

»Es sind eure alten, verstaubten Ansichten, oder? Die uns trennen?«

»Ja.«

»Dominic hat mir davon erzählt.«

Sie schlang ihren Arm um meinen Bauch, fester.

Legte einen ihrer wunderschönen, langen Oberschenkel über meine Beine.

Dadurch rieb sie wieder ihre Scham an meiner Hüfte.

Aber ich würde die Oberhand behalten. Einfach ihre Nähe genießen.

»Du kannst gehen, wenn du zurück kommst.«

Statt einer Antwort küsste ich sie auf die Stirn. Nahm ihre Hand, verflocht ihre Finger mit den meinen. Diese kleine Geste zwischen uns liebte ich wahrhaftig.

Welche Grausamkeiten sich die Lenker der Schicksalsfäden auch für uns überlegen mochten. Niemals könnten sie uns etwas anhaben. Unsere Anziehungskraft stand in unserer Essenz geschrieben. Wir konnten das nicht ignorieren. Niemals für immer.

Mir fehlte die Lösung dafür, aber es musste eine existieren.

»Damian, ich glaube, ich hab einen Bruder.«

»Was?« Hatte ich gerade richtig gehört?

»Ja, ich hab einen Bruder, zumindest habe ich heute ein Gespräch belauscht.«

»Ist das dein Ernst?«

»Mein voller Ernst.« Sie klang so traurig.

»Es hieß immer, du seist ein Einzelkind?«

»Ja. Aber heute Abend, bevor die Sommerspiele wieder anfingen, da wollte ich Mama aus ihrem Büro holen, und da hörte ich die fremde Stimme eines jungen Mannes und meine Mama. Weißt du irgendetwas darüber? Ihr *protectoren* wisst doch alles. Hast du mir etwas verschwiegen?«

»Nein.« Vehement schüttelte ich den Kopf. Jedes Gefühl der Romantik, des Friedens und der Liebe wurde in kalte Ecken meines Bewusstseins gedrängt. Der ausgebildete Kämpfer übernahm in Sekundenschnelle die Oberhand.

Ich setzte mich auf, lehnte mich gegen das hölzerne Betthaupt. Das Laken, das über uns lag, rutschte dabei bis zu meinem Bauchnabel.

Aber es kümmerte mich nicht.

»Erzähl mir alles.« Ich blickte sie an, als wäre sie die Antwort auf jede Frage des Universums.

Unsicher presste Coralie ihre Lippen aufeinander. Nahm ein zweites Laken, hüllte sich darin ein.

»Okay, wo fang ich an?«

»Egal wo. Ich will alles wissen. Und dann werde ich meinen Vater informieren.«

»Nein. Bitte nicht. Dann weiß er, dass du hier warst.«

»Also gut. Erzähl es mir einfach. Ich werde darüber stillschweigen.« Sie war so besorgt. »Du hast mein Wort.«

Meine kleine Eislilie sah so verletzlich aus. Es tat mir leid, dass ich direkt, als ich zu ihr gekommen war, einfach unserer körperlichen Anziehungskraft nachgegeben hatte.

Im Grunde wusste ich nicht, was sie die letzten Wochen erlebt hatte. Nur wenige Bruchstücke waren bis zu mir nach Paris vorgedrungen.

»Komm zu mir.« All meine Wärme, die ich ihr geben konnte, lag in diesen Worten.

Coralie holte sich den Schutz meiner Umarmung. Ich ließ sie erzählen, spielte dabei sacht mit ihren Fingern.

Hörte ihr zu, als sie mir die Wortfetzen aus dem belauschten Gespräch offenbarte.

40

Coralie

(Schloss Miravallet, Westfrankreich)
… Gegenwart …

Der Morgen graute. Damian schlief und ich beobachtete ihn wieder dabei. Noch war er nicht fort.

Letzte Nacht hatte ich der Leidenschaft nachgegeben, aber nun war dieser Zauber verflogen, ich musste mein Herz schützen.

Noch mal würde ich mich nicht derartig von ihm verletzen lassen. Damian musste mir mehr Zeit schenken. Zeit allein, um nachdenken zu können.

Da er sagte, er würde bereits weg sein, wenn ich aufwachte, was ich schmunzelnd widerlegte, wusste ich, dass die Pause gar nicht so verkehrt war.

Sanft rüttelte ich ihn.

»Hey, Höhlenmensch. Ich dachte, du willst fort sein, wenn ich wach werde.« Irgendwie war es ein kleiner, kindischer Triumph, dass er sich nicht hatte fortstehlen können.

Damian öffnete träge seine Lider. Letzte Nacht hatten wir uns wieder einem Feuer hingegeben, das war körperlich anstrengend.

Ich schmiegte mich an seine breite, harte Brust wie ein Kätzchen. Spürte wieder diese unsichtbaren Schwingungen zwischen uns.

»Wie viel Zeit hast du noch?«

»Wofür?« Seine Stimme klang rauchig, kratzig, ich liebte das.

»Baden und Abschiedssex?«

Er lachte.

»Ich fürchte, weder noch, Coralie. Ich sollte längst weg sein. Mein Flug geht am frühen Nachmittag.«

Seufzend rollte ich mich von ihm, stand auf. Ging zu einem der bodentiefen Fenster, die auf meinen Balkon führten, vermied es aber, nach draußen zu gehen, schob nur einen der Vorhänge etwas zur Seite. Das Panorama über den Atlantik war im Morgengrauen am allerschönsten.

Da spürte ich, dass er hinter mir stand, mich betrachtete.

Er kam näher, küsste mich auf die Schulter.

»Hände auf die Fensterscheibe, kleine Eislilie.«

»Also doch noch etwas Zeit für mich übrig?«

Er antwortete mir nicht, seufzte nur, berührte mich.

Aber mein vorlautes Mundwerk verging mir, als ich ihn ganz nah an mir spürte.

Damian strich mit seinen Händen über meinen Rücken, fuhr tiefer. Streichelte mein Rückgrat, den empfindlichen Bereich meines Steißbeins. Dort war ich schon immer sensibel gewesen.

Wie er es wollte, legte ich meine Handinnenflächen an die kühle Fensterscheibe.

Es war ein intensives Erlebnis der Sinne. Heiß und kalt, hart und weich. Schon nach wenigen Minuten konnte ich mir ein Stöhnen nicht verkneifen.

Damian zog meine Pobacken auseinander, ließ seine Hände von außen nach innen wandern, wiederholte dieses Streicheln, dieses Necken.

Mein Puls erhöhte sich, irgendwie ahnte ich, dass er sich nicht mit einer schnellen Runde Abschiedssex begnügen würde. Das, was er vorhatte, ängstigte und reizte mich gleichermaßen.

»Verspann dich nicht, ich zeige dir nur etwas, das dir gefallen wird.«

»Das, äh, keine Ahnung, ich glaube nicht …« Weiter kam ich nicht, denn seine Finger stimulierten mich so geschickt, dass ich meine Gedanken über Bord warf. Mich ihm öffnete. Damian strich mit seiner linken Hand über meinen flachen Bauch nach unten, teilte meine Schamlippen, ich empfing ihn mit Nässe. Jedes Mal reagierte mein Körper so auf ihn. Mühelos glitt er mit zwei Fingern in mich.

Es war nicht genug, würde es niemals sein. Mein Blut erhitzte sich, die Fensterscheibe beschlug. Er setzte sein Fingern in mir fort, ich konnte mich nicht mehr nur mit den Händen an der Scheibe halten, meine Knie gaben nach. Damian lächelte an meinem Ohr, ich spürte es. Er umfing mich mit seiner rechten Hand, gab mir dadurch mehr Halt. Ich lehnte mich völlig gegen die Scheibe, wimmerte, als das kalte

Glas meine Brustwarzen berührte. Die Empfindung war sehr intensiv.

Doch Damian hatte erst begonnen.

Langsam nahm er seine Finger aus mir, verließ mich, ich protestierte. Er lächelte wieder.

Dann brachte er Abstand zwischen uns. So weit, dass ihm meine Kehrseite zur Gänze präsentiert wurde.

Seine rechte Hand blieb um mich geschlungen, während er mit seiner linken meine Pobacken teilte. Sich einer Stelle meines Körpers widmete, die ebenfalls noch keine Ahnung von Liebe hatte.

Ich keuchte auf, als er seine feuchten Finger auf meinen Anus drückte. Und doch war es immens gut, prickelte und fühlte sich verboten heiß an.

Damian umkreiste meine verborgene Öffnung, gemächlich, als hätte er alle Zeit der Welt. Allein durch diese Reibung spürte ich, wie mein Körper mit mehr Feuchtigkeit reagierte, mir ein Rinnsal davon am Schenkel entlang nach unten lief.

»Auch das wusste ich, kleine Eislilie.«

»Was?« Seine geraunten Worte kamen kaum bei mir an.

»Du stehst darauf, überall berührt zu werden. Das ist anbetungswürdig.« Er küsste mich aufs Ohrläppchen, lenkte mich von seinen sündigen Bewegungen an meinem Hintern ab.

»Mehr davon.«

»Hungrige, kleine Eislilie. Nein. Heute nicht. Ich wollte es nur … testen. Aber bald, gern. Wir werden wohl einen Weg finden müssen, als Gesetzesbrecher zueinanderzufinden, darüber kannst du dir in meiner Abwesenheit dein hübsches Köpfchen zerbrechen.« Empört drehte ich meinen Kopf zu ihm, aber er küsste mich einfach, wollte er damit etwas in mir besänftigen? Gelang ihm schlecht.

Dann fiel mir die Erkenntnis wie Schuppen von den Augen, wurde mir bewusst, warum er mich in einen sündigen Kuss holte, der mich alles vergessen ließ.

Einer seiner Finger überwand die Barriere meines Muskelrings, er glitt in mich.

Ein überraschtes Keuchen verließ meine Kehle. Damian drückte nach, dehnte mich. So hatte ich noch nie gefühlt. Das war gut. Diese Bewegungen intensivierten meine Wahrnehmung.

»Du sagtest, mehr davon, auf der einen Seite wollte ich standhaft bleiben, auf der anderen … dein Arsch ist einfach zu süß, ein bisschen erlaube ich mir, damit zu spielen, wenn du es mir gestattest?« Er sah mich so verrucht an, dabei drang er immer weiter in mich ein.

Er hielt meinen Blick gefangen und schob einen zweiten Finger in mich. Ich zischte auf.

Es brannte. »Ich sagte, langsam, kleine, hungrige Eislilie. Analsex kann etwas sehr Schönes sein, aber man muss sich Zeit lassen. Und … du musst dich entspannen.«

Ich gab nach, weil das Gefühl einfach so schön und aufreizend war. Das Brennen ebbte ab, wurde zu einem stillen Begleiter seiner Bewegungen.

»Beug dich nach vorn, nach unten, umfasse deine Fußgelenke.« Kurz war ich irritiert, blieb an Ort und Stelle.

Doch Damian drückte auf mein Rückgrat, gab nicht nach.

Ich umfasste meine Fußgelenke mit den Händen.

Ein kleines bisschen fühlte es sich offen und entblößt an. So konnte er wirklich alles an mir sehen.

»Spreiz deine Beine ein bisschen weiter, dann hast du einen besseren Stand.« Wieder folgte ich seiner Anweisung.

Erregung pulsierte durch meinen Körper, alles war auf Anspannung. Vorfreude, gemischt mit dem Sehnen nach Erlösung.

41

Damian

(Schloss Miravallet, Westfrankreich)
… Gegenwart …

Sie war meine Absolution. Jemand wie ich hatte so eine anbetungswürdige Frau nicht verdient. Und doch konnte ich nicht anders, als sie zu wollen. Ihr zu widerstehen, war zwecklos.

Mein Schwanz schmerzte, so prall war er durch das verbotene Vorspiel mit meiner Schönheit.

Ich positionierte mich zwischen ihren Backen, ihren Schamlippen, glitt vor und zurück, stupste sie an. Bei jedem kleinen Kontakt sah ich durch die Haltung, die ich sie hatte einnehmen lassen, wie ihre überreizten Schamlippen zuckten, auf mich reagierten. Zusätzlich der Anblick ihrer makellosen Haut. Sie war wie für mich erschaffen.

Beim vierten Stoß drang ich in sie ein, zuerst nur mit meiner Eichel. Beließ die beiden Finger der rechten Hand in ihrem Po. Spürte jeden Zentimeter, den ich in sie eindrang, durch die dünne Wand, die meine Finger von meinem eigenen Schwanz trennte. Das war mehr als ein Kick, es beförderte mich ins Nirwana, noch bevor ich vollständig in ihr war.

Als ich mich komplett in ihr versenkt hatte, gab ich uns ein paar Herzschläge, kostete das vollkommen aus. Ehe ich einen langsamen Rhythmus anschlug. Einen, der uns trotzdem höher und höher trieb.

Coralie brach der Schweiß aus. Ich konnte nicht anders, beugte mich über sie und leckte den Schweiß fort.

Sie schmeckte köstlich süß, nach ihr und vergehender Unschuld. Herrlich. Ich hatte sie wirklich vermisst.

Als sie um mich krampfte, kam ich mit ihr, weil die Stimulation so immens war.

Ich schloss meine Augen, stieß mich noch ein paarmal in sie, verharrte dann. Coralie ging auf alle viere, ich folgte ihr, ohne die Verbindung zwischen uns zu lösen. Ganz langsam zog ich meine Finger aus ihrem Anus. Beobachtete ihre Atmung, wollte sie weder verängstigen noch verschrecken.

Coralie war in ihrer ganz eigenen Dimension gefangen.

Ich nahm auch meine Fülle aus ihr. Mein Sperma tropfte aus ihr, nachdem ich sie verlassen hatte.

Sanft küsste ich sie auf die Wange.

»Coralie? Alles gut?«

Sie nickte nur, gab mir aber keine richtige Antwort.

»Ich lass uns jetzt ein Bad ein, dann muss ich aber wirklich fort.«

Sie nickte erneut, rollte sich auf dem Boden zusammen.

Da nahm ich Coralie hoch, trug sie ins Bad.

Setzte sie auf den Wannenrand. Ließ das Wasser einlaufen.

Mit zerzaustem Haar und wildem Blick saß sie am Rand der Wanne.

»Coralie?«

»Ja, ich bin da. Alles gut.«

»Warum, schaust du so … skeptisch? Das macht mir Angst.« Unsicherheit begleitete meine Worte, hatte ich zu viel gewagt?

»Nein, ich schaue nicht skeptisch, ich glaube, äh, ich … möchte irgendwann … mehr.«

Ich lachte so befreit über ihre Antwort wie schon lange nicht mehr.

»Lach mich doch nicht aus.«

»Nein, mein Schatz, mein Engel. Wie könnte ich. Du bist der absolute Wahnsinn.«

Sanft strich ich mit einer Hand über ihre Wange.

»Aber jetzt lass uns baden. Danach muss ich mich aus dem Schloss stehlen, wie ein Dieb. Wobei, in gewisser Weise bin ich ja einer.« Wieder konnte ich nicht anders, als sie zu betrachten. »Weißt du, was ich gestohlen habe?« Sie seufzte, sah mich ebenfalls mit ihrem jadegrünen Blick so einnehmend an.

»Mich. Du hast mein Herz gestohlen. Wie, kitschig, Monsieur Harcourt.« Ohne eine Antwort von mir abzuwarten, ließ sie sich direkt in die Wanne gleiten, ging im Schaum unter.

»Wagst du dich zu mir, Harcourt?« Coralie zeigte mir ihre Zunge. Ich gab nach, stieg zu ihr in die Wanne. Noch einmal Zweisamkeit, bevor ich in nicht vorhandene Schatten fliehen musste, um einen Deckmantel zu wahren, der kaum noch greifbar war.

»Gibt es Wege, um Miravallet zu verlassen, ohne gesehen zu werden? Tagsüber?« Ich schob sie etwas nach vorn, um es mir hinter ihr bequem zu machen. Coralie lehnte sich an mich. Gedankenverloren nahm ich einen Schwamm, wusch sie mit ruhigen, sanften Bewegungen.

»Wo parkst du?«

»Ein paar Minuten weg von hier. Aber als ich gestern Nacht zu dir kam, war die völlige Dunkelheit mein Schutz.«

»Keine Sorge. Ich bring dich dann raus.«

Wir blieben gefühlt ewig in diesem Bad. Es war kaum zu beschreiben, ein Moment nur für uns. Gefüllt mit guten Gesprächen und dem stetigen Hunger nacheinander.

»Leb wohl.«

»Du sagst das, als wäre es für immer.« Mich störten die beiden Worte von Coralie wirklich.

»Wer weiß, was dem Rat als Nächstes einfällt. Gestern Nacht fühlte es sich irgendwie nach Abschied an. Hast du das nicht auch gespürt? Ich lebe nur von Atemzug zu Atemzug, Damian. Gestohlene Stunden, mehr wird es nie für uns geben, solang wir in diesem System sind.« Sie zuckte mit den Schultern. Eine kleine Pause entstand, mir fehlten die Worte.

»Du musst gehen, Damian. Das ist mein Ernst. Das ist ein verborgener Eingang. An so einem bleibt man nicht stehen, das solltest du besser wissen als ich.«

»Wann sehen wir uns wieder?«

Sie verdrehte ihre Augen.

»Am Sonntag ist das Finale der Sommerspiele. Denke, da darf jeder kommen.«

»Dann Sonntag.«

»Ja, Sonntag.« Ich küsste sie, so süß. Sie schmeckte nach den Götterfunken, die ich bereits bei unserem ersten Kuss gekostet hatte.

Doch sie löste sich von mir, schloss die Metalltür und verriegelte sie.

Kehrte zurück in ihre Welt und ich in die meine.

Ein bisschen entmutigt legte ich die kurze Wegstrecke zu meinem Jaguar zurück.

Stieg ein, verband mein Telefon mit dem Wagen.

Wieder viele Anrufe in Abwesenheit von meinem Vater. Warum hatte er das wohl so an sich?

Genervt wählte ich seine Nummer.

»Guten Morgen, Damian. Erstens, dein Wagen, du bist in Miravallet. Aber Dominic hat dich nicht bei Coralie gesehen. Beschattest du sie? Schlechte Idee. Dachte, du fliegst nach Prag? Aber egal. Schaff deinen Arsch dort weg. Ich habe Neuigkeiten, die ich dir nicht vorenthalten will.« Er klang so aufgeregt, unüblich für ihn.

»Wie reizend und guten Morgen, Daniel. Was könnte das sein?«

»Wir haben ihn.«

»Wen?«

Ich startete meinen Jaguar, gliederte mich in den Verkehr ein.

»Den Erpresser. Den Verfasser der Briefe an die Familie von Coralie.«

»Ach, und?«

»Er hat hohe Spielschulden bei den de Sauvignys. Er ist im Gewahrsam in Vincennes. Möchtest du ihm noch einen Besuch abstatten, bevor du fliegst?«

»Nein. Ich glaube, das handhabt ihr schon ganz gut, könnt ihr besser als ich. Überseht nichts, bei eurer Spurensuche. Und informiert die de Sauvignys.«

»Wir sind keine Anfänger, Damian.«

»Weiß ich. Dann. Viel Erfolg.«

Ich wischte das Gespräch weg. Hatte ihm absichtlich die Information vorenthalten, die mir Coralie gegeben hatte. Ob sie sich verhört hatte oder ob es wirklich einen Schattenprinzen gab? Dominic dürfte auch nichts mitbekommen haben, was mich bei diesem Stümper nicht wunderte.

Auf der einen Seite war es gut, dass sie den Erpresser dingfest gemacht hatten. Auf der anderen Seite war somit der offizielle Auftrag der *gladius lilium* zu Ende.

Sie mischten sich nie länger ein als notwendig.

Etwas in mir seufzte tief, eine andere Seite wand sich vor Gram.

Nie war ich von Coralie weiter entfernt gewesen.

Ich beschleunigte meinen Wagen, verlor mich in der Geschwindigkeit.

42

Coralie

(Schloss Miravallet, Westfrankreich)
… Gegenwart …

Als ich abends nach einem ausgedehnten Strandspaziergang zum Schloss zurückkehrte, fühlte ich mich immer noch irgendwie deplatziert. Es waren einfach zu viele Informationen gewesen. Eine Flut an Neuigkeiten und Anweisungen lastete auf mir. Der Rat hatte am Nachmittag eine Live-Schaltung mit mir und Papa gemacht. Mama glänzte mit Abwesenheit. Über meinen Bruder, über den ich mich in Schweigen hüllte, wurde kein Wort verloren. Und ich würde den Teufel tun. Dieses Geheimnis behielt ich für mich. Der Verdächtige in unserem Fall war festgenommen worden. Hatte alles gestanden. Die Bedrohung war, wie sagte es Monsieur Harcourt, eliminiert. Ich kannte den Erpresser sogar vom Sehen. Seit Jahren spielte er im Schloss Poker. Kam regelmäßig, solange er über Geld verfügte. Immer so lange, bis er es zu bunt trieb. Niemals hätte ich so jemand Unauffälligem, einem netten Mann, der aussah als könnte er kein Wässerchen trüben, wie ein Nachbar von nebenan, so etwas zugetraut. Sie hatten ihn der Polizei übergeben, er würde seiner *gerechten Strafe* zugeführt werden. Auf Bedrohung und möglicher Entführung standen sicher etliche Jahre hinter Gittern. Die Stimmung zwischen Papa und mir war seltsam gewesen, distanziert und doch erleichtert, darum hatte ich danach darum gebeten, an den Strand zu dürfen. Jetzt ging es mir besser, aber Regen kündigte sich an. Die Wolkendichte hatte ich nicht mehr ignorieren können. Dominics Dienst würde somit nach dem Finale der Sommerspiele als beendet erklärt werden. Der Schutz der *protectoren* war nicht mehr notwendig. Mein Kopf quoll über vor Gedanken und Überlegungen.

Gerade wollte ich ins Schloss eintreten, als ich einen Schatten auf der breiten Hauptterrasse wahrnahm. Innehielt. Fast war es wie in meinem Traum. Ich zog meine weiße überdimensionale, kuschelige Weste enger um meine Schultern.

Wir standen uns gegenüber. Zum ersten Mal seit unserer Geburt sahen wir dem jeweils anderen in die Augen. Angesicht zu Angesicht. Es dämmerte. Alles wirkte noch düsterer, da sich dicke, dunkle Regenwolken am Horizont bauschten, sich bedrohlich über die Szenerie spannten.

»Es freut mich, dich kennenzulernen, Coralie.« Seine Stimme war sehr angenehm, ein Pendant zu mir. Ich fühlte mich direkt wohl in seiner Gegenwart.

Der erste Regentropfen fiel, begleitet von weiteren. Aber ich war unfähig, mich zu bewegen.

Er kam auf mich zu, überbrückte die kurze Distanz.

Étienne war mir so nahe. Würde er die Hand ausstrecken, würde er mich berühren.

»Meinen Namen kennst du bereits, oder? Du hast uns gestern belauscht. Mum und mich?« Es irritierte mich für ein paar Herzschläge, dass er einen Mix aus Französisch und Englisch sprach. Nicht *mère* oder *père*, sondern Englisch.

»Ja. Ich gestehe.«

»Da gibt es nichts zu gestehen. Seit ich ein Mitspracherecht habe, war ich dafür, dass sie uns zueinander lassen. Du hast mir jeden Tag meines Lebens gefehlt, Schwester.«

Ich schluckte.

Weitere Regentropfen fielen.

Ohne weitere Worte machte ich einen Schritt auf ihn zu. Ein Schritt, so etwas Harmloses und doch fühlte ich mich kaum dazu im Stande, mich in Bewegung zu setzen.

»Seit ich weiß, dass ich ein Zwilling bin, hab ich endlich einen Begriff dafür gehabt, was dieses Gefühl des Fehlens in mir war. Dieses Gefühl warst du, Coralie. Schwesterherz.«

Ein Zwilling. Nicht einfach nur ein Bruder, er war noch mehr.

Zaghaft wollte ich ihn berühren, an der Hand, irgendwie diesem Drang der Verbindung zu ihm nachgeben.

Aber Étienne kam mir entgegen. Zog mich mitten im Regen in die schönste Umarmung meines Lebens. Es fühlte sich nach Heimkommen an, nach Ganzwerden. Unbeschreiblich. Etwas, das besonders in den letzten Wochen kaputtgegangen war, heilte.

Ich sträubte mich nicht, sondern fiel regelrecht in ihn. Mein Bruder, mein Zwilling. All diese Leere, sie hatte, wie er sagte, einen Namen. Was hatten unsere Eltern nur verbrochen?

Meine Tränen waren kaum aufzuhalten. In den letzten Wochen weinte ich entschieden zu viel.

Wir waren mittlerweile völlig durchnässt vom Regen. Aber ich schenkte dieser Tatsache keine Aufmerksamkeit.

Wollte alles von ihm aufsaugen. In Erfahrung bringen. Er blickte mich aus meinen Augen an. Mamas Augen. Grün. Stechend grün.

»Coralie, lass uns reingehen.« Er lächelte mich an, löste sich minimal von mir, nahm mich am Handgelenk, griff weiter runter. Hand in Hand. Grotesk und natürlich gleichermaßen.

Ich nickte, war nach wie vor nicht fähig, zu sprechen.

Wir betraten Miravallet.

Zuerst sah ich gar nichts, dann die Umrisse von zwei Personen direkt in unserer Nähe. Blitze zuckten über den Abendhimmel. Meine, äh, unsere Eltern.

Mama weinte. Papa stand reglos da, resigniert.

»Coralie, wir würden so gern mit dir sprechen.«

»Später, Dad. Lasst uns bitte allein. Wir gehen in meine Räume.« So autoritär, er wirkte viel erwachsener, als ich mich fühlte.

Seine Ansage ließ keinen Widerspruch zu. Er nahm mich mit. In seine bitte was? Wo hatte er hier Räume?

Viel zu verwirrt, um etwas entgegenzusetzen, folgte ich ihm.

Wir gingen in den Turm, der laut meinen Eltern immer zum Renovieren aufgehoben worden war. Er war am weitesten von meinem Loft entfernt.

Perplex betrat ich eine moderne, definitiv auf ihn zugeschnittene Welt.

»Bist du … öfters hier?«

Er hielt immer noch meine Hand, während wir die breite, gewundene Treppe nach oben stiegen.

»Nein. Aber mittlerweile kenne ich mich aus.«

Langsam bibberte ich in den nassen Sachen.

Étienne öffnete die massive, dunkle Holztür. Ließ sie scheppernd hinter uns ins Schloss krachen.

»Raus aus deinen Sachen. Ich gebe dir was Trockenes von mir.«

So selbstverständlich, ohne Scheu, als wäre ich seine Freundin, nicht seine … gerade wiedergefundene Schwester.

Er verschwand durch eine Tür seitlich seines Hauptraumes. Ein massives Himmelbett aus dunklem Holz thronte in der Mitte des Zimmers. Man konnte rundum gehen. Schräg. Ich tropfte seinen teuren Holzboden voll. Egal.

»Hier. Bitte.« Ah, das musste ein Ankleidezimmer sein. Er hielt ein paar schwarze, ordentlich zusammengefaltete Kleidungsstücke in den Händen.

»Das Bad ist gleich …«

»Links.«

»Ja, genau.«

Ich drehte mich um, tappte ins Bad. Wurde gehetzt meine nassen, klebrigen Klamotten los. Vor allem die Weste hatte sich vollgesaugt. Nahm ein Badetuch, trocknete mich ab. Vom Grundriss her waren unsere Lofts ähnlich, aber er hatte definitiv wie Damian eine Vorliebe für Schwarz …

All seine Sachen rochen so gut. Verdammt. Das war wie in einem schrägen Film. Ich nahm die Socken, Jogginghosen, zurrte den Bund der Hose so eng wie möglich, nahm das Shirt und den Hoodie. Verkroch mich regelrecht in diesen mir viel zu großen Klamotten. Rubbelte meine Haare trocken.

Das nasse Zeug warf ich in den Schacht an der Wand. Alles war mir fremd und doch vertraut, irritierend.

Dann verließ ich das Bad, fühlte mich viel besser. War bereit für sämtliche Offenbarungen, die dort draußen auf mich warteten.

Mein Bruder stand bereits fertig umgezogen, als wäre er nie im Regen gewesen, in der Mitte des Zimmers.

»Darf ich kurz?« Zuerst verstand ich nicht, aber es ging um den Haufen nasser Wäsche zu seinen Füßen.

»Äh, ja, klar.«

Er warf ihn in denselben Schacht. Durch den Spiegel sah ich, dass er seine dunkelbraunen Haare trockenrubbelte. Sie waren länger, als sie Jungs für gewöhnlich trugen. Aber es stand ihm ausgezeichnet.

»So, Schwesterchen. Ich hoffe, das ist so okay für dich? Ich hab auch im Restaurant noch zweimal heiße Schokolade bestellt, oder wäre dir Tee lieber gewesen? Setz dich bitte und nimm dir auch noch eine Decke.« So fürsorglich.

Ich nahm auf der schwarzen Ledercouch Platz, die zwischen den beiden hohen Fenstern stand, kuschelte mich in eine anthrazitfarbene, dicke Wolldecke ein. Dem ganzen Raum fehlte es an warmen Farben. Alles war schwarz, weiß oder grau.

»Das Persönliche wird noch kommen, mit der Zeit.«

Konnte er Gedanken lesen?

»Kann ich nicht, aber dein Pokerface ist mies.« Ein Grinsen begleitete seine Worte.

»Es ist irgendwie seltsam.«

»Was, Coralie?«

»Du bist mir so … ähnlich …«

»Wir sind Zwillinge.«

»Ja. Aber das alles.« Eine weitreichende, spontane Bewegung meiner Hände begleitete meinen Ausruf.

»Alles der Reihe nach. Erst Mal. Beruhige dich. Ich beiße nicht, versprochen.«

»Ja, aber wo warst du einundzwanzig Jahre lang, Étienne? Man kann doch das eigene Kind nicht verheimlichen? Was zur Hölle haben unsere Eltern getan?«

Er seufzte. Nahm mir gegenüber Platz auf einer kleineren Ledercouch. Stützte den linken Oberarm lässig auf der Lehne ab. Gedankenverloren blickte er auf seine Hände.

»Es ist auch für mich schwer, zu beginnen. Im Gegensatz zu dir wusste ich von deiner Existenz, Coralie. Du warst mir nie komplett fremd. Als ich eingeschult wurde, in Ontario …«

»Ontario? Kanada?«

Er nickte. Sah mich intensiv an.

In dem Augenblick klopfte es.

Étienne stand kurz auf, es waren unsere Getränke. Er nahm sie dankend entgegen. Schloss wieder seine Tür, brachte das Tablett zu uns. Stellte es auf dem protzigen Tisch aus schwarzem, satiniertem Glas vor uns ab.

»Bitte, trink gleich davon, bevor du dich erkältest.« Er war so fürsorglich, so höflich. Gute Schule, sicher hatten meine Eltern wie bei mir in die besten Internate investiert.

»Ist schon okay, ich bin nicht aus Zucker und du hast mich ja trockengelegt.« Ich hatte es lustig klingen lassen wollen, aber sein Blick wurde traurig.

»Das hat mir über all die Jahre gefehlt, Coralie.«

»Was?«

»Du. Durch die Entscheidung unserer Eltern haben sie uns vieles genommen. Ich war nicht mehr bereit, noch länger zu warten, und wollte zurück.«

»Darum bist du hier?«

»Ja, darum bin ich hier.«

»Mama wirkte gestern im Büro irgendwie verärgert, aber auch hilflos.«

»Ja. Sie hätten gern noch länger gewartet.«

»Warum?«

»Bequemere Lösungen. Aber wir konnten nicht mehr länger warten. Durch deine Liaison mit Harcourt geriet das Vermächtnis unserer Familie ins Wanken.«

»Äh, bitte?«

»Dad hat mich darüber instruiert, dass du etwas mit deinem *protector* hattest.«

»Das ist meine Sache. Langsam nervt das. Ich bin ja nicht sechzehn Jahre alt oder so.«

»Ja ich weiß. Ist auch in Ordnung. Zumindest für mich. Ich denke nicht in engstirnigen, alten Verhaltensmustern. Aber es war für mich dadurch der Zeitpunkt zurückzukehren. Egal wie gefährlich es sein würde. Der Rat würde mich schützen. Ich bin der Erbe. Nicht du. Das entlastet dich für deine Liebe.«

»Wow. Also bist du der selbstlose Typ?«

Er lachte, ein herrliches Lachen.

»Nein, bin ich nicht. Aber ich weiß, wie es ist, wenn man verliebt ist. Dad hat ziemlich kopflos reagiert. Deinem *protector* direkt den Rat, in dem Fall also seinen eigenen Vater, auf den Hals gehetzt. Unschön.«

»Aha.« Irgendwie stand mir der Mund offen.

»Aber das können wir jetzt alles geradebiegen. Also. Fast alles.« Er blickte dabei auf meinen Bauch. Ein besorgter Schatten legte sich kurz über seinen Blick, wirklich nur für einen Herzschlag.

»Woher …« Trotzig schlang ich meine Arme um meinen Unterleib.

»Coralie, ich bin dein Zwilling.«

»Das kannst du trotzdem nicht wissen.«

»Wissen nicht, aber ich ahnte es. Keine Ahnung warum. Also hab ich Recht?«

Noch kein Mensch wusste davon. Niemand. Aber aus irgendeinem Grund öffnete ich meine Lippen, suchte nach den richtigen Worten, es kam mir vor, als wäre ich ihm eine Erklärung schuldig.

»Es ist nur eine Vermutung, Étienne. Ich bin mir nicht sicher. Das ist so unerwartet für mich, dass ich mir bisher keine genauen Gedanken darüber gemacht habe.«

»Was bedeutet nicht sicher in deiner Welt, Coralie? Hast du noch keinen Test gemacht?«

Jetzt kam ich mir wirklich vor wie ein kleines, dummes Mädchen. Schüttelte meinen Kopf. Dachte, Stress und Aufregung hätten meine Menstruation verschoben. Immerhin verhütete ich.

»Okay. Hast du vor, einen Test zu machen?«

Mir wurde nach seinem Satz unendlich heiß.

»Keine Ahnung.«

»Keine Ahnung? Okay.« Er nahm noch einen Schluck aus seiner Tasse.

»Damian war doch gestern bei dir?«

»Warum weißt du das?«

»Er kam mit einem neuen, nicht gerade dezenten Jaguar, das sah ich mir genauer an.«

»Also hast du ihn verfolgt?«

»Nein. Na ja, ich konnte nicht schlafen und sein Auto ist auffallend. Ein kleines bisschen. Aber keine Angst. Ich blieb auf Abstand.«

»Wie lieb von dir.« In mir stand alles Kopf, obwohl ich mich nach außen hin ruhig geben wollte.

»Also, Schwesterherz. Deine Situation ist ziemlich vertrackt. Bevor wir uns von den aktuellen Geschehnissen hinreißen lassen, würde ich dir trotzdem gern meine letzten einundzwanzig Jahre zusammenfassen. Also falls du sie hören willst.«

»Ja, bitte.«

Er lehnte sich zurück und erzählte.

Mama und Papa hatten erst ziemlich spät in der Schwangerschaft erfahren, dass sie Zwillinge erwarteten. Étienne scherzte darüber, er sei immer schon für die Schatten bestimmt gewesen.

Der Schock darüber, nicht nur eine Tochter, sondern auch einen Sohn zu bekommen, saß von Anfang an tief in ihnen verwurzelt. Papa war selbst mehr bei den *protectoren*, dem Rat, den *gladius lilium* aufgewachsen. Hatte als männlicher Erbe eine für ihn zu harte Schule hinter sich. Das wollte er seinem Sohn nicht zumuten. Immer die Söhne erhielten diese »militärisch harte« Ausbildung. Eine Ausbildung, die dazu diente, allem standzuhalten. Nur selten den eigenen Wünschen. So ging das seit Generationen. Mädchen wurden nur dort ausgebildet, wenn es unbedingt notwendig war, es keine Väter gab, die als Familienoberhaupt regierten. So brachte Mama uns beide in einer eisigen Winternacht zur Welt. Zuerst kam mein Bruder, dann ich. Nur mithilfe von Papa und zwei Hebammen. Der Entschluss stand fest, dass Étienne ein gefährliches Geheimnis bleiben sollte. Der Reichtum unserer Familie ermöglichte diese Diskretion, ein solch komplexes Unterfangen. Mama verabschiedete sich fürs Erste unter Tränen von ihrem Baby. Papa brachte es mit einer der Hebammen direkt nach der Geburt ins Ausland. Alles war arrangiert.

Per Privatjet ging es nach Kanada.

Eine kinderlose Familie hatte sich bereiterklärt zu schweigen und sich um Étienne zu kümmern. Es fehlte an nichts. Sobald er sich erinnern konnte, wurden ihm seine wahren Eltern vorgestellt. Papa erklärte ihm unsere ganze Welt und auch … mich. Die kleine Schwester, die man in Frankreich gelassen hatte, da ihr dort keine Gefahr drohte. Sie nicht direkt an alte Verträge gebunden war. An der Stelle lachte ich auf, denn Damian hatte mich sehr wohl für sich beansprucht, zuerst meiner Sicherheit wegen. Im Nachhinein war auch sicher etwas Eigennütziges dabei gewesen, weil er mich hübsch fand. Der Rat erfuhr erst vor zehn Tagen von Étienne de Sauvigny. Diese

Offenbarung glich einem Erdrutsch. Alles würde sich ändern. Während Étiennes Erzählungen wurde etwas in mir völlig ruhig. Ich kam vollkommen in mir an. Étienne bestätigte mir, dass er ein grundsätzlich tolles, freies Leben in Kanada hatte. Auch gern dorthin zurückkehren würde. Aber später. Er hatte studiert. Er liebte Sprachen. Wollte sich aber noch nicht auf Masterstudien festlegen. Zuerst hatte er heimkommen wollen. Und Papa hatte nachgegeben. Zum Entsetzen von Mama. Aber nach dem, was mir passiert war, hatte er Étiennes Wunsch nichts mehr entgegenzusetzen gehabt.

Wahnsinn. Das musste ich wirklich erst sacken lassen. Seine Story. Ich dachte noch ewig, nachdem er geendet hatte, darüber nach. Reflektierte sie. Da holte er mich aus meinen Gedanken.

»Ich wollte einfach bei dir sein. Du brauchst mich jetzt. Mehr als je zuvor.« Sanft nahm er meine Hand.

»Keine Sorge. Ich bin groß. Ich komme klar.«

»Das weiß ich.« Wieder lächelte er. Das war so zauberhaft. Wenn er lächelte, ging eine innere Sonne in mir auf. War mein Bruder glücklich, war ich es auch. Unerklärlich. Wärme erfüllte mich und die kam nicht vom mittlerweile ausgekühlten Kakao.

»Damian ist deine erste große Liebe. Mum und Dad haben dich ja von allem ferngehalten, was Spaß macht. Sie haben irgendeine für mich unverständliche, vollkommen überzogene Panik in sich, die sie mal dringend behandeln lassen sollten.« Er verdrehte seine Augen.

»Sie werden zwar sicher ausflippen, wenn sie erfahren, dass du … also echt, Coralie. Hast du nicht verhütet?«

»Hey. Doch, aber das ging … wahrscheinlich schief. Oder es ist etwas anderes, man kann nicht schwanger sein, wenn man verhütet. Oder?«

»Sag bitte nicht, du hast das Märchen vom Rückzieher geglaubt?«

»Das ist frech, Étienne, und nein. Ich habe ein Kupferkettchen. War eine Empfehlung meines Gynäkologen.« Ich wurde rot. Wahrscheinlich bis zu den Haarwurzeln.

»Ist ja gut, Schwesterchen. Lass dich nicht von mir aufziehen. So etwas passiert. Und so wie ihr die letzte Nacht verbracht habt, naja. Das klang nach Spaß.« Ein schelmisches Grinsen begleitete seine letzten Worte.

»Hast du gelauscht?« Ich schnaubte, strich mir nervös eine vorwitzige Haarsträhne aus meinem Gesicht.

»Dein Geheimnis ist bei mir übrigens sicher, Coralie. Ich werde es niemandem sagen.« Ganz vorsichtig legte er eine große, warme Hand auf meinen Bauch. Das war so eine intime, vertraute Geste. Unbewusst hielt ich die Luft an, erinnerte mich an eine Sequenz aus meinen Träumen … *Lebensfunken* … war das gruselig oder etwas Gutes?

»Atmen, Schwesterchen.« Étienne kam mir noch näher, küsste mich auf die Wange. Mein Gott. Die Frauenwelt lag ihm garantiert zu Füßen.

Dann entfernte er sich von mir, brachte Abstand zwischen uns.

Saß mir wieder gegenüber auf der Couch.

»Ja, da gibt es die ein oder andere Frau, ich hab viel Spaß, Coralie.«

»Du kannst also doch Gedankenlesen.«

»Nein. Aber dafür, dass du in einem Casino aufgewachsen bist, ist dein Pokerface total unterentwickelt. Ich lese dich wie ein offenes Buch.«

»Charmant.«

»Mir gefällt das.«

Unsere Vibes waren so gut, ich unterhielt mich wunderbar mit ihm. Er war ein Geschenk, und ich wohl auch für ihn. Wir redeten die halbe Nacht.

Auch über unsere Träume. Er hatte sie anders erlebt, aber ich war ihm auch oft begegnet. Allerdings dachte er, es wären einfach Trugbilder seines Unterbewusstseins. Interessant. Zwillinge bewegten sich wohl manchmal zwischen den Welten.

Als ich weit nach Mitternacht über viele Treppen in mein Loft kam, fühlte ich mich zwar erschöpft, aber auch zufrieden. Ich ging noch duschen, danach fiel ich seit Langem in einen wahnsinnig guten, tiefen Schlaf ohne Alpträume.

Meine inneren Dämonen hatten sich verändert, verschoben. Waren weniger präsent. Vielleicht würde durch Étienne doch noch alles gut werden? Es war so ein schönes, warmes, gutes Gefühl, einen Bruder zu haben. Ein unbewusster Wunsch von mir war dadurch in Erfüllung gegangen.

43

Damian

(Prag, Tschechische Republik)
… Gegenwart …

Mein Smartphone klingelte und klingelte. Es war lästig. Irgendwann gab ich nach. Blickte darauf. Kickte es wieder von mir fort. Neun Anrufe in Abwesenheit von meinem Vater. Was zur Hölle wollte er? Konnte ich nicht mal tausend Kilometer von ihm entfernt meine Ruhe haben?

Da klingelte es wieder. Entnervt hob ich ab.

»Was?«

»Guten Morgen, Damian. Ich habe Neuigkeiten für dich.«

»Beeile dich damit, ich habe um elf ein Shooting.«

»Für das, was ich dir zu sagen habe, mein Sohn, wirst du dir gern Zeit nehmen. Vertrau mir.«

Eine Pause entstand.

»Schieß los.« Ich mahlte mit meinem Kiefer, was würde er mir schon großartig sagen können?

»Die Weichen bei der Familie de Sauvigny. Sie verändern sich. Wir hatten vorhin eine Videokonferenz.«

»Wer ist wir? Du und Armand?«

»Nein. Nicht nur. Ich hoffe, du sitzt, denn das ist wegweisend. Es gibt noch einen Sohn.«

Interessant. Coralie hatte sich wohl nicht verhört. Aber ich spielte den Unwissenden.

Daniel sprach einfach weiter, wartete keine Antwort von mir ab.

»Armand und Alice de Sauvigny haben nicht nur eine Tochter, sondern einen Sohn, einen Zwilling zu Coralie. Kannst du dir das vorstellen? Sie haben ihn versteckt. Was das für uns bedeutet, wird sich erst nach weiteren Gesprächen aufklären, aber was es für dich bedeutet …«

»Mich?«

»Als *protector* hast du Verbrechen begangen, die vor dem Rat nicht aufgehoben werden können. Aber.« Noch eine Pause. Konnte er nicht einfach mal frei sprechen?

»Für dich und Coralie, als Menschen, als Paar. Sie ist keine Erbin mehr. Die harten Gesetze gelten immer für den Erben, da sie in erster Linie unsere Schützlinge sind. Für dich und Coralie bedeutet das Freiheit. Verstehst du mich?«

Verarschte er mich gerade? Tausend Gedanken schossen mir durch den Kopf, aber das zeigte ich nicht. Blieb souverän und kühl. Ich wagte kaum, der zarten Hoffnung in mir nachzugeben. Der Vorstellung, dass Coralie und mir eine Zukunft möglich war.

»Ja. Aber du wirst mir verzeihen, dass es überraschend für mich ist. Deine Methoden waren alles andere als angenehm die letzten Tage.«

»Wir müssen uns alle an die Gesetze halten, Damian. Aber, ob du es mir glaubst oder nicht, du bist mein Blut und dein Glück liegt mir am Herzen. Du hast noch nie für eine Frau gebrannt, aber die kleine de Sauvigny ist dir wichtig. Camille spürte das auch und sie ist deine Mutter. Das möchte ich einfach nicht unter den Tisch kehren. Fang mit dieser Information an, was du möchtest, das ist nicht mein Problem. Aber einen Teil Freiheit erhaltet ihr durch Étienne de Sauvigny zurück.« Er war beim Sprechen immer leiser geworden. Gefühle von meinem Erzeuger? Lachhaft.

»Und er ist älter?«

»Sieben Minuten. Eine kurze Zeit, die dir aber, solltest du an der kleinen de Sauvigny nach wie vor interessiert sein, die ganze Welt öffnet.«

»Danke. Aber ich muss jetzt zu meinem Termin.«

»Wie lange willst du das mit dem Modeln noch machen?«

»Du weißt, ich tu das nur noch selten. Für gute Freunde.«

»Ich rate dir, und ich rate dir selten etwas: Komm heim.«

»Ja, bald.«

»Damian, auch wenn Härte und Disziplin meine Steckenpferde sind, dein Glück ist mir nicht egal.«

»Du wiederholst dich. Ist ja reizend.«

»Du kannst mich jederzeit anrufen, ich werde selbst nach Miravallet fliegen. Mir vor Ort ein Bild machen. Oder mir den Erben anders zu mir holen, wir brauchen auch DNA-Tests.«

»Tu dir keinen Zwang an.«

Damit legte ich auf.

Mein Herz wummerte. Diese Offenbarung war mir nicht direkt neu, Coralie hatte es ja bereits erwähnt, aber dass sie damit an die Öffentlichkeit, den Rat gegangen waren. Mutig. Oder doch ein Befreiungsschlag?

Erneut griff ich nach meinem Handy, würde den Rückflug umbuchen. Eigentlich wollte ich erst in zwei Tagen zurück nach Frankreich, aber ich würde den erstbesten Flieger nach dem Shooting nehmen.

Ich wollte bei ihr sein. Das musste alles viel für sie sein.

44

Coralie

(Schloss Miravallet, Westfrankreich)
… Gegenwart …

Guten Morgen, Schlafmütze. Ich hab dir etwas mitgebracht.«

Ein gutgelaunter, fast überdrehter Étienne betrat zwei Tage nach unserem ersten langen Gespräch mein Loft. Gestern war er mit unseren Eltern in Vincennes gewesen, ich hatte mich geweigert.

Ich murmelte Unverständliches in meine Kissen, denn er wagte es, meine schweren, dunklen Vorhänge zur Seite zu ziehen. Sie sperrten verlässlich das Licht aus, wenn ich schlafen wollte.

»Was willst du?«

Da ließ er eine kleine Papiertüte auf meinem Bett fallen. Setzte sich ans Fußende.

Schlaftrunken griff ich nach der Tüte.

»Ist da Frühstück drin?« Ich blinzelte mehrmals und zog den Inhalt des Säckchens raus.

Plötzlich war ich hellwach.

»Ist das dein Ernst?«

In meinen Händen lag ein Schwangerschaftstest aus der Drogerie.

»Ja. Und keine Angst, als Belohnung gibt es Frühstück. Sie decken gerade im Restaurant für uns beide.«

Kapitulierend ließ ich mich wieder in die Kissen fallen, nur um eine Sekunde später hochzurutschen und mich gegen das Kopfende zu lehnen.

»Da pinkelt man drauf.«

»Scherzkeks.« Ich verdrehte meine Augen.

»Hey, du bist nicht allein, Coralie. Mach es einfach, dann wissen wir ob es zum Frühstück auch Champagner für dich gibt.« Er meinte es wirklich gut, wollte die Situation auflockern.

»Okay.« Ich schwang meine Beine aus dem Bett.

»Übrigens, süßes Negligé.«

»Ja, ja.« Ich zeigte ihm die Zunge und schloss die Badezimmertür.

Bumm, bumm, bumm. Mein Herz. Um mich abzulenken, betrachtete ich mich im Spiegel. Ich trug wirklich ein sehr süßes, einfaches, weißes Sommernachthemd, ärmellos mit viel Spitze. Mir gefiel das. Und es ging bis zu den Knien, was wollte mein neuer, toller Bruder überhaupt? Das brachte mich dann doch wieder zum Schmunzeln.

Die Verbindung zwischen ihm und mir war beinahe beängstigend. Aber es tat so gut, ihn zu haben. Wir verstanden uns auch mit wenigen Worten. Seine Nähe beruhigte mich. Ich fühlte mich auf eine neue Art komplett durch Étienne.

Aber als ich den Test aufriss, kurz über die Packung drüberlas, um ja nichts falsch zu machen, schlich sich doch wieder mein erhöhter Pulsschlag in meinen Kopf und ganz viele imaginäre Fragezeichen dazu.

»Coralie, alles okay?« Er stand vor der Tür.

»Ja, gleich.«

Sei es drum. Vielleicht waren einfach die letzten Wochen zu viel Stress gewesen, obwohl ich immer eine pünktlich einsetzende Menstruation hatte, verlässlich wie ein Schweizer Uhrwerk.

Ich setzte mich auf die Toilette und pinkelte auf das Stäbchen.

Danach steckte ich es zurück in die dafür vorgesehene Blisterkappe. Legte den Test auf dem Waschbecken ab, wusch mir die Hände und verließ das Bad.

»Und wo ist der Test?« Étienne lag quer über meinem Bett, mit einem Arm abgestützt. Er betrachtete mich aufmerksam.

»Im Bad.«

»Okay. Und was sagt er?«

»Noch nichts. Es stand fünf Minuten drauf. Also fünf Minuten Wartezeit.«

»Aber wer soll das Ergebnis sehen, wenn du ihn im Bad liegen lässt, Schwesterchen?«

»Keine Ahnung. Ich weiß nicht, ob ich es …«

»Setz dich aufs Bett, ich hol den Test. In Ordnung?«

Ich nickte, setzte mich auf meine Bettkante.

Étienne kam raus aus dem Bad, kletterte zu mir aufs Bett, setzte sich hinter mich.

»Willst du oder soll ich schauen?«

»Du.«

Da bewegte er sich hinter mir.

»Hab den Test mal etwas weiter weg gelegt. Reden wir doch derweil. Erzähl mir etwas.«

»Keine Ahnung, mein Kopf ist so leer. Es war alles viel die letzten Tage.«

»Versteh ich.«

»Was wird als Nächstes passieren, Étienne?«

»Das, Coralie, sehen wir dann. Kommt, denk ich, auf den Test drauf an. Aber dein Kupferkettchen ist in dir drin, du hast es nie verloren oder so?«

»Zumindest hab ich es nie gesehen, wenn du das meinst. Aber es ist nur zwei oder drei Zentimeter lang. Also eher leicht zu übersehen.«

»Ich weiß, dass du deine Augen verdreht hast.«

Dann wurde es ganz still im Zimmer. So leise, dass wir nichts als unsere gegenseitige Atmung hörten.

Da griff Étienne nach meiner Hand.

»Das Ergebnis ist eindeutig.« Mein Herz schlug so heftig, ich setzte mich ihm gegenüber. Verlor mich in unseren Augen, diesem Grün. Tiefe Sorge lag darin.

»Du bist schwanger, Coralie.«

»Oh mein Gott.« Aber gleichzeitig schenkte er mir durch seine Nähe, seinen Blick so eine Ruhe.

»Mama und Papa, sie dürfen das nicht wissen, noch nicht.«

»Ist gut. Ich sag es ihnen nicht.«

»Danke.«

»Sie haben sowieso nach gestern ganz andere Sorgen. Wir waren ja beim Rat, diesen *gladius lilium*. Alter, aber genialer Kasten diese Burg. Aber das erzähle ich dir später.«

Vorsichtig schob er seine Hand nach vorn, in der lag der Test mit zwei Strichen.

»Soll ich vielleicht noch einen machen?«

»Besser du gehst bald zu einem Arzt, Coralie. Dann bleiben keine

Zweifel offen. Wie lange bist du überfällig?«

»Puuh, muss ich rechnen. Es war einfach so viel in den letzten Wochen.«

»Der Arzt kann es dir sicher ganz genau sagen.«

»Das ist so verrückt. Étienne, es darf wirklich keiner wissen.«

»Bei mir ist dein Geheimnis sicher, Schwesterherz. Lust auf Frühstück, oder soll ich es hochbringen lassen?«

»Hochbringen, bitte.« Er nickte. Ich konnte nur auf den Test starren.

Ich ging noch mal ins Bad.

Gab mir wieder ein paar Minuten vor meinem Spiegelbild.

Wie konnte das verdammt noch mal passiert sein? Also wozu verhütete man, wenn es dann doch versagte? Ein klitzekleines Restrisiko hatte mich getroffen. Ein Kind hatte so überhaupt nicht auf meinem Plan gestanden.

Aber dieser Test, die Gefühle dazu waren nicht angsteinflößend. Es fühlte sich eher warm, nach Heimat an. So ähnlich wie ich empfunden hatte, als ich gestern Abend Étienne begegnet war. Wir zueinander gefunden hatten.

»Da bist du.« Mein Bruder lächelte.

»Es ist angerichtet.«

Wie lange war ich im Bad gewesen? Hatte meinen Gedanken nachgehangen?

»Äh, soll ich mich umziehen, ich …«

»Coralie, wegen mir nicht. Außer es ist dir unangenehm, aber mit meinen Freundinnen frühstücke ich sogar nackt, dagegen hast du echt viel an.« Er scherzte und es befreite mich.

Lächelnd setzte ich mich ihm gegenüber. Er hatte auch die Fenster geöffnet, eine frische, warme Sommerbrise wehte aus den Gärten herein.

Noch bevor wir mit dem Essen anfingen, legte er seine Hand auf meine. Irgendwie fehlte mir der Appetit, es würde schwer werden, etwas hinunterzubekommen.

»Alles wird gut, immer.«

»Ja.«

Fast wollte ich ihm glauben, aber ich wusste, viele Prüfungen lagen vor uns.

Er nahm mein Champagnerglas, leerte es in einem Zug. Stellte es wieder unauffällig an meinen Platz.

»So durstig?«

»Heute definitiv. Vor zwei Tagen habe ich dich wieder bekommen. Gestern waren wir beim Rat in Paris. Und vor wenigen Minuten habe ich erfahren, dass ich Onkel werde. Es ist viel, auch mit positiver Grundeinstellung. Da denke ich, ist Champagner die richtige Entscheidung. Außerdem wollte ich ihn austrinken, bevor Mum …«

»Mama?« Ich wollte aufspringen. Sie kam hier rauf, hoch zu mir?

»War nur so eine Vermutung, vielleicht geht sie auch woanders hin, aber falls sie raufkommt …« Er zwinkerte, in dem Augenblick klopfte es.

»Coralie?« Mamas Stimme. Ich schluckte.

»Keinen Redebedarf, Mutter.« All meine Kälte legte ich in meine Antwort.

»Frostig wie der Polarkreis. Interessant.« Étienne prostete mir zu, nahm einen Schluck aus seinem Kristallglas.

Da trat unsere Mutter ein.

»Oh, du bist nicht allein …« Wahnsinn, wie groß ihre Augen wurden, als sie sah, dass Étienne mir gegenübersaß.

»Entschuldigt, ich wollte nicht stören.«

»Ja, dann kannst du ja jetzt wieder gehen, Mutter.«

Tränen traten in ihre Augen, aber das war mir egal. So etwas von gleichgültig.

Étienne sagte gar nichts, schwieg.

Mama nickte, drehte sich um, schloss leise die Tür. Jeder ihrer Schritte die Treppen hinunter hallte in meinem Inneren wider.

»Schwesterchen, das war schon hart von dir.«

»Nein. Sie haben mich belogen. Beide. Mein Leben lang. Hast du Verständnis für sie?« Ich zog fragend eine Braue in die Höhe. Musterte ihn.

»Nein. Das habe ich nie unterstützt und einfach nicht verstanden, warum sie es dir verschwiegen haben. Es tut mir sehr leid, Coralie.«

»Ja, sie haben sich einfach dafür entschieden. Und jetzt müssen sie mit den Konsequenzen dieser Entscheidung leben.«

»Was machst du als Nächstes?«

»Einen Arzt anrufen, begleitest du mich?« Der letzte Teil war mir echt spontan rausgerutscht, aber er nickte.

»Danke.« Er reagierte auf mein Danke mit so einem schönen Lächeln, dass mir ganz warm ums Herz wurde.

»Wie erkläre ich das Dominic?«

»Er kann ja in einem separaten Wagen den Anstandswauwau spielen.«

»Nein. Er darf das nicht wissen.«

»Wir werden ihn ablenken. Sag einfach, ein normaler Kontrolltermin.«

»Mmmh, und warum bist dann du dabei?«

»Ich habe Zeit.«

»Aha. Na, das klingt nach einem Plan.«

Dann stand ich auf, schnappte mir mein Smartphone von der Kommode. Atmete durch. Wählte die Nummer meines Frauenarztes. Kam sofort durch, kam sofort dran, am Nachmittag durfte ich vorbeikommen. Wenigstens keine lange Wartezeit.

»Hey, du kriegst das hin.«

»Herzlich willkommen in unserer Praxis, Sie sind Mademoiselle de Sauvigny?« Ich nickte. Die freundliche Assistentin brachte mich in einen Behandlungsraum. Étienne blieb unschlüssig vor der Tür stehen. »Äh, Monsieur, möchten Sie …« »Ja, er möchte.« Mein Bruder sah mich wie vom Donner gerührt an, trat dann aber ein.

»Nehmen Sie doch bitte gleich mal Platz, Doktor Durand kommt jeden Augenblick.«

Wir setzten uns auf die beiden hellgrünen, modernen Samtsessel vor dem noch leeren Schreibtisch.

»Du musst bitte bei mir sein, ich schaff das nicht allein.«

Statt einer Antwort reichte er mir seine Hand, ich ergriff sie. Atmete durch.

Der Arzt trat gutgelaunt ein, begrüßte uns. »Guten Tag, meine Herrschaften.«

»Also, wie kann ich Ihnen helfen, Mademoiselle de Sauvigny?«

»Ich glaube, ich bin schwanger.« Es schwappte einfach so aus mir raus.

»Haben Sie schon einen Test gemacht?« Ich nickte.

»Und Sie sind der Freund von …«

»Nein, Monsieur, er ist mein Bruder.«

»Oh, okay. Hatten wir schon mal. Ist nicht direkt ungewöhnlich für mich, dass ein Bruder seine Schwester zum Termin begleitet.«

»Während Sie mich nebenan untersuchen, kann Étienne dann einfach hier sitzen bleiben? Ich möchte ihn in meiner Nähe wissen.«

»Natürlich, Mademoiselle. Überhaupt kein Thema. Aber ich sehe gerade in Ihrer Akte, Sie verhüten mit Kupferkettchen? Die ist grundsätzlich sehr verlässlich. Vielleicht ist der Test dann nur falsch positiv. Sehen wir einfach kurz nach.« Ich nickte.

»Bitte, Mademoiselle.« Der Arzt bat mich in den optisch abgetrennten Nebenraum, dort betrat ich kurz die Umkleide, um meine Leggings und den Slip loszuwerden. Atmete durch, beruhigte mein stark klopfendes Herz, ging in meinem Oversize-Longshirt, das ich extra dafür gewählt hatte, wieder zurück in den Behandlungsraum. Nahm auf dem Stuhl Platz und gab mein Bestes, mich zu konzentrieren, denn meine Gedanken hüpften kreuz und quer. Étienne sah ich nicht mehr, hatte ihn aus meinem Blickwinkel verloren.

Der Arzt fing routiniert mit seiner Untersuchung an. Er hatte sich schon Handschuhe angezogen und tastete fachmännisch meinen Muttermund ab.

»Okay, der Muttermund deutet auf eine Schwangerschaft hin. Hart, fest, zu. Aber wir schauen gleich noch mit dem Ultraschall. Gerade weil sie ja ein Kupferkettchen haben. Bleiben Sie einfach ganz entspannt, ja?«

Der Raum um mich fing an, sich zu drehen.

»Ist alles okay, Mademoiselle? Sie sehen so blass aus.«

»Kann mein Bruder zu mir? Also einfach nur neben mir sitzen? Man sieht ja eh nichts, er muss ja nicht …« Irgendwie klang meine Stimme hektisch.

»Ich bin da.« Er stand einfach neben mir, nahm meine linke Hand. Sah auf den Monitor. Es war eine komische, abgefahrene Situation und doch fühlte ich mich viel sicherer, weil er da war. Er schenkte mir Ruhe.

Unschicklich hin oder her, er sah wenig von meinem Körper, was dem Anstand schaden könnte. Mein Shirt ging als Kleid durch. Wenn er von hinten an mich herantrat, würde er kaum was erkennen. Nur der Arzt, aber der hatte ja auch eine Aufgabe zu erfüllen.

»Okay. Also hier der große Monitor ist für sie.« Wie gebannt blickte ich auf das Gewusel aus Schwarz und Weiß, aber ich konnte kaum etwas erkennen.

»Ihr Kupferkettchen ist überraschenderweise weg. Das ist ungewöhnlich. Haben Sie nie bemerkt, dass es verloren ging? Ich sehe es auch in der ganzen Gebärmutter nicht mehr.«

»Wie kann das sein?«

»Von tausend Frauen werden ein bis zwei trotzdem pro Jahr schwanger. Das kann man nie ganz ausschließen. Ihres dürfte sich gelöst haben. Bei der letzten Kontrolle, das war … Moment. Im Mai, da war alles in bester Ordnung. Das ist beinahe kurios und ja, wirklich eine Seltenheit.«

Und da sahen wir es. Ein leises, aber heftiges Pochen.

Étiennes Griff um meine Hand wurde fester.

»Ja, das ist der Herzschlag. Sehen Sie.« Er vergrößerte den Ausschnitt vom Ultraschall.

»Wow.« Mein Bruder war noch stiller geworden.

Mir lief eine einzelne Träne über die Wange. Der Herzschlag, dieses Geräusch. Ich verliebte mich. »Ist mit dem Baby alles so weit gut? Der Herzschlag, das ist so … schnell?«

»Jaja, das gehört so. Der Herzschlag ist um einiges flotter unterwegs als bei einem Erwachsenen. Alles okay. Moment. Lassen Sie mich noch ein paar Details klären.«

Wie paralysiert beobachtete ich all die kleinen Bildchen auf dem Bildschirm die sich abwechselten. Da sah man wirklich einen kleinen Wurm oder ein Böhnchen. Das war ein Baby.

»Sie sind bereits in der achten Woche, Mademoiselle de Sauvigny. Herzlichen Glückwunsch.« Ich blinzelte, das war doch verrückt. Das bedeutete, dass ich ziemlich in der ersten Nacht mit Damian bereits schwanger geworden war.

Der Arzt beendete seine Untersuchung. Sah mehr als zufrieden aus.

»Ich werde Ihnen noch Blut abnehmen und Sie bekommen eine Mappe von mir mit. Darin sind alle wichtigen Unterlagen.« Er lächelte. »Bilder von ihrem Baby haben Sie dann auch da drin. Auf einem USB-Stick. Vitamine schreibe …«

Wie ich war, kletterte ich vom Stuhl. Halbnackt. Sah Étienne an. Meine Unterlippe bebte, aber es war nicht vor Panik, sondern einfach, weil dieser Moment so in mir nachwirkte. Ich nie damit gerechnet hätte.

»Monsieur Durand.«

»Ja, Monsieur äh … de Sauvigny?«

»Genau. Ich bin Étienne, der große Bruder von der Mademoiselle. Darf ich noch mal fragen, ich hab das nicht richtig verstanden. Sie hat einfach ihr Kupferkettchen verloren? Das ist doch in der Gebärmutter verankert?«

»Ja, verankert, aber es kann sein, dass sich die Gebärmutter von selbst davon befreit hat, es abstieß, wie einen kleinen Fremdkörper. Solche Sachen sind sehr, sehr selten, aber nicht völlig ausgeschlossen. Wenn man ganz sicher gehen will, sollte man trotzdem an den fruchtbaren Tagen mit einem Kondom verhüten, junger Mann. Für Sie ein guter Tipp. Für Ihre Schwester etwas zu spät.« Entschuldigend ging er nach nebenan. »Sie können sich übrigens wieder anziehen, Mademoiselle.« Ich nickte, ging in den Umkleidebereich.

Draußen erhielten wir dann noch diese Mappe.

Wir verließen die Praxis. Schweigsam. Jeder hing seinen Gedanken nach und wir fuhren zurück nach Miravallet.

Irgendwie nahm ich meine Umgebung detaillierter und gleichzeitig verhangener war. Viele Gedanken wechselten sich in meinem Kopf ab.

»Du musst es ihm sagen.«

»Ja, weiß ich. Danke.«

»Wo ist Damian?«

»Keine Ahnung. Prag? Wir haben keinen Kontakt, ich hab ihn um Abstand gebeten, und auch wieder nicht. Es ist kompliziert.« Ich zuckte meine Schultern.

»Kommt er wieder zu dir?«

»Ja, als Gast, zum großen Finale der Sommerspiele, das ist am Sonntag.«

»Du weißt das ist übermorgen.«

»Mmmh.«

Wir bogen in die protzige Einfahrt zum Schloss ein.

Mit jedem Meter, den wir zurücklegten, wurde mein Herz schwerer.

Und dann stand unerwartet Damians schwarzer Jaguar mitten vor dem Haustor. Nicht ordentlich eingeparkt, sondern so, als hätte er es eilig gehabt.

Wir fuhren an seinem Wagen vorbei. Er saß noch drin.

»Schwesterchen, bleib ruhig.« Étienne legte seine Hand in die meine. »Ruhig. Atme.«

Was das wohl für ein Bild abgab. Ich im schwarzen, neuen Lamborghini eines jungen Mannes. Mir schoss direkt das Blut ins Gesicht, ich spürte die Hitze.

»Du musst dich nicht erklären. Sag ihm zuerst mal, wer ich bin. Dann …«

»Er weiß schon, dass ich einen Bruder habe, er weiß nur nicht, wie du aussiehst.«

»Oh, das hast du ihm …«

»Ja, du weißt doch, ich habe euch belauscht.«

»Okay, dann geh ich einfach mal meinem Schwager Hallo sagen.«

Étienne stieg flinker aus als ich, ging direkt auf Damian zu, der mittlerweile auch ausgestiegen war.

»Willkommen in Miravallet, Bruder.« Er streckte seine Hand aus, ich hatte so Angst, warum auch immer, dass Damian sie nicht annehmen würde, beobachtete die beiden, aber Damian schlug ein, die Männer fanden direkt zueinander. Sie fingen an sich zu unterhalten, mich lenkte eine Stimme zu meiner Linken ab.

»Coralie, das war überhaupt nicht witzig und sehr, sehr unvorsichtig.« Dominic. Ich verdrehte meine Augen.

»Ja, tut mir leid. Alles gutgegangen, ich wurde nicht gekidnappt, ich war in Begleitung meines Bruders. Und jetzt bin ich ja wieder da.«

»Ja, und was macht Damian hier?« Was ging ihn das bitte an? Ich nahm all meine Schlagfertigkeit zusammen.

»Er ist mein Freund, Dominic, kann dir doch egal sein, oder?«

»Der Rat hat ihn …«

»Mir ist das wirklich scheißegal, was der Rat sagte. Wenn Damian nicht als *protector*, sondern als mein *Freund* hier ist, als Privatperson, geht dich das nichts an.«

»Okay, ja. Verzeihung, Coralie.« Er trat beiseite, sah mich beschämt an. Vielleicht tat ich ihm unrecht und er wollte nur seine Pflicht erledigen. Aber ich hatte jetzt absolut keinen Nerv für ihn.

Mit schnellen Schritten ging ich auf die beiden Männer zu.

»So schön, dich zu sehen.« Ich warf mich einfach in seine Arme. Vor meinem Bruder.

»Es freut mich auch, dich zu sehen.«

»Bist du als Privatperson hier? Das habe ich zumindest Dominic erklärt, er nimmt die Ratssache sehr ernst.«

»Ich bin in vielerlei Belangen hier, komme direkt vom Rat. Ich bin dank Étienne entlastet und gefeuert in einem. So schließt sich irgendwie ein Kreis. Oder so ähnlich.«

»Was weiß der Rat?« Ich runzelte meine Stirn, löste mich aus Damians Armen.

»Wir waren gestern dort, Schwesterchen. Er weiß alles. Ich bin der Erbe aus der Linie. Du bist vogelfrei. Das ist mein Willkommensgeschenk an dich.« Er lächelte, aber das Lächeln erreichte seine Augen nicht.

»Lasst uns reingehen.« Mir war irgendwie kalt.

»Wo sind eure Eltern?« Damian fragte das wie nebenbei.

»Hoffentlich weit weg.«

»Was ist das?« Damian blickte auf meine Mappe. Gott sei Dank war sie schlicht grau.

»Das zeige ich dir später.«

»Okay.«

»Elegant gelöst, Schwesterchen.« Étienne flüsterte mir die Worte im Vorbeigehen zu. Ich wurde sicher noch röter, aber das musste warten. Wir hatten einfach so viel zu besprechen.

Und ich war dankbar, dass Damian einfach da war. Auch wenn ich zuvor unsicher war, ob es mir guttat, ihn wieder bei mir zu haben. Ich brauchte ihn mehr denn je, wir brauchten ihn.

45

Damian

(Schloss Miravallet, Westfrankreich)
… Gegenwart …

Der kitschige Sonnenuntergang tauchte das ganze Schloss in mystisches, goldenes Licht. Es war ein wunderbar warmer, später Augustabend. So lau, einfach herrlich. Ein Farbspiel bot sich uns, das seinesgleichen suchte.

Étienne hielt Coralie. Sie gaben ein wunderschönes Paar ab auf der Tanzfläche, die eigens für diesen Abend, den Abschluss der grotesken Sommerspiele des Casinos inszeniert worden war. Immer am letzten Tag im August fand diese Farce statt.

Die Gäste klatschten Beifall. Der Erbe stand den de Sauvignys exzellent. Alice, Armand, meine Eltern, Marie, Sébastien und Dominic. Viele bekannte Gesichter standen in der ersten Reihe.

Bereits gestern war das offenbarte Familiengeheimnis in vielen Zeitungen und in den Online-Medien publiziert worden.

Niemand, der hier atmete, war glücklicher über diese Fügung als ich. Es nahm uns allen etliches an Last ab. Die *gladius lilium* beschützten in erster Linie die Erben, erst danach die weiteren Nachkommen. Étienne war sieben Minuten älter als Coralie und ein Junge. Lächerliche sieben Minuten und groteske Geschlechtsüberbewertung. Aber der Rat hielt sich an diese alten, verstaubten Gesetze.

Das sprach uns frei. Ein unbeschreiblich gutes Gefühl. Denn Coralie hatte alles verändert. In mir, meine Grundsätze, meine Existenz. Wenn sie lachte, erhellte es meinen Tag. Wenn sie weinte, war alles voller Kummer für mich. Ich wollte sie nicht nur lieben und anbeten. Es ging darüber hinaus. Unsere Seelen hatten sich gerufen.

Wo ich die Dunkelheit war, schenkte sie mir das Licht und umgekehrt. Zusammen waren wir das Feuer. Meine alten Verletzungen lagen tief, aber sie breitete ihre heilenden Farben über die Narben. Niemals hatte ich geglaubt, je für eine Person so intensiv empfinden zu können.

Für mich, aber auch für meine Zukunft mit Coralie hatte ich heute sogar mit Unterschrift meine internen Aufgaben im Rat abgelegt, grundsätzlich für meine Vergehen, aber trotzdem sehr zum Missfallen meines Vaters. Mit ihm würde die Linie der Harcourts im Rat erlöschen. Wobei wir lange Gespräche geführt hatten. Von der familiären Seite verstand er mich. Entgegen meinem jahrzehntelangen Hass und der Meinung über uns Harcourts hatte er Courage und Anstand bewiesen, sodass er mich freigab, mir nicht im Weg stand.

Gleichzeitig verlor ich alle Besitztümer, all den Reichtum, der mir je durch meine Blutlinie zugestanden hätte. Inklusive der Titel. Aber ich brauchte das nicht. Mit dem Verlust der Privilegien der Harcourts konnte ich leicht leben. Diese Bevorzugungen waren zum großen Teil an eine Bindung mit den *gladius lilium* gekoppelt. Mit meinem Fall als *protector* und als Nachfolger meines Vaters hatte ich vieles abgelegt, auch an innerer Dunkelheit, und im selben Atemzug ein Leuchtfeuer an Liebe gewonnen. Alles, wonach es mich verlangte, war Coralie. Für mich. Das bedeutete meine ganze Welt.

Was konnte man mehr wollen?

Coralie schritt auf mich zu. Ein Raunen ging durch die Menge, die Gäste. Sie war so unfassbar schön. Trug ein langes, purpurfarbenes Abendkleid, das sich sexy um ihre zarten Kurven schmiegte. Goldfäden waren eingewebt, betonten ihre Vorzüge. Dazu dezenter Goldschmuck, Armspangen. Ihre dunkelbraunen Haare trug sie aufgesteckt zu einem Knoten. Auch darin waren Goldfäden verarbeitet. Sie erinnerte mich an eine griechische Göttin, war erhitzt vom Tanzen. Strahlte mich an. Nahm mein Gesicht in ihre perfekt manikürten Hände. Küsste mich vor all den Menschen. Brachte danach nur anstandshalber einen klitzekleinen Abstand zwischen unsere Gesichter.

Ein Lächeln zupfte an meinen Mundwinkeln, sie löste so viele Empfindungen in mir aus. Zärtlich legte ich meine Hände auf ihre Unterarme, umfasste ihre Handgelenke und sonnte mich darin, ihre Erscheinung in mir aufzusaugen. Drückte Coralie vorsichtig von mir weg, küsste sie auf die Handinnenflächen und spürte unsere Magie. Legte mir ihre Hände auf den Stoff meines Hemdes, direkt an die

Brust, vor allen. Oh ja. Jeder sollte sehen, wem mein Herz gehörte, für wen es schlug. Kein Versteckspiel mehr, das war vorbei, lag hinter uns.

Das Knistern zwischen uns war so stark. Ich hatte mit einer Frau noch nie so etwas erlebt, gefühlt oder war mir dessen bewusst gewesen. Es vereinnahmte mich vollkommen. Ich war Coralie verfallen.

Die Band stimmte das nächste Lied an. Die Menschen tanzten. Aber ausgelassener, nicht mehr so förmlich. Liebe war anscheinend ansteckend.

»Möchtest du etwas trinken, meine kleine Lilie?«

Coralie lächelte.

»Nein, lass uns spazieren gehen. Mir ist so heiß vom Tanzen. Étienne macht mich fertig.« Sie antwortete mir so befreit, hatte ihre eigenen Ketten gesprengt.

Ich nickte, zog sie von den Menschen weg.

Hand in Hand gingen wir durch die von Fackeln erleuchteten Parkbereiche.

Der Ozean war heute sanft, die Brandung war nur am Rande hörbar.

Wir gingen auf eine Bank zu, in einem der versteckten Rosengärten. Alice hatte kitschigerweise rund um die Bank Laternen aufstellen lassen. Eine hübsche Szenerie.

Wobei Coralie noch etwas Zeit brauchen würde. Sie konnte nicht so schnell vergeben. Ihre Eltern hatten ihr sehr, sehr lange etwas Wichtiges verschwiegen.

»Setzen wir uns?« Ich wollte so dringend mit ihr reden. In Ruhe. Mir waren einige Sachen aufgefallen, die ich nicht weiter vor mir herschieben wollte.

»Ja.« Coralie ging vor. Nahm auf der breiten Holzbank Platz.

Etwas in mir wollte gar nicht sitzen, aber so würden wir mehr Ruhe in dieses Gespräch bekommen.

Sanft nahm ich ihre Hand.

»Wie geht es dir?« Eine simple Frage, aber ich wusste nicht, ob sie ehrlich zu mir sein würde oder wieder Meisterin im Rausreden war.

»Prächtig. Ich war nur das Back-up meiner Eltern. Sie brauchen mich jetzt nicht mehr, da sie Étienne aus einem luxuriösen Versteck herausgekratzt haben.« Sie schluckte, sah kurz zu Boden, dann wieder zu mir. Der Schmerz in ihren Augen killte mich beinahe.

»Ich fühle mich abgestempelt. Gleichzeitig haben sie mein Vertrauen über einundzwanzig Jahre missbraucht. Meine Eltern haben schon vor der Geburt entschieden, dass sie den Erben wegen all der Unsicherheiten, die das Leben eines de Sauvignys mit sich bringt, fortschaffen. Wie in einem schlechten Märchen.« Instinktiv hielt ich ihre Hand fester. Sie tat mir wirklich leid.

»Aber es ist auch befreiend. Bis vor ein paar Tagen dachte ich noch, dass ich dich nicht haben darf, weil es diese Ratstypen verbieten. Étienne sagte mir, er würde mir etwas schenken. Freiheit. Die Freiheit, mein Leben zu leben, als Entschädigung dafür, dass sie mich so lang angelogen haben. Denn im Gegensatz zu mir wusste er von meiner Existenz. Das ist alles so verrückt.«

»Und du hast diese Freiheit angenommen, Coralie?« Meine Frage an sie kam bitterer als erwartet, aber ich musste das wissen.

»Ja, ich bin egoistisch und nehme diese tolle, neue Freiheit. Wobei ich nicht weit fliegen werde.« Ein Schatten huschte über ihren Blick. Anscheinend unbewusst legte sie ihre freie Hand auf ihren flachen Bauch.

»Warum wirst du nicht weit fliegen, Coralie?« Würde sie es aussprechen, wäre es leichter. Warum nur vertraute mir meine Eislilie nicht?

»Wir kennen uns erst so kurz. Verzeih mir, wenn mir das alles zu viel ist. Mein ganzes Leben steht Kopf, und …« Da ließ ich ihre Hand los, umfasste ihr Gesicht. Zwang sie, mich anzusehen.

»Coralie, ich bin immer für dich da. Auch wenn ich nicht mehr dein *protector* bin, du stehst lebenslang unter meinem Schutz, wenn du ihn willst.«

»Damian, ich will nicht deinen Schutz. Ich helfe mir selber. Ich möchte dich. Bei mir. Für … uns.«

»Uns?« Mein Puls raste, dieses Wort. Aus irgendeinem Grund, den ich nicht näher beschreiben konnte, wusste ich es.

»Ich … bin schwanger, ich weiß es seit Freitag.«

Statt einer Antwort zog ich sie fest in meine Arme. Sie sah zum ersten Mal überhaupt zerbrechlich aus. Meine starke Eislilie, so porös. Ein paar einzelne Tränen tropften auf ihre Wangen.

»Mein Kupferkettchen hat versagt, es ist weg. Ich muss es irgendwann verloren haben. Der Arzt sagte, es sei selten, aber nicht auszuschließen. Natürlich muss das *selten* auf mich zutreffen.« Ihr Blick löste sich in weiteren, stillen Tränen auf. »Ich war bei meinem Gynäkologen. Weil ich meine Tage nicht bekommen habe. Aber es weiß nur Étienne. Es ist verrückt. Er wusste es schon vor mir.«

»Er weiß es?« Ich hatte nicht so harsch klingen wollen. Aber dass sie sich dem frisch gefundenen Bruder anvertraute, knickte doch etwas meine guten Vorsätze.

»Er ist mein Zwilling, Damian. Er wird immer alles von mir wissen. Aber du hast es auch vermutet.«

»Es war nur so ein Gefühl und wirklich Kleinigkeiten, wir haben uns ja nicht oft gesehen. Ein paar Details, die mir auffielen.«

»Was denn?«

»Deine Brüste sind sensibler.«

»Das ist ein Grund, um bei einer Frau eine Schwangerschaft zu vermuten?«

»Du bist sehr nahe am Wasser gebaut, Eislilie.«

»Wir hatten nicht viel Zeit miteinander in den letzten Wochen, aber du hast ausnahmslos nur Wasser getrunken und Räucherlachs verschmäht. So ganz kleine Dinge, Lachs hast du davor geliebt. Und du berührst oft deinen Bauch.«

»Es ist mir zuwider, dass du nur bei mir bleiben würdest, weil du jetzt diese Verantwortung siehst.«

»Wie kannst du nur so von mir denken? Ich werde an deiner Seite bleiben, solange du mich lässt. Ich liebe dich.« Diese simplen Worte hatten durch ihr Geständnis eine ganz andere Tragweite. Erreichten mich bis ins Innerste.

Tränen sammelten sich in ihren Augen. Brachen das intensive Grün und zeigten mir so viele Seiten von meiner Eislilie. Sie war sprachlos und gleichzeitig offenbarte sie mir ihre ganze Seele »Ich liebe dich auch.« Ihre Unterlippe zitterte dabei, sie stand auf, atmete durch, nahm meine Hand, wischte sich mit den Fingern der freien Hand ihre Tränen weg.

Auch ich erhob mich, wollte sie wieder in meine Arme nehmen, ihre Worte hallten in mir nach, sie drehte sich ein bisschen weg… »Meine Prinzessin, bitte. Hör mir zu. Nicht nur du hast auf etwas verzichtet.

Auch ich. Ich bin frei. Entbunden von den *gladius lilium*, entbunden von meinem Vater, meiner Familie. Alles, was mir bleibt, ist mein Name, ansonsten öffnen mir keine Vorteile der *protectoren* je mehr irgendwelche Türen. Ich bin ein ganz normaler Mann, Coralie. Wird dir das reichen?«

Sie drehte sich wieder zu mir. »Du verrückter Mann, Harcourt. Natürlich reicht mir das. Es ging mir nie um das, was du besitzt. Du bist selbst schon ein Hauptgewinn. Du und der Höhlenmensch in dir. Ja, das wird dich jetzt ein klein wenig hochmütig werden lassen.«

Ich küsste sie für die freche Antwort. Wir hatten genug geredet. Ich wollte sie hier und jetzt spüren. Unsere Verbindung unter den Sternen besiegeln.

Die Schwangerschaft, unsere Familien, die Probleme, die vor uns lagen. Alle mussten sich noch ein wenig gedulden.

Jetzt ging es um mich und sie.

Es erstaunte mich, dass Coralie keinen Widerspruch einlegte. Hier im Garten, auch wenn wir uns ein bisschen abseits befanden, könnte uns jederzeit jemand von den Gästen entdecken.

Aber es war ihr vollkommen egal.

Unsere stetig pulsierende Verbindung glühte auf. Es waren keine Worte notwendig. Die Antwort, die wir suchten, lag in uns, in unseren Blicken.

Ich setzte mich auf die Bank, hatte meinen Gürtel bereits geöffnet.

Coralie leckte sich über die vollen Lippen, kam zu mir. Wischte sich dabei flüchtig die letzten Tränen weg. Ihr Abendkleid hatte einen langen, sexy Schlitz, der mir mein Vorhaben leichter machte. Mit einer Hand hielt ich sie am Rücken fest, gab ihr Halt. Aber was mich noch mehr verblüffte, als ich den störenden Stoff zur Seite schob, mich ihrer Mitte näherte: Sie war nackt. Das war der Wahnsinn.

»Du schaffst mich, freche, kleine Eislilie.« Ich stöhnte leise …

Sie rekelte sich lasziv auf mir. Wo war die unerfahrene, schüchterne Schönheit, die keine Ahnung von der körperlichen Liebe gehabt hatte? »Ich habe ein Monster erschaffen.« Aber das Grinsen verging mir, als sie sich auf mich senkte. Sie brauchte kein Vorspiel. Sie war feucht und mehr als bereit, uns das höchste Vergnügen zu schenken.

»Eislilie, das …« Mein Satz wurde erstickt, als sie mich noch tiefer in sich aufnahm. Ihre zarten, inneren Wände kickten mich direkt in andere Sphären. Es war so ätherisch, wunderschön und vollkommen, in ihr zu sein. Coralie senkte sich noch mal ab, ich spürte ihre Cervix. Wollte die Position irgendwie verändern, aber sie ließ es nicht zu.

»Du kannst nichts kaputt machen, Damian, und ich möchte dich so tief in mir, wie es nur geht.« Sie hauchte mir einen Kuss auf meine Lippen, strich mit der Zunge federleicht darüber. Begehrte Einlass. Ich schmeckte ihre süßen, fruchtigen Noten. Sie war mein für immer und darüber hinaus.

46

Coralie

(Schloss Miravallet, Westfrankreich)
… Gegenwart …

Nimm mich mit zu dir, ich will weg von hier.« Der Morgen nach dem Fest ließ vieles in mir emotional überkochen.

»Wo willst du hin?«

»Nach Hause.«

Damian sah mich vollkommen verstrubbelt an. Er wirkte mitgenommen von der letzten Nacht.

»Nach Hause? Du bist …«

»Nein, ich will ins Marigny. Dort gehöre ich hin. Ich möchte nur kurz duschen, dann können wir fahren. Also falls das noch dein Zuhause ist?«

Er brauchte ein paar Sekunden, dann stand er ebenfalls auf.

»Ja, wir können gleich fahren. Und ja, das ist mein Privatbesitz, mein einziger. Habe ich mir selbst gekauft.« Innerhalb von wenigen Atemzügen schwenkte er von Damian in seinen *protector*-Modus. Genau dafür liebte ich ihn. Ich liebte ihn.

»Worüber lächelst du so?« Er fuhr sich mit seinen Händen übers Gesicht, stand nackt auf.

»Genau dafür. Für dich, für alles, was dich ausmacht. Ich liebe dich dafür, dass du so hartnäckig warst, nachdem ich anfangs abweisend zu dir war. Ich liebe dich für jede Trainingseinheit, die du mir geschenkt hast. Ich weiß jetzt, das war nur deine offizielle Art, mir nahe sein zu können.« Ich zeigte ihm die Zunge. »Du hast dir eingeredet, das Training wäre gut für mich, auch wenn es verboten war, und so konnten wir uns nahe sein. Langsam verstehe ich alles.« Ich grinste, atmete durch. »Ach, und noch was. Wir müssen deinen Geburtstag nachfeiern. Der war bereits vor zwei Wochen. Du hast gar nichts gesagt und ich hab es vergessen. Verzeih mir.«

»Ich feiere meine Geburtstage nicht.« Dabei sah er für einen flüchtigen Moment traurig aus, ich küsste ihn auf die Nasenspitze, lächelte, zog mein einfaches Schlafshirt aus, ging, wie Gott mich schuf, ins angrenzende Bad. Verschwand leise summend darin, eine Melodie auf den Lippen, die mir Marie immer vorgesungen hatte, als ich klein war. Und die ich vielleicht irgendwann unserem Baby vorsummen durfte. *Unserem Baby*, wie das klang. Alles stand auf Umbruch. Wir würden den Kompass unserer Schicksale komplett neu ausrichten. Vorfreude erfüllte mich.

Da öffnete sich die Tür, Étienne.

»Mann, wie wäre es mit anklopfen?« Damian war ebenfalls unbekleidet, ich hörte, wie sie weiter Worte wechselten, aber Étienne verließ meine Räume nicht.

Ich stellte mich unter die Dusche, wusch alles Trübsinnige von mir ab. Es war zwar unsichtbar, haftete aber wie schwarzer Teer an mir.

Nach der Dusche trocknete ich mich ab. Warum war es so schwer, einen klaren Kopf zu bekommen? Ich sehnte mich nach der Ruhe im Marigny.

»Coralie?« Mein Bruder stand in der Tür, sah irgendwie bedrückt aus.

»So wichtig? Ich hab nichts an.«

»Ja.« Er klang aufgebracht.

»Was?« Sorge schnürte sich um mein Inneres.

»Papa hatte heute früh einen Herzinfarkt.« Alles in mir gefror zu Eis.

Das Badetuch fiel mir einfach aus den Händen. Achtlos. Ich musste diese Worte verarbeiten.

Ich hörte Damian fluchen, was er sagte, kam aber kaum bei mir an.

»Du kannst sie nicht so …«

»Damian, wie hätte ich das sanfter verpacken sollen?« Da erst merkte ich, dass er geweint hatte. Mein Bruder. Ich blinzelte reglos. Stand ich unter Schock?

»Wo ist er?« Meine Zunge war ganz dick, diese simple Frage hatte mir alles abverlangt. Ich hatte gar keinen Rettungswagen gehört.

Damian hüllte mich in der Zwischenzeit in einen Bademantel, ich ließ es einfach geschehen.

Es fühlte sich an, als würde mein Königreich fallen.

»Im Krankenhaus, sie verlegen ihn gerade nach Paris.«

»Warum hat es mir keiner gesagt?«

»Es geschah erst vor wenigen Stunden. Was hätte es geändert, Coralie?«

Innerhalb dieser Mauern, dieser Minuten wurde ich wieder zu der unnahbaren Eislilie. Schaltete auf meinen anerzogenen Funktionsmodus um. Alle Wärme hatte mich verlassen.

Wir hatten uns nicht aussprechen können. Zwar oberflächlich Frieden geschlossen mit unserer Situation, aber ich wollte ganz viele Themen mit ihm besprechen. Ich musste zu ihm, er musste wieder gesund werden. Zur Hölle, er wusste nicht mal, dass er Großvater wurde. Das war alles zu viel, mehr, als ich ertragen konnte. Darum musste ich meine Schutzmauern hochziehen.

Es war nur ein kleiner Ausflug ins pulsierende Leben gewesen.

Alles auf Anfang.

»Ich brauche Mama, sofort. Sie soll hochkommen bitte.«

»Das kann sie nicht, sie ist bei Papa.« Étiennes Stimme war immer leiser geworden.

»Dann lasst uns gleich fahren.«

Damian griff durch meine nassen Haare.

»So kannst du nicht fahren. Du musst dich zuerst …«

»Ja, vorzeigbar sein. Alles klar. Gebt mir zehn Minuten. Raus mit euch.« Damian und Étienne blieben wie angewurzelt stehen.

»Ich sagte RAUS. Beide!« Ungeduldig stapfte ich mit einem Fuß auf. Endlich verließen sie mein Bad.

Mit zitternden Händen holte ich meinen Föhn raus, meine Schminkutensilien. Schnell fertig werden, nach Paris waren es vier, nein eher fünf Stunden.

Irgendwie schaffte ich es, mich so weit herzustellen, dass ich raus konnte, rüber zu meinem Kleiderschrank.

Zuerst dachte ich, ich wäre allein, aber Étienne saß auf meinem Bett.

»Wo ist Damian?« Ich hatte die Frage beiläufig klingen lassen wollen.

»Bitte, Coralie. Komm zu mir zurück.« Mein Bruder sah so verzweifelt aus. »Ich hätte es dir anders sagen müssen, ich …«

»Hör auf. Du hast nichts falsch gemacht.«

»Aber du musst auf deinen Gesundheitszustand …«

»Keine Angst, ich halte das aus. Funktionieren ist mir anerzogen,

Bruderherz. Nichts Neues in meinem Kosmos.«

»Es sieht nicht gut aus, Coralie. Fuck. Er wird das vielleicht nicht überleben. Es ist kritisch.«

»Ich beeile mich.«

Er wirkte so zerstört, verzweifelt. Dabei dachte ich, seit ich ihn kannte, er sei der Stärkere von uns beiden.

»Okay, also, ich muss mir was anziehen, dann können wir.«

In dem Augenblick kam Damian wieder zur Tür rein.

»Der Helikopter ist in zwanzig Minuten da.« Er wollte der kühle Kopf sein. Mein *protector*. Ein *gladius lilium* für mich und meinen Bruder.

»Ein Hubschrauber?« Ich runzelte meine Stirn.

Er nickte, sah dabei so traurig aus, resigniert.

»Mit dem Auto brauchen wir vielleicht zu lange.«

Irgendwie kapierte ich es jetzt endgültig. Meine Eisfassade kehrte vollständig zu mir zurück.

Mein Vater würde wahrscheinlich sterben.

Ein letzter Blick in Étiennes Augen, er fühlte es genauso. Kummer fraß sich schleichend in mein Herz, aber wir mussten jetzt einfach rational denken, schnell handeln.

47

Damian

(Großraum Paris)
… Gegenwart …

Eine unsichtbare Krone zu tragen, ist ein einsames Unterfangen. Diese Worte hallten in mir nach.

Étienne hatte sie an Coralie gerichtet, mitten in einem Gespräch im Hubschrauber.

Der Schmerz der Zwillinge war das Härteste, das ich bisher hatte miterleben müssen.

Armand hatte keine Vorerkrankungen, war sportlich, kümmerte sich um seine Gesundheit. Es war aus heiterem Himmel passiert. Ich fokussierte mich darauf, so viel Verständnis wie möglich für die Geschwister aufzubringen.

Sie hatten bereits viel erlebt in den letzten Tagen, das jetzt war zu viel. Wie sollte ich es abfedern? Ich spulte in Gedanken sämtliche *protectoren* Reaktionen durch. Sie waren Lilien, ich musste mich um sie kümmern, um alle beide.

Haderte mit mir, welche Emotionen es in mir ausgelöst hätte, ob es mich berührt hätte, wenn Daniel an Armands Stelle gewesen wäre.

Als wir die Privatklinik erreichten, wussten wir alle drei instinktiv, dass wir zu spät waren.

Je näher wir der Station, dem Zimmer kamen, desto langsamer wurden unsere Schritte und umso verzweifelter der Ausdruck in den Augen der Zwillinge.

Der typische Krankenhausgeruch nach Desinfektionsmitteln und Elend haftete an jedem Atemzug.

Coralie und Étienne hielten sich an den Händen während sie gingen.

Ich bildete die Nachhut, verfiel in *protectoren*-Reflexe, Schutzmechanismen, lächerlich. Denn das abzuwehren, was auf die beiden zukam, dessen war ich nicht gewachsen. Darauf hätte mich niemand vorbereiten können. Innerhalb von Stunden fiel wahrlich ein ungekröntes Königreich.

Mir kamen die Gänge unendlich lang vor. Alles sah gleich aus.

Da, endlich, trafen wir auf eine Gruppe Menschen.

Ärzte und Krankenhauspersonal umringten Alice, die nur ihr blaues Nachthemd und darüber einen ebenfalls blauen Morgenmantel aus Seide trug.

Ihr Schreien, ihr Gezeter war unüberhörbar, ein Drama, das akustisch gigantische Ausmaße annahm.

Ich musste handeln.

Wählte mit meinem Smartphone Daniels Nummer.

Er reagierte überrascht, perplex, war verdattert. Aber ich war ihm dankbar, dass er mir zum ersten Mal in seinem Leben wirklich hilfreich unter die Arme griff. Alle konnte ich nicht abwickeln. Und Armand war *sein* Schützling.

Innerhalb von dreißig Minuten war ein Team mobilisiert, eine Spezialeinheit für Schockzustände. Sie nahmen sich Alice und Étienne an.

Vieles passierte gleichzeitig und dennoch wie in Zeitlupe

Armands Herz hatte wirklich aufgehört zu schlagen.

Eine Lilie war gestorben. Ein Nachkomme. Das löste eine Maschinerie ungeahnten Ausmaßes aus.

Coralies Bruder war in einem ähnlichen Zustand wie Alice. Er schlug gegen die Wände und ließ seinen Kummer raus.

Meine kleine Eislilie litt still.

Hatte als Einzige gefragt, ob sie ins Zimmer dürfte, zu Armand.

Der Wunsch war ihr sofort gewährt worden.

Ich stand irgendwie untätig im Gang, wartete ab.

Jetzt war sie bereits eine Stunde bei ihm. Zumindest behauptete die Uhr am Gang, dass bald eine geschlagene Stunde verstrichen war, seit sie zu ihm durfte.

Langsam würde er kalt werden.

Leise betrat ich das geräumige Krankenzimmer. Alles wirkte wie eine stille Szenerie aus einer Arztserie.

Armand wirkte, als würde er schlafen. Friedlich.

Coralie lag an ihn gekuschelt, es hatte etwas Groteskes und doch konnte ich sie verstehen. Mein Vater kam ebenfalls in diesem Augenblick, nur wenige Sekunden nach mir betrat er unaufgefordert das Zimmer.

»Bring sie raus.« Er hatte leicht reden.

»Warum?«

»Ich muss mit Armand allein sein.«

Zuerst war ich ratlos, wie ich das anstellen sollte.

Aber Coralie erhob sich anstandslos vom Bett, küsste ihren Vater auf den Handrücken, wischte sich eine Träne aus ihrem Augenwinkel, folgte mir, mehr paralysiert als anwesend, aber sie tat es.

Sie ging schweigend an ihrer Mutter und Étienne vorbei, bis zur Glastür, die die Station vom Hauptgang trennte.

Ein paar Sekunden blieb sie davor stehen, dann drückte sie die Tür entschlossen auf.

Sie ging weiter bis runter zum Eingangsbereich. Trat raus in die frische Luft. Es hatte zu regnen begonnen.

Vieles in mir wollte sie einfach berühren, sie umarmen, aber etwas sagte mir, lass es.

Coralie rief sich ein Taxi. Nannte eine Adresse.

Meine.

Erleichtert atmete ich aus.

Sie stieg in das Taxi, ließ die Tür offen, ich rutschte rein, nahm neben ihr Platz.

Im Wagen röteten sich ihre Wangen, aber sie blieb weiterhin stumm.

Die Fahrt dauerte knapp eine Stunde. Es war eine lange Stunde. Noch nie hatte ich mich so hilflos gefühlt.

Vorsichtig nahm ich ihre Hand, sie ließ mich gewähren.

Aber ich fand keine Worte, hatte auch das Gefühl, dass Sprechen fehl am Platz war. Bot ihr mit meiner Nähe hoffentlich genug Sicherheitsgefühl, genug Fels in der Brandung.

Als wir das erleuchtete Areal meines Zufluchtsortes erreichten, entspannte sich etwas in meiner kleinen Eislilie.

Ich bezahlte den Taxifahrer, das Wechselgeld sollte er als Trinkgeld behalten.

Alles, worum es jetzt ging, war, den mentalen Kollateralschaden an Coralie so gering wie möglich zu halten. Das allein zählte. Jede

Aufregung war ungesund für sie und das Baby. Sie ging etwas verloren, aber zielstrebig vor mir rauf zum Haupttor, Charles öffnete ihr. Coralie blieb einen Atemzug lang stehen, dann warf sie sich ihm in die Arme. Heulte wie ein kleines Mädchen. Ich konnte es ihr nicht verübeln. Spürte einen minimalen Stich der Eifersucht, der absolut nicht angebracht war. Denn in Charles sah sie einfach einen Vertrauten. Er war über alles informiert, ich hatte ihn auf dem Laufenden gehalten.

Vorsichtig zwang ich mich an den beiden vorbei. War selbst dankbar, einfach zu Hause zu sein.

Charles konnte Coralie kaum beruhigen.

Er nahm sie beschützend in seine Arme, sprach beruhigende Worte, trug sie rauf in ihr Zimmer.

»Komm mit, Dam. Du musst mir helfen.«

Sanft legte er Coralie auf ihrem Bett ab, auf der Tagesdecke. Sie weinte einfach weiter.

»Lass alles raus, Coralie, das ist wichtig.«

Mein Freund rutschte zu ihr aufs Bett, ans Betthaupt, vollbekleidet. Nahm sie wieder in seine Arme. Sie legte ihren Kopf an seiner Brust ab und atmete dazwischen ein paar Mal durch.

Unschlüssig blieb ich stehen.

»Geh dich duschen, dann komm wieder her und lös mich ab. Sei nicht eifersüchtig, das steht dir nicht und du weißt, dass es nicht von Belang ist. Sie löst keine Begierden in mir aus, bekämpfe deinen inneren Höhlenmenschen.«

Wortlos drehte ich mich um, ging rüber in meine Räume. Knallte die Tür etwas lauter zu als notwendig. Ich hasste es, wenn ich hilflos war. Aber ich wollte bei ihr sein, ihr Trost spenden.

Gehetzt wurde ich meine Kleidung los, stieg in die Dusche. Dieses Ritual erdete mich, half mir, klarer zu denken. Ich zog danach eine einfache, schwarze Jogginghose und ein T-Shirt in derselben Farbe an.

Kehrte in Coralies Zimmer zurück. Sie war Gott sei Dank eingeschlafen.

Charles hatte sie in mehrere Kissen gebettet. Die Erschöpfung hatte ihren Tribut gefordert.

»Ich würde ihr gern etwas für besseren Schlaf geben. Aber wegen ihrem Zustand wage ich es nicht, ihr was Beruhigendes zu geben.

Wir sollten einen Arzt herbestellen. Für morgen früh. Der all ihre Vitaldaten checkt.«

»Ja, bitte, wenn du das organisieren könntest, Charles.«

Damit wollte er schon gehen. Hielt aber noch mal in der Bewegung inne.

»Ihr Vater ist heute gestorben. Ich weiß, ich wiederhole mich, aber wenn du es mir erlaubst, würde ich gern Estelle ins Marigny holen. Sie könnte helfen.«

»Helfen?«

»Ja. Sie würde Coralie bestimmt in ihrer mentalen Stärke unterstützen. Glaub mir. Du darfst niemals vergessen, dass Coralie erst einundzwanzig Jahre alt ist. Wie warst du mit einundzwanzig? Hättest du so viele Veränderungen auf einmal gut überstanden? Ich bezweifle das, Damian, es hätte dich sehr mitgenommen. Wir hatten unsere … Probleme. Erinnere dich.«

»Okay. Du hast Recht. Ja. Ich weiß nicht mehr, was ich zuerst denken, wie ich entscheiden soll. Dein kühler Kopf hilft mir immer, zieht mich im wahrsten Sinne des Worte aus Abgründen. Und …«

»Ja bitte, Dam?«

»Deine Freundschaft bedeutet mir wirklich viel. Du weißt, ich vertraue auf deine Entscheidungen, deine Unterstützung, egal worum es geht. Danke, mir ist das wichtig.«

»Oh, ein Danke. Das freut mich, Dam. Und wie gesagt, wir beide müssen uns morgen lange unterhalten.« Er klopfte mir freundschaftlich auf die Schulter.

Meine Augen wurden wieder feucht, brannten. Ich würde doch nicht jetzt vor ihm die Nerven verlieren.

»Charles, du bist für mich das, was einer Familie am nächsten kommt.«

»Jetzt hör aber auf, Dam. Alles gut. Komm.« Er zog mich in eine Umarmung, das tat so gut. Ich wollte einfach, dass er wusste, was er für mich war. Das Leben konnte einem unerwartet schnell beschissene Karten ins Spiel mischen.

»Leg dich zu ihr, sie hat nach dir gefragt. Kummer ist grausam. Gute Nacht, Dam.«

»Ja, gute Nacht. Und ich bin dir wirklich dankbar.«

»Weiß ich. Ruht euch aus. Vergiss nicht, wie jung sie ist. Gerade passiert zu viel in ihrer Welt. Wer bekommt in einer Woche schon einen neuen Bruder dazu, eine Schwangerschaft bestätigt und verliert ein Familienmitglied? Das passiert normal nur in schlechten Filmen. Gib ihr Zeit.«

So zusammengefasst hörte es sich furchtbar an. Ich musste wirklich auf meine kleine Eislilie achtgeben.

Müde, erledigt, kroch ich zu Coralie ins Bett. Sie sah so traurig aus, sogar im Schlaf. Vorsichtig küsste ich sie auf die Stirn, suchte mir eine Hand von ihr, umfasste sie. Fand kaum in den Schlaf. Aber zumindest war ich bei ihr. Das war alles, was für den Moment zählte.

48

Coralie

(Großraum Paris)
… Gegenwart …

Es war unsagbar schwer. Der härteste Weg meines bisherigen Lebens. Wie darin ein gesundes Maß an Perfektion finden, die Balance, um den seltsamen Situationen, mit denen ich konfrontiert wurde, gerecht zu werden? Nach vier Tagen Rückzug fasste ich den Entschluss wieder zu funktionieren. Manche Dinge konnte man einfach nicht ändern. Musste man hinnehmen. Paradoxerweise blieb ich trotz all der Trümmer in meinem Leben ruhig. Was mir dabei half, waren vor allem Yoga und Meditation im Trainingsraum. Zusätzlich erdete mich mein selbsternanntes Zuhause, das Marigny. Hier fühlte ich mich angekommen. Ich rechnete es Charles und Damian hoch an, dass sie jemanden aus ihren Reihen herbestellten, der mich verstand. Es war Charles' Idee gewesen, aber ich war beiden Männern dankbar. Ihr Name war Estelle und sie war wirklich wie ein heller Stern für mich.

Estelle war ebenfalls ein Mitglied der *gladius lilium*, aber sie hatte sich mehr der Heilung verschrieben. Des Körpers und des Geistes. Mich klarer, fokussierter und annehmender sehen lassen.

Sie zeigte mir täglich, dass man allein durch Selbstliebe reflektierter denken konnte. Ein Geschenk.

In weniger als einer Woche war mir so viel Neues in meinem Leben gezeigt, geschenkt worden und gleichzeitig hatte ich einen schweren Verlust erlitten. Aber mit jedem Tag fiel mir das Analysieren leichter.

Charles war mir ein richtiger Freund geworden. Freundschaft. Klang so simpel und ging doch so tief.

Mit Marie telefonierte ich jeden Tag. Sie wollte herkommen, aber ich vertröstete sie, bat sie um Geduld mit mir.

Charles und Damian reichten mir als Ansprechpartner. Zusammen mit Estelle.

Auch Étienne rief mich mehrmals am Tag an. Ich legte alles an Organisation für die Beerdigung in seine und Mamas Hände. Das Telefonat mit Mama war mir am schwersten gefallen. Aber irgendwie überstand ich es. Kühl und distanziert, aber wir schafften es zumindest, miteinander zu sprechen.

Von meiner Schwangerschaft hatte ich ihr noch nichts gesagt und Étienne gebeten, weiterhin zu schweigen.

Damian gab mir genau das Maß an Sicherheit und Abstand, das ich gerade brauchte. Wir waren uns so nahe, ohne uns ständig auf intimer Basis aufzuheizen. Ich dankte ihm mehrmals am Tag für seine Nähe. Irgendwann würde ich wieder bereit für mehr sein, da ich unsere Energien immer spürte, die sich anzogen wie zwei Magnete. Aber gerade war es genug, wenn er einfach da war, mein *protector*.

Diese Kraft, die mir alle Menschen rund um mich schenkten, hatte ich auch gebraucht, denn mir stand ein wahrlich schwerer Tag bevor.

Ich fürchtete diese Prüfung. Aber, so schwer sie war, wir mussten es tun, ihm die letzte Ehre erweisen.

Danach würde ich mich in den Rückzug begeben. Alles, was ich wollte, war, im Marigny zu heilen. Seite an Seite mit Damian, Charles, meinem Bruder und Estelle. Mir hatte auch immer so etwas wie eine wahre Freundin gefehlt und nach jeder Einheit mit Estelle, diesem optimistischen Leuchtfeuer an innerer Kraft, wurde mir etwas bewusster.

Familie bestand nicht nur aus Blut. Familie konnte ihre Kraft aus wahrer Freundschaft ziehen, die man sich für kein Geld der Welt erkaufen konnte.

Meine Mutter sah wie ein perfektes Laufsteg-Model aus. Ich hatte mich pflichtbewusst dieser Optik untergeordnet. Ebenso mein Bruder, Damian und alle Menschen rund um uns.

Wir trugen ausnahmslos Schwarz. Mich erdrückte dieses offizielle Prozedere, aber ich fügte mich wie ein Puzzlestück ein, das war ich Papa schuldig.

Es fühlte sich so an, als würden wir einen König zu Grabe tragen. Sein Blut, mein Blut, das Blut des Sonnenkönigs.

Eine Ära ging zu Ende.

Bei herrlichstem Septemberwetter, die Sonne verspottete meine leisen Tränen. Alles war begleitet von einem Beigeschmack der Endlichkeit, es erdrückte mich.

Nie hatte ich ihm die Frage stellen können, wie es war, ein Erbe von Louis zu sein. Viele offene Fragen blieben, die er mir in diesem Leben nicht mehr beantworten würde.

Was mich allerdings noch mehr erschütterte, war Daniels Reaktion auf den Moment, als der protzige Sarg aus luxuriösem Holz in die Familiengruft hineingetragen wurde.

Damians Vater weinte, hemmungslos. So etwas hatte ich noch nie zuvor gesehen und an einem Koloss von Mann wie ihm nie vermutet.

Camille, der ich noch nie zuvor begegnet war, stand teilnahmslos mit Abstand in seiner Nähe. Blickte geradeaus wie ein Statue, aber sie musste es sein. Damian besaß vieles von ihrer äußeren Schönheit.

Daniels Tränen rührten mich so tief, ich löste mich mitten im Begräbnis aus Étiennes Umarmung, der mich nicht loslassen wollte. Dann schritt ich entschlossen auf Daniel zu. Im ersten Moment reagierte er nicht, als er mich neben sich sah, Camille giftete mich nur für einen Sekundenbruchteil böse an, weil ich den Ablauf durcheinanderbrachte. Aber dann startete er einen letzten, kläglichen Versuch, der gebieterische, noble Ratsherr, wahrscheinlich sogar der oberste dort, zu sein. Die Hierarchie des Rates hatte ich noch nicht ganz durchschaut. Doch ich ließ nicht locker, flüsterte ihm eindringlich, aber nur für seine Ohren zu hören, zu: »Scheiß auf Regeln, Harcourt. Das Leben ist zu kurz dafür.« Unter Tränen blinzelte er mich an, dann umarmte ich ihn einfach. Impulsiv, aus dem Moment heraus. Und er gewährte mir diesen Bruch der Etikette. Wir waren uns so nahe wie nie zuvor. Camille war das so peinlich, dass sie ein paar Schritte seitwärts ging, sich entfernte, was mich nicht kümmerte und ich nur aus dem Augenwinkel wahrnahm.

Die ganze Trauergemeinde hielt für ein paar Herzschläge den Atem an, dann fuhr der Priester mit seinen letzten Worten fort.

Während ich Daniel umfangen hielt, beruhigte er sich. Dann merkte ich, wie er seinen Schutzpanzer wieder aufziehen wollte.

Da hatte er Pech. Ich war die Eislilie, ich hatte sein Eis gebrochen, es würde ihm nicht mehr gehorchen. Ich holte mir ein paar Ankerpunkte über meine Situation zum Rat in den Kopf. Ich liebte den unterschwelligen Hass, den sie uns Erben entgegenbrachten, und ich hasste die Art von Liebe, die sie uns kläglich schenkten. Ein Widerspruch und doch war ich mir sicher, dass ich mit meinem nächsten Satz das ganze Leben des großen Daniel Harcourts für immer ändern würde.

Wir würden ein neues, modernes Zeitalter, ein vollkommen anderes, unsichtbares Königreich der Schatten und des Lichts erschaffen.

Als er sich minimal von mir entfernte, drückte ich ihm stilbruchmäßig einen Kuss auf seine linke Wange. Er erstarrte. Diese Emotion nutzte ich aus, um ihm etwas ins Ohr zu flüstern.

Er gab mir keine Antwort, aber umarmte mich wieder.

Für ein paar Atemzüge blickte ich nach rechts zu Damian, meinem Bruder und Mama.

Sie alle hatten ihre Blicke auf uns geheftet.

»Es ist wahr, Daniel. Ich habe keinen Grund, dich zu belügen.« Ich flüsterte ihm weiter ins Ohr.

»Armand lebt weiter. In mir und in dem Kind, das ich unter meinem Herzen trage.«

Die drei simplen Worte – du wirst Großvater – hatten ihn endgültig aufgebrochen, in meinem Kopfkino zerschmetterte ich damit das Eis, das er wieder als Schutz hatte zwischen uns aufziehen wollen.

Ich nahm einen Platz neben Daniel ein. Der Priester war mittlerweile in der Gruft verschwunden, ebenso meine Mutter, die engsten Verwandten.

»Willst du nicht auch …«

»Nein. Ich bleibe hier in der Sonne. Ich gehe später zu ihm. In Ruhe.«

»So mach ich es auch. Weißt du, Armand und ich, wir haben uns gekannt, seit wir Teenager waren. Er war über viele, viele Jahre nicht nur mein Schützling, Coralie. Er war mein Wegbegleiter. Am Abend vor dem Herzinfarkt haben wir uns in seinem Büro noch unterhalten. Im Nachhinein bin ich dankbar dafür, dass wir Frieden geschlossen hatten. Es tut mir leid, dass du kein klärendes Gespräch mit ihm hattest.« Daniel seufzte, nahm ein paar Atemzüge, sammelte sich. »Aber er hat dich in diesem letzten Gespräch mehrmals erwähnt. Er sagte, er bereue es, dass er dich und Étienne getrennt hat. Sie sahen damals nur keinen anderen Ausweg, weil er nicht wollte, dass sein Sohn die gleiche Ausbildung erhält, die ihm zuteilwurde.« Noch eine Sprechpause. Ich hatte nur Ohren für ihn, nahm mein Umfeld gar nicht mehr wahr. »Weißt du, Coralie, wie gut ich Armand verstehe? Damian wuchs bei den *gladius lilium* auf. Unter meiner Hand. Einer viel zu strengen Ausbildung. Ich habe ihn nicht geschont, bei nichts, weil ich seine Fähigkeiten erkannte. Er ist ein wahnsinnig guter Kämpfer, Krieger, nenn es, wie du willst. Aber was ihn noch viel besser macht: sein gutes Herz. Auf der einen Seite bin ich traurig, dass er uns im Rat den Rücken gekehrt hat, auf der anderen Seite, für ihn ist es das Beste. Und für euch.« Er lächelte. Das schönste Lächeln, das ich je bei ihm gesehen hatte.

»Danke.« Meine Stimme war ganz kratzig.

»Wofür, Coralie?«

»Dafür, dass du ein Herz hast, Daniel. Und über deinen Tellerrand hinaussiehst. So legst du gute Fundamente.«

»So weise Worte von einer kleinen Lilie? Ich bin beeindruckt.«

»Halt mir nur einfach Mama vom Leib. Sie ist in einer grausamen Verfassung. Sie weiß auch noch nichts vom Baby. Ich werde es ihr sagen, aber später.«

»Wie du willst, Coralie. Bei mir ist das Geheimnis sicher. Es hat mich wirklich vollkommen überwältigt. Leben und Tod liegen stets nah beieinander. Ich wünsche euch alles Gute. Wirklich.«

Er sprach, als wollte er sich verabschieden? Ich runzelte die Stirn, wollte etwas erwidern, da spürte ich eine Hand um meine Taille. Damian.

Ich musste mich nicht umdrehen, die elektrisierende Energie zwischen uns funktionierte auch ohne zu sehen, dass er es war.

Darum hatte sich Daniel bereits abgewandt.

»Sag doch was Nettes zu deinem Papa.«

»Was Nettes?«

Damian legte seinen Kopf kurz auf meiner Schulter ab. Blickte seinem Vater nach, der sich zu anderen Trauergästen stellte.

Die Zeremonie war vorbei. Jetzt hatte jeder noch die Möglichkeit, für sich Abschied zu nehmen.

»Daniel weiß Bescheid.«

»Habe ich mir bei scinem Gesichtsausdruck beianhe gedacht.« Damian nahm meine Hand, verflocht seine Finger mit den meinen. Unsere altvertraute Geste. Hauchte einen Kuss auf meinen rechten Handrücken.

Für ein paar Sekunden versank ich in dem Rosenmuster der schwarzen Spitze aus der mein langärmeliges, knielanges Etuikleid bestand. Doch Damian holte mich gleich in den Moment zurück.

»Coralie, möchtest du zu deinem Papa gehen?«

Abwesend nickte ich, schritt mit ihm Richtung Gruft. Die kalte Luft umfing mich, aber wenigstens das wollte ich richtig machen. Mich von Papa verabschieden. Zwar hatte ich das größtenteils schon im Krankenhaus erledigt, aber jetzt war mein Kopf klar dafür.

»Soll ich mitgehen?« Damian wirkte unschlüssig.

»Nein. Das mache ich allein. Ich bin ein großes Mädchen.« Dabei schenkte ich ihm ein kleines Lächeln und betrat die Schattenwelt für ein letztes Zwiegespräch ohne Antworten.

49

Damian

(Schloss Marigny, an der Grenze zu Paris)
… Gegenwart …

Sie war so schön. Meine Lilie. Kein Eis, kein Feuer. Einfach die Perfektion im Sein, die Unantastbarkeit ihrer Moleküle.

Das Mondlicht fiel durch die dunklen Fensterfronten auf ihre Silhouette, verzauberte sie im Schlaf zu meiner Fee, meiner Elfe. Meiner Göttin aus Brocéliande. Das musste ich ihr unbedingt bald mal sagen, dass sie mich immer an diese alten Märchen erinnerte. Der Morgenmantel, in dem sie jedes verdammte Mal aussah, als sei sie wirklich ein wunderschönes Fabelwesen aus diesem Wald, hing rechts von ihr über einem Ohrensessel.

Sie bedeutete mir mehr, als ich mit Worten beschreiben konnte. Das musste wahre Liebe sein. Und das war sie auch. Konnte man innerhalb eines Sommers so denken? Ja.

In ihrer Gegenwart vergaß ich meine Vergangenheit. Konnte ich fokussierter nach vorn blicken. Coralie tat mir so gut.

Leise näherte ich mich ihr, strich behutsam über ihre Wange.

Coralie schlief ruhig und tief. Zu meiner Erleichterung. Der Tag war wahnsinnig anstrengend gewesen, für uns alle.

Wir hatten Armand, einem König würdig, auf seinem letzten Weg begleitet.

Genau dort, auf diesem Friedhof hatte sie mich überrascht. Coralie hatte unbewusst Daniel geheilt. Ihr wohnte vieles inne, das ich erst anfing zu verstehen.

Nur Étienne wusste außerhalb dieser Mauern von unserem Baby und jetzt auch mein Vater. Aber das war für mich in Ordnung. Denn wir mussten über alles den Frieden legen, diese ewige stille Kriegsführung zwischen mir und Vater war unerträglich.

Der Verlust der de Sauvignys war tragisch, besonders für die Zwillinge, aber für unsere Familienkonstellation war es ein Zugewinn.

Ich wollte nie ein Kind haben. Nie diese Verantwortung tragen. Aber seit es mit Coralie passiert war, wuchs mit jedem Atemzug ein wahnsinnig warmes Gefühl in meiner Brust. Dieser Lichtschimmer trug mich aus den Splittern aus Schatten.

Eine eigene Familie zu haben.

Es fühlte sich verdammt gut an. Nach mehr. Nach Ankommen, Heimkommen und Ganzsein. Etwas Lichtvolles.

Kleine Füße, die aufgeregt über das Gras meines Rasens liefen. Lachen, das bis rauf in mein Büro perlte. Viele Zukunftsszenarien spulten sich in meinem Kopf ab. Mittendrin die Frau, für die ich atmete, die ich liebte, für die ich brannte. Meine Feuerlilie.

Als ich vorher duschen gewesen war, war Coralie eingeschlafen. Sie war erschöpft vom Tag gewesen, die Anforderungen der Etikette hatten ihren Tribut gefordert. Und wir hatten uns zum ersten Mal seit unserer Abreise aus Miravallet unseren pulsierenden Funken hingegeben.

Sie hatte noch nie zuvor so viele Ratsmitglieder, so viele ihrer Blutslinie gesehen.

Cousins und Cousinen zweiten, dritten, vierten Grades. Großtanten und Urgroßonkel. Ein Großaufgebot der fruchtbaren, illegitimen Bourbonen.

Danach hatte sie mich überrascht. Darum gebeten, nach Hause zu fahren. Ein Wort, das sie in den letzten Tagen oft in den Mund genommen hatte. Sie sah Marigny als ihre Heimat an. Das rührte mich auf so viele unterschiedliche Arten. So hatte ich für das damals baufällige Schloss und den verwilderten Park empfunden, als ich mit Charles zum ersten Mal hierherkam. Das war über zehn Jahre her.

Zu Hause im Marigny hatte mir Coralie dann offenbart, dass sie absolut kein Interesse an den Bourbonen, den Verträgen, ihrem geschriebenen Schicksal hatte. Sie wollte frei sein. Keine Nachfahrin eines erloschenen Königtums.

Coralie war bereit, all ihre Namen abzulegen, und ich hatte sie zum Sonnenuntergang, auf unserer Terrasse, als wir aneinander gekuschelt das Panorama betrachteten, aus meinem Herzen, spontan gefragt, ob sie mich heiraten würde.

Ihr Blick war unvergesslich gewesen. Sie hatte nicht damit gerechnet, aber ich konnte nicht anders, als sie zu fragen.

Wir hatten weder Ring noch großes Setting rund um uns, aber Coralie hatte einfach Ja gesagt. Das schönste Ja, das man sich vorstellen konnte.

Mitten in einem Scherbenmeer aus Lilien zogen wir uns aus den Schlieren der Vergangenheit.

Leben und Tod. Anfang und Ende. Realität und Schicksal. Wir alle waren miteinander verwoben. Es gab für nichts ein Richtig oder ein Falsch. Es existierte nur das Jetzt. Alles andere war belanglos. Kein Reichtum, kein Besitz, keine Statussymbole. Denn wahre Liebe zu erkennen, war ein Schatz von unsagbarem Wert. Ich musste lernen, Frieden zu schließen, statt weiter die Feuer kleiner Kriege zu schüren. Möglicherweise war ich der erste Mann, der seiner Geliebten am Tag des Begräbnisses ihres Vaters einen Antrag machte, aber für mich war es der goldgesponnene Faden unter allen Fäden der Schicksalsgöttinnen.

Danach hatten wir uns einfach ausgezogen, waren im Pool gelandet, hatten uns mehr als geliebt. Mit jeder Berührung, jeder Liebkosung eine Bestätigung unserer Verbundenheit heraufbeschworen. Sie war mein Elixier.

Durch meinen Namen würde ich Coralie einen Teil ihrer düsteren Vergangenheit nehmen und ihr eine freiere Zukunft sichern können.

Denn über alle Maße war ich nicht nur ihr Freund, ihr Vertrauter oder ihr Geliebter. Ich war ihr *protector*, für immer und darüber hinaus.

Mit jedem Atemzug ihr Schild, so wie die kleine Eislilie meine Antwort auf alles war.

Ende

Liebe Leseherzen!

Was für eine Reise! Also ich muss kurz durchatmen. Aber. Ich habe noch etwas für euch. Ein kleines Special. Da Lilienscherben ein Einzelband ist, muss es trotzdem nicht auf dieser Seite enden. In Anlehnung an Happily-Ever-After-Feelings hatte ich Lust, noch zwei Epiloge zu schreiben. Mein Abschiedsgeschenk an euch für dieses Abenteuer. Da aber Epiloge nicht jedermanns Sache sind (und es wird kitschig), wählt bitte selbst, ob ihr umblättern und ihn lesen möchtet oder das Geheimnis der Lilien für euch zufriedenstellend aufgelöst wurde …

Epilog 1

Coralie

(Schloss Marigny, an der Grenze zu Paris)
… Im April darauf …

Ein unfassbar wunderbares Geschenk lag in meinen Armen. Ich konnte mich kaum an ihr sattsehen. Vor einer guten Woche hatte ich ein gesundes Mädchen geboren. Dieser Moment hatte alles verändert. Was davor wichtig war, verlor kurzfristig an Bedeutung. Denn die Kleine wurde, als sie mich zum ersten Mal anblickte, meine komplette Welt. Jetzt waren wir drei eine Einheit.

Der beschwerliche Weg, der hinter uns lag, alles war verpufft.

Heute würde uns Étienne besuchen. Aber ohne unsere Mutter. Mein Bruder wäre am liebsten bei der Geburt dabei gewesen, aber das hatten wir dann doch für uns behalten. Er war auch immer davon überzeugt gewesen, dass das Baby ein Mädchen war, seit er diese nie abgeschlossene Wette gewonnen hatte, konnte ihn nichts bremsen. Er hatte wahrscheinlich alle Babyläden in Paris aufgekauft und Kurse belegt, um der beste Onkel auf Erden zu werden. Ein Schmunzeln stahl sich auf mein Gesicht. Nur widerwillig hatte er uns die Woche gegönnt.

Entspannt ruhte ich in unserem breiten Bett, früher war das Damians Bett gewesen, jetzt hatten wir es zu einem Familienbett umfunktioniert. Durch die leicht geöffneten Fenster roch ich die ersten Blumen des Frühlings, es hatte etwas verdammt Friedliches. Danach könnte ich süchtig werden. So schöne Tage.

Gerade hatte ich Elodie gestillt, sie war zufrieden und schlief. Es war eine Freude, sie anzusehen. Den Namen hatten wir ziemlich schnell gewählt und er passte wunderbar zu ihr. Er bedeutete so etwas wie Reichtum und das war die beste Entscheidung für unseren kleinen Engel. Sanft streichelte ich ihr über die zarte Wange. Sie war so süß.

»Hast du Durst?« Damians Stimme holte mich aus der Tagträumerei.

Er hielt ein Tablett in seinen Händen, ich hatte ihn gar nicht eintreten hören.

»Ja, bitte.« Er kam zu mir, setzte sich zu uns ans Bett. Beinahe gierig trank ich das Glas leer, das er mir reichte.

Der letzte Wassertropfen perlte an meiner Lippe runter, doch Damian fing ihn auf, strich mit seinem Daumen über meine Unterlippe.

Ich sah die Begierde in seinem Blick. Aber er zügelte sich, immer. Voller Rücksicht auf uns, auf die Zeit nach der Geburt.

»Legst du dich etwas zu uns?« Ich sehnte mich nach seiner Nähe. Genoss dieses Wochenbett, die Faulheit.

»Das würde ich gern, aber Étienne kommt jeden Augenblick. Er ist so neugierig, er platzt gleich.« Jetzt grinste er, mit Grübchen.

Nahm seine Hand von meinem Gesicht.

»Aber danach würde ich gern mit euch kuscheln.« Damian lehnte sich vorsichtig zu mir, küsste mich. Ich spürte bereits wieder die Vorfreude, mehr mit ihm zu teilen als nur Küsse. Aber alles zu seiner Zeit.

Mein Herz hüpfte, ich hatte ein Riesenglück, nicht nur mit Damian, sondern mit allem. Er bot mir mehr als eine Partnerschaft, er nahm uns an, wie wir waren, mit all unseren Facetten. Er war bei der Geburt dabei gewesen. Hatte meine Hand gehalten, die ganze Zeit über. Dieses Erlebnis hatte unser Band noch stärker gemacht.

»Darf ich es noch mal sehen?« Ohne weiter auszuschweifen wusste er, was ich meinte.

»Du bist unersättlich, kleine Feuerlilie.«

»Witzbold.«

»Also gefällt es dir wirklich?«

»Alles an dir. Besonders Ivys letzte Arbeit.« Vor Kurzem hatte ich die Künstlerin all seiner Tattoos kennenlernen dürfen.

Langsam knöpfte er sein Hemd auf, entblößte seine rechte Brust. Ein neues Tattoo zierte diese Stelle seiner Haut. Das erste abseits seines Rückens. Wobei die Ausläufer der Tätowierung sich oberhalb des Schlüsselbeins und der Schulter mit den älteren Motiven verwoben. In feiner, filigraner und doch auffälliger Schrift stand der Name unserer Tochter auf seiner Brust. Darum herum Lilien und Teile des Wappens, die er bereits auf seinem Rücken gestochen hatte. Schwerter, Wölfe, die Symbole die uns alle vereinten. Es fesselte mich wie eine Geschichte aus einem Buntglasfenster. Es war auch das Erste, das mehr Farben besaß. Es wirkte täuschend echt. Noch war es empfindlich, aber bald würde ich es berühren. Auch diesem Kunstwerk die Aufmerksamkeit schenken, die es verdiente.

»Zufrieden?« Er lächelte.

»Mehr als das. Ich liebe es.«

»Das liebst du? Und mich?«

»Du bist alles für mich, ich liebe dich, ich liebe uns, ich liebe unser für immer und darüber hinaus.« Fest drückte ich seine Hand, die mir am nächsten war.

Spürte wieder die Energie zwischen uns. Damian sah mich an, als wäre ich sein Heilmittel. Ich liebte genau diese Vibes zwischen uns.

»Bedecke dich, bevor Étienne vom Glauben abfällt.«

»Warum sollte er?« Damian zog seine Stirn nachdenklich in Falten.

»Er glaubt, du wärst seriös.«

»Bin ich das denn nicht? Du ziehst mich auf.«

»Ein bisschen, vielleicht. Aber das gehört alles mir.«

»Ah, Besitzansprüche. Als würde dein Bruder eine Gefahr darstellen.« Er scherzte, das nahm ich ihm nicht übel. Ich hatte wirklich die beste geschwisterliche Beziehung zu Étienne, dafür dass er mir bis vor gut einem halben Jahr fremd gewesen war, hatten wir eine intensive Geschwisterverbindung. Er und ich verstanden uns blind.

Wir alberten noch etwas rum, Elodie schlief so tief, ich liebte es durch und durch, Mama zu sein. Was für ein Wort. Freute mich so sehr auf all das, was vor uns lag, was wir erleben durften. Ich fühlte mich gesegnet.

Wir beschritten ein für uns neues Zeitalter. Endorphine fluteten meinen Verstand. Das war so aufregend und fühlte sich richtig an. Egal, wie anstrengend es werden würde, es lohnte sich. Das stand in unseren Lilien geschrieben.

Epilog 2

Damian

(Schloss Miravallet, Westfrankreich)
… Zwei Sommer darauf …

Ihr Kleid war unglaublich schön. Coralie schritt am Arm ihres Bruders den weißen Teppich entlang zu mir. Am Strand zu heiraten, war unser beider Idee gewesen.

Der Atlantik meinte es heute gut mit seinem Wellengang, alles war sanft und eine leichte, warme Brise umhüllte uns.

Es wirkte auf mich, als wäre dieser zarte Traum von einem Kleid allein für sie, für diesen Tag, für unseren Moment geschaffen worden.

Dreiviertelärmel aus leicht gebauschter cremefarbener Spitze, die aus filigranen Königslilien bestand, waren ein Blickfang, der mich zu Tränen rührte. Der Ausschnitt ging tief, war ebenfalls aus zarter Spitze. Allgemein ein besonderes Oberteil. Ich hätte es ihr am liebsten sofort ausgezogen, aber Beherrschung, Harcourt. Zwischen den Lilien wanden sich weitere florale Elemente. Überall blitzte ihre vollkommene Haut durch. Sie war so schön und niemand würde vermuten, dass sie bereits wieder schwanger war. Da Elodie uns so viel Freude bereitete, war in uns der Wunsch nach einem Geschwisterchen gewachsen, und vor ein paar Wochen hatte der Test positiv angezeigt. Noch wollten wir diese Neuigkeit aber für uns behalten, hüteten sie wie einen Schatz.

An der schmalen Taille vereinte sie die Lilien der Bourbonen mit den Wölfen der Harcourts. Ich erahnte Elemente aus unserem Wappen, die Schwerter, als silberfarbene Verbindungen zwischen den Blüten.

Diese winzige Geste, ein Zugeständnis an die Verbindung unserer Familien. Es berührte mich. Coralie war der Wahnsinn. Der Inbegriff meines Seins.

Der Rock des Kleides war ein mustergültiges Beispiel dafür, was Designer erschaffen konnten. Ein enger Meerjungfrauenrock aus fließender Seide, darüber wieder die Spitze, die all unsere Insignien vereinte. Ein sexy Kleid, das ihr aber genug Bewegungsfreiheit erlaubte. Sie war barfuß. Trug nur feingearbeiteten, silbernen Fußschmuck.

Mein Blick wanderte wieder höher, zu ihrem Gesicht. Meine schöne Fee aus dem Märchenwald.

Ihre Haare waren lang und offen. Wehten leicht im Wind. Sie trug sie glatt, einzig ein kleines, funkelndes Haarband aus Diamanten in winzig kleinen Lilien gefasst, hielt ihren schlichten, langen Schleier.

Dazu der zarte Brautstrauß aus rosafarbenen Lilien und weißen Blüten rundum. All das Maß an Liebe und die Feinheiten für diesen Tag schenkten mir unüblich viele Emotionen. In diesem Strauß gab es auch ein kleines, silbernes Medaillon mit einem Bild von Armand, so konnte er in dieser Stunde symbolisch anwesend sein.

»Mein Gott, Coralie, komm her.« Ich öffnete meine Arme, wollte sie berühren. Konnte nicht mehr steif dastehen. Selbst hatte ich für den besonderen Tag ein einfaches, weißes Hemd und graue Anzugshosen gewählt. War auch barfuß. Wir hatten uns das so gewünscht.

Es war mein dreiunddreißigster Geburtstag. Genau heute vor siebzehn Jahren war mir Coralie an diesem Strand begegnet.

Kein besserer Platz auf diesem Planeten, um unsere Liebe zu feiern, sie so zu zelebrieren, wie wir sie fühlten.

Étienne schenkte mir ein Lächeln, blickte noch mal seine Schwester an.

Wie verrückt unser Leben war und doch so einzigartig schön.

»Ich übergebe dir meine kleine Schwester. Achte auf sie, Bruder.«

Damit legte er Coralies Hand in die meine. Mit der anderen hielt ich sie für einen Augenblick an der Hüfte.

»Danke, Étienne. Ich bin mir dessen bewusst, was das für dich heißt. Und ich schätze unsere Freundschaft.« Coralies Augen, beziehungsweise seine Augen, dieses Zwillingsdings, daran würde ich mich nie gewöhnen, lachten schelmisch zu mir, dann drückte er seiner Schwester einen zarten Kuss auf die Stirn, zog sich an die Seite des erst gestern aufgebauten Altars am Strand zurück.

Der Ratsoberste, mein Vater, würde die Zeremonie leiten. Ein weiteres Zugeständnis unserer Vergangenheit.

Was für eine Reise lag hinter uns.

Étienne war der wahre Erbe der de Sauvignys. Der Weg war steinig gewesen, gesäumt mit vielen Prüfungen, ein Meer aus Tränen lag hinter meiner kleinen Eislilie. Verlust, die Trauer um ihren Vater, hatte uns lange begleitet.

Aber wir hatten es geschafft.

»Elodie, so kann ich die Zeremonie nicht vorlesen.« Unsere kleine Tochter lachte vergnügt, quietschte und spielte ungerührt weiter mit Opas Bart. Vollkommen unbeeindruckt von seinen Versuchen, der Situation Herr zu werden. Es lockerte die Stimmung auf, war ein guter Eisbrecher für die letzten steifen Gäste.

Sie sah aus wie eine Miniatur von mir. Graue Augen, seit Geburt sehr dichte, fast schwarze Haare. Im April dieses Jahres hatte sie ihren ersten Geburtstag gefeiert und war mittlerweile mehr Mittelpunkt dieses Schlosses, als wir es je sein würden.

Ihr Onkel trat noch mal vor, nahm sie meinem Vater ab.

Sie trug ein silberfarbenes Prinzessinnenkleid, zusätzlich einen weichen Stoffzauberstab mit einem breiten, silbernen Herzen an der Spitze.

Bei Étienne wurde Elodie immer ganz ruhig, fühlte sich, als wäre er ihr Fels in der Brandung. Eine Verbindung, die zwischen den beiden seit Anfang an bestand. Mir oft ein Rätsel war, aber auch ein Geschenk, dass sie so füreinander empfanden.

Neben Étienne stand Alice. Wie immer perfekt gestylt. Bis heute waren die Wunden nicht ganz geheilt zwischen Coralie und ihr, aber Elodie hatte ein neues Fundament gelegt. Das Vertrauen würde wieder wachsen.

Während mein Vater die feierliche Zeremonie sprach, mit all den alten Schwüren der *protectoren* und dem klassischen, kirchlichen Gelübde, fühlte ich so viel Glück wie noch nie zuvor.

Hätte mir jemand vor siebzehn Jahren gesagt, dass ich hier an diesem Strand heiraten würde, und vor allem, wen, ich hätte ihn ausgelacht.

Gerührt von den gesprochenen Worten und der ganzen Situation steckte ich Coralie nach unserem Gelöbnis den schlichten, gelbgoldenen Ehering an, sie tat es mir gleich. Ich küsste ihre Hand. Strich behutsam über beide Ringe, die sie jetzt von mir trug. Denn zum schlichten Ehering passte der Verlobungsring auf elitäre Weise dazu. Den hatte ich erst viel später nach dem spontanen Antrag entwerfen lassen. Purpurfarbene Edelsteine mit aquamarinfarbenen, kleineren Steinen angeordnet als zarte, abstrakte Blüte auf einer simplen gelbgoldenen Ringschiene. Sie mochte keinen Protz und doch gab ich ihr gern Symbole von uns. Eine Blüte passte einfach. Die Farben standen für ihr Eis und ihr Feuer, eine kleine Hommage an meine Lilie. Dieser Augenblick gehörte nur uns, ich blendete die kleine Gesellschaft aus.

Dann, endlich, erklärte uns mein Vater zu Eheleuten, zu Mann und Frau. Glückshormone legten sich über meine letzten Schlieren aus Dunkelheit. Wir waren angekommen.

Voller Liebe für diese Entscheidung unterzeichneten wir das Dokument über unsere Eheschließung, beobachteten Hand in Hand, wie Charles und Étienne als Trauzeugen auch ihre Unterschrift darunter setzten. Formalitäten und doch so tiefgreifend.

Sanfte, instrumentale Musik begleitete uns, rundete die romantische Stimmung ab.

Daniel sprach noch ein paar Worte, aber danach konnte ich nicht mehr warten.

Meine Lippen legten sich hungrig auf Coralies, ihr Geschmack, ihre Essenz, kombiniert mit den Jubelrufen der Gäste, dem Applaus und der feierlichen Atmosphäre.

Dieser Moment bewies es uns. Es war der absolute Sieg über alles an Licht und Schatten. Die Lilienscherben hatten sich zusammengefügt, auf die schönste Weise, die einem geschenkt werden konnte.

Das Leben war unser für immer und darüber hinaus.

Glossar:

Coralie de Sauvigny:	Unsere Protagonistin
Alice de Sauvigny:	Die Mutter unserer Heldin
Armand de Sauvigny:	Der Vater unserer Heldin
Étienne de Sauvigny:	Ein Geheimnis (Auflösung: im Buch)
Damian Harcourt:	Unser Protagonist
Daniel (de) Harcourt:	Der Vater unseres Helden
Camille (de) Harcourt:	Die Mutter unseres Helden
Marie:	Ehemaliges Kindermädchen, Erzieherin, Ver traute unserer Heldin
Gustave:	Portier/Hausmeister auf Schloss Miravallet
Sébastien:	Betriebsleiter des Casinos
Familie Clermont:	Eine der Familien, die Mitglieder für den Rat stellt und *protectoren*
Louis de la Motte:	Ehemaliger Leiter der gladius lilium, Vater von Charles
Charles de la Motte:	Vertrauter, enger Freund von Damian, Sohn von Louis de la Motte, auch ein *protector*
Victor de la Motte:	Cousin von Charles, junger *protector*, verant wortlich für die Waffenkammer in der Zentrale des Rats
Dominic Clermont:	Junger protector, der in Miravallet für Coralies Sicherheit berufen wird.
Estelle:	Heilerin aus den Reihen der gladius lilium
Der Rat:	Die gladius lilium kümmern sich im Verborgenen, in den Schatten um das Wohlergehen der unehelichen Nachkommen einer Linie eines schon lange verstorbenen Bourbonenkönigs. Seit Jahrhunderten. Jeder, der für den Rat arbeitet, wird als *protector* oder *protectorin* ausgebildet, für den Dienst, laut dem Willen des alten Ludwigs.
Schloss Miravallet:	Familiensitz der de Sauvignys

Schloss von Versailles: Ehemaliges Schloss der Könige Frankreichs
Schloss Marigny: Wohnsitz von Damian Harcourt
Schloss von Vincennes: In Teilen davon ist der Rat untergebracht.

Danksagung

Das Abenteuer, die Reise von Coralie und Damian, wurde zu Ende erzählt. Ich freue mich sehr, dass du bis hierher gelesen hast. Fast wollte ich die beiden noch nicht gehen lassen. Ihnen zumindest am Rand eine Existenz sichern, denn es würde mich sehr reizen, auch Étienne de Sauvigny eine Geschichte zu geben. Seine Zeit als Erbe von Schloss Miravallet in Worte zu weben. Lasst mich doch einfach auf Instagram, per Mail oder in ein paar Worten an den Verlag wissen, ob ihr neugierig wärt, auf die Reise, die vor einem ungekrönten König liegt.

Mein größter Dank, ja, der geht an den Dunkelstern Verlag. Allem voran an die beiden Leitsterne. Ihr habt das Besondere an Coralie und Damian schon in den ersten Kapiteln erkannt, meiner Story ein Zuhause am vielfältigen Sternenhimmel eures Reichs gegeben. Das ganze Sternenteam und alle Dunkelsterne habe ich so sehr in mein Herz geschlossen. Lasst uns für immer weiterfunkeln.

Meine lieben Bloggerherzis. Viele von euch begleiten mich, seit ich ganz, ganz, ganz klein war auf Instagram. Als ich selbst nur ein Funken war. Der klitzekleine Funken, der von einer Roman-Trilogie im Self-Publishing träumte. Und dem danach mit dem Vertrag bei den Dunkelsternen ungeahnte Dimensionen eröffnet wurden.

Und zuletzt möchte ich dir danken. Ja, genau dir, Leseherz. Danke, dass du bis zum Ende gelesen hast, denn genau davon atmen die Seiten.

Alles Liebe!

Rosalie